Edith Biewend
Gleich links vom Kurfürstendamm

Edith Biewend

Gleich links vom Kurfürstendamm

Roman / Ehrenwirth

CIP-Kurztitelaufnahme der Deutschen Bibliothek

Biewend, Edith:
Gleich links vom Kurfürstendamm : Roman / Edith Biewend. – 2. Aufl.
– München : Ehrenwirth, 1980
ISBN 3-431-02136-0

ISBN 3-431-02136-0

Druck: Georg Wagner, Nördlingen
Printed in Germany 1980 a

Für Ruth

Ein später Gast

Das Leben bringt mancherlei Anlässe mit sich, die zum Rückblick zwingen, zur nachdenklichen Umfassung unserer teils heftig, teils still gelebten Jahre. Es kann dankbar oder bitter vor sich gehen, in Wehmut oder Zorn, doch niemals geschieht es ganz ohne Verwunderung.

Auch Ilka Amroth wundert sich an diesem ihrem siebzigsten Geburtstag. Sie ist so alt wie das Jahrhundert, damit wäre der Zeitpunkt des Einstiegs gegeben, und der Ort ist Berlin, gleich links vom Kurfürstendamm. Man wird noch zurückgehen müssen, mit und ohne Ilka, meistens mit ihr, und ein wenig Zukunft steht auch noch aus. Im Augenblick aber halten wir die Zeitmaschine an und werfen einen Blick auf Ilkas drehbaren Kalender: es ist der zweite September des Jahres neunzehnhundertsiebzig. Ein Mittwoch, und ein sehr warmer Tag.

Sie ist früh aufgestanden, noch früher als sonst, und sitzt nun auf dem kleinen Balkon hinter der Küche bei Kaffee und Toast. In ihrer Geistesabwesenheit ißt und trinkt sie besonders langsam und raucht danach eine Zigarette, die einzige des Tages. Der Hinterhof ist eng wie ein Lichtschacht, unten von feuchter Dämmerung verschleiert, oben durch einen Streifen Morgensonne kenntlich gemacht, man sieht eine Reihe Fenster, deren eines wie von unsichtbarer Hand bewegt soeben aufblitzt.

Nicht immer gab es hier diesen Hof. Als Ilka die Beletage ihres mehrstöckigen Hauses bezog – ihres eigenen Hauses, wohlverstanden –, senkte sich an der Rückwand eine steile Treppe geradewegs in einen ausgedehnten Garten hinunter. Ein paar Birken und eine Hainbuchenhecke schlossen ihn ab, verbargen die dahinterliegende verkehrsreiche Straße und schluckten den Lärm. Man fand häufig solche stille Gärten mitten in Berlin, damals.

Über eines wundert sie sich am meisten: daß ihr Damals nämlich mit einem genau datierbaren Tag zu Ende ging, mit dem ersten März des Jahres dreiundvierzig. Da zerstörte ein Luftangriff die Treppe, verwüstete den Garten, riß Häuserlücken in die ehemals festgefügte Straße. Ihr eigenes Haus blieb verschont. Aber der Blick vom Küchenbalkon sagte es ihr am Morgen nach der Schrekkensnacht, daß nichts mehr sein wird wie vorher. Sie hätte es schon vier Jahre früher wissen müssen, als sie ihr ahnungsloses Kind in

die Verbannung schickte, an jenem Augusttag auf dem Anhalter Bahnhof. Nur müssen bei ihr immer die äußeren Zeichen dazukommen, damit sie das Ende einer Epoche verspürt, denn sie ist ein sinnlicher Mensch.
Aus und vorbei, du holst es nicht zurück. Versungen und vertan, hieß es bei den Meistersingern. Und um das Unabänderliche sichtbar zu machen, verkaufte sie später gegen den Willen ihrer Kinder das Gartengrundstück an die Stadt, die nach der Währungsreform den Wiederaufbau vorantrieb, weil noch so viele Obdachlose auf eine Wohnung warteten. So kam es in den fünfziger Jahren zum Hinterhaus. Die Fassade blieb klassizistisch, in der manieristischen Form der achtziger Jahre mit Säuleneingang, Giebelfenstern und Balkonen, sogar ein Stück Garten erhielt sich außerhalb des rechten Seitentrakts, da es sich um ein Eckhaus handelt, zwei Bäume hinter der Einfriedung eines Gitterzauns, den ein alter Pfeiler noch zusammenfaßt. Das Restgärtchen wirkt wie angeklebt, wird lediglich gepflegt, niemals benutzt, aber die Kinder bestanden darauf. Aus Gründen der Nostalgie, wie man das neuerdings nennt. Und aus eben diesen Gründen wurde auch im Zuge der Stadtteilsanierung die Fassade neu gestrichen und kann sich sehen lassen. Oft bleiben Fremde vor dem Haus stehen, um es zu fotografieren, dann tritt Ilka jedesmal rasch vom Fenster weg, in dem unbehaglichen Gefühl, als werde sie auch bereits unter die Museumsstücke eingereiht.
Seither sitzt sie lieber auf dem Küchenbalkon und blickt auf die glatten, nichtssagenden Wände der neuen Gebäudeteile, mit denen keinerlei Erinnerung sie verbindet, es sei denn diejenige an ungezählte ähnliche Morgenstunden, die durch ihre Gleichförmigkeit zu einer einzigen zusammenschrumpfen. Es ist viel geschehen im Berlin der letzten fünfundzwanzig Jahre, wer wüßte es nicht, vielleicht zu viel für Ilkas Aufnahmefähigkeit. Man kann auch müde werden von zuviel Geschichte.
Die Etagentür fällt ins Schloß, stramme Schritte durchqueren die Diele, das wird Hete sein, die vom Einkauf kommt. Hajos Schritt ist mühsamer, fast schlurfend in letzter Zeit, er liegt auch sicher noch im Bett, ein Langschläfer aus Passion.
»Mama, du bist ja schon auf! Und hast fertig gefrühstückt?« Aus Hete Amroths Stimme klingt eine langgezogene Enttäuschung. »Gerade heute hättest du doch warten können, bis ich vom Supermarkt zurück bin. Ich hab Schrippen mitgebracht, ganz frische, sie

sind noch warm. Entschuldige, du hast Geburtstag. Herzlichen Glückwunsch, Mama, und Dank für alles, du weißt schon –«
Ein Kuß auf die Wange, eine Umarmung mit festem, schmerzhaftem Druck. Dann läßt sich Ilka zu einer der noch warmen Semmeln verführen, und die Tochter nimmt an der anderen Seite des Klapptisches Platz. Der Kaffee unter der Haube ist noch heiß.
Du weißt schon.
Sie wissen es beide. Daß nämlich eine der anderen zu danken hat, wechselseitig, mit stets gleichem Gewicht. Unvorstellbar ein Leben ohne Hete, Ilka hat vergeblich versucht, es sich vorzustellen. Von ihren vier Kindern ist dieses – nein, nicht das liebste, das gerade nicht, es ging von Hete nie irgendeine Faszination aus – aber das beständigste, das treueste. Zuverlässig bis ins Grab. Und darum am Ende vielleicht doch das liebste, falls es das geben darf.
Es klingelt an der Wohnungstür, und die Tochter springt auf. Für den Briefträger ist es noch zu früh, es könnte der Telegrammbote sein.
»Ein Glückwunschtelegramm, Mama.«
Ilka hebt langsam den Kopf. Wann wird sie sich diese heiße Hoffnung abgewöhnen, diese immer wiederkehrende, die noch jedesmal in eine dumpfe Enttäuschung mündete? Aber dazu müßte sie tot sein.
»Aus Zürich?«
»Nein, Mama.«
Natürlich nicht. Es ist die Freundin aus Bad Tölz, die gratuliert. Wäre gern gekommen, hat aber das Haus voller Gäste. Wer eine Pension leitet, muß die Zeit zwischen den Ferien abwarten, um reisen zu können. Im November wird sie höchstwahrscheinlich frei sein. »Von Irmchen«, sagt Ilka und will sich eine weitere Tasse Kaffee einschenken, aber Hete nimmt ihr die Kanne aus der Hand.
»Schluß, Mama, denk an deinen Magen, du kriegst sonst wieder Sodbrennen. Und entschuldige mich jetzt, ich muß noch einiges vorbereiten. Den Hajo lassen wir ausschlafen, ihm war gestern abend nicht gut. Um elf kommt Almut und hilft mir, sie hat noch Ferien. Du rührst hier nichts an heute. Geh spazieren oder leg dich auf die Ottomane an deinen Kachelofen. Den Fontane hab ich dir schon aufgeschlagen.«
Wanderungen durch die Mark Brandenburg.
Sie geht nicht spazieren, sie bringt heute den Schwung nicht auf, obwohl der sonnige Morgen dazu wie geschaffen ist. Sonst fährt sie

um diese Zeit gern die kurze Strecke bis zum alten Friedhof der Luisengemeinde oder zum Wilmersdorfer, wo sie ein paar Gräber zu pflegen hat. Jetzt aber ist eine bleierne Müdigkeit in ihr, am frühen Vormittag schon, das muß das Alter sein. Siebzig Jahre auf dem Buckel, die spürt man eben, darauf wird sie sich einrichten müssen.

In Wahrheit wartet sie auf einen Anruf, ein Telegramm, auf irgendeine Nachricht aus Zürich. Die Müdigkeit, die sie zu spüren vermeint, ist nichts als ein Vorwand, der sie vor ihrer eigenen Ungeduld schützen soll. Jedes Läuten an der Wohnungstür läßt sie hochfahren, jedes Klingeln des Telefons neben ihrer Ottomane entfacht die unbändige Hoffnung aufs neue. Aber immer sind es andere, die gratulieren, und nicht die eine, auf die sich ihre ganze Sehnsucht konzentriert.

Die verbannte Tochter, einst weggeschickt aus Angst und Liebe, isoliert aus dem Familienkreis durch schreckliche Notwendigkeit, und nie wird man wissen, bis ans Lebensende nicht, ob man damit richtig handelte. Die Verstoßene hat es nicht verkraftet. Dreißig und ein Jahr ist es her, fast auf den Tag genau, und seitdem ist das Band zwischen Mutter und Kind zerrissen, eine Liebe, die unauflöslich schien. Das Kind ist kein Kind mehr, es ist achtundvierzig geworden, eine reife Frau, eine tüchtige Ärztin, Witwe inzwischen und Mutter einer erwachsenen Tochter, das alles weiß Ilka, weil es zum Radius des Erfahrbaren gehört. Aber es ist ein Wissen, das weithin abstrakt bleibt.

Die sie vor sich sieht, auf dem Anhalter Bahnhof, ist eine Siebzehnjährige im karierten Sommermantel, schmal und zart, die dunklen Haare zur Innenrolle gedreht. Die Augen, einst schwarz, dann bernsteinfarben, leuchten vor Ferienfreude, vor jugendlicher Abenteuerlust. Sie fuhr um jene Zeit schon ganz gern einmal weg und kam noch lieber nach Hause zurück. Tschüs, Mama, und paß auf dich auf! Wenn ich wiederkomme, feiern wir deinen Geburtstag. Ganz groß, auch wenn es noch nicht der vierzigste ist.

Einen Tag später in der Lutherstraße beim Reichsleiter Benthien. Der Vetter Emil, einflußreich wie alle Bonzen. Ja, hörte sie ihn sagen, das ist ein Weg. Auf diese Weise hast du alle Scherereien vom Hals. Wie du willst. – Und Ilka sah die Verachtung in seinem Blick.

Das Telefon schrillt. »Ilka Amroth. Ach, du bist es, Gucki. Danke, mein Kind, vielen Dank, das ist lieb von euch. Was haben

die Jungens? Ein Bild gemalt, aha. Beide gemeinsam? Ich bin schon gespannt wie'n Flitzebogen. Um vier Uhr, ja, und seid bitte pünktlich. Tschüs, Gucki.«
Es ist plötzlich so still im Zimmer. Nur das stoßweise Rauschen des Autoverkehrs unter den Fenstern läßt sich vernehmen, das Haus liegt an einer Einbahnstraße, und hinter der Flügeltür die Stimme von Hete, die mit Hajo ein paar Worte wechselt. Den Sinn nimmt Ilka nicht auf – oder doch, vom Rasieren ist die Rede, er soll sich erst rasieren, bevor er gratuliert. Guter alter Hajo. Wieso ist sie nur so schläfrig, das ist ja nicht normal.
Sie nimmt den Fontane zur Hand. »Etwa bei Wusterhausen, wenn wir dem Lauf des Flusses folgen, beginnt das Dossebruch. Es hatte vordem so ziemlich denselben Sumpfcharakter wie das Oderbruch –«
Ilkas Lider werden schwer, sie reißt die Augen auf, und die Anstrengung, mit der es geschieht, drängt ihre ganze Aufmerksamkeit auf einen Punkt zusammen, auf die linke Ablage ihres geöffneten Schreibtisches. Dort liegt ihr in dunkelrotes Leder gebundenes Fotoalbum, das sie seit Kriegsbeginn nicht weitergeführt, ja, kaum mehr angesehen hat, liegt ganz selbstverständlich dort, als sei dies sein Platz. Hete wird es herausgenommen haben. Ein siebzigster Geburtstag lädt zu Ausnahmen ein, sie muß sich demnach auf einiges gefaßt machen. Und doch ist ihr nur an einer einzigen Überraschung gelegen, die seit einunddreißig Jahren aussteht.
»Alles lag wüst und befand sich in einem Urzustande. Werftweiden, Elsen und anderes Gebüsch bedeckten den größten Teil der Niederung –«
Das Buch gleitet zu Boden, Ilka ist eingeschlafen. Theodor Fontane als Schlafmittel, auch das ist neu bei ihr. Der rasierte Hajo tritt herein, hebt den Fontane auf, streicht einmal leicht über das weiße Haar der Jubilarin und verzieht sich so leise, wie er gekommen ist.
Dafür ist sie am Nachmittag, als der Familientrubel über sie hereinbricht, ausgeruht und frisch, im Vollbesitz ihrer Elastizität, die auch dem Ansturm der jüngsten Enkel gewachsen ist. Wolfgang und Thomas, Guckis Sprößlinge, der eine sieben, der andere vier Jahre alt. »Wahrhaftig, es ist unser Haus! Danke, Wölfchen, ich wußte gar nicht, daß du so gut zeichnen kannst. Das hast du von deinem Papi geerbt.«
Wölfchen erweist sich als ein fairer Bruder. »Tommi hat mitgemalt, das kannst du erkennen, wenn du genau hinkuckst. An dieser Stelle,

Omi. Von ihm sind die Wolken.« Auch Thomas bekommt ein Dankeschön.
Nach einer Viertelstunde ist die brüderliche Fairneß verbraucht und die erste Prügelei fällig. Gucki muß einschreiten.
»Bitte, nehmt Platz!« sagt Hete, die mit zwei vollen Kaffeekannen hereinkommt. Und zu den beiden Kampfhähnen: »Ihr setzt euch zu Tante Almut!«
Ilkas älteste Enkelin ist Lehrerin, hat sich für Kinder immer mit einem Vorrat von Ablenkungsmanövern eingedeckt und ist außerdem in ihre kleinen Neffen vernarrt. An diesem unruhigsten Teil der Festtafel wird es bald ruhiger. »Erzähl mal von deiner Schule, Tante Almut. Teilste auch manchmal Kloppe aus?«
Noch hat Ilka ihren mit Blumen geschmückten Ehrenplatz nicht eingenommen. Sie steht beim Fenster, wo die Geschenke aufgebaut sind, und blättert in einem Bildband über das alte Berlin – groß, hager, in der gestrafften Haltung, zu der sie sich rechtzeitig erzogen hat. Denn die Überlangen, zu denen sie mit ihren einsfünfundsiebzig gehört, haben eine Neigung, sich hängen zu lassen, da braucht sie nur den Hajo anzusehen, ihren Freund und Beinahe-Ehemann mit dem gekrümmten Rücken. Heute ist er Schwager und Schwiegersohn Ilkas in Personalunion, eine delikate familiengeschichtliche Besonderheit, und nicht die einzige.
Hat nachgelassen, der gute Hans Joachim, dabei wird er nächstes Jahr erst siebzig. Ilka wirft rasch einen prüfenden Blick in den Spiegel über dem Büfett, nein, sie hat längst nicht so viele Falten wie der Alte, da kann sie beruhigt sein. Jetzt, nach dem ausgiebigen Schlaf, ist ihr Gesicht fast glatt, von den knittrigen Stellen unter den Augen mal abgesehen und der Falte im rechten Mundwinkel, die sich früh dort eingegraben hat, mehr Kerbe als Falte, ein Einriß, der unmittelbar auf einen Einschnitt in ihr Leben folgte, so zeitlich wie kausal. Sie war noch nicht vierzig, als sie die Veränderung bei sich feststellte, wenige Tage, nachdem sie ihr Kind das letztemal an den Zug nach Zürich begleitet hatte.
»Mama, du siehst fabelhaft aus, aber jetzt komm endlich zu Tisch!« Es ist Helga, die Schwiegertochter, die Ilka vom Büfett wegschiebt und an ihren Platz bringt. Dort wird sie von zwei Kavalieren eingerahmt, zur Linken von Hajo und zur Rechten von Guckis Mann, der sich erst gar nicht hinsetzt, da er die Festrede übernommen hat.
Er spricht gut, der Schwiegersohn Hans Krause, er verfügt über

genügend Takt und Geschicklichkeit, die allerdings nötig sind, um aus dem Leben dieser Siebzigjährigen diejenigen Ereignisse herauszupflücken, deren Erwähnung keine Qual bereitet. Er bringt das Kunststück fertig, hat sich präpariert, reiht eine freundliche Begebenheit an die andere und bündelt sie zu einem Strauß aus bunten Illusionen. Gucki ist stolz auf ihren Mann, ein bißchen auch auf sich selbst, denn sie hat die Auswahl getroffen; Krause kennt seine Schwiegermutter erst seit wenigen Jahren. Die Tischgesellschaft ist zufrieden, Almut hält die Kleinen in Schach, nur Hajo erinnert sich an Goethe und murmelt einmal vor sich hin: »Er lügt wie ein Festredner.« Aber das hat außer Ilka keiner gehört.
Ihre Aufmerksamkeit schweift ab, nicht aus Müdigkeit, eher schon aus Überdruß an all diesen frommen Lügen, die sie gleichwohl dankbar entgegennimmt, denn die Wahrheit kann man aus mancherlei Gründen nicht sagen. Aber die Dekoration, die der gelernte Bühnenbildner hier aus Teilstücken ihres Lebens zusammenbaut, riecht zu sehr nach Farbe und Leim. Ilkas Blick wandert verstohlen zu den Bildern der Toten, deren gerahmte Fotos in Medaillonform überall an den Wänden hängen und die sie jetzt vor der Versuchung bewahren sollen, die soeben vernommenen Klischees für einen Abriß ihres eigenen Lebens zu halten. Sie muß sich dagegenstemmen, sie ist ein phantasievoller Mensch, der nicht selten Gefahr läuft, sich selbst zu belügen.
Im Verlauf des Nachmittags stellt sich heraus, daß von allen Reden am Tisch, wahren oder unwahren, die gutgemeinte des Schwiegersohns noch die angenehmste war. Man ist in Berlin, im Brennpunkt politischen Geschehens, die Abneigung der Jubilarin gegen politisierende Gespräche ist bekannt, aber wenn sie so unvorsichtig ist, selbst ein solches einzuleiten, darf sie sich nicht beklagen, daß es nun über ihren Kopf hinweg laut und schrill hergeht. »Berlin, der Nabel der Welt«, hatte sie lediglich gespottet, »dabei wüßte man ohne Fernsehen auch in Kreuzberg nicht, was am Kurfürstendamm passiert.«
Die Lawine rollt. Hete und Helga haben abgeräumt und sich in die Küche verzogen, Gucki geht mit den Jungen auf deren Wunsch ins Kinderzimmer, das angefüllt ist mit Spielsachen aus fünf Jahrzehnten. Almut bleibt sitzen. Die Neffen sind nicht mehr wichtig, dies ist jetzt ihr Thema, auf das sie gewartet hat, und sie wird es diesem senilen Onkel Hajo schon klarmachen, was das für ein schlapper Haufen ist, seine Berliner Es-Pe-De. Almut steht nicht rechts,

sondern links von besagter Partei, mit Sympathien für die APO.
Gern wäre Ilka den Kleinen ins Kinderzimmer gefolgt, nur hört man es dort hinten nicht, wenn es an der Wohnungstür läutet. So läßt sie über sich ergehen, was sie selbst provoziert hat, denn ihre Bemerkung über Kreuzberg war auf Almut gemünzt, die dort wohnt. Auch hätte sich das Thema im Laufe des Tages sowieso nicht vermeiden lassen, sollen sie also zur Sprache bringen, was ihnen auf den Nägeln brennt. Hinterher vertragen sie sich jedesmal wieder, man weiß es ja. Es gibt in dieser harmonischen Familie nur eine einzige Unversöhnlichkeit, die liegt viele Jahre zurück und wird in wortloser Übereinkunft mit Schweigen zugedeckt. Ein heißes Eisen. Heißer als APO, BENNO OHNESORG, AXEL SPRINGER, HO TSCHI MINH oder ENTSPANNUNGSPOLITIK, lauter Begriffe, mit denen Ilka umzugehen gelernt hat, von denen sie gelegentlich berührt, doch nicht mehr geprägt werden kann. Sie nimmt zur Kenntnis, nichts weiter.
Du bist reaktionär, Omi, pflegt Almut zu sagen. Nein, sie ist indolent, versichert der alte Hajo mit vorwurfsvollem Ton. Einen völlig unpolitischen Menschen nennt sie der Schwiegersohn Krause, der für die CDU plädiert.
An allem ist etwas dran, meint Ilka bei sich selbst, wenn sie auch keine dieser Einordnungen in vollem Umfang auf sich bezieht. Sie ist schlecht einzuordnen. In manchem ist sie bewußt rückständig, aus einem Eigensinn, den sie sich von keiner Partei abkaufen läßt. Sie ist für die Aussöhnung mit Polen, aber sie wird Stettin und Breslau sagen, solange sie lebt, wobei man wissen muß, daß ihrer Zunge das Slawische durchaus nicht schwerfällt. Sie weiß zuwenig über Karl Marx, um ihn begründet ablehnen zu können, aber sie sagt Chemnitz und bleibt dabei. Und nie wird sie den Teil Deutschlands, den sie wegen seiner freiheitlichen Grundordnung schätzt, Be-Er-De nennen, da sei Gott davor.
Es läutet.
Sie hört es als erste aus dem Stimmengewirr heraus, springt auf, drängt Almut zurück, läuft in die Diele. Es könnte der Telegrammbote sein, es könnte etwas aus Zürich eintreffen, so närrisch ist die Hoffnung wirklich nicht, dies ist ja ein außergewöhnlicher Tag. An der Tür stehen die Nachbarn vom dritten Stock mit einem Blumenkorb, wollen nicht hereinkommen, nein, keineswegs, heute ist die Familienfeier, da stört man nur. Morgen nachmittag zu einem Glas Wein, wenn die Verwandten weggefahren sind und die Familie

wieder unter sich ist? Ja gern, dazu wären sie bereit, vielen Dank auch. – Keine Ursache, zu danken habe ich.
Danach läutet es nicht mehr. Um neun Uhr verabschieden sich die Krauses, der Kinder wegen, die ins Bett müssen, obwohl noch Ferien sind, um zehn macht Almut sich fertig, um ihre Mutter heimzufahren, die in Reinickendorf wohnt.
»Kommst du noch mal zurück, Kind?«
»Nein, Omi, das wird zu spät. Ich hab für morgen noch 'ne Menge vor. Wir sehen uns ja am Sonntag.«
Keiner sagt, daß der Aufbruch mit Rücksicht auf Ilka geschieht, jeder schont ihre Eitelkeit. Für den Sonntag ist ein Familienausflug zum Jagdschloß Grunewald geplant mit anschließendem Abendessen in einem Paulsborner Restaurant. Die Einladung ging von Ilka aus.
»Laß das Geschirr stehen, Hete, den Abwasch macht Frau Isekeit morgen früh.«
Diese Stille nach dem Tumult, wieder diese Stille in Ilkas Zimmer. Als lebte man in dörflicher Abgeschiedenheit und nicht in einer Seitenstraße des Kurfürstendamms. Noch einmal wird der Spiegel befragt, der lange Empire-Spiegel zwischen den beiden Fenstern, auf den von der Seite her das Licht der Schreibtischlampe fällt.
Ilka Amroth ist eitel. Einst hatte die Eitelkeit erotische Beweggründe, wie es sich bei einer schönen und jungen Frau von selbst versteht, später blieb als einziges Motiv der Wunsch, für die Ihrigen bis ins Greisenalter hinein eine anziehende, angenehme Erscheinung zu bleiben. Ilka hat an ihrer eigenen Mutter erlebt, wie es ist, wenn ein alter Mensch sein Äußeres vernachlässigt. So ist sie auch heute mit ihrem Spiegelbild halbwegs zufrieden. Sie kann die kurze Mode mitmachen, jedenfalls bis knapp unterm Knie, was ihre langen schlanken Beine ihr erlauben, und sie trägt sich sportlich, wie es ihrer aufgeschossenen Figur angemessen ist, zum grauen Rock ein olivgrünes Twinset, darüber als einzigen Schmuck eine Perlenkette. Ihr einst hellblondes Haar ist kurzgeschnitten und schimmert in einem aparten Silberweiß, das die Schwiegertochter hineingezaubert hat, eine gelernte Friseuse. Ilkas echte Altersfäden sind von einem stumpfen Grau. Es ist die Farbe der Resignation, die ihr eigentlich zukäme, wenn sich bei aller Schicksalsergebenheit nicht doch von Zeit zu Zeit diese stürmische Hoffnung meldete.
Auch jetzt, am späten Abend, wartet sie immer noch auf ein Telegramm oder einen Anruf aus Zürich. Hete hat das Telefon vom

Schreibtisch abgestöpselt und neben dem Bett installiert, auf Ilkas Wunsch und für alle Fälle.
In den Jahren vor ihrer höchstpersönlichen Zeitrechnung war dies das Familienzimmer gewesen, mit dem weißen Kachelofen als Mittelpunkt und Zufluchtsort. Als die Kinder – freiwillig oder unfreiwillig – das Haus verließen, wurde der Ofen zum Hort der Ruhe und Besinnung für Ilka allein. Infolge ihrer Magerkeit neigte sie zum Frösteln, auch an warmen Tagen, wenn die Zentralheizung abgestellt war, dann versorgten Hete oder Frau Isekeit die Feuerstelle in der Diele, wo für diesen Zweck stets ein Korb mit Brennholz bereitstand.
Indes – das Zimmer war zu groß, und es dauerte jedesmal sehr lange, bis es sich richtig erwärmte. Der Schwiegersohn Krause wußte Rat. Nach seinem Plan wurde eine Decke eingezogen, denn der hohe Plafond hatte unnötig viel Wärme beansprucht, und die Schmalseite rechts vom Eingang ließ sich mit Wandschränken verkleiden, zwischen denen eine Schlafstelle offenblieb. Diese Bettnische, tagsüber mit grünen Vorhängen verhüllt, bekam durch die Drapierung einen beinahe fürstlichen Anstrich.
»Fein«, hatte Ilka gemeint, als sie den fertigen Umbau besichtigte, »auf diesem Lager werde ich mich fühlen wie die Frau Marschallin. Bloß, daß mich kein Rosenkavalier mehr besuchen kommt, leider.«
Der Bühnenbildner Krause ist ein galanter Mann. »Kann man bei dir nie wissen, Mama, bei deinem Aussehen.«
»Nee, laß man, Hänschen, diese Äppel sind verzehrt.«
Nun stehen hier ihre eigenen Möbel aus dem ehemaligen Damenzimmer (ein Wort, das Ilka nicht mag, aber Frauenzimmer kann man schlecht sagen), stehen ganz zwanglos da und wären doch vor dem Umbau an dieser Stelle hoffnungslos verloren gewesen, Ilkas leichte kleine Jugendstilmöbel aus dem Besitz der Andernachs: Ottomane, Sessel, Kommode und Schreibtisch, alle von hellem Holz, mit sparsamen floralen Ornamenten. Von den alten Möbeln hat sie lediglich den Spiegel behalten, der ebenfalls einen hellen Rahmen hat und deshalb die Einheit nicht stört.
Als sie den Vorhang zur Seite schiebt und die Lampe in der Nische anknipst, findet sie das Bett wie an jedem Abend aufgedeckt, aber mit einem Nachthemd verziert, das sie normalerweise nicht trägt. Das Geburtstagsnachthemd, denkt sie, und auch, daß Hete jetzt ein bißchen übertreibt. Sie zögert einen Augenblick, das Prachtstück

über dem Arm, macht einen Schritt auf den Kleiderschrank zu – und nimmt es dann doch mit hinüber ins Bad.
Abschminken, ausziehen, duschen, Zähneputzen – sie braucht wie immer nur eine Viertelstunde dazu, und daß sie nicht eine Spur müde ist, muß an dem ungewohnten Vormittagsschlaf liegen. Sie wird im Fontane lesen, jetzt hätte sie schon Lust dazu. Der Blick in den Spiegel, beim Eintritt ins Zimmer, geschieht eher ungewollt und wird mit Unwillen quittiert. Denn in der gesmokten Robe, die sie bisher nur zur Besuchszeit im Krankenbett trug, sieht sie wahrhaftig aus wie eine betagte Marschallin. Hajo hat ihr bereits in der Diele Gutenacht gesagt, ohne auf das Gewand Bezug zu nehmen, so etwas bemerkt der nie, dieser introvertierte Büchermensch, und Hete wird ja wohl noch kommen. Hat ihr statt des Fontane das rote Familienalbum neben die Lampe gelegt, so viel Eigenmächtigkeit geht denn doch zu weit –
»Hete!«
Die Tochter steckt den Kopf durch den Türspalt. »Liegst du gut, Mama? Mach dir's bequem. Ich hab eine Überraschung für dich.« Sie schiebt jemanden ins Zimmer, will erst die Tür schließen und bleibt dann vorsichtshalber hinter dem Besuch stehen. Ihre Mutter hat ein gesundes Herz, aber etwas besorgt ist Hete nun doch, ob sie diesen Überfall verkraftet.
»Guten Abend, Großmama!«
Auch ohne den unverkennbar schweizerischen Tonfall mit den kleinen Verzögerungen hätte Ilka sofort gewußt, wen sie vor sich hat. Zwar ist das Mädchen seiner Mutter nicht »wie aus dem Gesicht geschnitten«, aber eine Ähnlichkeit ist zweifellos vorhanden.
»Ruth Goldschmied aus Zürich?« Ilka macht einen schwachen Versuch, die Arme auszustrecken, es gelingt ihr nicht, sie sind wie gelähmt. Doch schon die Andeutung wurde wahrgenommen und entsprechend beantwortet. Man sieht einen schwarzen und einen weißen Haarschopf nebeneinander, hört leises Schluchzen, Taschentücher werden gebraucht, Hete hat an alles gedacht und kann aushelfen.
Nach einer Weile findet die Szene ins Gemäßigte zurück, man hat sich so viel zu erzählen. Es wird nun sehr artig gratuliert, und Ilka muß ihr Geschenk auspacken, ein Täschchen in Petit-Point-Stikkerei.
»Bist du nicht müde, Großmama?«

»Ich denke nicht daran. Geh nicht weg, Hete, ich möchte dich dabei haben. Dies ist doch dein Werk, wie ich dich kenne.«

Die Enkelin widerspricht an Hetes Stelle. »Onkel Hajo hat alles eingefädelt. Mit ihm hab ich mich im Frühjahr in München getroffen, dort hat er mit mir die Überraschung ausgeheckt. Er hat mich auch vorhin vom Hotel abgeholt.«

Ilka spürt, wie ihr die Kehle trocken wird, aber sie muß die heikle Frage stellen, sie ist es so leid, mit Illusionen zu leben. »Deine Mutter weiß nicht, daß du zu mir gefahren bist?«

»Nein, Großmama.« Ruth sieht ernst aus, und auf die Frage gefaßt, wie es scheint. »Wir werden darüber noch sprechen. Ich bin unlängst mündig geworden und muß ihr nicht mehr in allen Stücken gehorchen, so lieb ich sie habe. Und dann bin ich auch nur zur Hälfte eine ungehorsame Tochter. Denn das sollst du wissen, und es wird dich sicherlich freuen, daß mein Vater mir vor seinem Tod aufgetragen hat, zu dir zu gehen. Er hat es mir ausdrücklich auf die Seele gebunden.«

Die beiden Frauen wissen nicht, was sie mehr bewegt – die hohe Meinung, die dieses Mädchen vom kindlichen Gehorsam hat, oder die altmodische Redeweise, mit der es diese Meinung vorträgt. Ilka versucht, sich eine Berlinerin vorzustellen, die allen Ernstes behauptet, man habe ihr etwas »auf die Seele gebunden«.

»Hierzulande halten junge Menschen nicht mehr viel vom Gehorsam«, wendet sie ein.

Ruth Goldschmied lächelt. Es ist ein halb wissendes, halb nachsichtiges Lächeln, und es liegt weniger um ihren Mund als in den bernsteinfarbigen Augen, die einmal tiefschwarz waren, wie Ilka sich entsinnt, damals bei der ersten und für lange Zeit einzigen Begegnung, als das Kind fünf Jahre zählte. »Auch bei uns in der Schweiz ist die Jugend aufsässig geworden, das ist eine allgemeine Erscheinung. Und gegenüber der Obrigkeit sollte niemand bedenkenlos gehorsam sein, darin gehe ich mit. Aber wer sich ohne Not gegen die Eltern erhebt, der übertritt Gottes Gebot. Meine Religion ist darin strenger als andere.«

Ihre Religion. Ilka hat sich gut in der Hand, ihre Betroffenheit dringt nicht nach außen. Ein bißchen weh tut es schon, diesen Unterschied hinzunehmen, nachdem die Begrüßungsszene vorhin mit Zärtlichkeit und Tränen alle Fremdheit zugedeckt hatte. Aber Unsinn, das muß nichts Trennendes sein, sie hätte es nicht einmal als überraschend empfinden dürfen, da sie ja gewußt hat, daß

Moritz Goldschmied dem mosaischen Glauben angehörte. Das Schweizerische dagegen ist eher anheimelnd, eine versunkene Welt, in der man selbst einmal zu Hause war durch die alemannischen Lesebuchgeschichten des Johann Peter Hebel. Obrigkeit. Sich gegen die Eltern erheben. Gottes Gebot. Auf die Seele gebunden.
»Wie lange kannst du bleiben, Ruthchen? Du wohnst doch bei uns, bitte, und nicht im Hotel?«
Sie strahlt über die Einladung, gibt zehn Urlaubstage an, schickt sogleich die erschrockene Frage hinterher, ob dies der Großmama auch nicht zuviel werde – nein, nicht? Um so besser. Dann tippt sie mit dem Zeigefinger auf den roten Ledereinband. »Ist es das, Tante Hete?«
»Ja, das ist Großmamas Familienalbum. Sie erlaubt dir sicher, daß du es mit auf dein Zimmer nimmst.«
Gern, will Ilka gerade sagen, weil man diesem Kind ohnehin nichts abschlagen kann, aber so hat Ruth es nicht gemeint, sie hat ganz anderes im Sinn. Allein, behauptet sie, könne sie mit diesen Fotos ja gar nichts anfangen, sie brauche die Großmama, will ihr Fragen stellen, Erklärungen entgegennehmen, familiengeschichtliche Erläuterungen, Erzählungen, Anekdoten. Und um ihrer kindlichen Neugier ein seriöses Fundament zu geben, versucht sie ihre Absicht zu begründen, sehr ernsthaft und ein bißchen umständlich mit dieser immerzu ums Schriftdeutsche bemühten Diktion. Sie hat nämlich begonnen, Geschichte zu studieren. Anfänglich sei es nur ein Steck-chenpferd gewesen (ob sie das Wort Hobby überhaupt kennt, fragt sich Ilka) –, danach aber habe es sie gepackt und sei zu einer Leidenschaft geworden. Lei-den-schaft. Sie spricht das Wort so langsam aus, daß es unterwegs seinen Sinn verliert.
»Und da habe ich gemerkt, daß man Geschichte nur betreiben kann, wenn man von der eigenen Biographie ausgeht, von den eigenen Wurzeln, die man kennen muß, bevor man sich ums Allgemeine kümmert. Von einem gründlichen Studium der Geschichte darf nur derjenige sprechen, der auch den Grund aufsucht, auf dem er selbst steht. Meiner Mutter darf ich mit Ahnenforschung nicht kommen, sie hat das Wort nur in einem üblen Zusammenhang erfahren. Aber damit habe ich nichts zu tun. Ich weiß, daß man auch eine gute Sache mißbrauchen kann, und ich gedenke, sie von ihren häßlichen Schlack-chen zu befreien.«
Sie gedenkt.
Für die alte Dame im festlichen Nachthemd ist dieses Enkelkind

ein Geschenk des Himmels, ein kleines Weltwunder. »Wenn ich dich recht verstanden habe, Ruthchen, so möchtest du der Ahnenforschung ihre Unschuld zurückgeben.«
Wieder dieses Leuchten in den braunen Augen. »Wie gut du mich verstehst, Großmama. Von dir werde ich viel lernen und erfahren können.«
Gott gebs, denkt Ilka und klopft sich die Kissen zurecht. Da kommt einiges auf sie zu in den nächsten Tagen. Dieses harmlos erscheinende Mädchen wird sie hart in die Pflicht nehmen, wer hätte das gedacht. Gesetzestreu wie ein Rabbiner und solide wie ein Schweizer Uhrmacher, aus solchen Quellen fließt viel Kraft. Die Almut mit ihrer APO ist ein Waisenkind dagegen.
Sie bereden noch ein paar Banalitäten, den Tagesablauf betreffend, in den Ruth sich einzufügen »gedenkt«. Die Großmama sieht jetzt doch etwas müde aus, sie hat eine aufreibende Feier hinter sich.
»Gibt es in der Nähe ein Restaurant, in dem man koscher essen kann? Nicht täglich, so genau nehme ich die Vorschriften nicht mehr, es wäre auch gar nicht überall möglich. Aber den Sabbat möchte ich gern einhalten.«
»Berlin hat eine israelitische Kultusgemeinde in der Fasanenstraße, gar nicht weit von hier. Leider kann ich nicht sagen, ob –«
»Wir brauchen kein Restaurant«, fällt Hete ihr ins Wort. »Ein geschächtetes Tier werde ich dir nicht besorgen können, aber man kann ja auch aus Mehl, Eiern, Pflanzenfett und Konfitüre was Schmackhaftes zubereiten. Ein paar Rezepte für Mehlspeisen gelingen mir besonders gut.«
»Was für Rezepte?« Ilka ist verblüfft, und auch Ruth sieht erwartungsvoll auf.
»Rezepte für die koschere Küche«, sagt Hete und genießt das Erstaunen, das sie damit auslöst. »Schmeckt gut und ist sehr bekömmlich. Solltest du auch mal probieren, Mama, du mit deinem empfindlichen Magen, dann kämst du von dem lästigen Aufstoßen los. Das Kochbuch ist übrigens eine Fundgrube für Historiker, Ruthchen, es stammt noch aus dem Besitz deiner Urgroßmutter Andernach.«
Beim Gutenachtsagen küßt das Enkelkind der Großmama feierlich. die Hand, und dies mutet Ilka schon beinahe exotisch an.
Ihre Pendeluhr auf der Kommode schlägt Mitternacht in zirpenden Tönen, die sie selten hört, weil sie um diese Zeit meist schläft. Sie dürfte den Schlaf nicht so herbeisehnen, er hält sich dann erst recht

fern wie ein verschreckter Liebhaber, dem man sich zu ungestüm genähert hat. Schlafmittel nimmt sie nur in äußersten Fällen, im Frühjahr zuletzt, als eine Grippe sie erwischte. Zum Glück ist sie nicht oft krank.

Ablenkung also. Der Fontane hat ihr heute schon einmal zum Einschlafen verholfen, aber den hat Hete von der Ablage heruntergenommen und ihr stattdessen das Album hingelegt. Ilka verspürt plötzlich einen Drang, das rote Buch aufzuschlagen und Seite für Seite in die Vergangenheit hinabzutauchen. Sie streckt die Hand danach aus, hält einen Moment inne und steht dann bewußt von ihrem Vorhaben ab.

Nicht in dieser Nacht, und nicht allein. Gemeinsam mit der Enkelin wird sie den Weg zurückgehen, und darum will sie sich die Frische des Eindrucks erhalten durch ein unverhofftes Wiedersehen mit den alten Fotos nach so langer Zeit. Mit siebzig Jahren ist man nicht mehr leicht in Bewegung zu setzen, da braucht man einen starken Anreiz, damit einem zu den alten Bildern auch die alten Geschichten einfallen. Und das Kind hat doch ein Recht darauf, zu wissen, wo es herkommt und auf welchem Grund es steht.

Die alten Geschichten – du lieber Gott! Nicht alle sind sie vorzeigbar. Sie wird sorgfältig auswählen, vieles verschweigen, einiges bemänteln müssen und auf jeden Fall achtgeben, daß sie sich nicht verplappert. Ohne es eigentlich zu wollen, fängt sie bereits an, sich über die Auswahl ihre Gedanken zu machen.

Das ist das Zeichen für den spröden Gott des Schlafs. Nun, da sie ihn nicht herbeizwingen will, schenkt er ihr seine Gunst.

Erstes Bild:
Eine unbeschwerte Kinderzeit

»Das bist du, Großmama, auf dem Schoß deiner Mutter. Es brauchte nicht drunterzustehen, ich hätte dich sofort erkannt, am Ausdruck, an den hellen Augen. Du warst ein süßes Baby.«

»Alle Babys sind süß, und mit etwas gutem Willen kann man das auch von diesem glotzäugigen Kahlkopf behaupten. Meine Haare sind erst spät gewachsen, das ist bei Hellblonden meistens so, dafür wuchsen sie dann wenigstens kräftig und füllig. Ich war ein großes Kind, sechsundfünfzig Zentimeter bei der Geburt, und gewogen hab ich viereinhalb Kilo, sofern die Angaben meiner Mutter stimmen.«

»Hast du dich mit deiner Mutter gut verstanden?«

»Nicht schlecht, möchte ich sagen, aber mit dem Vater verstand ich mich besser. Er war ein stattlicher und schöner Mann. Ein Jammer, daß er so früh zum Invaliden wurde nach einem Unfall im eigenen Betrieb, dadurch verarmte unsere Familie mit einem Schlag. Wir zogen von Königsberg weg, wo ich geboren wurde, und ließen uns in Vierraden nieder, einem uckermärkischen Dorf in der Nähe von Schwedt.«

»Wie alt warst du damals?«

»Vier Jahre, mein Bruder Erich war zwei. Weitere Geschwister kamen nicht mehr. Mein Vater nahm Gelegenheitsarbeiten an, der Konkurs unseres Fuhrunternehmens in Königsberg hatte alle Ersparnisse aufgebraucht. Aber wir waren trotz der Armut eine harmonische Familie. Ich hatte eine unbeschwerte Kinderzeit. Dieses Vierraden ist ein Dorf wie aus dem Bilderbuch. Sehr gern bin ich in die Schule gegangen, zum Lehrer Rehlow, der alle acht Jahrgänge in einem Klassenraum unterrichtete. Ich war seine Lieblingsschülerin, das darf ich ohne Übertreibung behaupten, und ich verdanke ihm sehr viel. Onkel Hajo saß im Jahrgang unter mir und blieb mit mir in derselben Klasse, bis er zum Gymnasium kam.«

»Was denn – so lange kennt ihr euch?«

»Ja, eine Ewigkeit. Die Amroths wohnten damals noch auf dem Gut bei ihren Verwandten. Später bauten sie sich die Villa in Schwedt, in der Nähe ihrer Fabrik. Dort bin ich zu ihnen in den Dienst gegangen, ich hatte ja nichts anderes gelernt. Und verliebte

mich in Ewald, Hajos älteren Bruder. Er hätte mich bestimmt geheiratet, wenn die Familie nicht dagegen gewesen wäre. Ein Dienstmädchen, eine Volksschülerin. Um dieser unglücklichen Liebe auszuweichen, bin ich nach Berlin gefahren und wollte mir hier eine Stellung suchen. Aber diese Geschichte kennst du höchstwahrscheinlich?«

»Nur ungefähr, Großmama.«

»Ungefähr genügt in diesem Falle.«

Nicht nur die Festredner lügen, auch die Autobiographen tun dies, schon der vielzitierte Goethe hat seine eigene Lebensbeschreibung vorsichtshalber »Dichtung und Wahrheit« genannt. Ilka Amroths lakonischer Bericht bedarf dringend einer Ergänzung.

Zur Welt kam sie also in Königsberg als erstes Kind des Fuhrunternehmers Gustav Benthien und seiner Ehefrau Maria, einer geborenen Kalinke, Tochter eines evangelischen Küsters aus Thorn. Den Namen Ilka erhielt sie nach einer polnischen Tante, die sie nie zu Gesicht bekam, und polnisch waren auch die ersten Worte, die sie von der Mutter lernte. Später setzte sich in der Familie die Vatersprache durch, der auch Maria sich anbequemen mußte, doch konnte sie zeitlebens ihren slawischen Akzent nicht loswerden.

Das Kind Ilka Benthien wurde am Tag seiner Geburt mit Fahnen und Böllerschüssen begrüßt wie sonst nur ein Thronfolger, und wer will, kann darin ein Omen sehen für das spätere Märchen ihres Lebens. Natürlich galt der Aufwand nicht diesem glatzköpfigen Säugling aus kleinbürgerlichem Haus, sondern dem Gedenken an die Schlacht von Sedan. Aber während ihrer ganzen Kindheit wurde Ilka von dem Gefühl begleitet, daß man Aufmärsche, Chöre, Hochrufe und den ganzen Jahrmarktszauber einzig zu Ehren ihres Geburtstags veranstalte. Die Verhaltensforscher werden es mit der Gleichzeitigkeit erklären und auf den Pawlowschen Hund verweisen, mögen sie. Dem Kind Ilka hat die alljährlich wiederkehrende Illusion den Rücken gestärkt, und es hat eine solche Stärkung mehr als einmal gebraucht.

Ob der Sturz vom Wagen allein für den Bankrott des Vaters verantwortlich ist, bleibe dahingestellt. Vielleicht war der Unfall selbst schon vom Alkohol herbeigeführt und nicht der Alkoholgenuß eine Folge erlittenen Übels. Gustav Benthien war in der Tat ein schöner, hochgewachsener Mann mit blondem Haar und rötlichem Bart und trotz des nachgeschleppten Beines eine stattliche Erscheinung, sofern er nicht gerade trank. Im Wirtshaus machte er keine gute Figur, und die schlechteste, wenn er das Wirtshaus verließ. Aber da war es meist dunkel, und nur wenige bekamen ihn in dieser Verfassung zu sehen.

Auch seine Kinder nicht. Man erwarte keine Moritat vom Säufer, der Weib und Kind verprügelt, dieser Mann hätte nie die Hand gegen einen Menschen erhoben. Wenn er nicht trank, war er fleißig. Dann kam es für seine Frau darauf an, die paar durch Gelegenheitsarbeiten erworbenen Groschen sofort in allerlei Notwendigkeiten für die Familie umzusetzen, bevor die nächste Flaute fällig war.

Zehn Jahre hielt Maria Benthien die Nervenbelastung durch, bis zu Ilkas Schulentlassung, dann gab sie von einem Tag zum anderen auf und warf alle ihre Sorgen auf den HERRN, der die Vögel unter dem Himmel und die Lilien auf dem Felde ernährt, ohne daß diese säen und ernten. Sie trat einer Sekte bei, die sich »Gemeinschaft der Dankenden« nannte, überließ Haushalt und Kinder sich selbst und beschäftigte sich fortan nur noch damit, in Wort und Schrift zu lobpreisen und zu danken.

In ihrem Sohn erzog sie sich einen kleinen Puritaner, der seinen Vater verachtete und seiner Mutter ergeben war. Als Ilka in den Dienst ging und nur noch abends in die Kate zurückkehrte, hielt Erich die beiden Stuben sauber, kochte die Mahlzeiten, schlug Brennholz, kaufte ein und sorgte vor allem dafür, daß es der Mutter nie an Schreibpapier und Tinte fehlte. Auf lange weiße Bogen schrieb sie bis zur Erschöpfung immer nur das eine Wort »Dank«, wochentags mit gewöhnlicher Tinte, sonntags mit lila oder grüner Ausziehtusche, hundertmal, tausendmal – wer hätte es zählen wollen? Niemand hinderte sie daran, niemand machte auch nur den Versuch, ihr den Unfug auszureden. Im Dorf tolerierte man noch ganz andere Käuze, und Gustav Benthien mochte erkannt haben, daß die Danksagungsmanie seine Frau davor bewahrte, für immer hinter den Mauern einer Nervenanstalt zu verschwinden. Auf die Seelen heranwachsender Kinder pflegte man zu jener Zeit noch keine Rücksicht zu nehmen.

Und doch gab es damals schon einen Menschen im Dorf, der etwas von Milieuschäden wußte und sich Gedanken darüber machte. Er machte sich diese Gedanken von Berufs wegen, würde man heute sagen und es als selbstverständlich ansehen, wobei man aber wissen muß, daß ein preußischer Dorfschullehrer vor dem Ersten Welt-

krieg für ganz andere Dinge bezahlt wurde, und kärglich genug. Von Gottlieb Rehlow erwarteten die Bauern, daß er ihren Kindern das Alphabet und das Einmaleins einpauke, die künftigen Lehrherren, daß er vom Stock reichlich Gebrauch mache, und der Superintendent, daß er den Konfirmanden die Zehn Gebote, das Vaterunser und das Glaubensbekenntnis beibringe zuzüglich einer gehörigen Portion christlicher Demut. Der »Schulmeester« kam allen diesen Anforderungen nach, man hätte ihn sonst davongejagt. Aber er leistete sich den Luxus, noch einiges darüber hinaus zu tun.
In seiner Vergangenheit soll es ein paar Flecken gegeben haben, nach damaliger Auffassung. Man munkelte etwas von einer politischen Demonstration, an der er als Sozialdemokrat teilgenommen habe, von einem Disziplinarverfahren, einer Strafversetzung nach Vierraden zuletzt. Man glaubte sogar zu wissen, daß er in Wahrheit nicht Rehlow heiße, sondern einen adligen Namen trage, ein Gerücht, das durch die Freundschaft des Lehrers mit dem Patronatsherrn immer neue Nahrung erhielt. Bestätigt hat sich von allem nur die sozialdemokratische Gesinnung, zu der er sich gelegentlich bekannte, was erstaunlicherweise besagter Freundschaft nicht den geringsten Abbruch tat.
Zurück zu Ilka, die sein Liebling war, darin hat sie nämlich nicht übertrieben. Dieser passionierte Erzieher, der es sich zur Aufgabe gesetzt hatte, unter den Kindern der Bauern und Kätner nach Begabungen auszuspähen, war bei der kleinen Benthien auf unerhörte Weise fündig geworden. Hier stieß er auf eine Intelligenz, die jede andere in den Schatten stellte, die der beiden Fabrikantensöhne und der Pfarrerstochter miteinbegriffen, dazu auf eine unersättliche Aufmerksamkeit und Aufnahmebereitschaft. Die Pfarrerstochter kam bald in ein herrnhutisches Pensionat, Ewald und Hans Joachim Amroth wechselten ins Schwedter Gymnasium über, das Kind Ilka blieb ihm erhalten. Zu seinem Leidwesen, wie man sagen muß, denn er bemühte sich verzweifelt, Gustav Benthien zu bewegen, daß er das Mädchen ins Lyzeum schicke. Der Gutsherr wollte das Schulgeld bezahlen, er selbst, Gottlieb Rehlow, für Bücher und sonstige Lernmittel sorgen.
Benthien bleib hart wie Granit. »Bettelkram«, sagte er und spuckte aus. »Haben wir nie nötig gehabt, werden wir auch in Zukunft nicht nötig haben.«
»Aber bei mir kann sie nichts mehr lernen.«
»Das ist Ihre Sache, Schulmeester.«

Und da es nun einmal seine Sache blieb, ließ er es sich angelegen sein, die aufgeweckte Schülerin weit über den vorgeschriebenen Lehrplan hinaus zu fördern. Er gab ihr das Klassikergut zu lesen, erkannte früh ihre deklamatorische Begabung und ermunterte sie zum Auswendiglernen, was ihr spielerisch leichtfiel, und sie trug ihm Gedichte vor, Lyrisches und Balladen, am liebsten Balladen. Ihr Wortschatz reicherte sich an, und ihr Ausdrucksvermögen schlug sich in den Schulaufsätzen nieder, die von ihr zu kleinen Essays erweitert und von Rehlow gesammelt und gebündelt wurden. Auf den Kreislehrerkonferenzen in Angermünde zog er gern den einen oder anderen aus der Tasche und gab ihm den Kollegen zu lesen, bei denen er Staunen und Kopfschütteln hervorrief. Kiek einer an, kaum zu glauben, daß eine solche Rose unter märkischen Disteln heranwächst.

Die Disteln rächten sich an dem bevorzugten Fremdling, aber die Rose hatte Dornen und machte Gebrauch davon. Sie »wehrte sich und stach«. Auf eigene Faust, ohne Lehrer oder Vater einzuschalten, vom Bruder ganz zu schweigen. Sie besorgte es allein, groß und sehnig, wie sie war. Nachdem sie zwei ihrer ärgsten Quälgeister verprügelt hatte, wurde sie in Ruhe gelassen. Zu Konzessionen war sie nach diesem Vorfall nicht mehr bereit, sie sprach nur noch hochdeutsch und fand sich mit ihrer Außenseiterrolle ab.

Mit ihrem Bruder vertrug sie sich, was lediglich besagt, daß es zwischen ihnen keinen Streit gab. Das lag an Erich, nicht an ihr. Ilkas Temperament hätte leicht eine Meinungsverschiedenheit entfachen können, wie sie unter Geschwistern üblich ist, aber der kleine Frömmling bot keine Angriffsfläche. »Fein und lieblich ist es, wenn Brüder friedlich beieinander wohnen.« Als Erich in die Schule kam, richteten sich die Augen des Lehrers mit besonderer Aufmerksamkeit auf ihn in der Hoffnung auf eine ähnliche Erbanlage, die allerdings nicht zutage trat. In Religion eine Eins, durch alle Schuljahre hindurch, sonst bestenfalls Durchschnitt. Etwas anderes strebte Erich Benthien nicht an, und sollte er auf die begabtere Schwester eifersüchtig gewesen sein, so zeigte er es nicht.

Wie stand es nun mit Ilkas Umgang –, hatte sie Freunde, Freundinnen, oder fand sie unter der Dorfjugend nur Widersacher und Neidhammel? Das gibt es in der Regel nicht, und die Regel bewährte sich auch hier. Der jüngere Amroth wurde ihr erster Spielgefährte, mit dem sie auch außerhalb der Schulstunden zusammentraf, im Wald von Monplaisir, in den Oderwiesen, beim Krebsefangen am Bach. Es war von Anfang an eine Freundschaft, von der beide profitierten: er fing ihr die Krebse, sie erzählte ihm Märchen. Daß ihr symbiotisches Verhältnis sich einmal bis ins hohe Alter fortsetzen sollte, konnten sie noch nicht wissen.

Keinem der beiden Kinder fiel es jemals ein, das andere mit ins eigene Elternhaus zu nehmen, und sei es für nur eine Stunde. Diese Grenze wurde immer respektiert, von Ilka wie von Hajo, ohne daß ein Wort darüber fiel –, aus Scheu vielleicht, aus Zaghaftigkeit oder aus gesundem Instinkt, wie Kinder ihn manchmal noch haben und der ihnen in diesem Fall nahelegte, die Vermischung zweier so grundverschiedener Sphären erst gar nicht zu versuchen. Da schauen nur Mißverständnisse heraus.

Die Amroths zogen nach Schwedt, Hajo folgte seinem vier Jahre älteren Bruder Ewald aufs Gymnasium, eine Zeitlang blieb Ilka auf den schweigsamen Erich angewiesen. Bis sie sich an Wilhelmine Schimanski anschloß, die den letzten Jahrgang wiederholte und schon beinahe fünfzehn war, üppig und reif – von geistiger Reife abgesehen –, rothaarig und weißhäutig, mit weichen Gliedern. Von ihrer Trägheit ging eine erotische Anziehungskraft aus, und einer bestimmten Sorte von Männern galt sie als Schönheit.

Gottlieb Rehlow war gegen die Ausstrahlung von Schimanskis Minna immun. Er sah die Freundschaft der beiden nicht nur im Alter ungleichen Mädchen gar nicht gern und nahm seinen Schützling ins Gebet.

»Du gehst mit der Minna neuerdings?«

»Sie ist sehr gescheit, Herr Lehrer.«

»Unsinn, sie ist dumm wie eine Kuh. Wäre sie gescheit, hätte ich sie nicht sitzenlassen. Was du von ihr lernen kannst, lernst du im späteren Leben ganz von selbst und früh genug. Die Minna ist verdorben.«

»Aber sie tut nichts Unrechtes.«

Rehlow resignierte. Er sollte nicht der einzige bleiben, der vor Ilkas Unschuld die Waffen streckte. Schon die Elfjährige hatte diesen Blick, der immer einen wesentlichen Teil ihrer Schönheit ausmachte, eine unbefangene Anfrage, wie diese Welt denn nun beschaffen sei, verbunden mit einer ruhigen Zuversicht, mit den Dingen schon fertig zu werden. Die Wirkung dieses intelligenten wie gelassenen Aufschauens wurde durch kleine Äußerlichkeiten verstärkt, durch ein intensives Blau der Regenbogenhaut bei tiefschwarzer Pupille, durch lange dunkle Wimpern, durch eine leichte Verschattung der Augenhöhlen. Dergleichen fiel durchaus ins Gewicht. Entscheidend indes blieb immer die Kraft der Persönlichkeit, die solche Signale in die Außenwelt schickte. Der Lehrer zuckte die Achseln, enthielt sich weiterer Vorschriften und vertraute darauf, daß ein Kind mit solchen Augen auch einer Minna Schimanski gewachsen sei.

Das traf dann auch zu. Ilka Benthien hatte schon auf ganz andere Herausforderungen reagieren müssen und ihnen standgehalten. Zwar hatte die Mutter zu der Zeit mit ihren Briefen an den Himmel noch nicht begonnen und verwendete ihre spärliche Energie an den Haushalt, aber wer immer sich dieses Hauswesen näher betrachtete, kam schnell zu der Erkenntnis, daß es für ein sensibles Kind keine Heimstatt war. Rehlow hatte die Kate nur ein einzigesmal aufgesucht und ging nie wieder hin.

Ilka verkraftete den trunksüchtigen Vater ebenso wie die verbitterte Mutter und den willfährigen Bruder. Sie stemmte sich gegen die verkommene Umgebung und besiegte den turnusmäßig wiederkehrenden Hunger, indem sie sich mit einem Buch ihres Lehrers in einen verschwiegenen Winkel verkroch, um mit Anstand zu überleben. Sie las Bechtstein und Andersen, Mörike und Goethes Werther und Schillers Wallenstein. Sie vergaß über der Gegenwelt, die sie sich aufbaute, ihren knurrenden Magen, der irgendwann ja auch wieder gefüllt wurde, und sei es mit zwei gekochten kalten Kartoffeln ohne Beilage. Ihr war es egal, weil sie gerade mit Hermann und Dorothea umging, hingerissen vom Rhythmus dieser Verse, die Rehlow ihr als Hexameter gedeutet und erläutert hatte und die sie nun unentwegt skandierte: »O wie glücklich ist der, dem Vater und Mutter das Haus schon wohlbestellt übergeben und der mit Gedeihen es ausziert!« Ihr Entzücken über diese Sprache war groß, und die trockene Kartoffel rutschte ohne weiteres hinunter.

Sie war ein begnadetes Kind. Begnadet nicht nur mit einer außergewöhnlichen Auffassungsgabe, sondern obendrein mit einer grenzenlosen Freiheit. Andere Mädchen ihres Alters wären längst aufgescheucht und zu mancherlei Verrichtungen angehalten worden, da doch die Erwachsenen es immer so fabelhaft verstehen, den Tag eines Kindes zu gliedern und zu zerstückeln, damit es nicht auf »dumme Gedanken« komme. Ilka wurde in ihren Studien niemals gestört, sowohl Vater als Mutter waren zu passiv dazu und zu gleichgültig auch. Das Kind frönte seinem Forscherdrang bis zum Ende einer jeweiligen Sache, tauchte dann in die Realität auf, sah um sich und packte bei der gerade anfallenden Arbeit mit festen Händen zu. Kartoffeln schälen, Gemüse putzen, Wasser holen, Boden aufwischen, Geschirr spülen, Kleidungsstücke waschen und plätten, Strümpfe stopfen und Flicken einsetzen. Frau Pastor erteilte Nadelarbeitsunterricht in der Schule, aber die meisten Handhabungen lernte Ilka durch die Praxis kennen und bewältigte sie nebenbei und obenhin. Sie hätte jede einzelne dieser Tätigkeiten auch gründlich ausführen können, sah aber nicht ein, wozu das dienen sollte. Ein Hausmütterchen wuchs hier nicht heran. Die Gründlichkeit besorgte, als er älter wurde, der Bruder Erich.

Ilka streifte mit ihrer Freundin durch die Gegend, vom Lehrer gewarnt, von den Eltern wie immer in Ruhe gelassen. Die brünstige Schimanski wurde ihr nicht gefährlich. Sie verstand recht interessant zu erzählen über ein Gebiet, das in Ilkas Kopf seit längerem eine Rolle spielte und das von den Erwachsenen leider ausgespart wurde, weshalb man da nicht fragen konnte. Die Minna konnte man nicht nur fragen, die belehrte einen noch weit über die eigenen möglichen Fragen hinaus.

Einmal brachte sie ein Buch mit, Gott weiß, wo sie es hergenommen hatte, trug es heimlich unter ihrem Umschlagtuch wie einen verbotenen Schatz und hatte damit in Wahrheit das beste Anschauungsmittel erwischt, auf das sie in ihrer Aufklärungssucht verfallen konnte. Ein medizinisches Lexikon, bebildert, mit ausführlichen Beschreibungen. Ilkas anatomische Vorstellungen waren zu der Zeit noch chaotisch, das änderte sich dann rasch. Zwei Mädchenköpfe, über ein und dasselbe Buch gebeugt –, aber was unterdessen in ihnen vorging, war von einer Gegensätzlichkeit, wie sie krasser nicht gedacht werden kann. Die Lüsternheit der Schimanski wurde von Ilka überhaupt nicht wahrgenommen, es war dies eine Eigenschaft, mit der sie nichts anzufangen wußte. Sie selbst informierte sich lediglich.

Sie war zwölf Jahre alt, schmal, aufgeschossen und mit der ersten Andeutung eines Busens versehen, als sie von Minna gefragt wurde, wie sie sich ihr späteres Leben denke. Minna hatte zu Ostern die Schule verlassen und arbeitete in der Zigarrenfabrik der Amroths.

»Wat wiste nu machen, wenn du einjesechnet bist? Haste dir schon überlecht, wie du aus dem janzen Drecke hier rauskommst?«

»Ich werde lernen.«
»Quatsch. Ick rede doch von der Zeit, wenn du die dämliche Schule hinter dir hast.«
»Dann werde ich erst recht lernen.«
«Menschenskind, du bist dumm.«
»Ja«, sagte Ilka und meinte es ernst, »darum will ich ja lernen.«
Eine Kluft tat sich auf. Minna hatte bis dahin immer angenommen, daß Ilka ihre Studien dem Lehrer zuliebe betreibe oder ihren Eltern zu Gefallen, weil die an ihre guten Zeugnisse gewöhnt waren. Daß sie es auf eigene Faust tat und nach der Schule fortsetzen wollte, erschien ihr pervers. Sie selbst, Wilhelmine Schimanski, hatte sich ihren Lebensplan schon zurechtgelegt und wußte, welche Begabung ihr dabei nützlich sein konnte, die einzige nämlich, die sie überhaupt besaß. Nur mußte sie erst die Volljährigkeit erreicht haben, denn vorher ließ ihr Vater sie nicht weg. Also duckte sie sich, wartete ab und drehte einstweilen Zigarren.
Ostern neunzehnhundertvierzehn rückte heran, die Zeit von Ilkas Konfirmation und Schulentlassung. Gottlieb Rehlow legte sich ein paar Sätze zurecht, wappnete sich mit Geduld und machte sich eines Abends auf den Weg ins Wirtshaus. Er ging dorthin, um einen Felsbrocken zu erweichen.
Der saß auf seinem Stammplatz neben dem Kleiderrechen, ein Hüne von Gestalt auch im Sitzen, und trotz der Lethargie in Haltung und Gesichtsausdruck immer noch ein schöner Mann mit seinem dichten Haupthaar und rötlichem Vollbart. »Ach, der Herr Lehrer«, sagte er mit undeutbarem Lächeln, als Rehlow an seinem Tisch auftauchte, und rückte einen Stuhl zurecht. »Belieben Platz zu nehmen, der Herr Lehrer?«
Vor ihm stand ein Korn, und es war nicht sein erstes Glas. Wenn Gustav Benthien betrunken war, sprach er ein besonders sorgfältiges Hochdeutsch ohne den geringsten Akzent. Man merkte schon, wo sie es her hatte, die Ilka, und auch die blitzblauen Augen, in denen sich ein Sommerhimmel zu spiegeln schien. Schade um den Mann. Aber an diesem verpfuschten Leben war nichts mehr zu reparieren, es ging um das Kind.
»Ihr habt sie nicht in die höhere Schule schicken wollen, Benthien, jetzt laßt sie wenigstens etwas Ordentliches lernen. In Eberswalde ist eine Handelsschule, die könnte sie zwei Jahre lang besuchen und dann eine kaufmännische Lehre machen. Man muß doch an Ilkas Zukunft denken. Meine Schwägerin hat sich bereit erklärt, das Mäd-

chen zu sich zu nehmen und für Kost und Unterbringung aufzukommen. Es kostet Sie keinen Pfennig.«

»Bettelkram«, sagte Benthien, spuckte aber diesmal nicht aus, weil er in der Gaststube saß und außerdem in betrunkenem Zustand Wert auf gute Manieren legte. »Ich nehme von keinem was geschenkt, Herr Lehrer, das dürfte Ihnen bekannt sein.«

Granit bleibt Granit. Rehlow mußte klein beigeben, gab aber noch nicht auf. Er hatte einen weiteren, bescheideneren Vorschlag bei der Hand.

»Wenn sie nun Schneiderin lernte? Sie kann mit der Nähmaschine umgehen und auch zuschneiden. Das Kleid, das sie sich in der Schule genäht hat, ist ganz ordentlich ausgefallen, sagt unsere Frau Pastor. Sie könnte der Ilka in Schwedt eine Lehrstelle besorgen. Oder ist das auch wieder Bettelkram?«

Benthien setzte sich kerzengerade hin und sah über den Gesprächspartner hinweg zur Theke. »Sagen Sie der Pastorschen, daß ich ihren guten Willen zu schätzen weiß. Daß ich jedermanns guten Willen achte und ehre, auch den Ihren, Herr Lehrer Rehlow. Meine Ilka geht nach der Einsegnung in den Dienst, wie es sich für Leute unseres Standes gehört. Und nun wünsche ich, an diesem Tisch allein gelassen zu werden. Pauel – noch 'n Doppelten, wenns beliebt!«

Rehlow nahm seinen Hut und ging.

Ein paar Wochen später hätte er vor Wut zerspringen können, als sich herausstellte, welche Art von Dienst der versteinerte Gustav für seine Tochter vorgesehen hatte und aus welchen Gründen. Denn daß er im Wirtshaus tief in der Kreide stand, war im Dorf kein Geheimnis, und ebensowenig, daß hier eine Hand die andere zu waschen versuchte. Sauberer wurden sie beide nicht dadurch. Der Gastwirt Paul Prötzel bekam eine gewissenhafte, zuverlässige Hilfskraft, die obendrein hübsch anzusehen war und mehr Männer als bisher in seine Kneipe lockte. Daß er sie nach den neuen Bestimmungen, die diese Sozis im Reichstag durchgesetzt hatten, nur bis zweiundzwanzig Uhr in seinem Lokal beschäftigen durfte, war ein Nachteil, der jedoch durch Ilkas Anstelligkeit weitgehend ausgeglichen wurde. Dafür konnte er dem versoffenen Benthien den einen oder anderen Korn durchgehen lassen.

Rehlow ging selten ins Wirtshaus, jetzt kam er öfter. Dem Prötzel war es nicht lieb, er fühlte sich kontrolliert, und eine große Zeche durfte er vom Schulmeister ohnehin nicht erwarten.

Ilka stand hinter dem Tresen und spülte Gläser, ruhig, umsichtig, mit undurchdringlichem Gesicht. Es war ein Gesicht ohne Backfischspeck, mit scharfen Konturen infolge der Magerkeit, die sie älter erscheinen ließ. Sie wird im September erst vierzehn, erinnerte sich Rehlow und hatte einen bitteren Geschmack im Mund.
»Es paßt mir nicht, daß du diese Arbeit tust.«
»Ich weiß«, gab sie flüsternd zurück, griff nach einem Tuch und rieb das nächste Glas ab, ohne aufzusehen. »Aber die Arbeit ist nicht schwer. Ich werde gut bezahlt, und wir brauchen das Geld zu Hause. Ich bin zufrieden, Herr Lehrer.«
Sie wurde nicht gut bezahlt, und sie war auch nicht zufrieden. Abends fiel sie todmüde ins Bett, versuchte manchmal noch beim Kerzenschein zu lesen, aber die Zeilen schwammen ihr weg. Am Sonntag, wenn sie frei hatte, nahm sie ein Buch, spazierte nach dem Kirchgang durch die Kornfelder, suchte sich ein stilles Plätzchen und holte ihren Bedarf an Lektüre nach, stundenlang, bis ihre Augen in der Dämmerung keinen Buchstaben mehr erkannten. Auf das Mittagessen verzichtete sie, eine Käsestulle genügte ihr. Auch dieses Leben genügte ihr, vorläufig wenigstens, sie hatte nichts Besseres erwartet. Lehrjahre sind keine Herrenjahre.
Dann stand sie eines späten Sommerabends vor dem Bett ihres Vaters und redete laut und heftig auf ihn ein. Sie bat um nichts, sie fragte ihn nicht, sie stellte ihn vor vollendete Tatsachen.
»Ich fange nächste Woche in Schwedt bei den Amroths an, die suchen ein Mädchen für den Haushalt. Acht Mark im Monat bei freier Station. Deine Schnäpse wirst du in Zukunft wieder selber bezahlen müssen. Ich lasse mich nicht belästigen, von keinem Bekannten und von wildfremden Kerlen schon gar nicht. Das kannst du dem Paul Prötzel ausrichten.«
»Ja, ja. Ist ja gut. Und sprich um Himmels willen leiser, wenns beliebt.«
Benthien lag angekleidet auf dem Bett, einen nassen Lappen auf der Stirn. Er hatte schon vormittags im Wirtshaus gesessen, und er vertrug nicht mehr viel. Es war Ilka nicht recht, daß sie auf keinen Widerstand stieß, ihr aufgespeicherter Zorn kullerte ins Leere. Am Tisch saß die Mutter im Lichtkegel einer Petroleumlampe und schrieb, dicht neben ihr der stille Erich, der mit Nadel und Faden mehr schlecht als recht einem zerlöcherten Strumpf zu Leibe rückte. Ilka entriß ihm den Stopfpilz. »Gib her, ich mach das schon.« Die Arbeit verlangte bei der trüben Beleuchtung ein genau-

es Hinsehen und eine sichere Hand, und beides wirkte beruhigend. Der ausgestandene Ärger stand noch in ihrem Gesicht.
Demütig und bewundernd sah der Bruder zu ihr auf. »Du hast ihn geohrfeigt, nicht wahr?«
»Wen soll ich geohrfeigt haben?«
»Den Lüstling, der dir zu nahe treten wollte.«
»Unsinn, ich hab mich losgemacht, das ist alles. Es ist nicht ratsam, einen Betrunkenen zu ohrfeigen, merk dir das! Aber du ohrfeigst sowieso keinen, oder?«
»Nein.«
»Niemals, Erich?«
»Niemals. Gott will nicht, daß wir die Hand gegen unseren Bruder erheben.«
»Nicht alle Menschen sind Brüder. Und was wird sein, wenn du eines Tages Soldat bist und in den Krieg ziehen mußt? Die Leute sagen, daß es Krieg gibt wegen Sarajewo.«
»Noch muß ich ja nicht. Und wenn ich erst so alt bin, gibt es keine Kriege mehr. Dann ist die große Schlacht von Harmagedon geschlagen, und das ewige Reich des Friedens bricht an.«
Ilka erwiderte nichts darauf. Das Loch war gestopft, sie vernähte den Faden und biß das überstehende Ende ab. Das war allemal einfacher, als in diesem Haushalt nach einer Schere zu suchen. Vom Bett kamen Schnarchtöne, sonst hörte man nur noch die Feder der Mutter über das Papier kratzen. Sie schrieb das Wort »Dank« unzählige Male in Schönschrift untereinander, nebeneinander, mit lila Tinte, weil es ein Sonntag war.
Als Ilka in der Woche darauf ihren neuen Dienst antrat, war der Krieg bereits im Gange. Er zeigte sich in der Heimat zunächst von einer dekorativen Seite, mit Fahnen, Blumen und singenden Soldaten, die zum Bahnhof marschierten. Eine Stimmung wie am Sedantag, der aber erst in einem Monat fällig war, zusammen mit Ilkas Geburtstag, den auch immer ganz Deutschland mitfeierte.
Die Villa der Amroths lag in der Nähe der Schloßfreiheit an einer schnurgeraden Straße. Sie verlief vom Markgrafenschloß nach Westen, wurde von der Bahnhofsstraße gekreuzt und mündete jenseits der Kreuzung in eine Kastanienallee. Kastanien auch säumten in weiträumigen Abständen die Straße, die zur kleinen Bahnstation führte. Es war eine Landschaft wie auf dem Reißbrett entworfen, Manöverfeld für preußische Ulanen. Der Blick aus den vorderen Fenstern umfaßte einen Teil des Schlosses, die evangelische Kirche

und ein paar der einstöckigen, properen Bürgerhäuser. Die hinten gelegenen Zimmer dagegen zeigten den prosaischen Teil des Städtchens, seine Arbeitswelt mit Ziegelei, Tabakfabrik, Kaserne und Bahnhof. In diesem Viertel waren die Häuser unverputzt, aus rotem, etwas nachgedunkeltem Backstein. Nach hinten lag auch Ilkas winzige Kammer, in den Dachboden hineingebaut, auf dem an Regentagen die Wäsche hing.

Frau Cäcilie Amroth legte Wert darauf, daß das Mädchen in ihrem Hause schlief, aus praktischen Gründen, damit es frühmorgens gleich bei der Hand sei, und aus anderen Gründen noch, die Ilka unklar bleiben mußten, weil sie etwas mit Moral zu tun hatten. Sie musterte die Neue durch ihr Lorgnon und stellte ein paar Fragen.

»Stimmt es, daß du erst dreizehn bist?«

»Es stimmt. Aber am Sedantag werde ich vierzehn.«

»Du siehst älter aus, aber Herr Rehlow hält dich für geschickt. Stimmt es, daß ihr zu Hause nur zwei Stuben habt?«

»Ja, Frau Amroth. Eine Wohnküche und eine Kammer.«

»Die Kammer dient euch zum Schlafen, nehme ich an. Ihr schlaft alle vier in einem Raum, deine Eltern, dein Bruder und du?«

»Aber nein. Vater und Erich schlafen in der Küche, und die Kammer ist so klein, daß nur zwei Betten darin stehen können, eins für die Mutter und eins für mich.«

Ilka glaubte, den Sachverhalt ausführlich genug dargestellt zu haben, doch für diese merkwürdige Frau war das Thema damit nicht erledigt.

»Deine Eltern schlafen also in getrennten Zimmern?«

»Ja.«

»Und wie lange ist das so?«

Ilka stutzte, überlegte, sah zu Boden. »Schon immer. Solange ich denken kann, Frau Amroth.«

»Sag nicht Frau Amroth, es heißt gnädige Frau. Kannst du servieren?«

»Bis jetzt nicht. Aber ich begreife schnell.«

»Wir werden sehen. Und lobe dich nicht selbst, das schickt sich nicht. Zum Schluß noch eins. Du bist mit meinem Sohn Hans Joachim zusammen in die Schule gegangen, aber ich wünsche nicht, daß du daraus das Recht auf irgendeine Vertraulichkeit ableitest. Wir haben uns verstanden. Du hast einen Monat Probezeit, danach werde ich dir sagen, ob du bleiben kannst.«

An ihrem Geburtstag war die Probezeit abgelaufen. Frau Amroth

zeigte sich mit ihr zufrieden und beschenkte sie reich. Sie erhielt zwei getragene, gut erhaltene Kleider, die sie lediglich ein bißchen abändern mußte, weil sie ihr in der Taille zu weit waren, dazu einen Mantel, eine Strickjacke, einen Strohhut. Schätze, von denen Ilka bisher nicht einmal zu träumen gewagt hatte.
Als es in den Winter hineinging und das Haus die ersten größeren Geselligkeiten sah, konnte sie bereits so perfekt servieren, daß sie nun jedesmal zu dieser Tätigkeit herangezogen wurde. Der Angestellte Konrad war in seiner Funktion als Diener, Gärtner und Chauffeur schon lange ausgelastet und daher froh, einer zusätzlichen Pflicht entronnen zu sein.
Im Souterrain regierte die Köchin, und einmal im Monat kam eine Waschfrau ins Haus. Ilka wischte die Böden auf, putzte Fenster, hielt alle Möbel sauber, half in der Waschküche und vor allem beim Bügeln, wo immer reichlich Arbeit anfiel. Es verging kaum ein Tag, an dem sie nicht ein Plätteisen in die Hand nehmen mußte. Bald hatte sie heraus, welche Stücke Gewissenhaftigkeit erforderten und bei welchen sie schludern durfte, ohne daß es auffiel. Sie lernte, ihre Kräfte ökonomisch einzusetzen, und reservierte sich ihren Teil für die abendliche Lektüre, auf die sie nie verzichtete, bei der sie aber nun nicht mehr von Müdigkeit überwältigt wurde. Sie las beim Schein einer Kerze – die Leitung für elektrische Beleuchtung reichte nicht bis in ihre Bodenkammer – und löschte das Licht zu einem Zeitpunkt, den sie nach eigenem Gutdünken bestimmte. Sie war den ganzen Tag auf den Beinen, aber sie fühlte sich nicht ausgenutzt. Jeden zweiten Sonntag bekam sie frei.
Ließ das Wetter es zu, so wanderte sie nach Vierraden, erst über die breite Kastanienallee, dann rechts ab durch einen Feldweg. Sie sah bei den Eltern hinein, steckte manchmal der Mutter einen Taler in die Schürzentasche, gab ihn später nur noch dem Erich, als sie merkte, daß die Mutter sich das Geldstück vom Vater wieder abnehmen ließ, und erschrak von Mal zu Mal mehr über den Schmutz und Gestank in den niedrigen Stuben.
Die Umgebung, in der sie jetzt lebte, veränderte freilich ihre Maßstäbe, doch wurde sie sich dessen erst nach und nach bewußt. Sie war, wie alle geistig Frühreifen, auf dem Gebiet der Lebensführung ein Spätentwickler. Mit Rehlow, dem ihre Sonntagsausflüge in der Hauptsache galten, las sie Shakespeares *Sturm* und Homers *Odyssee*. Was sie nicht verstand, wurde ihr erklärt, auch die Aussprache fremder Vokabeln. Andere Leute lasen andere Sachen,

die Minna zum Beispiel las Romane von der Eschstruth, das wußte sie. Daß es eine Literatur minderen Ranges war, wußte sie nicht. Sie hatte nicht die leiseste Ahnung von ihrer eigenen Bildung, und ihre Menschenkenntnis war keinen Pfifferling wert. Prospero und Caliban, Nausikaa und der Phäakenkönig Alkinoos bewegten ihren Geist auch am Bügeltisch, auch beim Aufwischen des Treppenhauses, mitunter sogar beim Servieren. Wie Ilka beschaffen war, brauchten Routinearbeiten unter ihren geistigen Abenteuern nicht zu leiden. Gedanken über die Josephsehe ihrer Eltern etwa, um nur dieses eine Beispiel herauszugreifen, wären da schon hinderlicher gewesen. Nun, sie machte sich solche Gedanken nicht. Ihre Phantasie wurde von der Mythologie eingenommen, in der ihre eigene Person allenfalls eine Bühnenrolle spielte.

Ein gewitztes Mädchen hätte im Hause Amroth seine Menschenkenntnis beträchtlich erweitern können. Hier glänzte fast alles, und nichts davon war Gold. Ilka hielt jede Ehe für harmonisch, in der die Partner sich nicht zankten, und bei den Amroths gab es keinen Streit. Von ihrer Hausfrau nahm sie an, diese sei streng und gerecht. In Ilkas Augen war das ein sehr positives Urteil. Sie schätzte es, wenn man bei einem Menschen wußte, woran man war. Bei ihren Eltern hatte sie das nie gewußt. Die waren ohne entschiedenes Urteil, ließen die Dinge laufen, und man lief dann so mit. Anders verhielt es sich mit ihrem Lehrer. Herr Rehlow war gütig und gerecht, ein Ausnahmemensch. Daß von solchen Menschen die Erde bevölkert werde, bildete Ilka sich nicht ein.

Manchmal beunruhigte es sie, daß sie sich mit Hajo so schlecht auskannte. Der Gymnasiast nahm eine Entwicklung, bei der sie nicht mithalten konnte. Es handelte sich nicht um Fachkenntnisse, die er ihr voraus hatte, Latein, Französisch oder Mathematik, die schon deshalb belanglos waren, weil sie nie zwischen ihnen erörtert wurden. Aber Ilka zeigte sich hilflos gegenüber jeder Form von Ironie.

Sie war erst einige Tage in ihrem neuen Dienst, als sie von Hajo gestellt wurde. Es war unten im Flur, wo er ihr plötzlich den Weg vertrat. Sie trug einen Stapel Tischwäsche aus dem Bügelzimmer, um ihn oben in die Dielenschränke einzuräumen.

»Warum läufst du jedesmal davon, wenn ich mit dir reden will?«

»Laß mich vorbei, Hajo! Deine Mutter wünscht keine Vertraulichkeit zwischen uns.«

»Aha, die gnädige Frau hat vorgebeugt. Keine Vertraulichkeit mit

Domestiken, so will es die Weltordnung. Da wirst du wohl Sie zu mir sagen müssen. Wir sind nämlich piekfeine Leute.«

»Das weiß ich. Und wenn du meinst – wenn Sie meinen –«

Hajo, der damals noch einen halben Kopf kleiner war als Ilka, lachte laut auf, winkte mit beiden Händen ab und gab ihr den Weg frei.

Sie blieb verwirrt zurück. Es gibt Leute, die etwas sagen, was sie nicht meinen, und solche nennt man Lügner. Daß aber einer das Gegenteil von dem sagt, was er meint und damit dennoch die Wahrheit spricht, mußte auf eine Geradeausdenkerin wie Ilka verstörend wirken. Sollte sie ihn nun mit Sie anreden? Sie kannte sich nicht aus.

Hajo schonte sie danach, indem er ein Zusammentreffen nach Möglichkeit vermied. Bis zu jenem Winterabend, als er mit ein paar gleichaltrigen Jungen von einer Veranstaltung kam und entdeckte, wie Ilka sich von einem vor dem Haus haltenden Fuhrwerk einen Sack auf den Buckel lud und ihn um das Haus herum in den Keller trug. Es war Brennholz für den Kachelofen angeliefert worden, die Spalthölzer waren dick und klobig, die Säcke von erheblichem Gewicht. Der Kutscher, ein alter Mann, saß auf dem Bock und döste. Ilka wollte sich eben den dritten Sack aufladen – mit keuchendem Atem, der in der kalten Luft zu kleinen Wolken kondensierte –, als Hajo ihr in den Arm fiel.

»Du bist nicht ganz bei Trost. Seit wann tust du hier Männerarbeit?«

Sie schnappte nach Luft, um antworten zu können. »Konrad mußte deinen Vater – er mußte Herrn Amroth nach Angermünde fahren.«

»So. Dann hätte Herr Amroth zwei Arbeiter aus seiner Fabrik abstellen sollen, er befehligt ja genügend Sklaven. Los, anpacken! Für uns ist das 'ne Kleinigkeit.«

Die Kameraden grinsten, spuckten in die Hände und ließen sich nicht lumpen. Es machte ihnen Spaß, dem Mädchen ihre Muskelkraft zu beweisen. Ilka machte es keinen Spaß. Sie stand verzagt daneben, schlug ihre Zähne in die Fingerknöchel, schlotterte vor Kälte und Aufregung. »Bitte, das geht aber nicht. Sie können doch nicht einfach – es ist meine Aufgabe, ich werde ja dafür bezahlt.«

Einer der Gymnasiasten blieb vor ihr stehen, schüttelte den Kopf, drehte sich nach Hajo um. »Ein vornehmes Dienstmädchen habt ihr. Spricht die immer so jehoben?«

»Mach, daß du raufkommst, Ilka«, sagte Hajo leise. »Ich weiß,

wovor du Angst hast. Laß das meine Sorge sein. Die Dame mit dem Lorgnon übernehme ich.«
Sie ging hinauf in ihre Kammer, sie schleppte sich hinauf, muß man sagen, und fiel erschöpft auf ihr Bett. Es wäre wirklich nicht weitergegangen da unten, sie hätte schlapp gemacht. Sie machte nicht leicht schlapp. Doch waren die Säcke sehr schwer gewesen, und dann hatte sie gerade ihre Tage. Ihr Leib krampfte sich zusammen, sie zog die Beine an und stöhnte in ihr Kissen. Kurz darauf schlief sie ein, in voller Kleidung.
Als sie aufwachte, war es noch stockdunkel um sie herum, ihr Wecker zeigte auf fünf Uhr. Sie säuberte sich vor dem eisernen Waschgestell und zitterte vor Kälte, denn einen Ofen gab es in ihrer Kammer nicht. Aber sie fühlte sich frisch, und die Schmerzen hatten aufgehört. Unten fand sie alles wie sonst, Frau Amroth war nichts anzumerken, es erfolgte keine Rüge.
Die Dame mit dem Lorgnon.
Daß Hajo seine Mutter nicht liebte, war die einzige Folgerung, die Ilka aus seinem Benehmen zog. Sie hätte noch anderes daraus folgern können, das kam später. Von der Köchin erfuhr sie, daß die Gnädige ausgezeichnete Augen habe und überhaupt keine Gläser benötige. »Nischt wie Anjeberei von der Ollen. Det behältste für dich.« Ilka behielt alles für sich.
Sie behielt auch für sich, daß sie eines späten Abends einmal von Konrad belästigt worden war. Es hatte sie einige Mühe gekostet, ihn aus ihrer Kammer zu entfernen, doch zum Glück verstand sie sich auf den Umgang mit Betrunkenen. Kein Wort darüber. Der Mann war über ihr Schweigen so gerührt, daß er es am nächsten Tag mit einer Tafel Schokolade belohnen wollte, die sie strikt zurückwies. Es war ihre eigene Schuld gewesen, sie hätte zusperren sollen. Von da ab vergaß sie nie mehr, den Riegel vorzuschieben.
Zwei Tätigkeiten waren ihr die liebsten: das Servieren, weil sie dabei interessante Gespräche zu hören bekam, und das Anheizen des weißen Kachelofens im Salon. Dieser Ofen im nachempfundenen Empirestil, mit einem Relief aus lindgrünen Ranken umzogen und mit einer Vase gekrönt, war für Ilka das vornehmste Stück der ganzen Wohnung, vornehmer noch als die massiven Möbel mit den gedrechselten Säulen, die dunklen schweren Vorhänge, die weinroten Plüschsessel, der kunstgeschmiedete Kronleuchter und alle die herrlichen Überflüssigkeiten wie Palmkübel, Filetdeckchen, Fransen und Troddeln. Als vornehm sah Ilka alles an, was keinem

unmittelbaren Nutzen zugeführt wurde, mit Ausnahme des Kachelofens allerdings, denn der wurde kräftig genutzt.
An Wintertagen stand sie eigens seinetwegen früher als nötig auf, kratzte die Aschenreste vom Rost, schichtete Späne, Kleinholz und Kloben übereinander, zündete das Ganze an und wartete ab. Bald begann das Feuer zu rauschen, der Ofen hatte einen guten Zug. Ilka kniete davor, die Hände anfangs in den Schoß, später auf die sich erwärmenden Kacheln gelegt, und träumte vor sich hin. Sie ließ sich Zeit, alle anderen schliefen noch, niemand würde sie stören.
In einem Märchenbuch von Hans Christian Andersen hatte sie vor Jahren einen solchen Kachelofen abgebildet gesehen, und schon damals war das Bild ein Gegenstand ihrer Träume gewesen. Schönheit und Wärme. Sie lehnte auch noch den Kopf gegen die Kacheln und vernahm das Brausen des Windes im Kamin. Eine Fünfzehnjährige zehrte hier von Erinnerungen, und selbst die Erinnerungen stammten aus der Ersatzwelt ihrer Kindheit, die reicher, bunter und vielfältiger war als alles, was ihr die sogenannte Realität zu bieten hatte.
Wenn das Rauschen leiser wurde, war es Zeit, nachzulegen. Sie füllte die Feuerstelle, bis nichts mehr hineinging, schloß die innere und die äußere Eisentür, stellte den Korb mit den restlichen Scheiten beiseite und nahm den Ascheneimer, um ihn hinunter in den Hof zu tragen. Der Andersen-Traum war ausgeträumt, der Tag forderte sein Recht.
Es war der Kriegsalltag, dessen Härten sich inzwischen bemerkbar machten. Der älteste Sohn der Amroths fiel in den ersten Wochen an der Ostfront, die Familie ließ eine Anzeige mit Eisernem Kreuz in die Zeitung setzen und trug »stolze Trauer«. Sie bestand darin, daß Herr Amroth noch schweigsamer wurde als sonst und daß die gnädige Frau ihr Klavierspiel eine Zeitlang einstellte. Der Gefallene war nicht ihr eigener Sohn, er entstammte der ersten Ehe ihres Mannes und hätte einmal die Fabrik übernehmen sollen. Nun rückte Ewald an seine Stelle, womit das Schicksal der Frau Cäcilie in die Hände spielte, ohne daß sie zu kämpfen brauchte, und weil die Trauer ihr nicht recht gelingen wollte, verlegte sie sich mehr auf den Stolz.
Ewald Amroth diente auf einem Kreuzer, war vom Seekadetten zum Fähnrich der Kaiserlichen Marine aufgerückt und wurde im Januar bei der Schlacht an der Doggerbank verwundet. Danach brauchte man um sein Leben nicht mehr zu bangen. Er hatte sich

eine Beinverletzung zugezogen, die ihn monatelang ans Bett fesselte, die aber von Anfang an nicht lebensgefährlich war und ihm in Zukunft einen Fronteinsatz ersparte. Eltern und Bruder fuhren nach Kiel, um den jungen Helden im Lazarett zu besuchen, und als sie von dort zurückkehrten, nahm Frau Amroth ihr Klavierspiel wieder auf.

Von diesem Klavierspiel war Ilka fasziniert. Wo immer es anging, richtete sie ihr Arbeitspensum danach ein und versuchte, sich während der Nachmittagsstunden in der Nähe des Salons aufzuhalten. Sie hatte keine Ahnung, was da gespielt wurde, sie kannte weder Noten, Komponisten noch Stilarten, sie hätte weder einen Marsch noch einen Walzer benennen können. Aber die Töne, die durch die geschlossene Tür gedämpft an ihr Ohr drangen, übertrafen alles, was sie an musikalischen Darbietungen bis dahin gehört hatte. Dazu zählten: die Blasmusik der Freiwilligen Dorffeuerwehr, das Gedudel aus den Orgelpfeifen eines Dampfkarussells am Sedantag, ein paar Volkslieder, die Herr Rehlow auf seiner Geige herunterkratzte. Diesen bemühten Pädagogen hatte lediglich die Muse der Dichtkunst geküßt, und was er in den Gottesdiensten auf dem Harmonium produzierte, wäre von einer anspruchsvolleren Gemeinde nicht hingenommen worden. So geriet denn die klavierspielende Frau Amroth der andächtig lauschenden Ilka zu einer Art heiligen Cäcilie, deren Namen sie ja auch trug.

Ohne übrigens katholisch zu sein. Cäcilie Amroth geborene Mercredi kam aus einer Berliner Hugenottenfamilie, die zu gleichen Teilen streng kalvinistisch und streng preußisch gesonnen war. Ihr Patriotismus hinderte sie indes nicht daran, sich auch während des Krieges der Sprache des Erbfeindes zu bedienen, die sie selbst früh gelernt und auch ihren Söhnen vermittelt hatte. In Gegenwart von Dienstboten gebrauchte sie gern das Französische, das als Chiffre wie als Bildungsausweis herhalten mußte. In ihrer Kammer oben bemühte Ilka sich mitunter, die noch in ihrem Gehör haftenden Nasallaute nachzubilden, und dabei gelangen ihr Sätze, die sich für jeden Sprachunkundigen wie reines Französisch anhören mußten. Doch hielt sie zu solchen Spielereien genügend Distanz, um auf den kabarettistisch-akustischen Nonsens nicht selber hereinzufallen. Herr Rehlow las mit ihr um diese Zeit die Minnesänger in der mittelhochdeutschen Sprache. Sie berauschte sich an den Versen, an der Fülle klangvoller Vokale, lernte freiwillig die schönsten Gedichte des Walther von der Vogelweide auswendig und trug sie

ihrem Lehrer vor. Es fiel bei solchen Gelegenheiten immer ein wenig Historisches ab, als Nebenprodukt gewissermaßen, da ja der Vogelweider auch ein politischer Dichter gewesen war, der sich mit dem Lobpreis der Minne allein nicht begnügt hatte. So wenig, wie sich diese Ilka Benthien mit dem bloßen Auswendiglernen begnügte. Sie behielt ohnehin nur, was sie verstand, stellte ihre Fragen und bekam ausführlichen Bescheid. Kein Thema, das sie anschnitt, wurde fallengelassen, keine Bitte um Wissensvermittlung, auf welchem Gebiet auch immer, blieb unerfüllt. Manchmal wurde etwas aufgeschoben, auch wenn Ilka nicht begriff, warum. Der passionierte Erzieher Rehlow verstand es zwar, die von ihm entflammte Wißbegier am Lodern zu erhalten, aber immer auf dem Rost einer Systematik, den er rechtzeitig untergezogen hatte. Es wurden keine Strohfeuer abgebrannt, das Französische konnte warten.
»Warum, Herr Lehrer? Sie können es doch.«
»Einigermaßen. Aber du mußt es jetzt noch nicht können. Was deine Herrschaft miteinander redet, braucht dich nicht zu interessieren. Es wird nichts Weltbewegendes sein.«
Ilka sah sich entlarvt und senkte den Kopf.
Fortan gewann die fremde Sprache an Reiz, wurde immer geheimnisvoller, exklusiver, verlockender. Exklusiv im wahrsten Wortsinn, weil sie sich ausgeschlossen fühlte und dies als ein Unrecht empfand, gegen das sie sich innerlich auflehnte. Es war das erste Anzeichen einer Rebellion, die irgendwann einmal kommen mußte bei der Widersprüchlichkeit des Lebens, das sie führte. Von Neid sollte man nicht reden. Wer hungert, hat ein Recht darauf, vom reichlich vorhandenen Brot der anderen seinen Teil zu verlangen, und es ist nicht einzusehen, weshalb das nicht auch für den geistigen Hunger gelten soll. Auflehnung also, in aller Heimlichkeit, die ersten finsteren Gedanken bezüglich einer anscheinend gottgewollten Ungleichheit, mit sehr schlechtem Gewissen übrigens. Darum wurde es auch erfolgreich verdrängt. Wer Ilka damals gefragt hätte, ob sie mit ihrem Leben zufrieden sei, hätte ein ehrlich gemeintes Ja zur Antwort bekommen. Es fragte sie keiner.
Im Spätsommer des zweiten Kriegsjahres war die Verwundung des Fähnrichs Ewald Amroth so weit ausgeheilt, daß die Ärzte gegen einen Heimaturlaub keinen Einspruch mehr erhoben. Spritzen, Bäder und Massagen hatten ihre Wirkung getan, und die anfängliche Sorge, er könne ein steifes Bein davontragen, erwies sich als unbegründet. Für die Zeit nach dem Genesungsurlaub war ihm ein

Posten in der Etappe zugesichert worden, bei einer Dienststelle der Kriegsmarine in Swinemünde. Das Haus Amroth in Schwedt rüstete zum Empfang des wiedererstandenen Sohnes.
Ilka wurde gehörig herumgescheucht, aber nicht unfreundlich behandelt, dazu war Frau Amroth zu glücklich. Mein Ewald, mein Liebling, mein Herzblatt. Der schlacksige Hans Joachim machte sich rar und wurde kaum noch gesehen. Er war kein Herzblatt und kein Liebling, auch nicht der seines Vaters, der sich meistens in der Fabrik aufhielt und allenfalls zu den Mahlzeiten nach Hause kam, um dem Klavierspiel seiner Frau zu entgehen. Es hatte ihm früher nichts ausgemacht, erst seit dem Soldatentod seines Ältesten ging es ihm auf die Nerven. Für ihn war das Trauerjahr nicht nur eine von der Konvention festgelegte Frist, sondern das Mindestmaß an Zeit, das er brauchte, um mit seinem Schmerz fertig zu werden. Diese Frist wurde ihm nicht gegönnt, sie wurde glatt mißachtet, und er fraß den Gram darüber in sich hinein und blieb weg. Zu Hause aufzutrumpfen und sich sein Recht zu verschaffen, lag nicht in seiner Natur. Die kleine, hochbusige Frau mit dem Lorgnon besaß über ihn jene bei einem Ehepartner oft schwer zu durchschauende Macht. Vielleicht erübrigt sich der Hinweis, daß es sich dabei nicht um eine Macht handelte, die durch geistige Überlegenheit entsteht.
Wilhelm Amroth erbot sich, seinen Sohn mit dem Firmen-Automobil an der Bahnstation abzuholen. Er chauffierte nicht selbst, konnte es wahrscheinlich nicht, am Steuer saß Konrad. Zurück kamen sie zu dritt, Amroth half seinem Sohn, der noch am Stock ging, die wenigen Stufen zum Hauseingang hinauf, Konrad trug die Koffer hinterher. Es läutete, Ilka lief herbei und öffnete, knickste, trat zurück und ließ ihre Augen in fassungslosem Erstaunen auf dem Ankömmling ruhen. Für eine, die sich allem Schönen stets mit Begeisterung verschrieb, war hier ein junger Gott über die Schwelle getreten.
»Bébé!« rief Frau Cäcilie und breitete die Arme aus.
Nichts an diesem Empfang durchbrach das herkömmliche Muster. Die schicksalsträchtige Wende vollzog sich in Ilka allein, von den anderen unentdeckt, für sie selbst spektakulär und von einigen Sensationen begleitet. Die Kehle wurde ihr trocken, die Hände zitterten, und ihr Herz schlug so hart, daß sie es fast zu hören glaubte. Was mit solcher Gewalt hereinbricht, läßt sich schlecht verdrängen, sie mußte es wohl oder übel zur Kenntnis nehmen. So also ist es, wenn man sich verliebt, etwas anderes konnte das nicht

sein. Sie würde sich jetzt sehr zusammennehmen müssen. Niemand dürfte etwas merken.
Der Fähnrich selbst machte es ihr nicht schwer, denn er ignorierte ihre Anwesenheit. Die Dienstmädchen hatten in diesem Haus oft gewechselt, nur die Köchin kannte er aus seinen Kindertagen, begrüßte sie herzlich, sagte: »Altes Haus!« und tätschelte ihr die Wange. Das Alte Haus strahlte und empfand es als Auszeichnung. Nach Hajo fragte niemand, ihn schien man nicht zu vermissen.
Er war ein sehr ansehnlicher Mann, der Ewald Amroth, das fand jeder. Man kann Einzelheiten aufzählen: daß er gut gewachsen war, daß er hellblondes, seidiges Haar hatte und es entgegen der herrschenden Mode, die einen martialischen Kurzschnitt vorschrieb, in weichen Wellen gescheitelt trug (die vom Kaiser gehätschelte Marine ließ ihren Favoriten einiges durchgehen), daß er eine rosigzarte Haut hatte und kräftige, regelmäßige Zähne.
Aber das alles konnten andere auch vorweisen, ohne deshalb gleich Herzklopfen zu verursachen. Entscheidend ist, wie einer solche Mitgift einsetzt, wie weit er sich seiner Mittel bewußt ist und ob er es versteht, etwas aus sich zu machen. Daß Ewald Amroth sein Pfund nicht etwa vergrub, dafür hatte von Anfang an Frau Cäcilie gesorgt, die ihm, ihre beherrschende Stellung ausspielend, in der Familie den Vorzugsplatz einräumte. Den nahm er ein, den konnte ihm auch der nachgeborene Bruder nicht streitig machen, ganz zu schweigen vom älteren Halbbruder, der nur für den Vater existiert hatte. Von der Liebe seiner Mutter reichlich genährt, wuchs Bébé üppig heran, wurde ein schöner Mann und entwickelte ein ungesundes Selbstbewußtsein. Die Frauen jeden Alters waren ihm verfallen, und nicht nur die Frauen.
Während des Urlaubs legte er die Uniform ab. Er stellte auch in Zivil etwas dar, in einem bequemen Hausrock oder in Reitkleidung, in dieser ganz besonders. Im Lazarett hatte er monatelang den Aufenthalt in der freien Natur entbehrt, und weil ihm das Gehen noch sauer wurde, holte er das Versäumte auf dem Rücken seines Pferdes nach. Es war sein eigenes Pferd, das auf einem Hof im benachbarten Niedersaaten unterstand, auch Hajo hatte dort eines stehen, was Ilka jetzt erst erfuhr. Aber Hajo ritt nur, wenn er dazu angehalten wurde, und hatte auch wenig Grund, seine Künste in der Öffentlichkeit vorzuführen.
Es war immer ein erhebendes Bild, wenn einer die Schloßfreiheit heruntergeritten kam, den Prospekt des imposanten Barockbaues

in seinem Rücken, und dann in die Straße einbog, vor sich die sonnenbeglänzten Pflastersteine, zu beiden Seiten die preußisch-kargen Bürgerhäuser mit ihren gepflegten Vorgärten, das machte schon etwas her, vorausgesetzt, daß der Betreffende gut im Sattel saß. Konkurrenz brauchte er hier nicht zu befürchten, das Übungsfeld der einheimischen Ulanen lag in einer anderen Gegend. Ab und zu öffnete sich ein Fenster oder war schon vorher geöffnet worden, dann grüßte der Reiter mit lässiger Eleganz und verschenkte ein Lächeln.

Frau Cäcilie stand jedesmal am offenen Fenster, wenn Ewald sich näherte, Ilka nur ein einziges Mal. Nicht im gleichen Zimmer mit der Hausfrau natürlich, sondern im Arbeitszimmer des Wilhelm Amroth im Parterre, wo sie Staub wischte. Sie lehnte sich gerade so weit hinaus, daß sie den herankommenden Reiter ins Auge fassen konnte. Der Mund wurde ihr trocken, sie hielt den zitternden Staubwedel in der einen Hand und griff mit der anderen nach ihrem Herzen, das hart und hastig schlug. Und sah im gleichen Augenblick ihr Spiegelbild in einem Parterrefenster der gegenüberliegenden Straßenseite, ein Mädchen ihres Alters oder etwas älter, hochatmend lehnte es sich gegen den Fensterflügel, hielt eine Hand auf dem Herzen und sah dem Reiter entgegen. Im übernächsten Haus schien sich eine ähnliche Szene abzuspielen, denn dort ritt der junge Herr eben vorbei und deutete eine Verbeugung an. Ilka stemmte sich vom Fensterbrett ab und verließ fluchtartig ihren Platz.

So stürmt jemand davon, der die Flucht vor sich selbst ergreift. Sie fühlte sich genarrt, sie sah ihre große und einmalige Liebe von anderen nachgeäfft, aufgesplittert, zur Dutzendware herabgewürdigt. Das hatte sie nicht gemeint. Dem nächsten Defilee des Ewald Amroth blieb sie fern, und allen folgenden auch.

Es gibt heilsame Ernüchterungen. Die Wirkung hielt lange vor, beinahe ein Jahr. Das ist viel, wenn man bedenkt, daß Ewald jetzt häufiger nach Hause kam, manchmal nur übers Wochenende, denn von Swinemünde hatte er es nicht weit.

Er hatte nicht die geringste Ahnung davon, daß er für Ilka eine Gefahr bedeutete. Seine Verführungskünste galten nicht ihr – wie denn auch? –, sondern aller Welt und nicht zuletzt sich selbst. In solchen Götterlieblingen steckt immer ein Stück Narziß. Auch wenn er Klavier spielte, tat er es oft mehr zu seinem eigenen Entzücken als zu dem anderer Leute, deren Aufnahmefähigkeit für

Operettenschlager begrenzt ist. Puppchen, du bist mein Augenstern. Ein bestimmtes Publikum war ihm dennoch sicher. Frau Cäcilie seufzte und trällerte die Melodien mit. Man konnte Bébé einfach nicht widerstehen.

Sie selbst und Hajo spielten schwierigere Stücke, die ihnen darum auch nie ganz glückten. Ewald hatte die Klavierstunden zu dem Zeitpunkt aufgegeben, als sein Lehrer ihm mit Harmonielehre und Kontrapunkt daherkam, wodurch die Angelegenheit also ernstlich in Mühsal auszuarten drohte. Was er bis dahin gelernt hatte, genügte ihm für seine Absichten vollauf. Er erarbeitete sich ein Repertoire, das er danach im Schlaf beherrschte und das ihn im Offizierskasino oder bei Hausbällen unentbehrlich machte. Die Wiederholung innerhalb des eng gesteckten Rahmens erbrachte genau jene Geläufigkeit, die einem Musikunkundigen so leicht imponiert, und es braucht deshalb nicht zu verwundern, daß Ilka diesen Caféhauspianisten mit einem Genie verwechselte. Sie horchte ehrfürchtig auf, sobald er sich einen Wiener Walzer unter die Finger nahm. Auch wurde in Ewalds Gegenwart mehr noch als sonst französisch gesprochen.

Sie war nun sechzehn Jahre alt und sah, obwohl sie noch Zöpfe trug, wie zwanzig aus. Das lag daran, daß sie so lang und mager war. Dabei wurde sie gut verköstigt. Die Amroths verfügten über weitreichende Beziehungen zur umliegenden Landwirtschaft, sie wurden von den kriegsbedingten Einschränkungen nicht betroffen und ließen auch ihre Angestellten keinen Mangel leiden. Man sagt, daß eine ungestillte Sehnsucht an einem Menschen zehre. Ilka konnte kein Fett ansetzen, solange diese Traurigkeit in ihr umging.

Eine Wilhelmine Schimanski hätte an ihrer Stelle schon Mittel und Wege gefunden, mit solchen Bedürfnissen fertig zu werden. Die hätte sich den Konrad geschnappt, der ein ganz passables Mannsbild war, und selbst wenn er weniger gut ausgesehen hätte: er war greifbar, war leibhaftig vorhanden in einer Zeit, da sonst überall die Männer fehlten, da machte man kein langes Federlesen und nahm es nicht so genau. Ilka Benthien nahm es genau. Für den Mann, den man liebt, gibt es keinen Ersatz, und die Liebe ist nicht austauschbar. Auch dann nicht, wenn sie unerreichbar blieb und sozusagen in den Sternen stand. Dann mußte man eben nach den Sternen greifen, vergeblich und hoffnungslos.

»Könnten Sie mir nicht doch ein bißchen Französisch beibringen,

Herr Lehrer? Nur die Grundlagen, daß ich dann vielleicht selber weiterlernen kann?«

»Später«, sagte Herr Rehlow und besprach mit ihr Tolstois Roman KRIEG UND FRIEDEN, den er ihr anschließend in die Hand drückte. Er war mühsam und zeitraubend, er war interessant und spannend, und er enthielt vor allem eine Liebesgeschichte. Sie schlüpfte in die Rolle der weiblichen Hauptperson, sie lebte ein Weilchen das Leben der Natascha mit bis zu dem Punkt, da diese ihren Bräutigam betrog. Daraufhin wurde sie von Ilka fallengelassen. Das, wußte sie, hätte sie selbst nie getan. Ewald Amroth war wieder einmal übers Wochenende gekommen.

Die Familie hatte Freunde zu einer Abendgesellschaft eingeladen, ein Kreis von etwa zehn Personen saß um den ausgezogenen Tisch im Eßzimmer, und Ilka durfte servieren. Sie empfand dies immer noch als Auszeichnung und begleitete alle ihre Hantierungen mit besonderer Aufmerksamkeit. Doch brauchte ihr deshalb kein Wort der Konversation zu entgehen (mit Ausnahme des leidigen Französisch), denn sie beherrschte dank häufiger Übung die Regeln des Bedienens annähernd so gut wie der Fähnrich seine Walzer.

»Der Not gehorchend, nicht dem eignen Trieb«, ließ sich einer der Herren vernehmen und spielte damit auf den Umstand an, daß er sich von seinen Remonten getrennt habe, bevor sie ihm von der dafür zuständigen Kommission requiriert würden. Das Zitat geriet unversehens zum Gegenstand eines literarischen Ratespiels. »Woher ist das doch gleich?«

»Von Schiller«, behauptete Ewald.

»Klar –, was ist nicht von Schiller. Ich meine, aus welchem Drama?«

»Mir schwant was von Wallenstein.«

»Glaub ich nicht. Ich tippe auf Wilhelm Tell.«

Ehe noch einer dazu kam, die im Nebenraum vorhandenen Klassikerausgaben zu befragen, erklärte das servierende Dienstmädchen so freundlich wie hilfsbereit: »Es sind die ersten Worte der Donna Isabella aus der Braut von Messina.« Sprachs, und schenkte dem nicht nur vom Verlust seiner Remonten betroffenen Gutsherrn den Rotwein nach, auf der richtigen Seite, versteht sich, und unter leichter Drehung der Flasche, um den Tropfen aufzufangen.

Ein Engel ging durch den Raum. Nur allmählich löste sich die Erstarrung, zuerst bei Frau Cäcilie, deren zweckloses Lorgnon in die Höhe flog, als müßten ihre Augen sich vergewissern, ob ihre

Ohren richtig gehört hatten. Die Köpfe aller Anwesenden drehten sich langsam zu Ilka hin, und auch der Fähnrich blickte sie an, als sähe er sie zum erstenmal, erstaunt und amüsiert. Um Hajos Fassung aber war es geschehen. Er warf den Kopf in den Nacken, wippte mit dem Stuhl nach hinten, daß er um ein Haar mit ihm umgekippt wäre, und lachte los. Es lachte aus ihm, er hatte keine Macht darüber.

»Hans-Joachim, cela suffit. Demain tu ne sors pas, je te consigne dans ta chambre!«

Ob der Gescholtene die angedrohte Strafe absitzen mußte oder nicht, tut nichts zur Sache, weil hier jemand anderer gemaßregelt wurde, und nicht zu knapp. Am gleichen Abend noch, nachdem alle Gäste gegangen waren, rauschte der verdatterten Ilka eine Gardinenpredigt um die Ohren, die ihresgleichen sucht. Sie kam gar nicht dazu, sich zu verteidigen, ihr fehlten die Argumente, weil sie den Sachverhalt überhaupt nicht begriff. Sie bekam lediglich mit, daß ihre literarische Auskunft von Frau Amroth als ein Kündigungsgrund erachtet wurde, daß man aber im Hinblick auf ihre bisherigen Verdienste noch einmal Gnade vor Recht ergehen lassen wolle, vorausgesetzt, daß sie sich in Zukunft –

Aber gewiß, aber selbstverständlich. Sie wird schweigen, wird sich nicht mehr einmischen und nur noch reden, wenn man sie fragt.

Woher sie denn Schillers Braut von Messina so genau kenne? – Das, immerhin, interessierte Frau Amroth am Ende doch ein wenig.

»Ich habe neulich abends noch darin gelesen«, lautete Ilkas Antwort.

Sie ahnte nicht, was sie sich damit einhandelte. Frau Cäcilie zog aus dem arglosen Geständnis die einzige Schlußfolgerung, daß ihr Hausmädchen nicht voll ausgelastet sei. Dem konnte abgeholfen werden. Sie meldete Ilka beim Königin-Luisen-Bund an und sorgte dafür, daß sie ihre Feierabende sinnvoll verbrachte.

Um acht Uhr wurde das Mädchen von zwei in der Nachbarschaft wohnenden Damen abgeholt, um zehn oder halb elf wieder zu den Amroths zurückbegleitet. Versuchte sie danach, im Bett zu lesen, fielen ihr die Augen zu wie damals, als sie noch bei den Prötzels in Stellung war. Die Kerze auf dem Teller brannte nieder, in Tolstois Roman war immerzu Krieg, bis zum Frieden gelangte sie nicht mehr.

Dabei wurde sie auch im Luisenbund literarisch bedient, das muß

der Gerechtigkeit halber vermerkt werden. Während die Mädchen an einem langen Tisch saßen, um für die kämpfenden Helden Socken zu stricken oder für das Rote Kreuz aus mürben Bettlaken Scharpie zu zupfen, thronte an der Schmalseite immer eine Dame, die ihnen vorlas. Die Bücher hießen »Unser Vormarsch in Flandern« oder »Deutsches Mädel in großer Zeit«. Das Dienstmädchen der Armroths schlief bei solchen Vorträgen gern ein und galt den anderen daher als ungebildet.
Für sich selbst nahm Ilka dieses Urteil nicht mehr an, sie wußte es inzwischen besser. Zwar hätte sie den von ihr wahrgenommenen Unterschied nicht definieren können, aber daß vaterländische Bildung mit Bildung schlechthin nicht identisch war, dämmerte ihr bereits. Dergleichen Erkenntnisse behielt man für sich, es war nicht ratsam, sie auszusprechen.
Außer natürlich ihrem Lehrer gegenüber. Solange ihr dieses Asyl erhalten blieb, war das Leben erträglich, wurde sie für vieles entschädigt. Den freien Sonntag konnten ihr die Amroths nicht streichen, es gab seit einigen Jahren Bestimmungen, denen auch sie sich beugen mußten.
Sie hatte Rehlow ihr Mißgeschick mit der Braut von Messina geschildert, sie beklagte sich über die leeren Abende beim Luisenbund, sie erhielt Trost und Zuspruch. Aber Französisch wollte er ihr nicht beibringen, auch in Zukunft nicht, obwohl er es ihr einmal versprochen hatte.
Sie weinte, als er damit herausrückte.
Warum denn eigentlich nicht, bitte?
Rehlow sah elend aus. Ein Husten quälte ihn seit längerem, kein Mittel wollte anschlagen, der Doktor hatte Asthma diagnostiziert und ihm nahegelegt, um seine vorzeitige Pensionierung nachzusuchen.
»Manchmal frage ich mich, ob es richtig war, daß ich alle diese Studien mit dir betrieb. Nein, sag jetzt nichts, hör mir lieber zu. Es hat dir Freude gemacht und mir auch, so weit ist die Sache in Ordnung. Anfangs habe ich es bloß getan, weil mich der pädagogische Eros kitzelte und ich ausprobieren wollte, wie weit ich mit dir gehen kann und wann du aufgibst. Du hast nicht aufgegeben. Für mich hatte das viel Reiz, weil unsere Dorfkinder nur das Gängigste begreifen, da stumpft man auf die Dauer ab. Später versuchte ich mir die Rechtfertigung zu konstruieren, es sei alles nur deinetwegen geschehen. Als hätte ich die Absicht verfolgt, dir dein kümmer-

liches Leben durch das Bildungsgut reicher und sinnvoller zu machen.«

»Das ist es ja auch geworden«, warf Ilka rasch ein.

Rehlow sah seinen Schützling prüfend an. »Lieb von dir, daß du das sagst, und im Augenblick glaubst du wohl selbst daran. Ich weiß es besser, nicht erst seit deinem deplazierten Schiller-Zitat. Wir wollen uns nichts vormachen, Kind. Ich hab dich mit meinem Ehrgeiz in eine Welt eingeführt, die in krassem Gegensatz zu deinem alltäglichen Leben steht, ohne daß ich die Macht hätte, dir dieses Leben in irgendeiner Weise zu erleichtern. Am Ende läuft es darauf hinaus, daß ich dich zu einem unzufriedenen und unglücklichen Menschen erzogen habe.«

Er schwieg erschöpft, und sie widersprach ihm nicht mehr. Sie waren immer ehrlich zueinander gewesen, das Kleingeld der Verbindlichkeit wechselte man mit anderen Leuten, nicht mit diesem aufrichtigen Mann. Sie hockte sich vor seinem Sessel nieder und streichelte seine Hand.

»Ich möchte dir einen Rat geben«, fuhr Rehlow nach einer Weile fort. »Geh weg von hier, Ilka, sobald es sich machen läßt. In diesem tristen Nest kannst du dich nicht entfalten. Nicht nach Eberswalde oder Angermünde, geh gleich aufs Ganze, in die Reichshauptstadt, und such dir dort eine Stellung. Halte die Augen offen für jede Chance, aber nimm nicht die erstbeste wahr, die meist die beste nicht ist. Sei wählerisch! Ich kenne das Risiko, das du dabei eingehst, ich habe es einkalkuliert. Es kann sein, daß du vor die Hunde gehst, es kann ebenso sein, daß du aufsteigst. Ein Mittleres wird es nicht geben, denn fürs Mittelmaß bist du nicht geschaffen. Menschen wie du setzen sich durch oder gehen unter. – Und nun sag mir die Verse aus dem West-östlichen Diwan auf, das Buch der Parabeln. Du kannst sie doch noch auswendig?«

Ilka nickte und begann: »Vom Himmel sank in wilder Meere Schauer/ Ein Tropfen bangend, gräßlich schlug die Flut,/ Doch lohnte Gott bescheidnen Lebensmut/ Und gab dem Tropfen Kraft und Dauer./ Ihn schloß die stille Muschel ein. /Und nun, zu ew'gem Ruhm und Lohne,/ Die Perle glänzt an unsers Kaisers Krone,/ Mit holdem Blick und mildem Schein.«

Da konnte freilich der Königin-Luisen-Bund nicht mithalten.

Im März des folgenden Jahres, als in Rußland die Revolution ausbrach und den Zaren Nikolaus zur Abdankung zwang, legte auch der Schulmeister von Vierraden sein Zepter nieder, allerdings freiwillig und ohne Spektakel. Er begab sich unter die pflegenden Hände seiner Schwägerin nach Eberswalde, und Ilka war verwaist.

Sie hatte zu sparen begonnen, sie tat jedes Geldstück beiseite, ihren knappen Monatslohn ebenso wie die jetzt reichlicher anfallenden Trinkgelder der Gäste. Die schleichende Inflation öffnete manchen Leuten die Tasche, auch solchen, die man bisher als geizig ansehen mußte. Sie zog ihren Vorteil daraus, füllte ihren Sparstrumpf, zählte jeden Abend die Moneten nach, stellte Berechnungen an. Nur Erich erhielt regelmäßig die gleiche Summe von ihr, dazu fühlte sie sich verpflichtet.

Auch trat sie zu Beginn des Sommers in einen regen Briefwechsel ein. Aus Eberswalde kam höchstens eine Postkarte, Herrn Rehlow ging es schlecht, das Schreiben fiel ihm schwer. Die Briefe stammten aus Berlin, von der Wilhelmine Schimanski, die dort ihr Glück gemacht hatte.

Das gab es also. Man konnte dort aufsteigen, auch wenn man rein gar nichts gelernt hatte und so schlecht in Rechtschreibung war wie die Minna, in deren Briefen es von Fehlern wimmelte. Dafür drückte sie sich neuerdings sehr vornehm aus oder versuchte es wenigstens. Mag sein, daß die Natalie Eschstruth bei ihr ein paar Spuren hinterlassen hatte. Man sollte es nicht gering schätzen, denn der Minna hatte es anscheinend weitergeholfen.

Sie war Bedienerin in einem großen, feinen Lokal in Schmargendorf. Ein Hotel schien es zu sein, der Beschreibung nach. Es war von vielen Zimmern die Rede und von anderen Serviererinnen und Stubenmädchen, die auf einem Stockwerk beieinander wohnten, Tür an Tür. Eine lustige Gesellschaft bildeten sie, hatten in der Freizeit viel Spaß, in Berlin war ja so viel los, auch jetzt noch im Krieg. Mit der Chefin kamen sie gut aus, wurden einigermaßen bezahlt und vor allem ausgezeichnet verpflegt. Frau Zacharias (die Chefin?) verstand es, trotz der herrschenden Lebensmittelknappheit immer noch genügend heranzuschaffen, um Gäste und Angestellte zufriedenzustellen.

Ein solches Leben, fand Ilka, läge doch auch im Bereich ihrer eigenen Möglichkeiten, denn im Servieren zum Beispiel kannte sie sich aus, wenn sie schon sonst nichts gelernt hatte. Die als vorzüglich geschilderte Verpflegung lockte sie weniger, sie bekam bei den Amroths gut zu essen und nahm es gar nicht voll in Anspruch. Aber das lebendige Berlin zog sie an, wo man »aufsteigen« konnte, sofern man seine Chancen wahrnahm. Nicht die erstbeste natürlich, die gemeinhin die beste nicht ist, man mußte schon wählerisch sein, damit man nicht vor die Hunde ging. Die Minna hatte es gut getroffen, die war nicht vor die Hunde gegangen, hatte demnach wohl ihre Augen offen gehalten.

Anfang August kaufte Ilka sich bei einem Trödler in Schwedt einen gebrauchten Rohrkoffer, der nur an den Kanten ein bißchen beschädigt war, und warf ihn hinter den wackligen Aufsatz ihres Kleiderschranks. Sie hatte vor, im September zu kündigen, vorher nicht, denn ihre Geburtstagsgeschenke wollte sie noch mitnehmen. Sie bekam in der Regel getragene Sachen, Rock, Bluse oder Nachthemd aus dem Bekanntenkreis der Amroths, alles von solidem Stoff und passend zu ihrer Länge. Es wäre töricht gewesen, darauf zu verzichten. Sie hatte drei Jahre lang in diesem Haus ihre Arbeit ordentlich getan, Frau Amroth würde ihr ein gutes Zeugnis nicht verweigern können.

Den nächsten freien Sonntag benutzte sie, um ihren Aufbruch zu proben, den Aufbruch in die »große Welt«. Denn etwas so Wichtiges konnte man nicht improvisieren, das wollte vorbereitet sein. Sie holte den Rohrkoffer aus seinem Versteck und begann, ihn zu packen.

Zuunterst die Bücher, Goethe, Schiller, Mörike in dünnseitiger Gesamtausgabe, Geschenke von Herrn Rehlow. Darüber die sorgfältig geplättete Leibwäsche, dann Strümpfe, Hausschuhe, Taschentücher, ein Beutel mit Waschzeug. Obenauf Schürzen, zwei Röcke, zwei Blusen, mit gerolltem Zeitungspapier vor dem Zerknittern bewahrt. Zuletzt probierte sie das Anlegen der Reisegarderobe. Der Spiegel im Innern der Schranktür, stockfleckig und halb blind, warf ihr ein atemberaubendes Bild zurück.

Sie fand sich sehr erwachsen und sehr interessant. Das hätte sie längst einmal tun sollen, sich die Zöpfe aufstecken, ihr Kraushaar vertrug die Flechtenkrone, sie brauchte nur wenige Nadeln. Für die Reise wählte sie, weil es warm war, ein gestreiftes Baumwollkleid, das einmal einer Krankenschwester gehört hatte, mit kleinem weißem Piquetkragen und ebensolchen Manschetten. Die braunen Knopfstiefel paßten nicht recht dazu, aber die erschienen gar nicht im Spiegel. Dafür erschien der Strohhut – es war immer noch der alte mit seinem hellblauen, weißgetupften Band –, und der saß jetzt endlich einmal richtig auf der Frisur. Früher war er ihr zu weit gewesen und in die Stirn gerutscht. Den Mantel würde sie, sollte das Wetter gut bleiben, über den Arm nehmen, die aufgerauhte Kragenseite nach innen, damit man sie nicht sah. Zwei Schritte zurücktreten, nicht auf die Stiefel gucken, und probeweise den zugeschnürten Koffer in die freie Hand nehmen.

So erobert man die Welt.

Nie hatte sie sich kräftiger, unternehmungslustiger, unwiderstehlicher gefühlt. Das plötzlich erwachte Selbstbewußtsein überkam sie wie ein Rausch, sie brauchte keine Bestätigung von außen, um ihres soeben entdeckten Wertes ganz sicher zu sein. Die Außenwelt merkt dann früh genug, was los ist. Es muß einer sich selbst nur mit allen Fasern annehmen, und die Anerkennung durch die anderen wird nicht lange auf sich warten lassen.

Der Tag, dieser Sonntag vor ihrem Geburtstag, war ja noch nicht zu Ende. Durch das schräge Dachfenster mit der Eisenstange, die sie hochgehoben und im Scharnier befestigt hatte, schien ein Flekken Nachmittagssonne und verstreute ein weiches Licht, das alle Konturen milderte. In den Oderwiesen hinter dem Schloß müßte es jetzt märchenhaft sein. Das Fenster verriet nichts davon, es war lediglich Lichtquelle und kein Rahmen für irgendeine Landschaft, auch dann nicht, wenn man auf einen Stuhl stieg und hinauszusehen versuchte. Nichts als Dächer und Fabrikschlote, die Westseite. Alles Bezaubernde lag oderwärts, lag jenseits des Flusses, hinter dem sich an manchem Morgen eine glutrote Sonne erhob. Und vielleicht lag es überhaupt nur im Geist dieser Romantikerin, die immer aus zweiter Hand bezog, was die erste ihr vorenthielt.

Sie brach auf. Ohne Koffer und Mantel, so weit war sie noch nicht, einfach nur zu einem Spaziergang, um den verheißungsvollen Tag nicht nutzlos verstreichen zu lassen. Ihr Gang drückte alles aus, was sie empfand. Junge Tiere haben diese Anmut, kleine Kinder zuweilen auch, ganz selten einmal eine begabte Schauspielerin nach langer Übung und jenseits des Bewußten, wo eine zweite Unschuld beginnt. So verließ sie das Haus, trat auf die Straße und wurde bemerkt. Sie selbst merkte nichts in ihrem traumhaften Dahinschreiten, auch nicht, daß der Fähnrich ihr folgte.

Deshalb war sie ehrlich überrascht, als er ihr auf dem schmalen Sandweg zwischen den Büschen plötzlich entgegenkam, achtlos schlendernd, so für sich hin und wie »um nichts zu suchen«. Das war aber gar nicht sein Sinn. Er hatte ihren Weg vielmehr sorgsam observiert, einen großen Bogen um sie herum geschlagen, vom wuchernden Buschwerk gut getarnt, und kreuzte nun unmittelbar

vor ihr auf. »Das nenne ich mir einen liebenswerten Zufall.« Was man so sagt.
So nannte sie es auch. Abgesehen davon, daß sie von Finessen jeder Art meilenweit entfernt war, glaubte sie es diesem Tag von vornherein, daß er noch ein paar beglückende Zufälle bereithalte. Es paßte ganz einfach dazu.
Ewald nahm sie bei der Hand. Er wußte in der Nähe einen Kahn, der einem Bekannten gehörte und den er benutzen durfte, man kann annehmen, daß dies ein Terrain war, in dem er des öfteren zu wildern pflegte. Ein Paradies für Liebespaare. Es gab eine hübsche kleine Verkäuferin in der Stadt, hübsch wie diese Ilka, aber längst nicht so gescheit und daher weniger aufregend, ein Mädchen zum Vergessen.
Er kannte die stillen Plätze, wo man ganz allein und unbehelligt blieb, und er ruderte dorthin. Mit kräftigen Armen, ein Seemann, auf vielen Meeren befahren und mit allen Wassern gewaschen. Eine helle Locke hing ihm in die Stirn, die pustete er weg, lächelte Ilka an und ermunterte sie mit mehrfachem Kopfnicken, ihm ein Lächeln zurückzugeben. Sie blieb ernst, war voll Ehrfurcht. Die literarische Ersatzwelt versank, Ilka spielte zum erstenmal auf der Bühne des wirklichen Lebens mit, dazu gleich eine Hauptrolle. Da ist einem nicht zum Lächeln zumute. Da hat man eher Lampenfieber und faltet lediglich in frommer Erwartung die Hände.
Der Oderarm, über den er den Kahn lenkte, war seicht und lauwarm, von Wasserpflanzen übergrünt, mehr Teich als Flußbett. Ein paar Tiere belebten die Stille, Enten und Bleßhühner, die sich bei ihrem Herannahen ins Schilf verkrochen, summende Insekten in einer fast unbewegten Luft, denn es war die Zeit der Abendflaute, und vom Ufer warf sich ein Frosch platschend in die Tiefe.
Sie mußten sich bücken, weil es nun in einen niedrigen, durch gekrümmte Weiden und Erlen gebildeten Tunnel hineinging, wo Ewald den Kahn an einem Stamm befestigte. Es roch nach besonnten Pflanzen, nach Fingerhut und Königskerze, Sumpflilien und Schachtelhalm in dieser Höhle aus grünem Licht, es roch ein wenig auch nach fauligem Wasser.
Unter einem der Sitzbretter lagen Säcke, die zog Ewald hervor, breitete sie aus, legte sein zusammengeknülltes Jackett ans Kopfende und reckte Ilka seine Hand entgegen. Es ware eine stumme und eindeutige Einladung, der sie Folge leisten mußte, komme, was da wolle. Die Situation war einmalig, unabwendbar. Sich ihr zu

entziehen wäre gleichbedeutend gewesen mit Ungehorsam gegenüber dem Schicksal.
Sie war leicht zu verführen, und er hatte das gewußt. Was für ihn Routine war, galt ihr als das Äußerste an Entzücken, das genoß er ein bißchen mit. Denn so abgebrüht war er nicht, daß er in diesem Mädchen nur ein Objekt seiner Lust gesehen hätte, es kam ihm schon sehr darauf an, seinerseits Freude zu wecken und zu schenken. Zwar nur für diesen einen Abend, versteht sich, aber anders hätte er es nicht nett gefunden. Darum gab er ihr die zärtlichen Worte, nach denen eine Frau verlangt, sprach von seinem großen Gefühl, von Einmaligkeit und Ewigkeit und unverbrüchlicher Treue. Nach Formulierungen brauchte er nicht lange zu suchen, sein Schlager-Repertoire war voll davon. Sie glaubte ihm alles.
Als er sie heimbegleitete, war es schon dunkel. Er blieb an der Straßenecke stehen und empfahl ihr, allein vorauszugehen, was ihr ganz recht war. Man soll den Schleier des Geheimnisvollen um eine Liebe nicht voreilig lüften, hatte sie einmal irgendwo gelesen.
In ihrer Bodenkammer packte sie den Koffer aus, räumte alle Sachen in den Schrank zurück, schleuderte den leeren Behälter hinauf, wo er wiederum hinter dem Aufsatz verschwand, und warf sich hochatmend auf ihr Bett. Die Reisepläne wurden gelöscht. Wozu sollte sie in Berlin ihr Glück suchen, wenn sie es hier schon gefunden hatte?
Am nächsten Morgen wußte der Fähnrich es einzurichten, daß er mit ihr für ein paar Minuten im Salon allein war, und als sie mit leuchtenden Augen auf ihn zuging, hielt er ihr Handgelenk fest und erklärte ihr ruhig und bestimmt, daß er ihr für den gestrigen Abend danke und sie bäte, nicht mehr darauf zurückzukommen. Sie sei ein vernünftiges Mädchen, sie werde begreifen, warum.
Sie war ein vernünftiges Mädchen und versprach alles, worum er bat. Begreifen konnte sie gar nichts. Diesen einen Tag stand sie im Amrothschen Haus noch durch.
Am Abend wurde der Koffer aufs neue vom Schrank heruntergeholt und endgültig gepackt. Der Gnädigen hinterließ sie einen Brief des Inhalts, daß sie durch Vermittlung von Verwandten in Berlin eine Stellung annehmen werde und für alle erwiesenen Wohltaten danke. Einen weiteren Brief schrieb sie an die Eltern, den würde sie morgen am Bahnhof in den Kasten werfen. »Laßt Euch nicht einfallen, nach mir zu suchen, sonst bekommt Ihr von mir überhaupt nichts mehr. Sobald ich was Passendes gefunden habe,

schicke ich Euch regelmäßig Geld.« Sie wußte schon, wie einem notorischen Trunkenbold beizukommen war. Leider war diese trübe Erfahrung so ungefähr das einzige, was sie vom Leben wußte.

In der Frühe des zweiten September, ihrem siebzehnten Geburtstag, verließ sie ungesehen das Haus und wanderte mit Mantel und Koffer über Schloßfreiheit und Bahnhofsstraße zur Station. Auf ihre Geburtstagsgeschenke hatte sie leichten Herzens verzichtet, im übrigen war das Herz ihr schon sehr schwer. Der niedrige, von der Sonne schon bedrängte Nebel verbürgte einen warmen Tag.

Zweites Bild:
Ich habe nichts gelernt

»Es war eine hübsche Mode, Großmama. Die enge Taille mit dem breiten Gürtel, der weite Rock, dazu dieser entzück-chende Strohhut. Sagte man nicht Kreissäge? – Was verdeckst du mit der Hand?«
»Das Datum. Du sollst raten, wie alt ich auf dem Foto bin.«
»Etwas über zwanzig. Zwischen zweiundzwanzig und fünfundzwanzig. Nicht?«
»Ich war gerade siebzehn geworden.«
»Siebzehn? Unglaublich. – Als ich siebzehn war, sah ich noch richtig rund aus von zuviel Schokolade und Schlagsahne. Aber dann ist das Foto ja noch im Krieg gemacht, und im Ersten Weltkrieg haben die Menschen in Deutschland sehr gehungert, das weiß ich aus Geschichtsbüchern. Den letzten Kriegswinter hat man den Steckrübenwinter genannt. Daher stehen dir auch die Backenknochen so heraus. Die schönen Augen hast du schon immer gehabt.«
»Danke, das hör ich gern. Die vorstehenden Backenknochen aber auch, die kommen nicht vom Hunger, sondern wahrscheinlich von meinen slawischen Vorfahren. Sonst hast du schon recht, es war eine schlimme Hungerzeit in Deutschland. Bloß daß ich durch eine glückliche Fügung völlig davon verschont worden bin.«
»Ist das Foto schon in Berlin gemacht?«
»Ja, hier im Westen. In Schmargendorf, das Haus steht heute nicht mehr. Eine Schulfreundin besorgte mir eine Anstellung in einem Hotel. Ich übernahm dort Büroarbeiten, und sie arbeitete als Serviererin. Im Hof nebenan war ein Fotoatelier, dort hab ich die Aufnahme machen lassen.«
»Und dann hast du in dem Hotel den Großpapa getroffen?«
»In Schmargendorf? – Aber woher denn. In dieses Lokal ist er nie gekommen. Ich war dort auch nicht lange. Die Chefin, eine Frau Zacharias, hatte mich zwar sehr freundlich aufgenommen, ich bekam gut zu essen, wie gesagt, eine prima Hotelküche, aber ich war dem cholerischen Temperament dieser Frau einfach nicht gewachsen. Bei den Amroths in Schwedt hatte ich nie ein böses Wort zu hören bekommen, und nun täglich diese Launen – man wußte nie, woran man mit ihr war. Bei jeder Kleinigkeit konnte sie hochgehen.«

»Das hätte ich auch nicht ausgehalten.«

»Niemand hält das aus. Und ich war doch wirklich nicht verwöhnt! Da entdeckte ich eines Morgens in der Zeitung eine Annonce, worin eine ältere Dame eine Gesellschafterin und Vorleserin suchte. Nun, aufs Vorlesen und Vortragen verstand ich mich, diese Begabung hatte mein guter Dorfschullehrer über Jahre hinweg bei mir gefördert. Wie es dann weiterging, weißt du.«

»Weiß ich. Die ältere Dame war meine Urgroßmama Andernach. Du hast ihr sofort gefallen, und der Sohn des Hauses hat sich gleich in dich verliebt.«

»Und ich mich in ihn. Ja, es war wie ein Wunder. Es war das eigentliche große Wunder meines Lebens, von dem alles Schöne ausging, was ich danach noch erlebte. Das Leid, später, kam von einer anderen Seite.«

»Kam es – von den Amroths?«

»Zum Teil, ja. Ich will aber gerecht sein und ihnen nicht etwas anlasten, was auf die Zeitgeschichte zurückzuführen ist.«

»Geschichte wird von Menschen gemacht.«

»Wem sagst du das? Nur – wo ist die Grenze zwischen dem, was wir hinnehmen müssen, und dem anderen, worauf wir noch einen Einfluß haben? Du darfst nicht denken, Ruthchen, daß ich mich an meinen eigenen Irrtümern und Verfehlungen vorbeimogeln will. Es fällt mir nur schwer, darüber zu sprechen. Tief drinnen bei mir weiß ich genau, wo ich falsche Wege gegangen bin. Manchmal, im Traum, komme ich an eine Kreuzung und will die Wegweiser umstellen, damit ich nicht noch einmal auf einen Abweg gerate. Es ist aber alles umsonst, ich wache auf und weiß, daß es zu spät ist. Versungen und vertan.«

»Ich wollte dir nicht weh tun, Großmama.«

»Du hast mir nicht weh getan.«

Der Stettiner Bahnhof, wo Ilka den Zug verließ, war voll von Soldaten aller Waffengattungen. In der Zeitung, die einer der Mitreisenden ihr überlassen hatte, stand geschrieben, daß man Truppen, die an der Ostfront nicht mehr gebraucht wurden, nunmehr nach dem Westen »warf«. Und man konnte inmitten des Gewühls auf dem Bahnsteig weiß Gott den Eindruck gewinnen, daß hier die Menschen nicht einfach gingen wie anderswo, sondern dahin und dorthin geworfen wurden, ihrem Schicksal in die Arme. Fast alle hatten es eilig, bis auf die wenigen, die ihren Anschlußzug erwarteten, einen Zug nach dem Osten. Die hockten neben dem Marschgepäck, dösten vor sich hin, einer rief Ilka ein Schwerzwort zu. Belästigt wurde sie nicht. Das lag an der Freundlichkeit, mit der sie die Zumutung beantwortete und womit sie, ohne es zu wissen, die Herausforderer in Schach hielt. Mit der nich, nee, lieber nich, die is zu naiv. Um so eine zu verführen, brauchte man Zeit, und die Zeit war knapp.

Umgeben von der Aura ihrer Unschuld wie ein Ungeborenes von seiner Eihülle, so ging diese Jungfrau, die keine mehr war, ungefährdet durch die große, laute und verwirrende Stadt Berlin. Sie hätte jedes Einhorn zähmen können. Wer etwas nicht weiß, muß fragen. Und wenn man höflich fragt, kriegt man in der Regel auch eine höfliche Antwort, obwohl die Menschheit nicht aus lauter Rehlows besteht. Außerdem hat man gute Augen (und schöne Augen), die hält man offen, blickt sich um und beobachtet, wie es die anderen machen. Sie fährt jetzt und hier zum erstenmal mit einer Straßenbahn und stellt fest, es ist keine schwarze Kunst. Einmal steigt sie an der falschen Stelle aus, das ist am Fehrbelliner Platz, da ist sie schon fast am Ziel, aber nicht ganz. Das nächstemal paßt sie besser auf.

Am frühen Morgen noch war sie traurig gewesen, das mußte sie abschütteln, denn dieser wichtige Tag erforderte ihre ganze Aufmerksamkeit. Eine kleine Enttäuschung lag ihr wie Staub auf der Zunge, wie dieser graue Staub, der überall herumflog. Die Stadt war nicht schön. Nein, sie war nicht so prächtig, wie man es ihr erzählt hatte. Kaum neue Häuser, die meisten brüchig und fleckig, dafür sehr hoch, durch die Straßenschluchten fiel nur wenig Sonne. Vielleicht mußte man erst einmal alle Stadtgegenden kennen, um die Schönheiten herauszufinden? Sie hatte es eilig und war auf der Suche nach einer bestimmten Adresse, da konnte sie sich nach Prachtbauten nicht umtun. Und wenn man bis dahin nur Orte gekannt hatte, die in kürzester Zeit zu durchqueren waren, gewöhnte man sich nicht gleich daran, daß eine Stadt gar nicht mehr aufhörte. Oder hörte sie irgendwo auf? Von der Friedrichstraße nach Wilmersdorf und Schmargendorf war es eine abenteuerliche Reise, und immerzu befand man sich in Berlin.

Sie fragte sich durch. Sie fand die Straße, das Haus, das Lokal. Es lag nicht an der Straßenseite, dieses merkwürdige Hotel, wo die Minna als Serviererin angestellt war oder als Zimmermädchen – oder als was? Nicht an der Straße, und auch kein Schild wies

darauf hin, wie es der Hotelier in Schwedt auszuhängen pflegte, der schon am Bahnhof mit einem Anschlag für sich Reklame machte, sogar die Prötzels mit ihrer kümmerlichen Gastwirtschaft in Vierraden hatten das getan. Kein Schild, kein sonstiger Hinweis, nur ein finsterer Torbogen, ein übelriechender Hinterhof voller Fässer und Kisten, ein weiteres Tor, ein Fotoatelier, das hatte geschlossen, daneben endlich eine schriftliche Auskunft auf einem Blechschild unter einer Laterne: DESTILLATION. GROGK, COGNAC, FEINE LIQUEURE. Inh. FR. ROSA ZACHARIAS.
An diesem Punkt wurde sie aufgehalten. Es saß jemand an einem erhöhten Fenster oder Schalter, Aufpasser, Hausmeister oder was immer, ein älterer Mann mit einem gemütlichen Schnauzbart, Brille auf die Stirn geschoben, Zeitung in der Hand, der fragte nach ihrem Woher und Wohin, vor allem nach dem Wohin und Warum. Er fragte väterlich in die treuherzig aufgeschlagenen Augen hinein, und Ilka befleißigte sich, eine präzise Auskunft zu geben. Sehr gerade stand sie da, den mit Bindfaden umwickelten Koffer in der Hand, ein bißchen aufgereckt, um den Mann richtig ansehen zu können, und der guckte von oben hinunter auf ihren Hals, der schlank und biegsam aus einem braven Kragen herauswuchs, auf diese ganze adrette Person, die ein so feines Hochdeutsch sprach. Eine, die sich verirrt hatte, kein Zweifel. Aber sie beharrte darauf, daß die Minna Schimanski, die hier wohne, ihre Freundin sei und daß sie, Ilka Benthien, bei der Frau Zacharias gleichfalls eine Anstellung suche. Wenn da was frei wäre, bitte!
»Hm. Det is aba keene jewehnliche Destille, Frollein.«
»Nein, ich weiß, es ist ein Hotel. Und wo ist hier, bitte, der Eingang?«
»Na, denn jehn Se man rüba durch die verjlaste Tür!«
»Danke.«
Ehe sie sich in die bezeichnete Richtung wenden konnte, wurde sie noch einmal angerufen.
»Frolleinchen! Ick kann ma nich helfen –, aba ick jloobe, det Etablissemang is nischt for Ihnen.«
Sie lächelte, schüttelte den Kopf über so viel Umständlichkeit und ging weiter. Der wohlmeinende Cerberus blieb knurrend zurück. Ein dunkler Flur, ein schmutziges Treppenhaus. Wo so viele Mädchen angestellt sind, könnte es sauberer sein. Eine Weibsperson unbestimmten Alters steckte ihren Kopf hinter einer der vielen Türen hervor, verschlafen und nicht frisiert, auf eine muffelnde Art

neugierig. Ilka fragte nach Frau Zacharias. Steht doch dran, wo's Büro is. Lesen wird man wohl noch können.
»Tatsächlich, ja. Entschuldigen Sie bitte. Ich habe eine längere Reise hinter mir und bin etwas müde und verwirrt.«
»Jottojott, Meechen, brech dir man keene Vazierung ab.«
Die war ihr nicht besonders zugetan. Vielleicht war sie krank und durch die Schritte auf dem Flur aus dem Schlaf gerissen worden, dann ist man eben schlecht gelaunt. Darauf kam es nicht an. Es kam jetzt alles auf diese Frau Zacharias an, ob die ihr gewogen war oder nicht. Das andere würde sich finden.
Sie klopfte, erst zaghaft, dann etwas kräftiger, eine schrille Stimme rief sie herein. Hinter einem mächtigen Schreibtisch saß eine mächtige Frau, ausladende Formen, weiße Haut, das reichliche pechschwarze Haar mit einem Kamm aufgesteckt. Eine gepflegte, ringgeschmückte Hand wies auf einen Stuhl, Ilka setzte sich gehorsam hin und trug ihren Wunsch nach einer Anstellung vor. Was dann erfolgte, nennt man heutzutage einen Test, damals sagte man noch Prüfung. Auf Herz und Nieren und auf einiges andere noch.
Aus Vierraden also, aus der Uckermark, und der Vater Gelegenheitsarbeiter. Da trinkt er sicher?
Ja. Er trinkt.
Frau Zacharias nickt, blättert in Papieren, läßt sie erzählen. Wieder dieser forschende Blick. Einen Beruf habe sie wohl nicht gelernt?
»Nein«, sagt Ilka. »Ich habe nichts gelernt.«
»Aber Sie waren eine gute Schülerin?«
»Ja. Lauter Einser im Abgangszeugnis.«
»Brauchen wir nicht unbedingt. Das heißt, es kommt darauf an. Manchmal haben wir auch anspruchsvolle Kundschaft. Leider sind Sie ein bißchen dünn für unsere Zwecke.«
Ilka strahlt. In dieser Hinsicht ist sie ganz unbesorgt. »Das macht überhaupt nichts«, versichert sie. »Mich kann man noch so gut füttern, ich setze nichts an. Aber Sie dürfen sich davon nicht täuschen lassen, ich bin sehr kräftig.« Zum Beweis knöpft sie eine Manschette auf, krempelt den Ärmel hoch und läßt an ihrem mageren Oberarm die Muskeln spielen.
Das ist der Augenblick, da bei Frau Zacharias der Groschen fällt. »Mein liebes Kind!« Sie erhebt sich in ihrer ganzen Fülle, umschreitet ächzend den Schreibtisch, bleibt vor Ilka stehen. Die will sich gleichfalls erheben, wie sie es gelernt hat, wird aber von der beringten Hand auf den Stuhl zurückgedrückt. »Ihre Muskeln in

allen Ehren, mein Kind, aber ich will Sie ja nicht als Ringkämpferin anheuern. Ihre erste Stellung war in einer Gastwirtschaft, sagten Sie. Da darf man eigentlich annehmen, daß Sie mit Männern umgehen können.«
»Kann ich.« Ilka nickt eifrig. »Mir tritt keiner zu nahe, das verspreche ich Ihnen. Ich verstehe es gut, mir einen Mann vom Leibe zu halten.«
Durch die geschlossene Tür dringt vom Flur ein Geräusch herein, unterdrücktes Gelächter und Prusten. »Moment mal.« Frau Zacharias öffnet die Tür mit einem Ruck, man hört einen dumpfen Anprall, einen Klagelaut und das Schlurfen auseinanderstrebender Schritte. »Ihr bleibt in euren Zimmern, verstanden?«
»Sie haben heute Ruhetag, nicht wahr? Weil Ihre Angestellten nicht im Lokal sind, meine ich.«
Der Zacharias kommen die Tränen. Sie dreht sich um, fischt nach ihrem Taschentuch und schneuzt hinein. Es sind echte, ehrlich geweinte Tränen und nicht etwa Lachtränen, die man durchaus vermuten könnte, da die Situation der Komik nicht entbehrt. Aus den Tiefen der bewegten Vergangenheit dieser Frau wird etwas hochgespült und ist noch einmal für ein kurzes sichtbar, spürbar, nachvollziehbar, die eigene Unschuld in grauer Vorzeit, verschleudert dann und verkauft um einen Judaslohn. Unwiederbringlich. Wer den Schritt über diese Schwelle getan und sich einmal besudelt hat, kann nicht mehr zurück. Kann sich hocharbeiten, gewiß, braucht nicht zu darben, wenn er es geschickt anfängt, kann ein Leben führen wie dieses und muß nicht unbedingt mit dem Gesetz in Konflikt geraten. Aber ein Zurück gibt es nicht. Frau Rosalie Zacharias ist, wie alle älteren Prostituierten, eine strenge Moralistin. Hüben und drüben, schwarz und weiß. Und dieses Lämmchen da auf dem Stuhl ist schneeweiß und soll es bleiben.
Sie hat so manches schmutzige Geschäft getätigt, man gewöhnt sich schließlich daran, behält aber doch im Herzen die unruhige Sehnsucht, einmal etwas wirklich Gutes zu tun. Die paar Mark in den Opferstock ihrer katholischen Kirche, die sie einmal im Monat zu einem Bußgang aufsucht, haben diese Sehnsucht nicht zu stillen vermocht. Mit Geld war das nicht abzuwaschen, mit ihrem Geld schon gar nicht.
Wenn es ihr aber gelänge, dieses Mädchen vor dem Schritt ins Verderben zu bewahren, es unter ihren wachsamen Augen solange abzuschirmen, bis sie es eines Tages redlich und sauber verheiraten

könnte, womöglich an einen gutsituierten Mann –, wäre das nicht ein Plätzchen im Himmelreich wert? Irgendwo seitwärts, nicht gerade im Lichtkegel, wo die Gerechten sitzen, sie will sich nicht vermessen. Und sollte ein Himmelreich nicht existieren, niemand kann das ja mit Sicherheit sagen, so gäbe es dafür auf Erden einen Lebensabend mit einem entsühnten Gewissen, eine Familie, die sie besuchen könnte, Ziehtochter und Enkelkinder, ein bürgerliches Nest, und sie selbst gehörte ein wenig dazu.

Die ahnungslose Urheberin solcher Träume saß auf ihrem Stuhl, die Füße in den ausgetretenen Stiefeletten eng beieinander, den Mantel im Schoß, die Augen in fügsamer Anfrage auf ihr Gegenüber gerichtet. Augen, so blau wie das himmelblaue Band an diesem rührenden Strohhut. Was war nicht rührend an dieser komischen Person? Sogar der Rohrkoffer war es, der neben ihrem Stuhl stand, sorgsam mit Strippe umwickelt und umknotet. Für einen Riemen hatte das Geld nicht gelangt.

»Sie können bei mir bleiben, als Schreibhilfe in meinem Büro. Zeugnis will ich nicht sehen. Wer ein so gutes Deutsch spricht, wird auch fehlerfrei schreiben. Nebenan ist eine Abstellkammer, die lasse ich räumen und ein Bett hineinstellen.«

Ilka wäre ihrer Wohltäterin gern um den Hals gefallen, aber dazu war sie dann doch zu schüchtern.

»Noch eines. Mein Haus ist kein Restaurant und kein Hotel, oder sagen wir: von beiden etwas und einiges mehr. Über alles, was Sie hier merken und sehen, werden Sie nach außen Stillschweigen bewahren. Wenn Ihnen etwas rätselhaft vorkommt, fragen Sie mich. Am liebsten wäre es mir, Sie würden überhaupt nicht fragen. Mit den übrigen Angestellten meiden Sie jeden Kontakt.«

»Aber die Minna darf ich doch –? Ich meine, weil wir in dieselbe Klasse gegangen sind?«

»Die Schimanski heißt hier nicht Minna, sondern Wilma. Also meinetwegen mit der Wilma, ausnahmsweise. Und sie nicht ausfragen, über nichts.«

»Ich werde nicht fragen.«

So fing das an. Schreibkraft im Büro eines Etablissements, das kein Eßlokal war und kein Hotel und keine gewöhnliche Destille, das hinter dem zweiten Torbogen eines verlotterten Hinterhofs lag, tagsüber wie verkrochen in eine beängstigende Stille, gegen Abend und bis in die frühen Morgenstunden hinein seltsam belebt von

Musik, Gegröl und Gelächter. Damit durfte sie nichts zu tun haben, auch nicht danach fragen.
Ihre Arbeitszeit erstreckte sich über den rechtschaffenen Tag, wie sie es gewöhnt war. Sie bekam Briefe diktiert, deren Inhalt sie nicht verstand, sie addierte Zahlenkolonnen, ohne sich zu verrechnen, sie verlor rasch die Angst vor dem Ungetüm von Schreibmaschine, lernte einwandfreies Abtippen mit zwei Fingern und den Umgang mit einem Telefon. »Hotel Zacharias, Büro. Ich notiere.« Persönliche Ferngespräche waren verboten.
Das alles in einem Zeitraum von vier Wochen. Frau Zacharias war sehr zufrieden mit ihr, lobte sie unentwegt, wußte nicht, was sie an ihrer neuen Schreibhilfe höher schätzen sollte, die Disziplin oder die Diskretion. Beides war allerdings der Bewunderung wert.
Ilka hielt ihre Neugier im Zaum, und es fiel ihr keineswegs leicht, dieser wißbegierigen Schülerin aus Vierraden, die der Dorflehrer aufs Fragenstellen geradezu abgerichtet hatte. Aber sie wollte ihr unglaubliches Glück nicht aufs Spiel setzen. Nach Eberswalde schrieb sie: »Von der ungelernten Dienstmagd zur Sekretärin, ist das nicht ein märchenhafter Aufstieg, lieber Herr Lehrer? Ich bin Ihnen so dankbar für Ihren Rat.«
Sekretärin war ein bißchen hoch gegriffen, wie man zugeben wird, es sei denn, man nähme das Wort in seinem ursprünglichen Sinn, da paßte es dann freilich. Geheimnisse hatte sie in großer Zahl zu hüten.
Sie war sehr stolz, als sie einen Teil ihres ersten Monatsverdienstes auf die Post tragen konnte, um es an die Eltern zu überweisen, stolz auch, weil sie gelernt hatte, wie man eine Geldanweisung ausfüllt. Für ein Dorfkind zählt das unter die Fortschritte, unter die Rubrik »Lebenserfahrung«. Die Post lag in der Nähe, sie bekam öfter einen Auftrag dorthin und erledigte ihre private Korrespondenz gleich mit.
Bei einem solchen Ausgang lief sie einem Mann in die Arme, der eben aus dem Fotoatelier heraustrat und sich, den Spazierstock unter die Achsel geklemmt, etwas zerstreut seine Handschuhe anzog. »Verzeihung, mein Fräulein, es war meine Schuld. – Hoppla, wen hätten wir denn da?« Er hielt Ilka mit ausgestrecktem Arm fest, in einer Distanz, die ihm erlaubte, sie von oben bis unten zu betrachten.
Sie trug zu einem grauen Rock, der sie durch seine Länge noch schlanker erscheinen ließ, eine hochgeschlossene weiße Bluse mit

einer Samtschleife am Hals, und auf der hellen Flechtenkrone saß bieder und korrekt die unvermeidliche Kreissäge, ihre bislang einzige Kopfbedeckung.
»Bitte, lassen Sie mich los!« sagte Ilka bestimmt, aber nicht ungehalten. Es war eine Situation, in der andere Mädchen ihres Alters gern aus Verlegenheit patzig und aufmüpfig reagieren. »Frau Zacharias hat einen eiligen Auftrag für mich.«
»Soll das heißen, daß Sie bei der Zacharias angestellt sind?«
»Ja.« Sie nickte ihm einen kurzen Gruß zu und schritt durch die beiden Torbögen davon auf die Straße. Der Fremde hätte ihr folgen können, denn eigentlich war dies sein Weg, stattdessen machte er kehrt und verschwand für einige Zeit hinter der verglasten Tür.
Den Mittwoch darauf hatte die Minna ihren freien Tag. Die Mädchen der Frau Zacharias bekamen nur an Wochentagen frei, an den Sonntagen mußten sie mehr noch als sonst zur Verfügung stehen. Die Chefin fand, daß auch Ilka ein bißchen frische Luft gebrauchen könne, sie sah blaß aus, das Herumhocken im Büro bekam diesem Landkind anscheinend nicht, da mußte für Ausgleich gesorgt werden. Ilka versprach, draußen im Grünen spazierenzugehen, und wurde für den gleichen Nachmittag beurlaubt.
Sie fuhren drei Haltestellen weit. Minna kannte in der Nähe der Podbielski-Allee einen kleinen Park, eine der zahlreichen Grünflächen inmitten dieser Wüste aus Mietskasernen, Fabrikanlagen, Verschiebebahnhöfen, Wassertürmen und Gasometern. Ganz abgeschlossen von dem unbekömmlichen Großstadtkonglomerat lebte man in so einem Winkel, lebte auf, atmete auf, erging sich auf bekiesten Wegen, verweilte am Geländer eines geschwungenen Brückchens, fütterte Enten und Schwäne. Ein paar ältere Leute spazierten am Tümpel entlang, eine Spreewälderin mit gestärktem Kopfputz schob ihren hochrädrigen Kinderwagen vor sich her. Blutbuchen und Ahorn prunkten mit herbstlichen Farben, am Boden lag schon ein wenig Laub, der Oktober hatte gerade begonnen.
Minna, die nun wieder Minna hieß und nicht Wilma, saß neben Ilka auf einer Bank und versuchte sie auszuforschen. Denn »es« war immer noch nicht eingetreten.
»Es könnte an der Luftveränderung liegen«, meinte sie. »Bei mir war det im Anfang jenauso. Andere Luft, anderet Essen, denn bleibt et schon mal wech.«
»War dir denn auch schlecht?«

»Nee. Schlecht war mir nich. Haste nu dem Ewald jeschrieben oder haste nich?«
»Ich habe ihm geschrieben. An die Swinemünder Adresse, die ich noch auswendig weiß. Es lagen ja öfter Briefumschläge mit seinem Absender im Haus herum, auf dem Schreibtisch oder in der Schale, da hat sich mir die Anschrift eingeprägt.«
»Ein Glück. Denn wird er ja woll reagiern müssen, der Ewald, so oder so.«
So oder so hielt Ilka für eine Redensart und nicht für eine Alternative, sonst hätte sie darüber nachgedacht. Solche Mißverständnisse passierten eben zwischen so ungleichen Mädchen, die einer irreparablen Kluft zwischen sich nur dadurch entgingen, daß sie sie gutmütig verschleierten. Sie brauchten einander, sie fühlten sich verloren und unglücklich in dieser allesverschlingenden Stadt. Minna Schimanski behauptete längst nicht mehr, sie habe hier ihr Glück gemacht, und sie sah auch nicht danach aus.
Einmal hatte sie durchblicken lassen, daß ihr Beruf anstrengend, aber sehr notwendig sei. Die armen Kerle, die morgen wieder an die Front zurück müßten, immer den Tod vor Augen, sie brauchten doch eine Aufmunterung, ein bißchen Fröhlichkeit, Abwechslung, Vergessen. Dazu sei sie da, sie und die anderen Mädchen der Frau Zacharias. Man werde schon manchmal recht müde dabei, wenn es die ganze Nacht dauere, müde und unlustig, aber das müsse man eben überwinden. Ilka zeigte sich sehr beeindruckt und schien von da ab geneigt, den Beruf der Minna Schimanski für eine karitative Tätigkeit zu halten. Worin diese eigentlich bestand, blieb ihr so unklar wie zuvor.
Da sie ihr keine Fragen stellte, begann Minna ihrer Diskretion zu vertrauen und rückte mit gewissen Einblicken heraus. Rein zufällig hatte sie ein Gespräch zwischen der Chefin und einem jungen Mann belauscht, bei dem es um Ilka gegangen sei, ganz ohne Zweifel um Ilka, die der Mann genau beschrieben habe und die er für sich reserviert haben wollte.
»Und wat denkste, wat die Zacharias ihm jeantwortet hat?« Minna holte tief Luft und konzentrierte sich auf eine hochdeutsche Aussprache, frei nach Natalie von Eschstruth. »Nichts da, mein Herr, dieses Mädchen ist tabu. Tabu, hat sie gesagt. Fräulein Benthien ist meine Schreibkraft und hat mit dem übrigen Betrieb nichts zu tun. Ein tüchtiges Mädchen. Wenn Sie mit ihr in Verbindung treten wollen, dann bitte ganz offiziell und in allen Ehren, mit einer

Einladung von seiten Ihrer Herren Eltern. Ihrer Herren Eltern, hat sie jesacht. Ick war jeplättet, kannste dir denken.«
»Und er, der junge Mann?«
»Der wollte sich det nochmal ieberlejen. Un denn isser jegangen.«
Ilka interessierte sich nicht weiter für den Fremden, dem sie nur flüchtig begegnet war. Sie wartete auf einen Brief von Ewald, mit wachsender Nervosität von einem Tag zum anderen.
Der kam dann auch, steckte eines Morgens zwischen den übrigen Postsachen, privaten und geschäftlichen, und sie konnte ihn da herausfischen, ohne daß die Chefin es merkte, und ihn in ihrer Rocktasche verschwinden lassen.
Auf einem Besorgungsgang am Nachmittag las sie ihn unterwegs, an einen Laternenpfahl gelehnt, um Halt zu finden. Sie brauchte diesen Halt.
Der junge Herr Amroth teilte ihr Namen und Adresse eines Berliner Arztes mit, den er bereits verständigt habe und der die unangenehme Sache bereinigen werde. Daß er für die Unkosten aufkomme, verstehe sich von selbst, damit habe sie nichts zu tun. Er wisse schon, was sich gehöre und was seine Pflicht und Schuldigkeit sei. Die Adresse herausschreiben, den Brief sofort vernichten, in beiderseitigem Interesse. Mit freundlichen Grüßen.
Der Laternenpfahl schwankte.
So unbeschlagen, so hinterwäldlerisch war Ilka denn doch nicht, daß sie das Ansinnen nicht auf der Stelle begriffen hätte. Zwar wußte sie immer noch nicht, was ein Bordell war und was sich darin abspielte, aber was sich zur Zeit in ihrem Körper abspielte, wußte sie dank eingehender Studien sehr genau und auch, daß es von außen zu beeinflussen war. Auf gewaltsame, unter Umständen lebensgefährliche Weise. Eine Nachbarin in Vierraden hatte einmal eine Fehlgeburt gehabt und war daran gestorben. Sie hat es selbst getan – hörte sie den Vater zur Mutter sagen, und die Mutter schüttelte den Kopf, sah sich um und legte den Finger auf den Mund. Nicht vor den Kindern, Gustav. In der Kate der Benthiens war es, was die Keuschheit betrifft, allezeit zugegangen wie in einem Kloster.
Ilka wartete, bis die Straße ihr Herumkreisen eingestellt und der Laternenpfahl seine Standfestigkeit zurückgewonnen hatte, dann zerriß sie den Brief in winzigkleine Fetzen, die sie durch das nächste Kanalgitter des Rinnsteins warf. Es war eine rituelle Handlung, bei der sie von dem Gefühl durchdrungen wurde, daß für

diesen Brief eine Kloake der angemessene Platz sei. Die Adresse des Arztes hatte sie sich nicht gemerkt.
Abends in ihrem Bett, in der ausgeräumten Abstellkammer, die aber elektrisches Licht hatte, wartete sie vergeblich auf den Schlaf. Aus dem Lokal drangen die gewohnten Geräusche herauf, Klaviergeklimper, eine Männerstimme im tiefsten Baß: »Hab ich nur dei-hei-ne Lieh-be«, die spitzen Schreie der Mädchen als Antwort auf irgendwelche Reden, die für Ilka in jeder Hinsicht unverständlich blieben. Sie hatte auch jetzt noch keinen Namen für die Institution der Frau Zacharias, nicht den offiziellen, den man im Lexikon findet, nicht den ordinären inoffiziellen, aber sie begann etwas zu ahnen. Ick kann mir nich helfen, Frollein, det Etablissemang is nischt for Ihnen.
Übelkeit trieb sie aus dem Bett, aus der Kammer, über den Flur. Als sie von der Toilette zurückkam, stand Frau Zacharias vor ihr. Die Chefin war voll angekleidet, und es schien, als sei sie Ilka nachgeschlichen.
»Was ist los mit Ihnen? Wie riechen Sie denn?«
»Mir ist nicht gut. Es muß mir etwas nicht bekommen sein.«
»Wir reden morgen darüber.«
Wieder im Bett, fühlte sie sich erleichtert, denn der Krampf im Magen hatte nachgelassen. Aber der Schlaf wollte nicht kommen. Sie holte den Mörike aus der Schublade, die Dünndruckausgabe von Herrn Rehlow, um ein bißchen darin zu blättern. Die einzige Lichtquelle im Raum bestand aus einer Glühbirne an einem Draht, der über eine Porzellanrolle lief und sich herunterziehen ließ. Die Birne pendelte vor ihren Augen und tauchte den Mörike abwechselnd in Licht und Schatten.
Plötzlich, da kommt es mir, / treuloser Knabe, / daß ich die Nacht von dir / geträumet habe, / Träne auf Träne dann / stürzet hernieder: / So kommt der Tag heran – / o ging er wieder!
Ihr stürzten dann auch die Tränen hernieder. Mußte sie ausgerechnet an dieses Gedicht geraten, vielleicht hatte sie es nicht zufällig aufgeschlagen. Sie weinte um ihre doppelt verlorene Liebe, um jene, die Ewald ihr entzogen, und um ihre eigene, die sie heute von sich getan hatte in den Gully hinab. Und wie war es möglich, daß sie sich nach diesem Mann sehnte, obwohl sie ihn gleichzeitig verachtete?
Ein bißchen Trost fand sie am Ende doch in den volksliedhaften Versen des schwäbischen Dichters, den zweifelhaften Trost, sich

eingefügt zu wissen in eine endlose Reihe verlassener Mädchen von altersher bis auf den heutigen Tag. Sie ließ das Buch sinken und dachte an Ophelia, an das Gretchen des Faust, die Jungfrau von Orleans und die Königin Maria Stuart, Grillparzers Sappho und Tolstois Natascha (die an ihrem Unglück jedoch selber schuld war!), tröstlich, zu wissen, daß man mit seinem Leid nicht allein stand. Daß die literarischen Vorbilder, die sie an diesem Abend zu ihrer Heilung beschwor, mit einer einzigen Ausnahme allesamt schrecklich geendet hatten, wurde von ihr geflissentlich übersehen. Ihre seelische Gesundheit war angeschlagen, doch bis zur Todessehnsucht reichte ihr Kummer nicht.

Der folgende Morgen begann wie ein ganz gewöhnlicher Tag, mit dem Sortieren des Posteingangs, dem Abtippen von zwei Briefen, die sie gestern handschriftlich skizziert hatte, dem Einheften älterer Akten, die seit langem ungeordnet auf einem Haufen lagen und den Platz auf dem Schreibtisch wegnahmen. Frau Zacharias verhielt sich wortkarg und schien auf den nächtlichen Vorfall nicht zurückkommen zu wollen. Um zehn Uhr läutete sie einem der Mädchen und ließ wie immer das zweite Frühstück servieren, in Speck gebratene Eier. Sie selbst aß langsam und lustlos, während Ilka, die gegen ihre Gewohnheit von einem wahren Heißhunger ergriffen wurde, sich etwas zu hastig über die fettige Speise hermachte. Sie mußte es büßen. Kaum hatte sie den letzten Gabelbissen herunter, da rebellierte wieder einmal ihr Magen, und sie lief hinaus.

Die Langmut der Zacharias war zu Ende, ihre Gutgläubigkeit auch. Mit ihr machte man das nicht, nicht mit ihr. Sie war als Kind nicht vom Tisch gefallen und auch nicht zu heiß gebadet worden. Es kam zu einem kurzen, scharfen Verhör, in welchem Ilka alles zugab, was zuzugeben war, und danach erfolgte ein Wutausbruch.

Ilka wich erschrocken an die Wand zurück. Die große und schwere Frau federte durch das Zimmer wie ein losgelassener Gummiball, Akten flogen durch die Luft, ein Teller zerschellte am Boden, ein Lineal sauste mehrmals auf die Schreibmaschine nieder. Den schrillen Empörungsschreien war zu entnehmen, daß nicht allein Ilkas Schwangerschaft zur Debatte stand, sondern ebenso ihr Alter. Denn auch Frau Zacharias hatte ihre Gehilfin bis dahin für mindestens einundzwanzig gehalten.

Siebzehn, und schon schwanger, und kommt hierher und spielt die Unschuld vom Lande. Noch nicht volljährig und schleicht sich hier ein und bringt mich in Schwulitäten, denn wenn das rauskommt, hab ich die Polente auf dem Hals. Siebzehn, und schon so verdorben, und reißt die blauen Augen auf wie ein Firmling, Gott behüte, und fragt nicht einmal, wie das weitergehen soll. Hab ich eine Kinderkrippe hier? Bin ich Pastor Bodelschwingh? Raus mit dir, raus raus raus, es könnte sonst sein, daß ich mich vergesse!

Ilka floh durch die Tür. Mitten durch die Schar der Mädchen, die wie aufgescheuchte Gänse im halbdunklen Flur herumflatterten und ihr nachstarrten, hämisch einige, die meisten eher mitleidig, und alle sehr aufgeregt. So erlebten sie die Chefin nicht oft. Noch einmal öffnete sich die Bürotür, noch einmal, ein letztesmal, vernahm die flüchtende Ilka die sich überschlagende Stimme: »Ruft mir die Schimanski her!«

Danach war endlich Ruhe. Wer dachte, daß nun die arme Minna ihre Abreibung bekäme, täuschte sich gründlich. Dieses Dorfkind mit dem schlechten Abgangszeugnis hatte seine Lektion gelernt, und nicht beim Lehrer Rehlow. Was lernte man schon bei dem?

Minna alias Wilma überzeugte Frau Zacharias im Handumdrehen von zwei unbeweisbaren Dingen: erstens, daß sie der Meinung gewesen sei, Ilka habe der Chefin gleich zu Anfang ihr wahres Alter gesagt, und zweitens, daß sie, Wilma, von der Schwangerschaft ihrer Freundin jetzt erst erfahre. So blieb sie denn verschont, räumte die Trümmer weg, schimpfte lauthals auf Ilka und besänftigte die verbitterte Frau mit mancherlei Klagen über die Schlechtigkeit der Welt. So ein Unschuldslämmchen, diese Ilka, so ein heuchlerisches. Da sind wir ehrlichen Nutten doch die besseren Menschen.

Sind wir, – sagte Frau Zacharias.

In der betrogenen Frau glomm am Ende doch noch ein Fünkchen Mitgefühl, das der Betrügerin zugute kam, kann sein, daß die Minna es angeblasen hatte, von der Seite sich heranschlängelnd, unauffällig und geschickt. Denn irgendwo mußte dieser Unglückswurm ja bleiben, man konnte ihn nicht einfach auf die Straße setzen. Frau Zacharias ging ans Telefon und wählte eine Nummer. Die Nummer einer Institution, die sie nur vom Hörensagen kannte.

Am Nachmittag verließ Ilka in Minnas Begleitung das ungastlich gewordene Haus, den Rohrkoffer wiederum in der Hand, die Kreissäge auf dem Kopf. Den Mantel hatte sie angezogen, denn es war kühl und nieselte ein wenig. Minna trottete, in ein Häkeltuch gewickelt, mißmutig neben ihr her. Der Anfall von heute früh kam noch einmal zur Sprache. Ilka konnte nicht wissen, welche Hoff-

nungen sie in Frau Zacharias erweckt und später zunichte gemacht hatte, auch Minna wußte es nicht, ahnte es aber vielleicht.
»Was hab ich ihr eigentlich getan, daß sie so ausfallend gegen mich wurde?«
»Mensch, du kannst Fragen stellen.«
Nun, dann nicht.
»Hier links jetzt, denn rüber auf die andere Seite. Von den Häusern is es das dritte oder vierte.«
Bis zum Nollendorfplatz waren sie mit der Straßenbahn gefahren, das letzte Stück gingen sie zu Fuß. Minna kannte das Haus, in dem sie Ilka abzuliefern hatte, es war ihr Ausgangspunkt gewesen, als sie im Januar hergekommen war und sich in der großen Stadt allein nicht zurechtfinden konnte. Das Magdalenen-Heim hatte ihr die erste Stelle vermittelt.
»Zu Frau Zacharias?«
Minna tippte im Gehen flüchtig an ihre Stirn. »Manchmal bist du ganz schön bescheuert. Du glaubst im Ernst, die Diakonissen hätten mich zur Zacharias geschickt?«
Nein, natürlich nicht. »Aber was ist das denn nun für eine Einrichtung, dieses Magdalenen-Heim?«
»Det is 'ne Zweigstelle vom Magdalenen-Stift am Hohenzollernkanal, wo sie sich um die Arbeiterinnen von Borsig kümmern, hauptsächlich. Das Haus hier am Lützow-Ufer hamse erst im Krieg eingerichtet. Für jefallene Mädchen, andere nehmse nich mehr auf.«
»Gefallene Mädchen? Ich dachte, es gibt nur gefallene Soldaten.«
Der Minna verschlug es die Sprache. Ihr Wortschatz war ohnehin beschränkt, aber das Wörtchen »bescheuert« hatte ihr bisher immer ausgereicht, wenn sie irgendeine hanebüchene Unwissenheit bezeichnen wollte. Jetzt reichte es nicht mehr.
Sie trennten sich nach einem stummen, verlegenen Händedruck, und von diesem Augenblick an ging jede ihren eigenen Weg. Sie konnten nicht wissen, wie weit sich diese Wege voneinander entfernen sollten, sonst wäre der Abschied weniger gleichmütig ausgefallen. Manchmal bringt das Schicksal bei aller vermeintlichen Willkür doch so etwas wie eine nachprüfbare Logik zustande, da es sich nun auch sichtbar zwischen zwei Menschen schob, denen von jeher bestimmt war, auf verschiedenen Sternen zu siedeln.
Eine freundliche Wohngegend war das hier, heller als die Straße in Schmargendorf und durch die Nähe des Landwehrkanals auch

weniger staubig. Ein paar Häuser im Stil der Gründerzeit mit säulengeschmücktem Portal und seitlichem Dienstboteneingang, ein paar Villen mit Vorgärten, das Magdalenen-Heim selbst, ein schmuckloser Zweckbau neueren Datums. Aber kein Hinterhof. Alle Fenster blickten entweder zum Ufer oder im rückwärtigen Teil des Gebäudes auf einen schönen Baumbestand, der einige schnurgerade Gemüseplantagen umgrenzte. Es ist anzunehmen, daß es sich um einen Ziergarten handelte, den man erst seit kurzem wegen der fortschreitenden Lebensmittelknappheit für den Anbau von Gemüse nutzte. Ilka wurde erwartet, mußte sich bei der Oberin melden, bekam Fragen gestellt.

Das Wichtigste wußte man schon. Siebzehn Jahre, nichts gelernt, schwanger, der Vater ein Trinker. Solche Mädchen schickte man nicht zu den Eltern zurück. Aber solange sie minderjährig waren, behielt man sie im Auge und am kurzen Zügel. Arbeit gab es genug, notfalls in der Rüstungsindustrie. Für das Kind wird man Pflegeeltern suchen, zur Not gibt es auch noch Waisenhäuser. Von Notfällen war mehrmals die Rede, man lebte in einer schweren Zeit.

Das Haus war als Massenquartier geplant, es hatte kaum Zimmer, nur Säle. Zwei Schlafsäle, einen Waschsaal, einen Speisesaal, der gleichzeitig Versammlungsraum war, eine große Küche im Souterrain. Nirgends ein Schmuck, kein Bild, keine Blumen, nur ein gemalter Spruch an der Schmalwand des Speisesaals: »Kommet her zu mir alle, die ihr mühselig und beladen seid, ich will euch erquicken.« Das las man gern.

Bei der Zacharias hatte es Nippesfiguren gegeben und Vasen mit Papierrosen, sie liebte das. Dafür war es im Magdalenen-Heim sauberer, die Wände frisch getüncht, die Möbel hell und neu, das Blechgeschirr aber ziemlich verbeult, die Emaillekannen abgestoßen, man hatte diese Sachen aus einem aufgelösten Heim übernehmen müssen.

Bis zum Abend ihres ersten Tages im Heim für gefallene Mädchen hatte Ilka sechs fromme Lieder gesungen und viermal gebetet. Beim Nachmittagskaffee, beim Abendessen und bei der obligaten Abendandacht. Zwischendurch hatte sie in der Küche gearbeitet. Gebete und Lieder drehten sich ausschließlich um Reue und Buße, Sühne und Vergebung, denn sie waren allzumal Sünderinnen, die sich unter diesem Dach – nicht eben freiwillig – versammelten. Zwei vornehme Herren von gleichem Rang regierten Haus und Land, boten Schutz und Schirm und wurden darum auch immer wieder zitiert. Der eine war UNSER HERR UND HEILAND, der andere, ihm ebenbürtig an die Seite gestellt, UNSER OBERSTER KRIEGSHERR, DER KAISER. Wer diesen beiden vertraute, hatte auf keinen Sand gebaut.

Nach dem Frühstück am anderen Morgen kam eine Novizin zu Ilka in die Küche – die Novizen trugen keine Häubchen aus festem Stoff, sondern aus getupftem Tüll, das wußte sie bereits – und überbrachte ihr eine Postkarte. Die war noch bei der Zacharias eingegangen, und diese hatte sie einem ihrer Mädchen mitgegeben, das zufällig in der Gegend am Lützow-Ufer zu tun hatte. Die Karte zeigte den Poststempel von Eberswalde. Ilka wischte sich die Hände an der Schürze ab und las:

»Mein liebes Kind! Wie dankbar bin ich dem Himmel, daß ich um Dich keine Sorgen mehr haben muß. Viel kann ich Dir nicht schreiben, denn meine Hand ist schwach, schwach wie mein ganzer Körper, der wohl bald den Weg alles Irdischen gehen wird. Grüße herzlich Deine Chefin von mir, diese ehrenwerte Dame, die Deine Gaben sogleich erkannt und Dir den richtigen Platz zugewiesen hat. Möge Gott sie und Dich segnen! Dein wohlverdientes Glück setzt nachträglich alle meine Bemühungen um Dich ins Recht. Strebe weiter nach dem Guten, Wahren und Schönen! Was Du gelernt hast, kann Dir niemand rauben. In Liebe Dein alter Lehrer Gottlieb Rehlow.«

So kommt der Tag heran / oh, ging er wieder!

Zuerst kam aber noch die Abendandacht, bevor er sich endgültig verabschiedete, dieser zweite Tag im Magdalenen-Heim. Schwester Henriette, die wegen ihrer katechetischen Vorbildung die Andachten leitete, war stockheiser. Eine Angina, eine plötzliche Erkältung. Die Oberin bei einer Kuratoriums-Versammlung, die Probeschwestern und Novizen geniert und ohne Zutrauen zu sich selbst, es waren vierzig Personen im Saal, wenn man sich da versprach oder nicht weiter wußte? – Als Ilka merkte, worum es ging, meldete sie sich bei Schwester Henriette. Eine kleine Probelesung, von freudigem Aufblitzen hinter den Brillengläsern quittiert: Sagen Sie Schwester Jettchen zu mir, ja? – Aber gern, Schwester Jettchen, und Sie dürfen mich duzen. – Ilka war engagiert, für diesen Abend jedenfalls.

Unnötig zu betonen, daß sie ihre Sache gut machte. Sie trat ans Podium, wie ein geübter Reiter sich in den Sattel schwingt, schlug das Losungsbüchlein auf, legte das Tagesblatt aus dem Neukirchener Kalender daneben, nahm das Gesangbuch zur Hand. »Wir beginnen unsere Abendandacht mit dem Lied vierundachtzig, Stern, auf den ich schaue.«

Ein Kopfnicken zu Schwester Martha, die am Harmonium saß, das Vorspiel, das Lied. Dann wieder Ilka. Die Schriftlesung auf der ersten Kalenderseite handelte vom Gottvertrauen, Psalm dreiundzwanzig. Sie las den Text, daß alle glaubten, ihn zum erstenmal zu hören. Auf der Rückseite stand ein schlimmes Traktätchen, von einem Missionar auf Sumatra verfaßt. Der hatte Mäuse in einem Reisfeld angeblich weggebetet, als sie überhandnahmen und die Ernte bedrohten und als das ausgestreute Gift nicht wirken wollte. Ilka war ein Landkind und wußte aus Erfahrung, daß man Mäuse nicht wegbeten konnte, wie sie auch nicht glaubte, daß Gott sich aus den schriftlichen Danksagungen ihrer Mutter etwas machte. Aber Gottvertrauen, das konnten sie schon gebrauchen. Sie alle. Ilka hatte sich dazu etwas zurechtgelegt. Und sie sagte es. »Natürlich kann ich euch keine Andacht halten«, sagte sie. »Ich stehe ja nur hier oben, damit ihr mich alle gut hören könnt. Aber wenn es stimmt, wie es in dem Psalm heißt, daß Gott uns aus allem heraushelfen kann, ob wir auch wanderten im finsteren Tal, dann sollten wir jetzt auch von Freude und Zuversicht singen, und nicht von Schuld und Zerknirschung. Also Lied zweiundvierzig: Ich habe nun den Grund gefunden, der meinen Anker ewig hält.«

Der Gesang fiel etwas dünn aus. Die biederen Diakonissen blickten ernst und unbewegt, die jungen Probeschwestern nahezu streng. Immerhin waren sie diejenigen, die mit Ilka das für den heutigen Abend nicht vorgesehene Lied zu Ende sangen. Die Wendung der Dinge hatte ihnen nicht unbedingt gefallen, doch war vom theologischen Standpunkt aus nichts einzuwenden.

Vor dem allgemeinen Aufbruch in den Schlafsaal nahm Schwester Jettchen ihren Schützling beiseite. »Ich hab was für dich, warte mal«, sagte sie im Flüsterton, um ihre Stimme zu schonen. Sie holte einen zerknüllten Zettel aus der Tasche ihrer Lüsterschürze und glättete ihn. »Das ist eine Stellung, für die sonst keine hier geeignet wäre. Die alte Dame leidet an einer chronischen Bindehautentzündung, darum fällt ihr das Lesen schwer. Ich habe ihr eine Zeitlang abends vorgelesen, aber ich kann es jetzt vorerst nicht mehr. Sie sucht jemanden, der gut vorliest, nicht bloß flüssig herunterlesen, verstehst du, sondern mit Verständnis und richtiger Betonung. Schwierige Sachen, auch Klassiker.

Denkst du, daß du das kannst?«
»Ich kann das.«
»Übernimm dich nicht. Frau Andernach stellt hohe Ansprüche. Goethe, Hölderlin, Kleist, und sie will auch über die Sachen reden. Eigentlich käme eine gebildete ältere Dame für diese Aufgabe in Frage, aber Frau Andernach besteht auf einem jungen Mädchen. Alt bin ich selbst, hat sie gesagt, und Jugend um mich herum erhält mich jung.«
»Ich bin schwanger, Schwester Jettchen.«
»Denkst du, das hätte ich vergessen? Das mußt du als erstes erzählen, hörst du, und nichts verschweigen. Sie ist ein bißchen neugierig wie alle gütigen Menschen. Denn die überhaupt nicht neugierig sind, die interessieren sich auch nicht für einen. Zwei Wochen Probezeit sind vorgesehen. Wenn es nicht klappt, kommst du eben wieder hierher. Dann werden wir uns nach etwas anderem für dich umsehen.«
Ilka bedankte sich, steckte den Zettel ein, sagte Gutenacht. Goethe, Hölderlin, Kleist. Von Hölderlin kannte sie die Übersetzung der Antigone und ein paar Gedichte, die Hymne an die Freundschaft zum Beispiel, RINGS IN SCHWESTERLICHE STILLE LAUSCHT DIE BLÜHENDE NATUR. Mit dem Hyperion hatte Herr Rehlow noch warten wollen, weil er ihn für zu schwierig hielt. Ob das der Frau Andernach reichte? Man tat sich doch sehr schwer, wenn man so wenig gelernt hatte.
Auch mit dem Großstadtverkehr, an den sie doch eigentlich schon ein bißchen gewöhnt war. Straßenbahn, U-Bahn, Omnibus, Haltestellen, Fahrpläne. Am Tag ihrer Ankunft war es glatter gegangen, da hatte sie besser in ihrer eigenen Haut gesteckt und ihrem Instinkt vertrauen können. Jetzt funktionierte er nicht. Sie war verwirrt und verzagt, zwischen Hoffnung und Resignation schwankend, die Gedanken liefen ihr voraus. So etwas rächt sich natürlich.
Sie fuhr am nächsten Morgen erst einmal in die falsche Richtung, wodurch sie Zeit verlor, stieg dann um und fragte sich durch. Frau Andernach war von Schwester Jettchen verständigt worden, man durfte sie nicht warten lassen. Vom Zoologischen Garten nach Halensee, so weit war das eigentlich gar nicht, und hier – Blick auf den Zettel – mußte es irgendwo sein, am Schnittpunkt von Hubertusallee, Königsallee und beginnendem Kurfürstendamm, aber auf den Badesee zu, Richtung Grunewald. Eine stille Gasse, Bäume

und Hecken wie auf einem Friedhof, die Bürgersteige voller Laub, vom Morgennebel angefeuchtet. Die Villa hatte einen Vorgarten, man klingelte schon am Tor.
Ein älterer Mann in einer grünen Schürze nahm Ilka Mantel und Strohhut ab und geleitete sie durch eine Schiebetür durch mehrere Räume. Der letzte, in dem sie zu warten hatte, war durch eine Glaswand von der Terrasse getrennt und wirkte in seiner Helligkeit beinahe wie eine Verlängerung des Gartens. Überall standen kleine und leichte Möbel herum. Ilka durfte sich setzen und wurde gebeten, einen Augenblick zu warten, Frau Andernach werde gleich kommen. Es fiel auf, daß er nicht Gnädige Frau sagte. Ganz so vornehm wie bei den Amroths schien der Haushalt nicht zu sein, es fehlten die Schränke mit Säulenaufsatz und Schnitzereien, die Häkeldeckchen, Samtportieren und Palmkübel. Vom oberen Fensterrand floß ein Tüllgitter herab bis zum Boden, und abgesehen von ein paar bunten Läufern auf dem Parkett war der Raum fast kahl. Aber nicht kalt, man hatte geheizt. Die Wärme ging von den weißen Rippen unterhalb der Glaswand aus, das mußte eine Zentralheizung sein, die kannte sie von Abbildungen.
Ilka erhob sich sofort, als sie die Hausfrau kommen hörte, grüßte etwas beklommen, machte ihren Knicks. Sie hatte sich Frau Andernach älter vorgestellt und nicht so behende. Eine kleine zarte Frau, wenig Silber im schwarzen Haar, tiefdunkle Augen, das Weiße etwas getrübt durch die Entzündung, das sah man sofort, denn sie trug keine Brille. Aber der Blick aus diesen Augen war ungetrübt, von offenkundiger Aufrichtigkeit, Brennpunkt und Spiegelbild einer Seele, die sich weder verstellen konnte noch mochte. Auf Ilka gerichtet, verriet er Überraschung, Neugier, Wohlwollen, Heiterkeit. Laß hören, Kind. Und sag Frau Andernach, gnädig ist nur der liebe Gott. Du bist siebzehn, wie mir gesagt wurde, da darf ich dich noch duzen. Und nimm wieder Platz, im Stehen redet es sich nicht gut.
Wieder einmal saß Ilka zusammengenommen auf einem Stuhl, um sich einem Verhör auszuliefern, die schäbigen Stiefel rückwärts gekreuzt, daß man sie nicht gleich sah. Das Übrige konnte sich sehen lassen. Das gestreifte Schwesternkleid war bei der Zacharias in der Wäsche gewesen, Kragen und Manschetten gestärkt, die Haare hatte sie am Vorabend noch gewaschen, die waren dann immer besonders kraus, aber die Flechtenkrone hielt. Sag als erstes, daß du schwanger bist, Frau Andernach verabscheut alle Finten,

hatte Schwester Jettchen ihr heute früh noch einmal eingeschärft. Und darum sagte sie es gleich.

Seit wann, wollte Frau Andernach wissen, weil man ja noch nichts sah, und auch, wie es dazu gekommen war. Da mußte sie den Ewald Amroth erwähnen, den Abend an der Oder, den Kahn.

»Und wie stellt er sich nun dazu, der Fähnrich?«

Dieser Frau konnte man nichts verschweigen. Drum also: der Brief mit der Adresse des Arztes, ihn lesen und zerreißen und die Fetzen in den Gully hinab.

»Und die Adresse des Arztes?«

»Die hab ich vergessen.«

Frau Andernach lächelte ganz rasch und wurde gleich wieder ernst. Was sie gelernt habe?

»Ich habe nichts gelernt.«

Aber sie spreche ein gutes Deutsch, und Schwester Jettchen habe gesagt, daß sie gut vorlesen könne. »Wollen wir es doch einmal probieren, bitte.«

»Es ist so«, sagte Ilka mühsam, in Sorge, sie könnte bei dieser Frau am Ende falsche Hoffnungen erweckt haben, »daß ich nämlich bis zum Hyperion noch nicht gekommen bin. Nur Antigone und Tod des Empedokles. Hölderlin ist schwierig, viel Mythologie, alles so sehr verschlüsselt. Kleist liegt mir mehr, die Novellen, auch die Dramen. Das Käthchen von Heilbronn ist mir das liebste.«

Nun war es heraus. Das hatte gesagt werden müssen, auch auf die Gefahr hin, daß Frau Andernach sie daraufhin abwies.

Die dachte nicht daran. Im Gegenteil: das Gespräch fing erst richtig an. Zwischendurch brachte der Diener einen Imbiß, es war echter Kaffee (den hatte es nicht einmal bei der Zacharias gegeben, geschweige denn im Magdalenen-Heim) und mit Schinken belegte Brötchen. Ilka aß mit gutem Appetit, ihr Magen verhielt sich ruhig, sie entspannte sich, sogar die ausgelatschten Schuhe wagten sich aus dem Versteck hervor, man brauchte vor dieser Frau nichts zu verbergen.

»Du kannst hier bleiben, wenn du willst. Herr Schulz zeigt dir dein Zimmer.«

Herr Schulz war der Mann mit der grünen Schürze. Nicht Karl, nicht Anton, nicht Konrad, sondern: Herr Schulz. Und: Frau Andernach.

Frau Esther Andernach, Witwe, ursprünglich jüdischen Glaubens, seit zwei Jahren ein Glied der evangelischen Luisengemeinde, hatte an diesem Tag eine Entdeckung gemacht, die sie als sensationell empfand. Sie berichtete ihrem Sohn darüber, als der am Abend von einer Reise zurückkam.

»Das hältst du nicht für möglich, Bruno, soviel Naivität bei soviel Verstand und Bildung. Und schön wie eine Göttin, hochgewachsen, mit herrlichen blauen Augen, frisch wie der junge Morgen, alles Natur und Kernseife. Ist im dritten Monat schwanger und voll Gottvertrauen. Hat fünf Wochen im Büro einer veritablen Puffmutter gearbeitet und weiß bis jetzt noch nicht genau, was in dem Haus eigentlich vorgeht. Hat acht Jahre lang eine Dorfschule besucht und kennt sich in den Klassikern aus, als käme sie direkt vom Weimarer Frauenplan. Der Dorfschullehrer hats ihr eingetrichtert, ein lieber Mensch. Hat alles in sie hineingegossen, was sie ihm selbst im Seminar als unerläßliches Bildungsgut verkauft haben, und noch einiges darüber hinaus. Auf das Leben hat er sie nicht im geringsten vorbereitet. Sie ist zutraulich wie ein junger Hund, ist gleich in die erste Pfütze hineingetappt und kriegt vor einer elektrischen Klingel das große Staunen. An ihrem siebzehnten Geburtstag ist sie das erstemal mit einer Straßenbahn gefahren, und den West-östlichen Diwan sagt sie dir auswendig her. Wenn du sie fragst, so hat sie nichts gelernt, und das meint sie im Ernst.«

»Da hast du dir ja einen seltenen Vogel eingefangen«, erwiderte der Sohn gutmütig und etwas zerstreut. Seine Mutter liebte eine pointierte Redeweise, er kannte das und nahm natürlich an, daß sie übertreibe.

Nach drei Tagen nahm er das nicht mehr an. Da hatte er Gelegenheit bekommen, bei der gemeinsamen Hauptmahlzeit die junge Gesellschafterin nicht nur zu betrachten, sondern auch Gespräche mit ihr zu führen. Zu Ilkas Verblüffung saßen an jedem Mittag die Dienstboten der Andernachs mit am Tisch: sie selber, der Diener, die Köchin und am zweiten Tag die Reinemachefrau. Ganz so fein wie bei den Amroths ging es eben doch nicht zu, obwohl die Villa sehr elegant war und ihr eigenes Zimmer das schönste, worin sie jemals geschlafen hatte.

Bruno Andernach wollte von Ilka wissen, ob sie schon einmal in einem Theater gewesen sei. Nein, nicht? Im Deutschen Schauspielhaus werde zur Zeit DER PRINZ VON HOMBURG aufgeführt. Ob sie mit dem behandelten Problem etwas anfangen könne?

Ilka ließ den Löffel sinken und sah den Frager nachdenklich an. »Meinen Sie das Problem des absoluten Gehorsams? Es gibt ja noch andere bei Kleist, zum Beispiel, ob ein Offizier sich in so herzzerreißender Weise vor dem Tode fürchten darf wie der Prinz es tut.«

»Ich dachte an das erste.«

»Der Gehorsam, ja. Mein Lehrer hat mit mir darüber gesprochen. Er hat es ein Dilemma genannt. Einerseits muß der Soldat auf absoluten Gehorsam verpflichtet werden, denn wenn jeder nach eigenem Gutdünken handelt, kann die Folge nur ein Chaos sein. Andererseits zeigt gerade das Beispiel des Prinzen, daß unter Umständen nur die Mißachtung eines Befehls zum Siege führt. Herr Rehlow meinte, man muß den Mut haben, gewisse nicht zu beantwortende Fragen einfach offen zu lassen. Das fällt den meisten Menschen sehr schwer, und darum hat Kleist mit diesem Drama auch so wenig Glück gehabt.«

»Möchten Sie mich heute abend ins Theater begleiten, Ilka?«

Ihre Augen blitzten auf, wandten sich der Hausfrau zu, Frau Andernach nickte. »O ja, sehr, sehr gern.«

Ein Kind unterm Weihnachtsbaum. Nur besaß das Kind leider kein Kleid für einen so festlichen Anlaß. Im Kleiderschrank der Tochter Debbie, die als Frau Goldschmied in der Schweiz lebte, fanden sich noch ein paar Sachen. Es wurde nachgesehen und anprobiert. Kleider und Röcke waren Ilka allesamt zu kurz, die Blusen paßten. So trug sie denn zu ihrem eigenen grauen Tuchrock, der noch ganz gut aussah, eine fliederfarbene Spitzenbluse, und für den Halsausschnitt lieh ihr Frau Andernach eine Gemmenbrosche aus ihrer Schatulle.

An ihren ersten Theaterbesuch dachte Ilka jederzeit gern zurück. Es war ein aufwühlendes Erlebnis, es stimulierte ihren Geist und verabreichte ihr eine Dosis Lebenssteigerung, die lange nachwirkte. Bruno Andernach erinnerte sich weniger gern daran. Er kam an diesem Abend nicht zum Zuge, ein glühend Verliebter, der sich alle Mühe gab, seine Liebe in schicklicher Weise hervorzukehren, aber wie er das Gespräch auch drehte und wendete, er stieß bei diesem Mädchen immer nur auf Heinrich von Kleist. Das stimmte ihn herab, und seine Ungeduld wuchs.

Es war doch keine Zeit zu verlieren, beim Himmel. Wieso merkte sie eigentlich nichts? Wenn sie für Anspielungen nicht zugänglich war, blieb ihm wohl nichts anderes übrig, als den direkten Weg zu wählen.

Nach einer durchwachten Nacht, in der er sich hundert Worte

zurechtgelegt und wieder verworfen hatte, suchte er Ilka in der Bibliothek auf. Sie stand vor einem halbgeleerten Regal, hielt einen Staubwedel unter dem Arm und blickte konzentriert auf eine Liste, soeben im Begriff, die Buchreihen nach den Angaben der Hausfrau neu zu ordnen.

»Ilka, haben Sie einen Augenblick Zeit für mich?«

»Aber gern.« Sie legte den Staubwedel hin, desgleichen den Zettel, und wandte sich ihm voll zu. Arglos, gelassen, beinahe gleichmütig. Sie hatte gut geschlafen.

»Sie erwarten ein Kind, nicht wahr?«

»Ja.« Nichts weiter, aber nun doch leicht irritiert. Was sollte das? Sie hatte aus ihrer Schwangerschaft ja kein Hehl gemacht.

»Wollen Sie mich heiraten, Ilka?«

Sie wurde blaß. Er sah es, bereute seine Ungeschicklichkeit, spürte sein Unvermögen auf diesem so wichtigen Lebensgebiet bleischwer in den Gliedern und wußte, er hatte es falsch gemacht. Bruno Andernach war kein Jüngling, er war ein Mann von vierzig Jahren und im Umgang mit Frauen beinahe ohne Erfahrung. Es war nicht seine Schuld, es war ihm auferlegt.

Ilka stürmte davon, halb besinnungslos vor Schreck. Hinauf in ihr Zimmer, den Koffer packen, Mantel und Hut aus dem Schrank zerren, alles in wenigen Minuten. Nur rasch weg, denn in diesem Haus war es nicht geheuer, hier konnte es nicht mit rechten Dingen zugehen. Sie hielt ja eine Menge aus, sie hatte mit manchen Unbegreiflichkeiten schon fertig werden müssen, aber dieser Antrag überstieg ihr Fassungsvermögen.

Zu Mittag war sie wieder im Magdalenen-Heim am Lützow-Ufer, saß zwischen den schwangeren Mädchen am langen, rohgezimmerten Tisch im Speisesaal, vor sich einen angeschlagenen Emailleteller und einen verbogenen Löffel, eine Schüssel wurde herumgereicht mit einer wäßrigtrüben Graupensuppe. Schwester Jettchen streifte kurz an ihr vorbei und flüsterte: »Schade. Ich hatte mir eigentlich was davon versprochen. Du mußt einen Fehler gemacht haben.«

Der Spruch an der Schmalwand. Kommet her zu mir alle, die ihr mühselig und beladen seid. Einigen war das Beladensein schon deutlich anzusehen unter den gewölbten Schürzen. Bald wird sie auch so dasitzen, ein bißchen seitwärts gedreht auf dem Stuhl, damit die Hände den Teller besser erreichten. Dann fehlte auch nicht mehr viel, ein paar Wochen, ein paar Tage, und sie wird ein Kind zur Welt bringen, das ein Recht darauf hat, daß sie ihm eine

Mutter sei. Eine Zeitlang überließe man es ihrer Brust, aus gesundheitlichen Gründen, wie man es mit neugeborenen Welpen macht. Dann müßten sie es ihr wegnehmen, damit sie für ihren Unterhalt sorgt. War sie eine Hündin?

Was der Ilka an diesem Mittag während der ärmlichen Kriegsmahlzeit im Magdalenen-Heim aufging, war nicht mehr und nicht weniger als die Einsicht in ihre ganz persönliche Verantwortung. Es kam zum ersten Gefühl einer Verbundenheit mit dem Keimling in ihrem Leib, zur ersten plastischen Vorstellung, daß da ein Mensch heranwuchs, der ihr einmal Fragen stellen konnte. Ein Kind gab man nicht einfach weg.

Ich habe das nicht bedacht, bisher. Nicht darüber nachgedacht, daß es sich längst nicht mehr um mich allein handelt. Gütiger Gott.

Sie rührte die Graupensuppe nicht an. Sie blickte auch nicht in das aufgeschlagene Gesangbuch, das die Nachbarin ihr hinschob. Das Harmonium ächzte, ein paar dünne Stimmen vereinigten sich zu einem Choral: »Herr, erleuchte meinen Sinn, weil ich schwach und blöde bin.«

Schon recht. Schwach und blöde bis eben noch, aber nun nicht mehr. Nun war ihr der Sinn erleuchtet. Daheim in Vierraden gab es eine Mutter, die zu leben versuchte wie eine Lilie auf dem Feld und ein Vogel unter dem Himmel. Die längst zugrunde gegangen wäre, wenn der Erich sich nicht abschuftete. Die den lieben Gott einen guten Mann sein ließ und sich auf ein so trügerisches Gottvertrauen noch etwas einbildete. – Der will ich nicht gleichen, um nichts in der Welt.

Du mußt einen Fehler gemacht haben. Ja, Schwester Jettchen, gleich mehrere sogar. Daß ich mich dem Ewald Amroth hingegeben habe, war so unmoralisch nicht, denn ich habe ihn geliebt. Aber daß ich es ohne den Gedanken an eine mögliche Schwangerschaft getan habe, das war unmoralisch, denn es war verantwortungslos. Hier sieht man das anders, in diesem Heim, ich weiß es. Hier werde ich darum auch nicht bleiben. Ich will meinem Kind eine gute Mutter sein.

Ihr Rohrkoffer oben im Schlafsaal war noch nicht ausgepackt. Sie nahm ihn und stahl sich aus dem Haus, was ihr mühelos gelang, da alle noch im Tagesraum versammelt waren, um die Arbeitseinteilung zu besprechen. Für Schwester Jettchen hatte sie einen Zettel zurückgelassen. Sie wartete an der richtigen Haltestelle und fuhr mit der richtigen Bahn, sie steckte wieder gut in ihrer Haut und fühlte neue Kraft nach den vielen guten Vorsätzen. Keine Spur von Übelkeit, die scheußliche Brühe auf dem Tisch hatte sie zu ihrem Glück nicht angerührt. Und Hunger ertrug sie für längere Zeit, daran war sie von Kindheit an gewöhnt.

Sie drückte auf den Klingelknopf. Kein Erschrecken mehr, kein Staunen, eine elektrische Klingel eben. Es war nicht Herr Schulz, der sie an der Haustür empfing, es war Bruno Andernach selbst. Er nahm ihr den Koffer ab und zog ihr behutsam den Mantel aus. »Es ist gut, daß du zurückgekommen bist«, sagte er. »Du mußt dich hier nicht fürchten, Ilka, vor nichts und niemandem. Wir gehen jetzt zu meiner Mutter und sprechen über alles.«

Sie nickte, und er ging voraus, um ihr durch die Schiebetür den Vortritt zu lassen. Wenn er den Kopf hoch trug, wie eben jetzt, das Kinn ein wenig vorgereckt, hätte man es nicht auf Anhieb gemerkt, daß er verwachsen war.

Drittes Bild:
Die wunschlose Zeit mit Bruno Andernach

»Diese Fotos können wir überschlagen, lauter Schnappschüsse aus der ersten Zeit unserer Ehe im Garten der Pension in Tölz, Herr Seefellner hatte einen Apparat. Das ist dein Onkel Wolfgang im Kinderwagen. Du siehst, er war genauso ein Blondling wie ich, leider hatte er wenig Ähnlichkeit mit seinem Vater. Man sagt ja immer, daß die Söhne ihren Müttern und die Töchter den Vätern gleichen. Bei uns war es jedenfalls so.«
»Wie seid ihr nach Tölz gekommen?«
»Es ergab sich durch die Verschlechterung der wirtschaftlichen Lage. Als ich schwanger wurde, machte sich bei mir eine alte Lungensache bemerkbar, und unser Hausarzt wollte mich aus Berlin weghaben. Die Andernachs kannten eine Pension in Tölz, wo sie schon in früheren Jahren ihren Urlaub verbrachten, wenn die Kinder Ferien hatten, – du, davon müßte doch die Tante Debbie mal erzählt haben?«
»Sie hat kaum über ihre Kindheit gesprochen.«
»Nun, du warst ja auch noch ziemlich klein, als sie starb. Dein Großpapa also brachte mich und seine Mutter nach Tölz, und in der Seefellnerschen Pension wurde unser Sohn geboren. Deine Urgroßmama hat es noch erleben dürfen und viel Freude an ihrem Enkelkind gehabt, bevor sie uns dann für immer verließ. Ihr Tod war der erste harte Schlag in meinem Leben, das bis dahin so behütet gewesen war.«
»Sie wurde in Bad Tölz begraben, nicht wahr? Darüber ist bei uns einmal gesprochen worden. Tante Debora war zu der Zeit in einem Lungensanatorium, und Onkel Leo hat nicht zum Begräbnis kommen wollen, weil – aber ich weiß nicht, ob ich das sagen soll?«
»Sag es ruhig. Ich hab bestimmt schon stärkeren Tobak verkraftet.«
»Weil ihr sie nicht nach Berlin überführt habt. Weil ihr sie nicht in der Familiengruft auf dem jüdischen Friedhof neben ihrem Mann begraben habt, wie es sich gehört hätte.«
»Sie war aber keine Jüdin mehr, Ruthchen. Nicht dem Glauben nach, meine ich. Sie und Bruno sind aus Überzeugung Christen geworden, drum hat die Urgroßmama in Tölz ein evangelisches Begräbnis erhalten.«

»Ich weiß.«

»Eine Überführung wäre damals auch nur unter großen Schwierigkeiten möglich gewesen. Das Kriegsende hat allerlei Unruhen mit sich gebracht –«

»Revolution, Spartakus-Aufstand, Kapp-Putsch?«

»Ja, es war eine schreckliche Zeit, den Hunger und die Inflation nicht zu vergessen. In Bad Tölz merkten wir wenig davon, und nach München fuhr man damals besser nicht hinein. Den Kapp-Putsch haben wir allerdings nicht mehr in Tölz erlebt, da wohnten wir schon in Wien. Dein Großvater verfolgte die Vorgänge in Deutschland mit leidenschaftlicher Anteilnahme und war sehr erleichtert, als die Republik den Sieg davontrug.«

»Du nicht auch?«

»Ach, Kind, ich muß gestehen, daß ich mich um Politik erst sehr spät gekümmert habe. Erst zu dem Zeitpunkt, als die Politik anfing, sich um mich zu kümmern.«

»Das war ein großer Fehler.«

»Wem sagst du das. Deine Cousine Almut wirft es mir immer wieder vor. Aber weißt du, damals, während der Zeit meiner ersten Ehe, lebte ich sowieso auf dem Mond. Im Honigmond, wie man die Flitterwochen nennt. Wenn man vom Tod der Urgroßmama absieht, der mich vorübergehend aus meiner Seligkeit riß, hab ich eigentlich keine Flitterwochen, sondern Flitterjahre erlebt. Ich war verliebt in meinen Mann, ich hatte ein gesundes Kind – was wollte ich mehr? Es war eine völlig wunschlose Zeit, die erst mit dem frühen Tod deines Großvaters zu Ende ging.«

»Weißt du, was mir auffällt? Daß auf keinem dieser Fotos der Großpapa zu sehen ist. Er muß euch doch in Tölz öfter besucht haben.«

»Sehr oft sogar. Es gibt eben Menschen, die sind fotoscheu, zu denen gehörte er. Sobald jemand mit einem Fotoapparat kam – damals ging das Fotografieren noch nicht so schnell wie heute, einfach die Kamera vors Auge, und klick! – sobald also jemand die Apparatur aufbaute, machte sich dein Großpapa unauffällig davon. Ich habe diese Marotte immer respektiert und nicht an später gedacht. Wer denkt denn auch als junger Mensch an den Tod? Später hätte ich so gern ein paar Bilder von ihm gehabt, um mich in meine Erinnerungen zu versenken. Da blieb mir nur dieses eine – warte, auf der nächsten Seite, nein, auf der übernächsten –«

»Oh, das kenne ich! Es steht bei Mutter auf dem Schreibtisch.

Dieses und ein Babyfoto, das mir die Großtante Debbie hinterlassen hat, sind die einzigen, die ich von ihm kenne. Gibt es denn nicht wenigstens ein Hochzeitsbild von euch beiden?«

»Leider nein. Er hat es nicht gewollt, und ich hab vor lauter Verliebtheit nicht darauf bestanden.«

»Und wie ist es nachher zu diesem Porträt gekommen?«

»Das war nicht zu umgehen. Schließlich braucht der Mensch mal ein Paßfoto, für den Reisepaß zum Beispiel, denn dein Großvater war beruflich viel unterwegs. Im allgemeinen fallen sie flach und nichtssagend aus, aber bei diesem Münchner Fotografen ist Bruno an einen Künstler geraten. Ich hab das Foto nach seinem Tod sofort vergrößern und vervielfältigen lassen, in demselben Atelier, wo es aufgenommen wurde, in der Maximilianstraße, und es ist sehr schön geworden, sehr lebendig und wirklichkeitsgetreu. So hat er ausgesehen, dein Großvater Andernach.«

»Am meisten haben mich immer die Augen fasziniert, diese klugen, dunklen, eindringlich blickenden Augen. Sie beherrschen das ganze Gesicht, das nicht besonders schön ist, aber sie machen es schön. Meinst du eigentlich, daß Männer schön sein müssen?«

»Überhaupt nicht. Anständig und gütig soll ein Ehemann sein, das langt fürs Leben. Deine Mutter hat ihren Vater ja kaum gekannt, aber es wundert mich, daß Tante Debbie dir nicht von ihm erzählt hat.«

»Man hat bei uns daheim mit Familiengeschichten immer hinterm Berg gehalten. Aus Rücksicht auf Mutter, denk ich mir, um ihr nicht weh zu tun. Vielleicht bin ich deshalb so sehr hinter diesen Geschichten her, weil man sie mir zu verheimlichen suchte, das mußte meine Wißbegierde ja geradezu anstacheln. Es ist die höchste Zeit, daß ich endlich die Wahrheit erfahre.«

»Das finde ich auch. Und was dies betrifft, bist du bei mir schon an der richtigen Adresse.«

Die Hochzeit fand Anfang Dezember statt, als alle notwendigen Papiere beisammen, alle Formalitäten erledigt waren. Das Haupthindernis hatte Bruno Andernach in Gustav Benthien gesehen, da Ilka ja noch nicht volljährig war. Ohne seine Einwilligung hätten sie nicht heiraten können, auch fürchtete Bruno, von dem Alten wegen der Verführung seiner minderjährigen Tochter zur Rechenschaft gezogen zu werden, denn die Vaterschaft für das noch ungeborene Kind hatte er vor aller Welt auf sich genommen.

Gerade solche einfachen Leute wie dieser ehemalige Fuhrunternehmer zeigten sich in Punkto Moral oft überaus empfindlich. Und hatten dazu meistens Grund.
Ilka machte sich darüber keine Gedanken und behielt recht. Die schriftliche Heiratserlaubnis mitsamt den erforderlichen Urkunden traf umgehend ein, die Einladung zur Hochzeit wurde in einem kurzen, sehr liebenswürdig verfaßten Schreiben abgelehnt. Da saß jedes Komma am richtigen Ort, kein einziger Rechtschreibfehler war dem Gustav Benthien unterlaufen, die Schrift verriet Großzügigkeit und Intelligenz. Nimmt man es genau, so waren ihm diese beiden Eigenschaften auch kaum abzusprechen, und über diejenigen, die man ihm unbedingt absprechen mußte, schweige des Sängers Höflichkeit.
Bruno drehte den Brief in seinen Händen, betrachtete die sympathischen Schriftzüge und sagte zu Ilka: »Der Apfel fällt nicht weit vom Stamm.«
Sie erwiderte nichts, freute sich, daß alles so glatt ging, und dachte bei sich: Hoffentlich doch. Hoffentlich fällt er recht weit weg – von diesem Stamm.
Den anderen Brief, der aus Vierraden an sie allein gerichtet war, behielt sie bei sich. Er war nicht fehlerfrei, obwohl er nur aus drei Sätzen bestand, die Schrift uneben und krakelig, das letzte Wort lautete: Hure!!! Mit drei Ausrufungszeichen. Ein pickliger, blasser Junge, ein kleiner Pharisäer mit seinen fünfzehn Jahren, sie wollte nicht vergessen, wie schwer er es hatte, und verbrannte das Papier im Kamin. Von der Mutter kam kein Schreiben. Maria Benthien war voll ausgelastet mit ihren vielen Briefen an den Himmel, dem sie unentwegt dankte.
Vom Standesamt in Charlottenburg fuhr man in einem gemieteten Auto zurück in die Villa. Den Pfarrer der Luisengemeinde nahm man gleich mit, er sollte anschließend die Haustrauung vollziehen. Zum Mittagessen saßen acht Personen um den blumengeschmückten Tisch, außer dem Pfarrer hatte man noch den Hausarzt dazugebeten, die Köchin, Herrn Schulz und die Reinemachefrau. Die Köchin diente der Familie seit beinahe zwanzig Jahren, wurde Lisa gerufen und Sie. Heute hatte man sie von ihren Pflichten entbunden, weil sie neben dem Hausarzt Doktor Salomon beim Standesamt als Trauzeugin aufgetreten war, denn Schwester Jettchen hatte sich vom Dienst nicht freimachen können. Frau Esther hatte den Koch eines Lokals im Grunewald engagiert, einen jungen Mann,

der nun servierte, von der am Tisch sitzenden Lisa unter Kontrolle genommen und unauffällig dirigiert.
Doktor Salomon verwickelte Herrn Schulz in ein Gespräch über den Eintritt Amerikas in den Krieg. Herr Schulz hatte um die Jahrhundertwende ein paar Jahre als Schuhmachergeselle in den Vereinigten Staaten gelebt und wurde über die Mentalität der Amerikaner befragt.
»Einen Deutschenhaß habe ich nirgends gefunden«, wußte er sich zu erinnern. »Das kann sich in zwei Jahrzehnten natürlich ändern. Der uneingeschränkte U-Boot-Krieg hat viel böses Blut gemacht. Außerdem hat man bei uns die amerikanisch-britischen Beziehungen unterschätzt.«
Weil die Köchin zu diesen Worten nickte, wurde sie von Bruno Andernach direkt angegangen. »Was ist Ihre Meinung dazu, Lisa?«
»Dieselbe. Engländer und Amerikaner waren oft zerstritten, aber eben so, wie man sich in einer Familie streitet. Im Notfall und gegen Außenstehende hält man dann doch zusammen. Unsere armen Jungens an der Westfront können es jetzt ausbaden.«
»Bethmann-Hollweg hat rechtzeitig davor gewarnt«, wandte Salomon ein.
»Aber nicht nachdrücklich genug«, behauptete die Köchin und Trauzeugin, indem sie dem servierenden Jüngling einen Wink gab, das leere Weinglas des Doktors betreffend. »Nicht mit dem Nachdruck, der aus einem guten Gewissen kommt. Und er hat doch von Anfang an gewußt, was Scharfmacher vom Schlage eines Tirpitz anrichten.«
Frau Andernach pflichtete ihr bei. »Sie haben recht, Lisa, es ist ein Jammer, daß Bethmann sich beim Kaiser nicht durchsetzen konnte. Mit Halbherzigkeit nach allen Seiten bringt man nichts zuwege. Ein schwankendes Rohr im Wind, es ist nicht schade um ihn.«
»Dafür regiert jetzt bei uns die Firma Ludendorff und Co.«, sagte Bruno mit Bitterkeit. »Es ist leider üblich geworden, die Politik den Feldherren zu überlassen, und danach sieht sie dann auch aus.«
»Ja, wie ein Schlachtfeld«, bestätigte Lisa.
Ilka staunte. Sie richtete ihre Augen auf die Reinemachefrau, ob die nicht auch noch ihre Meinung über Tirpitz und Bethmann-Hollweg zum besten gäbe, aber die wenigstens schwieg und aß still vor sich hin. Es meldete sich stattdessen der Pfarrer. Die liberalen Reden an diesem Tisch – liberal gleich lästerlich – gingen ihm längst über die Hutschnur, und er bereitete ihnen ein Ende, indem er

einen Toast auf den Kaiser ausbrachte. Auf unseren allerhöchsten Kriegsherrn –

»Vergessen Sie nicht den, der noch darüber steht, Herr Pfarrer«, versetzte Esther Andernach lächelnd. Dann griffen alle in vaterländischer Einmütigkeit zum Glas. »Auf einen baldigen Frieden«, fügte Bruno hinzu.

»Auf einen siegreichen Frieden, selbst wenn er noch auf sich warten läßt«, korrigierte der Pfarrer, klappte seine Taschenuhr auf und erklärte, er habe noch einen wichtigen Dienst zu versehen. Man sah ihn nicht ungern ziehen. Herr Schulz geleitete ihn hinaus.

Das war alles schon recht verwirrend für eine, die seit ein paar Stunden Ilka Andernach hieß, siebzehn Jahre alt war und vor vier Monaten noch als Dienstmädchen in der Uckermark lebte.

»Liest du eigentlich keine Zeitungen?« wurde sie von ihrer Schwiegermutter gefragt, als sie ihrer Verwunderung über das Tischgespräch an ihrem Hochzeitstag Ausdruck gab.

»Ganz selten. Es interessiert mich eigentlich nicht.«

»Wir wollen dich nicht dazu zwingen. Ich halte mir das Berliner Tageblatt, Bruno den Börsen-Courier, das ist eine Wirtschaftszeitung, aber mit gutem Feuilleton. Vielleicht guckst du doch mal hinein.«

»Eure Köchin – liest die regelmäßig Zeitungen?«

»Jeden Tag. Lisa informiert sich laufend über die Tagesereignisse, und wie du siehst, mit Erfolg.«

»Ich will gern lernen. Ich weiß noch so wenig. Vielleicht lese ich später auch einmal Zeitungen. Zuerst habe ich alles das nachzuholen, was jedes Mädchen in einer vornehmen Familie können muß.«

Bruno beugte sich vor. »Und was soll das sein?« erkundigte er sich amüsiert.

»Französisch, Klavierspielen und Reiten.«

Ilka verstand nicht, wieso diese Antwort ein solches Gelächter auslöste.

»Mit dem Reiten«, meinte Bruno, »wollen wir aus gegebener Veranlassung noch ein bißchen warten. Französisch wäre nicht schlecht, es ist immer nützlich, eine Fremdsprache zu können. Da brauchten wir also eine Hauslehrerin, sagen wir für eine Stunde am Nachmittag außer Sonnabend und Sonntag. Laß ein Inserat in dein Tageblatt setzen, Mama!«

Die Anrede wurde schlicht und volkstümlich auf der ersten Silbe betont, man sagte nicht Mamah wie bei den Amroths in Schwedt.

Mit demokratischer Gesinnung einerseits und Geziertheit andererseits hatte es in diesem Fall aber nichts zu tun, wie Ilka lange Zeit annehmen sollte. Die unterschiedliche Betonung kam aus verschiedenen Sprachbereichen, aus dem jiddischen Mamme und dem französischen Maman. Die Mamma, Frau Esther Andernach, erklärte sich bereit, wegen einer Sprachlehrerin zu inserieren, in die Anfänge des Klavierspiels wollte sie die Schwiegertochter selber einführen.

Sie bekam eine disziplinierte Schülerin, wie sie es erwartet hatte. Ilka hätte auf dem Klavier Spitzenleistungen erbringen können, zumal später, als sie einen geschulten Lehrer erhielt, wäre sie in ständiger Übung geblieben. Das war dann leider nicht möglich. Doch lernte sie, ihr Gehör zu schärfen und Musik zu verstehen. Frau Esther war anfangs geradezu perplex über Ilkas Unkenntnis auf diesem Gebiet, da war rein gar nichts, worauf sie zurückgreifen konnte, ein leerer Fleck, der besonders kraß hervortrat, weil die literarische und übrigens auch geschichtswissenschaftliche Bildung der jungen Frau einen verhältnismäßig hohen Rang einnahm. Diese Einseitigkeit mußte ausgeglichen werden. Sie wurde in Konzerte geführt, las musikwissenschaftliche Werke und vertiefte sich in die Lebensläufe bedeutender Komponisten. Die Französischlehrerin prophezeite schon nach wenigen Tagen, daß Ilka nicht lange brauchen werde, um die Sprache fließend zu beherrschen. Da war viel Ehrgeiz im Spiel.

Am Beginn ihrer Studien, also noch in Berlin, machte Bruno sich gern ein bißchen lustig über diesen für eine Schwangere nicht eben üblichen Tageslauf. »Wenn es stimmt, was die Leute sagen, daß sich die Beschäftigungen einer Schwangeren auf das Ungeborene auswirken, müßten wir ein sehr gelehrsames Kind bekommen. Am Ende bringst du einen Philosophen zur Welt.«

Die Schulung des Intellekts ging weiterhin Hand in Hand mit einer anscheinend heillosen Einfalt auf dem Gebiet der Lebensführung. Vielleicht wurde ihr auch zuviel abgefordert. Eine Pflanze kann nicht gleichzeitig Wurzeln schlagen und Blüten treiben. Ilka war schon drei Wochen verheiratet, als sie beim zufälligen Anblick eines Briefumschlags erfuhr, daß ihr Mann den Doktortitel führte.

»Er ist Doktor, Mama? Was für ein Doktor?«

»Jurist. Wußtest du das nicht?«

»Nein, woher denn. Und warum redet man ihn nicht mit Herr Doktor an? Oder ist das bei Juristen nicht üblich?«

»Es ist – nicht unüblich. Muß aber nicht sein. Bruno legt keinen Wert darauf. Möchtest du, daß man ihn mit seinem Titel anredet?«
Ilka wich dem prüfenden Blick ihrer Schwiegermutter aus und schüttelte den Kopf. »Ist er eigentlich ein Rechtsanwalt, oder ein Richter, oder so etwas?«
»Bruno ist Häusermakler.«
»Ah, so.«
Sie hatte keine Ahnung, was das war, schämte sich aber ihrer Unwissenheit und stellte keine weiteren Fragen. Daß man solche Begriffe im Lexikon nachschlagen konnte, war ihr noch nicht geläufig. Ihre Französischlehrerin, die sie nach dem Begriff »Makler« befragte, gab ihr nur die entsprechende Vokabel an, Courtier, damit hatte sie ein Wort mehr und sonst nichts.
Nach Weihnachten kam eine Todesanzeige aus Eberswalde. Herr Rehlow war von seinem Leiden erlöst und bereits zu Grabe getragen worden. Die Schwägerin fügte den letzten, nicht vollendeten Brief des alten Lehrers an Ilka der Anzeige bei. Er enthielt ein Mißverständnis, das sich nun nicht mehr aufklären ließ.
»Da ist Deine liebe Chefin also Deine Schwiegermutter geworden«, hatte er geschrieben. »Und Du wirst eines Tages ihre Stelle einnehmen und ein großes, gepflegtes Hotel leiten. Wie schön für Dich, mein liebes Kind –«
Ilka dachte an alles, was sie ihm über ihren Aufenthalt bei der Zacharias mitgeteilt hatte, und schämte sich ihrer Aufschneiderei. Aber die Wahrheit hätte ihn am Ende nur verwirrt. Wo das Leben so komplizierte Wege geht, muß man es manchmal auf einen einfachen Nenner bringen, um sich verständlich zu machen.
Der Kriegswinter wurde hart, es war der Steckrübenwinter. Ende Januar erkrankte Ilka an einer Erkältungsgrippe, nicht besonders schwer, aber anhaltend. Doktor Salomon riet zu einem Klimawechsel. Die Lungenspitzen, meinte er, seien angegriffen, ein alter Hilusdrüsenherd könne virulent werden, bei einer Schwangeren sei dies nicht unbedenklich. Ob sie als Kind oft gehungert habe? Ja, sagte Ilka. – Sie brauche viel Milch, gute, fetthaltige Vollmilch, nicht das blaue Zeug, was der Bolle hier auf Marken abgebe.
Bruno ließ seine Beziehungen zur Reichsbahndirektion spielen und besorgte für Frau und Mutter ein Schlafwagenabteil im Zug nach München. Er brachte beide an die Bahn und versprach, sie besuchen zu kommen, sobald seine Geschäfte es erlaubten.
In München wurden sie von einem Chauffeur abgeholt, der sie in

ein abgewirtschaftetes Automobil verfrachtete, um sie nach Bad Tölz zu fahren. Zwar gingen vom Holzkirchener Bahnhof noch regelmäßig Personenzüge in die gleiche Richtung, doch waren sie ungeheizt und stets überfüllt. Bruno hatte es gut gemeint. Es fragt sich allerdings, ob die Fahrt in der klapprigen Limousine über die schneeverwehten Straßen der Eisenbahn vorzuziehen war. Der Bursche mußte des öfteren aussteigen, um das steckengebliebene Fahrzeug mit Hilfe einer Kurbel wieder in Gang zu bringen, wobei er wahre Salven von unverständlichen Flüchen in die Luft feuerte. Man langte erst am Nachmittag in Tölz an, gut zwei Stunden später als der fahrplanmäßig eingetroffene Zug.

Bei Seefellners fanden sie alles vorbereitet, erholsam und behaglich. Die Pension lag jenseits der Brücke, auf dem linken Isarufer. Ilka bezog ein nach Süden gelegenes Balkonzimmer mit Blick auf die verschneite Benediktenwand, Frau Esther schlief nebenan, um gleich zur Hand zu sein, falls ihr etwas fehle. Ihr fehlte nichts, sie fühlte sich wie im Paradies.

Das begriffen die anderen nicht, denen eine Gebirgslandschaft von Kindheit an vertraut war. Gewohnheit stumpft auch den Sensiblen ab, der es dann oft nicht wahrhaben will und die erschlaffte Begeisterung schlechten Gewissens mit allerlei Ermunterungen aufzurichten trachtet: Nein, dieser Himmel, dieses unwahrscheinliche Blau, der glitzernde Schnee, die pittoresken Häuser mit ihrer Lüftlmalerei! – Das sind Pflichtübungen, die für Ilka nicht galten.

Kein Schüttelfrost mehr, keine nächtlichen Schweißausbrüche, das Fieber sank, die Erregung hielt an. Wer wie sie seit früher Kindheit auf zwei Ebenen gelebt hatte und darin geübt war, sie streng voneinander zu scheiden, kann den Schritt so schnell nicht mitvollziehen, den Siebenmeilenstiefelschritt, mit welchem ihr Traum von einem schöneren Leben so plötzlich in die Realität eintrat. Man ängstigt sich dann. Man befürchtet, das Schicksal könnte diesen Schritt auch nach rückwärts tun, obwohl für solche Befürchtungen weit und breit kein Anlaß bestand. In schlaflosen Nächten fielen ihr Schillersche Verse ein, die sie früher nie verstanden hatte, weil sie nie von ihnen betroffen war. MIR GRAUET VOR DER GÖTTER NEIDE. War es das? Sie verließ dann ihr Bett, warf ihren Morgenmantel um die Schultern und trat ans Fenster.

Die Nacht war frostklar, von einem verborgenen Mond erhellt, der die Schneedecke matt erleuchtete. Ilkas Hand umklammerte den Fensterknauf, glitt über Rahmen und Scheibe, griff in den Vorhangstoff. Der Knauf war rund, das Glas kühl und glatt, das Leinen rauh. Wenn man lange genug in die Schwärze der Nacht hinausstarrte, sah man auch die Sterne, die gab es noch, wie es sie in Vierraden und in Schwedt gegeben hatte. Man hatte gehungert und zu ihnen aufgeblickt, man hatte in einer schmutzigen Kate gefroren und durch das Fenster nach ihnen gesucht, sie waren verläßlich dagewesen in Kummer und Verzagtheit. Und sie mußten jetzt herhalten, eine Wirklichkeit zu beglaubigen, die alle vergangenen Träume in den Schatten stellte.

Das Kind in ihrem Leib bewegte sich. In drei Monaten wird es zur Welt kommen und in einem sauberen Bettchen liegen, gepflegt, umsorgt, nach den neuesten Empfehlungen der Mediziner ernährt, von seinen Eltern zärtlich begrüßt. Eine Großmutter stand schon zum Verwöhnen bereit.

Die Sterne flimmerten. Das Glas war kühl, der Knauf glatt und rund, man atmete, fror ein bißchen, das Kind bewegte sich noch einmal. Alles war Wirklichkeit.

Tagsüber las sie der Mama vor, die zum Schutz ihrer entzündeten Augen jetzt immer eine dunkle Brille trug, was sich auch wegen der grellen Sonne auf dem Schnee empfahl. Es herrschte starker Föhn, über den jedermann im Hause klagte. Das Mädchen hatte am Morgen das Frühstückstablett fallen lassen, es hatte Scherben und Schelte gegeben. Frau Esther zog sich mit Kopfschmerzen zurück und ließ Ilka allein.

Die lag in einem Streckstuhl auf dem Balkon und genoß durch den Sehschlitz zwischen Brüstung und Markise den Anblick der Berge, die blendendweiß in einen tintenblauen, wolkenlosen Himmel stachen. Ihr machte der Föhn nichts aus, sie schien geneigt, das Gerede über dieses Naturphänomen für puren Aberglauben zu halten, für eine Ausrede aller Mißgelaunten. Auf ihrer Wolldecke lag noch der Fontane, aus dem sie der Mama vorgelesen hatte, IRRUNGEN WIRRUNGEN, die Liebesgeschichte der kleinen Plätterin Lene Nimptsch mit einem jungen Offizier, die natürlich tragisch endete. Ja, doch, ihr erschien es ganz natürlich, daß sie so endete. Ein gutaussehender Mann aus bestem Haus heiratet kein einfaches Mädchen, das hat diese Lene auch von Anfang an gewußt und sich nichts vorgemacht. Nur – wozu dann diese ganze Geschichte erzählen? Ilka langweilte sich bei Theodor Fontane, sie fand ihn banal. Wozu über Dinge reden, die nicht zu ändern sind? (Im Grunde sträubte sie sich damals noch gegen einen Realismus, der sie allzu nahe an die Dinge ihres eigenen Lebens heranführen wollte. Auch dazu muß man erst reif werden.)

Im März kam Bruno für ein paar Tage zu Besuch. Er war fürsorglich wie immer, auch die humorvoll-überlegene Redeweise, die er Ilka gegenüber bevorzugte, war ein Teil seiner Zärtlichkeit und hatte nichts Verletzendes. Daß sie ein Selbstschutz war, erkannte Ilka nicht, weil sie von seiner Vergangenheit nichts wußte und sein körperliches Gebrechen ebenso hinnahm wie den Altersunterschied, dem sie auch keinen Einfluß auf ihre Gefühle einräumte. Er war ihr ein Vater oder älterer Bruder, sie gestand sich ein, daß sie in ihn nicht verliebt war, aber sie schätzte ihn sehr.

Bei Spaziergängen an seiner Seite störte es sie ein bißchen, daß sie so hochgewachsen war. Nicht umgekehrt, denn Bruno war kein Zwerg, nur neben ihrer Länge wirkte er klein. Sein großer Kopf saß beinahe unmittelbar auf dem Rumpf, und wenn er ihr den Arm reichte, war er gezwungen, die rechte Schulter noch stärker als sonst heraufzuziehen. Aber mußte man denn Arm in Arm gehen? Ilka richtete es ein, daß sie von dieser Konvention abkamen, ohne darüber zu reden. Seine Ritterlichkeit nahm sie gleichwohl in Anspruch, indem sie sich auf seine Hand stützte. Hand in Hand, so wurde es ihre Gewohnheit, und es hatte in der Tat etwas Geschwisterlich-Freundschaftliches.

Bruno entwickelte ihr seinen Plan für die nächsten Monate. Er war dagegen, daß Ilka nach Berlin zurückkehrte. »Du könntest in der Charité entbinden, und eigentlich hatte ich das vorgesehen. Aber es ist dort alles so überfüllt, daß die Nachteile die Vorteile überwiegen. Salomon besteht auf einer Hausgeburt, hier in der Pension. Er will selbst herkommen, wenn es soweit ist, und die Seefellners sind einverstanden. Mit Komplikationen brauchten wir nicht zu rechnen, hat er gemeint und bezog sich dabei auf deinen Körperbau und deine Jugend. Du kannst ihm vertrauen, er ist ein erfahrener Gynäkologe.«

»Was ist das, ein Gynä –?«

»Gynäkologe. Ein Frauenarzt.«

»Ist das Latein?«

»Nein, Griechisch. Aber ich bitte dich, fang jetzt nicht an, auch noch Altgriechisch lernen zu wollen, für Fremdwörter gibt es ein Lexikon. Was machen deine französischen Studien?«

»Fortschritte, wie es scheint. Ich hab das Lehrbuch aus Berlin mitgenommen und kann eine Weile gut allein weiterlernen. Mama

macht mit mir Konversation und korrigiert mich. Manchmal spielen wir unten auch Klavier, wenn keine Gäste da sind.«
»Liest du inzwischen Zeitungen?«
»Nein. Soll ich?«
»Lieber nicht.« Sein Gesicht umdüsterte sich. »Was du heute darin findest, ist entweder beschönigt oder unerfreulich. Ich weiß nicht, was diese Idioten in der Heeresführung sich von der befriedeten Ostgrenze versprechen. Daß uns der Bolschewismus so nahe rückt, ist doch kein Grund zum Jubeln. Und im Westen werfen die Amerikaner ihre frischen Truppen in den Kampf und verstärken die Materialschlacht durch Gas, Flugzeuge und Tanks. Unser Vormarsch wird bald steckenbleiben, fürchte ich.«
»Was sind Tanks?«
»Gepanzerte Fahrzeuge, mit denen man – ach, Unsinn, das mußt du nicht wissen. Beschäftige dich mit schönen Dingen und freu dich auf unser Kind.«
Anfang Mai erschien Doktor Salomon in Bad Tölz und nahm in der Seefellnerschen Villa Quartier. Um sich zu erholen, wie er sagte, und um Ilka beizustehen. Er sah überarbeitet aus, grau und abgemagert. Macht keinen Spaß mehr in Berlin, überall Hunger und Elend, die Lazarette voll von Sterbenden und Krüppeln. Nicht mal bei Max Reinhardt kann man sich entspannen, mitten in der Vorstellung holen sie einen raus. Hier habt ihr es gut, täglich Vollmich und ein genießbares Brot. In Berlin schmecken die Schrippen wie Fensterkitt und sehen auch so aus. Was macht die Temperatur?
»Normal«, versicherte Ilka. »Schon seit Wochen sechsunddreißigfünf. Ich messe jeden Morgen und Abend.«
Doktor Salomon nickte zufrieden, untersuchte Ilka gründlich und nickte dann noch einmal. »Kein Grund zur Sorge. Wir werden das Kind schon schaukeln.«
Am dreiundzwanzigsten nachmittags um fünf begannen die ersten Wehen, und zwei Stunden später brachte sie einen gesunden Jungen zur Welt. »Ich hatte es mir viel schwerer und schmerzhafter vorgestellt«, stammelte sie verwirrt und fassungslos vor Dankbarkeit. Nachdem die Schwester das Bettlaken gewechselt und ihr ein frisches Nachthemd übergezogen hatte, setzte sie sich aufrecht hin und löffelte, von mehreren Kissen gestützt und immer noch etwas abgekämpft, eine große Schüssel Hühnersuppe aus. Danach fiel sie in einen Schlaf rund um die Uhr.

»Eine beneidenswerte Vitalität«, sagte Doktor Salomon zu Frau Esther und leerte mit ihr eine Flasche Rotwein auf das Wohl der jungen Familie.
Bruno wurde telegrafisch verständigt und kam vier Tage später angereist. Er war ungehalten, als er Ilka schon außer Bett vorfand, ließ sich aber durch ihr offensichtliches Wohlbefinden davon überzeugen, daß es kein Leichtsinn war.
Wenn er sie beim Stillen antraf, setzte er sich zu ihr und machte Empfindungen durch, die keinem jungen Vater erspart bleiben, jene Mischung aus Andacht und Hilflosigkeit, bei der man sich so überflüssig vorkommt. »Das ist nach beiden Seiten hin übertrieben«, meinte Ilka, als er ihr seine Gefühle schilderte. Sie trug ihre Mutterschaft erleichtert und fröhlich, freute sich, daß ihre kleinen Brüste reichlich Milch produzierten, sie hatte sich das vorher nicht recht vorstellen können und war nun fest entschlossen, diese Quelle auszuschöpfen, bis sie von selbst versiegte. Ein Mysterium? Ja, gewiß. Aber kein Grund, die Augen aufzureißen und zu erschauern. Die ganze Natur ist voll von Geheimnissen. Guck dir den Apfelbaum an mit seinen vielen Blüten da hinterm Fenster, es ist nichts anderes, und ihn nimmst du auch als gegeben hin.
»Es ist doch etwas anderes«, beharrte Bruno, der sich seine Erbauung nicht nehmen lassen wollte. »Der Mensch ist ein Wesen, das über die bloße Natur hinausweist. Hast du schon über einen Namen nachgedacht? Wenn du willst, nennen wir ihn nach seinem Vater.«
Man kann Großzügigkeit auch übertreiben. »Auf keinen Fall«, protestierte Ilka. »Warum nicht nach dir?«
»Ich habe meinen Namen nie gemocht. Es wird sicher einen männlichen Vornamen geben, den wir beide hübsch finden.«
»Wolfgang«, sagte sie spontan.
Er lächelte. »Nach Goethe oder nach Mozart?«
»Nach beiden.«
So kam Wolfgang Andernach zu seinem Vornamen, mit dem er keine Scherereien haben sollte und den er nie abzulegen brauchte. Auch war die Zeit noch fern, da Name und Herkunft von Amts wegen unter die Lupe genommen und nach hirnverbrannten Kriterien beurteilt wurden, aber sie bahnte sich schon an.
Da Bruno nicht lange bleiben konnte, bat er den evangelischen Geistlichen des Ortes, die Haustaufe vorzunehmen. Frau Seefellner stellte das Taufkleidchen zur Verfügung. Sie hatte es vor acht

Jahren aus weißem Seidengarn eigenhändig gehäkelt, kurz bevor ihre Tochter Irmingard geboren wurde, und es nach der Geburt des Kindes mit rosa Seidenfutter unterlegt. Doktor Salomon nahm es als Anlaß für einen Scherz. »Seid ihr gar nicht ein bißchen abergläubisch? Es könnte ein schlechtes Omen sein. Der Junge sieht sowieso aus wie 'n Mädchen. Ich mußte erst zweimal hingucken, bis ich sicher war.«

»Vielleicht brauchen Sie eine neue Brille«, meinte Frau Esther.

Dem Geistlichen war das weibliche Taufkleid egal, er hielt Ausschau nach einem zweiten Paten. Er hätte auch auf ihn verzichten können, aber es scheint im Rückblick nicht ausgeschlossen, daß ihm die vor einigen Jahren zum christlichen Glauben konvertierte Großmutter allein nicht genügte. Die Seefellners waren katholisch, auch die übrigen Hausgäste, soweit man sich erinnerte.

»Wie ist es mit Ihnen, Herr Doktor?«

»Ich bin mosaisch.«

Der Pfarrer sah einen Augenblick aus, als wollte er sagen: Um Gottes willen –, aber er sagte es nicht. Die kleine Irmel wußte Rat.

»Ich weiß, wer in unserer Pension lutherisch ist.«

»So sags halt!«

»Ich sags nur, wenn ich das Baby bei der Taufe halten darf.«

Frau Seefellner schlug die Augen zur Zimmerdecke auf und gab einen Satz von sich, zu dem ihre eigensinnige Tochter ihr noch oft Veranlassung geben sollte: »Das Dirndl is narrisch worn.«

Alle blickten zu Ilka, und als diese sich einverstanden erklärte, meinte der Pfarrer, schon leicht nervös: »Also gut, sag uns, wer es ist, dann darfst du das Kind halten. Du wirst es ja wohl nicht fallen lassen.«

Nach wenigen Minuten kam Irmel die Stufen herauf und führte einen uralten zahnlosen Mann ins Zimmer. Er war, wie sich herausstellte, der Vater des Hausmeisters, ein halbtauber Greis, der nur mühsam begriff, was man von ihm wollte. Aber er war nachweislich evangelisch.

»Wenn ich dich trete, Opa, dann mußt du Ja sagen«, brüllte ihm Irmel ins Ohr.

Frau Seefellner wiederholte den inhaltsschweren Satz über ihre Tochter.

Doch was angesichts dieser Konfusion keiner der Beteiligten mehr zu hoffen gewagt hatte: die Zeremonie verlief ruhig und ungestört. Irmel stellte sich neben den alten Mann, ließ sich von Ilka den

Säugling geben, hielt ihn fest und geschickt auf ihren ausgestreckten, leicht gebogenen Armen, und als der Pfarrer den Paten das Versprechen abnehmen wollte, für das geistliche Wohl dieses Kindes Sorge zu tragen, trat sie dem Opa kräftig auf den Fuß. Der schmetterte sein Ja heraus, gleichzeitig mit Frau Esther, der Pfarrer beträufelte die Stirn des Kindes und gab ihm den von Bruno ausgewählten Spruch mit auf den Lebensweg: Bleibe fromm und halte dich recht –

Bruno und Ilka, die Großmutter und der Pfarrer sangen: »Jesu geh voran« –, die anderen standen mit gefalteten Händen daneben. Der Greis sang nicht mit, aber das verlangte auch keiner. Er hatte tadellos funktioniert und erhielt ein großzügiges Trinkgeld.

»Gespannt bin ich bloß«, sagte Salomon, als der Taufakt vorüber und der Geistliche gegangen war, »wie dieser automatische Methusalem für das geistliche Wohl eurer Tochter sorgen will.«

Frau Esther wurde ärgerlich. »Wir haben einen Sohn.«

»Entschuldigt, das vergesse ich immer wieder.«

»Ich schwärme für Irmchen Seefellner«, sagte Ilka und freute sich schon auf das nächste Beisammensein mit der Kleinen. Da wuchs eine Freundschaft heran.

Sie blieben den Sommer über in Bad Tölz. Im Oktober wollten sie nach Berlin zurückkehren, aber die politischen Verhältnisse hatten sich derart verschlechtert, daß Bruno dringend abriet. Bleibt, wo ihr seid, ich komme schon durch. Die Unsicherheit ist zu groß. Man sieht noch gar nicht ab, wo es hinauswill.

Ilka versorgte ihren Jungen und half Frau Seefellner in der Pension. Das Kind des Ewald Amroth entwickelte sich gut und versetzte selbst diejenigen in Begeisterung, die sich aus Kindern im allgemeinen nichts machen. Goldblonde Locken, die sich bis in den Nacken ringelten – an eine solche Pracht geht man nur ungern mit der Schere heran –, Ilkas Vergißmeinnichtaugen, dazu dieses einnehmende Wesen, immer kregel, immer fröhlich. Wer sich dem Kinderwagen näherte, wurde zutraulich angelächelt und fühlte sich beschenkt. So ein herziges Mädel! – Aber nein, es ist ein Bub.

»Der gerät Ihnen nach«, sagte Frau Seefellner zu Ilka.

»Ja, leider ein bißchen zu sehr. Mir wäre es lieber, wenn er meinem Mann ähnelte.«

»Ich bitte, versündigen Sie sich nicht!« rief die Seefellnerin und schlug sich gleich darauf erschrocken auf den Mund.

Ilka wußte, was sie sagte. Es gab Augenblicke, da war sie bis zur

Raserei in ihren Sohn verliebt. Sie drückte ihn an sich, küßte ihn ab und fieberte vor Angst, daß ihm etwas zustoßen könnte. Bis in den Winter hinein konnte sie ihn nähren, danach war sie wegen einer Brustwarzenentzündung zum Abstillen gezwungen. Es wurde auch Zeit, daß er festere Nahrung erhielt. Die monatelang gespendete Muttermilch indes hatte seine Gesundheit sichtbar gefestigt. Während ringsum die Kinder erkrankten, sogar auf den Dörfern, von den Städten ganz zu schweigen, blieb Wölfchen von jeder Infektion verschont, und nach dem fünften Lebensmonat erstand ihm in verhältnismäßig kurzer Zeit ein kräftiges, regelmäßiges Gebiß. Wenn er jetzt lachte, und er lachte viel und gern, war er geradezu unwiderstehlich. Dennoch hatte Ilka es ehrlich gemeint, als sie wünschte, er möge Bruno ähnlicher sehen, obwohl es ein unerfüllbarer Wunsch bleiben mußte. Sie fürchtete sich vor sich selbst, sie haßte sich wegen ihrer Undankbarkeit, sie weinte nachts in ihre Kissen, wenn diese unselige Sehnsucht nach Ewald Amroth in ihr aufstieg, an den ihr Kind sie mehr und mehr erinnerte.

Tagsüber hatte sie Macht über sich. Denn auch daran war sie ja von Kindheit an gewöhnt, sich gewisse Wünsche zu verbieten. Bis hierher und nicht weiter. Läßt sich der Durst dennoch nicht löschen, so flüchtet man in den Traum. Vielleicht hätten ihre Träume sie voll entschädigt, wäre nicht neuerdings eine Versuchung aufgetreten, von der sie früher nichts gewußt hatte. Seit ihrer Erfahrung, daß Wunschwelt und Wirklichkeit auf einunddieselbe Ebene geraten können, war ihr die Genügsamkeit verdorben worden, bot die Ersatzwelt keinen hinreichenden Schutz. Das machte ihr die Abende so schwer und manchmal die Nächte. Doch den Tag ließ sie sich von diesen Kobolden nicht zerstören, da hielt sie die Zügel der Vernunft fest in den Händen.

Das Kind entwickelte sich ohne viel Zutun, dafür war es die Mama, die Anlaß zur Besorgnis gab. Frau Esther magerte in geradezu erschreckender Weise ab. An der Ernährung konnte es nicht liegen, sie wurden zwar nicht üppig, aber ausreichend verpflegt, für ihre Stammgäste schafften die Seefellners immer noch das Nötigste heran. Der Arzt aus Tölz, den Ilka gegen den Willen ihrer Schwiegermutter herbeirief, legte der alten Dame das Stethoskop an Brust und Rücken, klopfte ihren Oberkörper mit dem Fingerknöchel ab, ließ sich die Zunge zeigen und steckte das Elfenbeinrohr ins Futteral zurück.

»Es ist die Zeit«, klagte er. »Es geht überall um. Eine Mangeler-

scheinung. Es wird immer schlimmer damit. Die Zeit halt. In Berlin haben sie den Ebert zum Reichskanzler gemacht. Sie sind aus Berlin, gnädige Frau – glauben Sie, daß Ebert sich gegen die Spartakisten durchsetzen wird?«
»Woher soll ich das wissen«, versetzte Ilka ungeduldig. »Wir sind mit dem neuen Kanzler weder verwandt noch befreundet. Was fehlt meiner Schwiegermutter, bitte?«
»Eine Mangelerscheinung«, sagte er erneut, empfahl ein zusätzliches Glas Vollmilch und verschrieb einen widerlich schmeckenden Lebertran.
Es wurde nicht besser. Zu Weihnachten kam Bruno, war gleichfalls besorgt und teilte Ilkas Empörung über die vage Diagnose. Frau Esther selbst zeigte sich gelassen, sofern sie sich überhaupt zeigte, und versuchte ihr Leiden zu bagatellisieren. Immer öfter verkroch sie sich in ihr Zimmer, wollte niemanden sehen und kam nur heraus, wenn ein schmerzstillendes Mittel ihr vorübergehend Linderung verschaffte. Dann war sie heiter und gesprächig.
»Ich schicke euch den Salomon«, versprach Bruno bei der Abreise. »Es muß sich doch feststellen lassen, wo es bei ihr sitzt, damit man mit einer gezielten Therapie beginnen kann. Sie verfällt uns ja unter den Händen.«
Doktor Salomon sagte sich an und sagte kurz darauf telegrafisch wieder ab. In Berlin war die Spanische Grippe ausgebrochen, er konnte nicht weg und fürchtete auch, den Säugling zu gefährden. Ilka setzte sich mit dem Leiter des Sanatoriums von Bad Heilbrunn in Verbindung, der ein erfahrener Röntgenarzt war, und vereinbarte mit ihm einen Termin für eine Generaluntersuchung. Sie tat es gegen den ausdrücklichen Willen ihrer Schwiegermutter, aber als es soweit war, leistete diese keinen Widerstand und ließ sich im Auto mitnehmen.
»Du hast ja recht. Ich mute euch 'ne ganze Menge zu.«
»Nicht uns, Mama, dir selbst. Es geht nicht um uns.«
Die Untersuchung zog sich über eine Stunde hin. Ilka wußte das Kind bei der Seefellnerin gut aufgehoben und wartete, auf einer Bank im Flur sitzend, das Ergebnis ab. Sie sprang auf, als Frau Esther schließlich zusammen mit dem Arzt aus der Tür trat. »Bitte, Herr Doktor, kann ich Sie einen Moment allein sprechen!«
Mehr als einen Moment benötigten sie auch nicht. »Ihre Schwiegermutter kennt die Wahrheit«, sagte der Arzt, »es liegt bei ihr, ob sie Ihnen davon Mitteilung macht. Sie ist eine tapfere Frau.«

»Wie lange – glauben Sie –?« fragte Ilka und schluckte schwer.
»Seien Sie lieb zu ihr«, lautete die Antwort.
Ilka meldete noch am gleichen Tag ein Ferngespräch nach Berlin an, mußte lange auf eine Verbindung warten und gab, als diese endlich hergestellt war, das Gespräch mit dem Arzt wörtlich an Bruno weiter.
Anfang der folgenden Woche traf er mit Doktor Salomon in Bad Tölz ein. Der Doktor blieb nur einen Tag, Bruno bis zum Sonntag. Er hatte versucht, von Tölz aus seine Geschäfte abzuwickeln, aber auf Bahn und Post war wegen der überall herrschenden Streiks und Unruhen kein Verlaß, und so mußte er zu seinem Leidwesen wieder zurück.
Die Regierung der soeben gegründeten Republik kämpfte ums Überleben.
»Sollen wir die Mama nicht in eine Klinik bringen?« fragte Ilka beim Abschied.
»Auf keinen Fall. Und laß dich von niemandem dazu überreden«, schärfte er ihr ein. »Man könnte ihr dort nicht helfen. Ihr Tod ist beschlossen, und sie will und soll in ihrer vertrauten Umgebung hinübergehen und nicht in der Anonymität einer Gesundheitsfabrik.«
»Aber wenn sie leidet?«
»Sie wird nicht mehr leiden, Salomon hat ihr etwas gegeben. Sei du so unbefangen wie möglich zu ihr, ich glaube, daß du das kannst. Du hast Takt und viel Kraft. Oder graut dir vor einer Sterbenden?«
»Aber Bruno – vor unserer Mama doch nicht!«
Er legte ihre Hand an seine Wange. »Ich bin so froh, Ilka, daß ich dich habe. Und paß auf den Jungen auf.«
Esther Andernach bereitete sich auf das Sterben vor, als beabsichtigte sie, eine längere Reise anzutreten, von der man irgendwann zurückkommt. Obwohl sie das Wort »Auferstehung« nicht gebrauchte, hegte sie doch nicht den geringsten Zweifel an einem Wiedersehen in der Ewigkeit. Sinnlich-konkrete Vorstellungen darüber wies sie als unziemlich ab. Der da oben wird schon wissen, was er macht und wie er es macht. Konkret war das Diesseits, und mit seinen Problemen beschäftigte sie sich bis in die letzten Stunden.
»Schenk dem Bruno auch einmal ein eigenes Kind!« bat sie ihre Schwiegertochter. »Schon, damit ich hier auf Erden meine Spur hinterlasse. Mit Debbie wird es nichts, auch dann nicht, wenn ihre

Tuberkulose ausgeheilt ist. Aber du bist jung und kräftig und wirst leichte Geburten haben. Versprich es mir!«

»Ich verspreche es, Mama.«

»Danke. Und nun lies mir vor. Aus dem Johannes-Evangelium, wir waren beim siebzehnten Kapitel. Das hohepriesterliche Gebet.«

Am späten Nachmittag verlangte sie nach dem Pfarrer und ließ sich das Abendmahl geben. Dann schickte sie alle hinaus und bat, man möge sie schlafen lassen. Um Mitternacht trat Ilka, wie in den Nächten zuvor, leise bei ihr ein und fragte, ob sie etwas wünsche. Und wie in den Nächten zuvor erfolgte keine Antwort, denn sie schlief tief und fest. Nur war es diesmal der Schlaf, aus dem es kein Erwachen gibt.

Ilka gab die Telegramme auf, wie es mit Bruno verabredet war: nach Berlin, nach Zürich zu Leo Goldschmied, nach Davos zur Schwägerin Debora. Sie fühlte die Härte des Abschieds, weinte ein wenig, ließ sich von Frau Seefellner in die Arme nehmen und trösten. Irmel kümmerte sich um Wölfchen, fuhr ihn spazieren und spielte mit ihm.

Und dann kamen die ersten Schwierigkeiten. Mit dem Eintreffen des Arztes, der den Totenschein ausstellen sollte, fingen sie an. Es war derselbe, der Esther Andernach vor einigen Monaten untersucht und von einer Mangelerscheinung gesprochen hatte. Und der nun die Nachttischlade aufzog, ein leeres Röhrchen herausnahm und es Ilka entgegenhielt. »Wer hat das verschrieben?«

Ilka empfand ihre Unerfahrenheit wie eine Last und verhärtete sich. Sie nannte keinen Namen. Sie durchschaute den Sachverhalt nicht ganz, kannte die Gesetze nicht, wußte aber zutiefst, daß sie von einer Seite bedroht wurde, der nach ihrem Dafürhalten jegliche moralische Berechtigung dazu fehlte. Und wie sie einst als Kind in Vierraden ihre Peiniger verprügelt hatte, um Ruhe zu haben, trat sie auch jetzt die Flucht nach vorn an und ließ sich nicht einschüchtern. Auf Ironie verstand sie sich nicht, sie flüchtete gleich ein Stück weiter in den Sarkasmus. »Diese Tabletten, werter Herr Doktor«, sagte sie scharf und akzentuiert, »hat jemand meiner Schwiegermutter zu genau dem Zeitpunkt verschrieben, als Milch und Lebertran gegen Krebs nicht mehr helfen wollten.«

Das genügte. Der kleine Großinquisitor warf das Röhrchen auf den Tisch, schraubte seinen Federhalter auf und füllte die Urkunde aus, ohne sich auf weitere Erörterungen einzulassen. Die Rache erfolgte auf kaltem Wege und noch am gleichen Tag, als nämlich Ilka mit

dem Geistlichen, der Frau Andernach zuvor das Sakrament gespendet hatte, über die Begräbnisformalitäten sprechen wollte. Sie stieß auf einen äußerst zurückhaltenden Mann.
»Ich bin mir noch nicht klar darüber, ob die Dahingeschiedene ein kirchliches Begräbnis verdient«, sagte er in salbungsvollem Ton. »Denn immerhin hat sie nicht abgewartet, bis sie gerufen wurde.«
»Und wie lange wird es dauern, bis Sie sich in Ihrer grenzenlosen Güte und Barmherzigkeit darüber klar sein werden?«
Ihr Hohn, ein Ausdruck von Hilflosigkeit und Notwehr, tat gleichwohl seine Wirkung. Der Geistliche wich ihrem Blick aus, räusperte sich, zog seinen Kalender und vereinbarte mit ihr Ort und Stunde. »Die Glocken werden aber nicht geläutet.«
»Auf Glocken können wir verzichten.«
Erst als sich der Hügel über dem Grab wölbte, erzählte sie Bruno von diesen beiden Begebenheiten und fragte ihn, ob sie richtig reagiert habe.
»Ich glaube schon. Vor allem war es richtig, daß du Salomons Namen nicht genannt hast. Obwohl ich sicher bin, daß der Arzt Bescheid wußte, und der Pfarrer auch. Wir werden mit dem Antisemitismus leben müssen, Ilka.«
»Mit dem Anti –? Ich verstehe nicht.«
Er stutzte, sah nachdenklich zu Boden, hob wiederum den Blick zu ihr auf. »Ich würde dir gern deine Unwissenheit erhalten, deine – Unschuld«, meinte er stockend. »Aber ich könnte es nicht verantworten. Diesmal hat dich dein Instinkt gut beraten, auf den ist jedoch nicht immer Verlaß. Ich will nicht, daß du leidest. Du mußt wissen, was auf dich wartet, damit du dich dagegen wappnen kannst.«
Er setzte ihr lange und gründlich, nach ihrem Dafürhalten sogar gegen seine Gewohnheit umständlich auseinander, was es mit dem Antisemitismus auf sich habe. Er sprach über die historischen Ursachen, über festgefügte Feindbilder, über die Unausrottbarkeit von Vorurteilen. Sie hörte ihm aufmerksam zu und sagte, als er erschöpft geendet hatte: »Nun weiß ich es also. Verstehen kann ich es trotzdem nicht.«
»Vielleicht bist du zu intelligent dazu«, vermutete er.
Sie sollte es ein Leben lang nicht verstehen. Geholfen hat ihr diese Unschuld nicht. Um schmutzigen Widersachern erfolgreich zu begegnen, muß man immer ein bißchen Komplice sein. Muß wenigstens wissen, was solche Leute bewegt. Ilka wußte es nie.

Viertes Bild:
Das Lieblingskind

»Im Ernst – das ist meine Mutter? Gott soll abhüten, hätte der Onkel Leo gesagt. Ein Glück, daß sie später so hübsch geworden ist. Auf dem Bild sieht sie aus wie ein Äffchen –«
»Du, sag das nicht noch einmal, in dem Punkt bin ich empfindlich. Deine Mutter war mein Lieblingskind, mußt du wissen. Von Anfang an hatte ich mir zu meinem Sohn eine Tochter hinzugewünscht, fast vier Jahre mußte ich darauf warten. Mädchen kann man so nett anziehen.«
»Das Kittelchen steht ihr aber nicht besonders gut.«
»Es ist eine schlechte Aufnahme. Schade, daß es noch keine Farbfotos gab. Das Kleidchen war rostrot mit gelber Stickerei, es stand ihr ganz reizend.«
»Hm. – Nun, vielleicht hätte sie mit etwas mehr Haaren besser ausgesehen. Heute hat Mutter beneidenswert dichtes Haar. Sag, stimmt es oder kommt es mir nur so vor, daß ihr die Haare anfangs nur an einer Seite gewachsen sind?«
»Ach woher – sie wuchsen ganz gleichmäßig. Meine kleine Etti hatte leider die dumme Angewohnheit, sich ihre Haare auszureißen, gleich büschelweise. Es hat lange gedauert, bis ich sie davon abbringen konnte.«
»Die Psychologen würden sagen, daß da ein Konflikt –«
»Mit Psychologie laß mich in Frieden. Den Quatsch hab ich mir von der Almut jahrelang anhören müssen. Deine Mutter war als Kleinkind ein bißchen mager, zugegeben, sie hatte ein sehr geringes Geburtsgewicht. Aber sie war ein kerngesundes und meist auch fröhliches Kind, dem es an nichts fehlte. Konflikte hat es keine gegeben, der Zwiespalt wegen der Abstammung ist erst sehr viel später aufgetreten, und unter dem Tod des Vaters hat sie nicht so gelitten wie Wölfchen, weil sie noch zu klein war, um ihn zu begreifen. Ich habe mit viel Zärtlichkeit bei beiden dafür gesorgt, daß kein Schatten auf ihre Kindheit fiel.«

Wolfgang Andernach war eben zwei Jahre alt geworden, da zogen seine Eltern nach Wien. Ilka ist in die Grunewaldvilla gar nicht erst zurückgekehrt, für sie geschah die Übersiedlung gleich von Tölz aus. In Berlin ließ Bruno alle Möbel auf dem Dachboden zusammenstellen, einiges verkaufte er zu Schleuderpreisen, von Kostbarem durfte man sich wegen der galoppierenden Geldentwertung natürlich nicht trennen. Das Haus wurde vermietet. Damit umging man die schmerzlichsten Erinnerungen an die Verstorbene, und als die schnellfließende Zeit ihre Schuldigkeit getan hatte, dachte man nurmehr mit Wehmut an sie zurück.

In einer stillen Straße hinter dem Rosenhügel mieteten sie die ganze erste Etage eines zweistöckigen Hauses mitsamt der Einrichtung, die der vorige Wohnungsinhaber, dem auch das Haus gehörte, nicht hatte mitnehmen wollen. Er war auf unbestimmte Zeit nach Neuguinea gereist, ein beschaulicher Mensch, der seine Ruhe haben wollte, nachdem ihm dieses Österreich zu abenteuerlich geworden war.

Es störte Ilka nicht, mit fremden Möbeln zu leben. Sie erlangte erst spät eine Beziehung zum Besitz, und auch dann wurde es eine eher lose und nie jene von Habsucht diktierte, die alles Eigene bewacht wie der Hund seinen Knochen. Wenn Distinktion die Gabe ist, das Wichtige vom Unwichtigen zu trennen, dann war dieses Proletarierkind eine distinktive Persönlichkeit. Sie hat in ihrem Leben manches heiß und heftig verteidigen müssen – Schrank, Tisch, Sessel und Teppiche waren nicht darunter.

Aber Lisa zum Beispiel, um Lisa kämpfte sie. Die Köchin war ihr Lebtag nicht aus Berlin herausgekommen und sträubte sich, die Übersiedlung mitzumachen. Sie hatte auch schon eine neue Stellung in Zehlendorf vorgesehen, und Bruno in seiner Nachgiebigkeit war gewillt, sie ziehen zu lassen. Nicht so Ilka.

»Wir werden beide dort fremd sein, Lisa. Sie dürfen meinen Mann und mich nicht im Stich lassen, vor allem mich nicht. Ich bin erst zwanzig und so unerfahren. Ja, wenn meine Schwiegermutter noch lebte! So aber habe ich niemanden, der mich beraten kann.«

Das half. An Lisas Pietät konnte man ebenso appellieren wie an ihren politischen Verstand.

»Vom lieben Gott und vom Himmel habe ich besser nicht gesprochen, als ich die Mama erwähnte«, sagte Ilka zu Bruno. »Sowas hört sie nicht gern, denn religiös ist sie ja nicht.«

»Und ob sie religiös ist!« widersprach Bruno. »Lisa ist eine strenggläubige Atheistin.«

Man lebte sich ein. Ilka verhältnismäßig rasch, den südlichen Dialekt war sie von Tölz her ein bißchen gewöhnt, Bruno kannte sich bereits aus, das Kind befand sich ohnehin in anpassungsfähigem Alter und ersetzte das bayrische Pfüat di schon bald durch Servus, Habe die Ehre und Küß die Hand. Ein kleiner Charmeur.

Nur Lisa tat sich anfangs schwer. Mit dem fremden Geld gings leicht bei ihr, sie war eine gute Rechnerin, besorgte sich sofort eine Währungstabelle, verglich, rechnete um und brauchte sie schon bald nicht mehr, als Ilka immer noch danach griff, um sich den Kurs der Schillinge einzuprägen. Aber die Sprache! Deutsch, so hatte man ihr gesagt, spräche man auch in Wien. Nun kam sie mit einer vollen Tasche vom Markt, setzte sich in die Küche auf einen Hocker und weinte.

»Lisa, so schlimm kann es nicht gewesen sein! Sie haben doch alles gekriegt, was Sie kaufen wollten.«

»Das denken Sie man bloß nich, Frau Andernach. Es war wie uff'm Balkan. Nischt wie Osmanen und Muselmanen um einen 'rum. Von Deutsch keine Spur. Gekriegt hab ich nur das, wo ich mit den Händen drauf zeigen konnte. Ich brauch ein Wörterbuch.«

»Unsinn, Sie werden sich umstellen. Das dauert ein bißchen. Am besten nehmen Sie jedesmal einen Notizblock mit und schreiben sich alle fremden Bezeichnungen auf.«

»Hab ich schon gemacht.« Sie zog einen zerknautschten Zettel aus der Schürzentasche, strich ihn glatt und hielt ihn mit ausgestrecktem Arm von sich. Sie war damals schon etwas weitsichtig, aber zu eitel, um eine Brille zu tragen. Dann begann sie, Ilka zu examinieren, indem sie die Tasche auspackte und zwischendurch auf den entfernten Zettel starrte. »Für was halten Sie das?«

»Für grüne Bohnen.«

Lisa lachte höhnisch. »Das denken *wir*. Hierzulande sind es Fisolen. Und dies sind keine Johannisbeeren, es sind Ribiseln.«

»Und zu Tomaten sagt man Paradeiser, nicht wahr?«

Lisa geriet vorübergehend aus dem Konzept. »Woher wissen Sie das?«

»Von den österreichischen Gästen der Pension in Tölz.«

»So. Aber was das ist, raten Sie nich im Traum.« Sie öffnete eine Tüte mit grünen Früchten und hielt sie Ilka unter die Nase.

»Stachelbeeren, würde ich sagen.«

»Würden Sie sagen. Es sind aber« – sie streckte den Arm noch weiter weg, blinzelte und buchstabierte: »A-gra-seln. Ja. Agraseln. Vielleicht, weil sie so grün wie Gras sind.«

»Na also. Da haben Sie gleich beim erstenmal eine Menge gelernt.«
»Kann man wohl sagen. Hätt' ich auch nich gedacht, daß ich in meinem Alter noch Fremdsprachen lernen muß. Nee, nee, wär 'ck man bloß nach Zehlendorf jezogen.«
Ein paar Wochen später verfügte sie, was das Wienerische betraf, über einen größeren Wortschatz als Ilka. Da hatte sie sich mit der Köchin der unter ihnen wohnenden Familie Hainisch angefreundet, die wie Lisa eine alte Sozialdemokratin war, und die gleiche politische Gesinnung erwies sich als fruchtbarer Boden für die Heranbildung von Sprachkenntnissen und sonstigen ethnisch bedingten Gepflogenheiten. Lisa zauberte ihnen einen ausgezogenen Apfelstrudel hin, als hätte sie beim Sacher gelernt.
»Proletarier aller Länder, vereinigt euch«, zitierte Bruno. »Nicht schlecht, wenn die Völkerverständigung so wohlschmeckende Ergebnisse zeitigt. Mich würde es interessieren, ob sich der Vorgang auch vice versa vollzieht. Ob die Hainisch unten jetzt Königsberger Klopse auf den Tisch kriegen.«
»Ich werde mich erkundigen«, versprach Ilka. »Bisher hab ich nur herausbekommen, daß die Familie Hainisch uns für Sozialisten hält.«
»Wieso das?«
»Weil Lisa und unsere Zugehfrau mit uns am gleichen Tisch essen. Bei den Amroths war das übrigens auch nicht üblich. Sag, bist du eigentlich Sozialist?«
Er lachte. »Meinetwegen, aber ein ganz privater. In die Partei würden sie mich bei meinem Beruf kaum aufnehmen, denn als Makler bin ich Kapitalist par excellence. Ich habe es mir nicht ausgesucht. Mein Vater hat mir das Büro und seine geschäftlichen Verbindungen vermacht, und ich habe nie Veranlassung gesehen, dies auszuschlagen. Mit Geld kann man viel Gutes tun. Und sollten eines Tages die Bolschewiken kommen, lasse ich mir von Lisa ein Führungszeugnis ausstellen und hoffe auf Lukas sechzehn, Vers neun.«
»Bitte – was steht da?«
»Machet euch Freunde mit dem ungerechten Mammon, damit, wenn ihr darbet, sie euch aufnehmen in die ewigen Hütten. Das gilt aber wohl nur für die Ewigkeit.«
»Bist du eigentlich fromm, Bruno?«
»Nein, fromm bin ich nicht. Frömmigkeit ist eine Haltung, eine

Konvention, und ich versuche immer, mit möglichst wenig Riten auszukommen. Aber ich bin gläubig, wenn du das meinst. Alle Konvertiten sind gläubig, sofern sie sich von ihrem Religionswechsel nicht materielle Vorteile versprechen, und das war bei mir nicht der Fall. Mein Glaube ist auch der Grund, weshalb ich nicht in eine politische Partei eintrete.«

»Verlangen die denn ein Glaubensbekenntnis?«

»Leider ja, soweit ich sehe.«

»Gibt es nicht auch christliche Parteien?«

»Name ist Schall und Rauch.«

Er stand auf, küßte sie und beendete das Gespräch. Er war ein vielbeschäftigter Mann.

Kurz darauf erfuhr sie, wie ernst es ihm mit seinem privaten Sozialismus war. Er ließ sich von Lisa drei unterernährte Kinder ins Haus holen und bat Ilka, sie mit an den Mittagstisch zu setzen. Sie tat es beschämt. Beschämt deshalb, weil sie nicht selbst darauf verfallen war. Sie hatte als Kind gehungert und war nicht viel besser dran gewesen als diese drei ausgemergelten Gestalten, an denen man alle kindlichen Polster vermißte und die mit den Augen von Greisen in die Welt sahen. Bruno hatte Armut nie am eigenen Leib verspürt, aber seine Einfühlsamkeit reichte weit. Er sah sich um und handelte.

Man nahm dafür Einbußen in Kauf. Die allgemeine Lebensmittelknappheit machte auch vor dem Andernachschen Hauswesen nicht halt, das Geld war nicht mehr viel wert, Bauern kannten sie in dieser Gegend keine, dafür halfen manchmal die internationalen Beziehungen zu den vom Krieg nicht betroffenen Ländern, es kamen Pakete aus Schweden, aus der Schweiz. Vor allem half Lisa, die zu wirtschaften verstand und, wenn der Mangel einmal fühlbar wurde, auch aus dem Einfachsten noch etwas Genießbares zusammenkochte. Ilka stellte mit Beruhigung fest, daß die kleinen Kostgänger ihrem Liebling nichts wegaßen. Der nahm sich zwischen den fremden Kindern aus wie aus der Schachtel gepackt: rund, rosig, strotzend vor Gesundheit und rundum gepflegt, vielleicht zu sehr gepflegt. Er ging schon als Dreijähriger allem Schmutz aus dem Wege.

Die Fremdlinge verhielten sich brav, ließen sich bei Tisch gehorsam zu gesittetem Essen anleiten, blieben bis zuletzt eingeschüchtert von der ungewohnten Umgebung. Als Ilka eines Tages bei Wölfchen Kopfläuse feststellte, seufzte sie nur. Wieder ging eine Unter-

lassung auf ihr Konto. Sie selbst hatte als Kind zweimal Läuse gehabt, sie hätte damit rechnen können. Ihre Mutter war seinerzeit mit Petroleum dagegen angegangen.
»Nimmt man heute nich mehr«, wußte Lisa. »Ich besorge Ihnen Cuprex. Hoffentlich heißt das Zeug hier genauso.«
Es hieß so. Ilka veranstaltete ein Badefest mit den vier Kindern, man setzte selbstgebastelte Schiffchen aufs Wasser, zwischendurch wurde ein Kinderschopf nach dem anderen mit dem Entlausungsmittel eingeschäumt. Die Wirkung war die gewünschte, und an der gemeinsamen Planscherei wurde festgehalten, sie fand in regelmäßigen Abständen statt, obwohl sie für Ilka eine Plage war, denn das Haus hatte keine Wasserleitung. Das Wasser mußte in Eimern und Kannen von einer Pumpe im Hof heraufgeschleppt werden wie einst bei den Amroths, aber es machte ihr nichts aus, sie liebte dieses Haus und hätte es nicht gegen eine moderne Wohnung eintauschen wollen. Sie genoß den ausgedehnten Obstgarten, die Nachbarschaft des Schlosses Schönbrunn und obendrein den Vorzug, ein Gestüt mit einem Reitplatz in der Nähe zu haben. Seit einiger Zeit nahm sie Reitstunden.
Französisch, Klavierspielen, Reiten. Gestand sie sich eigentlich ein, daß es immer noch die Amrothsche Lebensform war, die sie dabei vor Augen hatte? Es ist nicht anzunehmen. Sie war noch zu jung und zu sehr verletzt worden, um sich selbst hinter alle Schliche zu kommen. Verliebt und verschmäht, wohl wahr, aber hatte sie es nicht hinter sich? Hätte sie nicht darüber lachen können oder wenigstens nachsichtig lächeln? Sie jedoch kannte keine Nachsicht mit ihren eigenen Ressentiments, sie verschaffte sich energisch und verbissen Zutritt zu einem Raum, den ihr längst niemand mehr verwehrte. Französischstunden nahm sie in der neugegründeten Berlitz-School im Schloß Hetzendorf, Klavierstunden mit wachsendem Erfolg bei einem Privatlehrer, zum Reitplatz ging sie zweimal wöchentlich zu Fuß. Bruno ließ sie gewähren und freute sich an ihren Fortschritten. Sie war ihm eine zärtliche Frau.
Noch nicht lange, seit ihrem Wiener Aufenthalt erst, aber das hatte an ihm gelegen und an seinem übertriebenen Feingefühl. Er war lange Zeit der Meinung gewesen, sein Körper müsse einer Frau zuwider sein, und hatte sich deshalb mit verhaltenen Liebkosungen begnügt. Erst als Ilka merkte, wo das Motiv für seine Scheu lag, raffte sie sich auf und tat den ersten Schritt. Für ihn war es die Seligkeit, für sie nicht. Aber daß ihn ihr Beieinandersein derart

beseligte, rührte daher, daß sie ihm vorspielte, was sie in Wahrheit nicht empfand. Aus Pflichtbewußtsein, aus Dankbarkeit, aus Liebe, wenn man dieses Wort nicht als Verliebtheit deutet. Sie kannte auf der Welt keinen Menschen, den sie so hoch achtete wie Bruno Andernach.

Ein privater Sozialist, anspruchslos gekleidet, alles sogenannte Exklusive ging von Ilka aus. Sie führte sich eine Zeitlang neben ihm auf, als sei das Prädikat »Dame der Gesellschaft« das wichtigste, das eine Frau anstreben könne. Erst als sie feststellte, daß es ihr ja niemand streitig machte, daß sie im Gegenteil in ihrem Wiener Bekanntenkreis zu den Favoritinnen zählte – weniger auf Grund ihrer Bildung, wie sie vermeinte, als wegen ihrer Schönheit und Eleganz, die in Wien immer den Vorrang haben –, als ihr dies alles aufging, beruhigte sie sich und ließ in ihren Anstrengungen nach.

Ehrgeizig blieb sie nur mit Wölfchen. Sie zog ihm einen weißen Matrosenanzug und schwarze Lackschühchen an, womit seine Babyschönheit noch unterstrichen wurde, nahm einen Sonnenschirm in ihre rechte, das Kind an die linke Hand und spazierte mit ihm über die verschlungenen Parkwege von Schönbrunn. Vergangene Fotos der kaiserlichen Familie, Abbildungen neueren Datums in Filmheften oder Magazinen mögen dabei Pate gestanden haben, denn was ein Klischee ist, lernte sie erst später kennen. In jenen Wiener Tagen hatte sie sich selbst noch nicht gefunden und borgte sich ihre Muster von außerhalb. Doch wurde kein Surrogat mehr daraus, keine Ersatzwelt, kein bloßer Traum. Dazu lebte sie viel zu intensiv und berührte mit ihren Füßen allenthalben festen Boden.

Wolfgang war drei Jahre alt, die goldenen Locken reichten ihm bis auf den Matrosenkragen. Er plapperte unentwegt und formte schon beachtliche Sätze. Die Leute blieben stehen, Ilka lächelte höflich und ein wenig zerstreut zurück, wenn sie angestaunt wurden, das Kind warf Kußhändchen, wenn jemand grüßte. Solche Erlebnisse waren es wert, daß man die ehelichen Pflichten gewissenhaft erfüllte, mit gutmütiger Passivität oder vorgetäuschter Sinnlichkeit. Es fiel nicht einmal besonders schwer, wenn sie die Augen dabei schloß und an Ewald Amroth dachte. Der Junge wurde seinem Vater von Tag zu Tag ähnlicher. Jedoch: Bébé nannte sie ihn nicht.

Das eheliche Gemach hatte vorher einem Junggesellen gehört, der entweder viel Platz beim Schlafen brauchte oder die Nächte nicht

allein zu verbringen pflegte, denn das sogenannte französische Bett war nach Ilkas Ansicht gebaut worden, um eine ganze Familie aufzunehmen. Wie mochte er sich in Neuguinea betten? Ilka machte ein Zweipersonen-Bett daraus, bezog die roten Steppdekken mit den bestickten Überschlaglaken aus dem Andernachschen Haushalt, stärkte und bügelte die breiten Häkeleien der Damastbezüge und stellte Paradekissen aufrecht an den Kopfenden hin. Die zwei Quadratmeter Elfenreigen, die der Junggeselle vermutlich von seinen Eltern geerbt hatte, hängte sie ab. Sie wußte, was Kitsch war, jedenfalls bei allen Dingen, die eine Kunstgattung betrafen, Literatur, Musik, Malerei. Daß man auch eine Wohnungseinrichtung nach ästhetischen Gesichtspunkten beurteilen kann, war ihr noch fremd. Die leichten, hellen Jugendstilmöbel in der Grunewaldvilla, die sehr geschmackvoll zusammengestellt waren, empfand sie als ärmlich. Noch hielt bei ihr vieles die Spitze, was sich mit überflüssigem Zierat hervortat.
Anfang Juni, kurz nach Wölfchens drittem Geburtstag, sagten die Goldschmieds aus Zürich ihren Besuch an. Deboras Tuberkulose war in Davos völlig ausgeheilt, sie und ihr Mann brannten darauf, die junge Schwägerin und den kleinen Neffen endlich kennenzulernen. Ilka brachte unter Mithilfe von Lisa und der Zugehfrau die Wohnung auf Hochglanz, legte überall Deckchen auf, stellte Blumen hin, schaffte noch ein paar zusätzliche Kissen an, bis Bruno meinte, nun sei es genug. Sie verging fast vor Lampenfieber.
»Dabei wohnen sie nicht einmal bei uns«, hielt er ihr vor. »Und auch nicht bei Leos Bruder in der Himmelpfortgasse, obwohl die eine sehr große Wohnung haben. Die beiden lieben ihre Unabhängigkeit auch auf Reisen. Sie haben im Imperial eine Suite gemietet.«
»Großer Gott!« sagte Ilka, weit entfernt, sich durch diesen Hinweis beruhigt zu fühlen. »Haben sie so viel Geld?«
»Er ist Bankier«, antwortete Bruno ausweichend.
Debora und Leo kamen mit dem Arlberg-Expreß und wurden am Westbahnhof von Ilka und Bruno begrüßt. Den kleinen Sohn führten sie zwischen sich. Er trug wieder den weißen Matrosenanzug, zu weißen Schnürschuhen diesmal, und in den Händen einen Biedermeierstrauß in einer Manschette.
Debbie umarmte ihre Schwägerin herzlich. »Es stimmt, du bist schön«, stellte sie ohne Umschweife fest und trat einen Schritt zurück, um Ilka besser ins Auge zu fassen. »Mama hat in ihren

Briefen nicht übertrieben. Und der kleine Page hier – laß dich anschaun, Wölfchen! – hm, die Kinnpartie hat er von dir, Bruno. Besonders im Profil. Ja, das Kinn ist eindeutig Andernachscher Herkunft. Sonst gerät er in allem nach der Mutter –«

»Womit Gott meine Gebete erhört haben dürfte«, ergänzte Bruno fröhlich.

Von Ilka fiel eine Last ab. Die Ungezwungenheit der Goldschmieds schlug sofort eine Schneise in das Dickicht ihrer unrühmlichen Familienverhältnisse. Es hätten ja auch peinliche Fragen gestellt oder zumindest angedeutet werden können. Geschwister kennen einander sehr gut, und ob diese Schwester ihrem Bruder zutraute, daß er eine Minderjährige verführte und erst im vierten Schwangerschaftsmonat heiratete, hing als Frage weiterhin in der Luft. Aber man würde sie dort hängen und verdunsten lassen, das zeichnete sich schon ab.

Weltläufigkeit und Toleranz auch bei Leo, dem Strenggläubigen und sehr viel Älteren, den der dunkle Vollbart ernster erscheinen ließ, als er war. Ein Mann, der ohne jeden Rückgriff auf Redensarten die richtigen Worte fand. Er war ebenso hochgewachsen wie Ilka, führte sie am Arm, ließ die drei anderen vorausgehen und sagte scheinbar beiläufig: »Ein liebes Kerlchen, euer Sohn! Und daß ihr ihn Wolfgang genannt habt, hat mich gleich angeheimelt, denn das ist der Name meines Vaters gewesen. Auch mein Bruder hier in der Himmelpfortgasse heißt so.«

Schöne, gesellige Tage, gegenseitige Einladungen, gemeinsame Ausflüge. Nicht ganz wolkenlos, was den einen und einzigen Besuch in der Himmelpfortgasse betraf, doch damit hatte Bruno gerechnet und Ilka darauf vorbereitet. Er glaubte den Bruder seines Schwagers gut genug zu kennen.

»Sie verzeihen mir den Übertritt nicht. Ich weiß es und bin deshalb bisher nicht hingegangen. Wolfgang Goldschmied ist Zionist.«

»Du – ich hab mal wieder keinen blassen Schimmer –«

»Später, Liebes. Es ist nicht ganz leicht zu erklären. Laß du dir nichts anmerken, du kannst das ja, und sei gewiß, daß sie gegen dich nichts haben.«

Einen Nachmittag lang behalfen sie sich mit Floskeln, bis der Vorrat aufgebraucht war. Womöglich hätte Wölfchen die Situation aufgelockert, aber sie hatten ihn bei Lisa zurücklassen müssen, weil er nach der Pockenimpfung ein bißchen fieberte. Ilka hielt sich an den Sohn des Hauses, den dreizehnjährigen Moritz, einen Jungen von überraschender Schönheit. Überraschend deshalb, weil die Eltern früh gealtert, vergrämt und ein bißchen wie verknittertes Leder wirkten, porös und trocken. Alles Angenehme in diesen düsteren Räumen ging von Moritz aus.

»Ich werde Medizin studieren«, vertraute er Ilka an. »Sobald ich maturiert hab. Ein paar Semester in Wien, ein paar in Zürich. Da kann ich beim Onkel Leo wohnen.«

»Bis dahin fließt noch viel Wasser die Donau hinunter«, sagte Ilka und lachte. »Was gefällt dir so am Arztberuf? Ich fände es gräßlich, jemandem den Bauch aufschneiden zu müssen.«

»Aber man kann doch helfen!« rief er. Und fuhr, da man von der Sitzecke am Fenster zu ihm herübersah, mit gedämpfter Stimme fort: »Ein kleiner Bruder von mir ist bei einer Blinddarmoperation gestorben. Vor zwei Jahren. Es lagen überhaupt keine Komplikationen vor. Er ist an einen Pfuscher geraten.«

»Ich verstehe«, sagte Ilka und legte den Arm um ihn. Sie ahnte nicht, was sie damit auslöste. Ein einsames Kind, ein vernachlässigtes, vielleicht nicht besonders geliebtes, fühlte sich plötzlich angenommen und klammerte sich an ihre Zuvorkommenheit. Er schien es nicht gewöhnt, daß sich ihm jemand voll zuwandte. Fast eine Stunde lang hielt er sie vor einem Bücherschrank fest, dessen oberes Regal alle die medizinischen Werke enthielt, mit denen er sich bereits beschäftigte. Sie ermüdete bald, unterdrückte ein Gähnen, zwang sich zum Aushalten. Wenn ich hier noch länger stehe, dachte sie verzweifelt, werde ich imstande sein, eine Blinddarmoperation eigenhändig auszuführen. Sie hatte noch zuwenig Erfahrung mit Kindern, um zu wissen, daß ein intelligenter Junge in der Pubertät immer ein Fachmann ist, ob auf dem Gebiet der Medizin oder des Briefmarkensammelns. Bis an die Zähne mit einseitigen Kenntnissen bewaffnet.

In der Sitzecke wurde über Politik geredet, sie vernahm es mit halbem Ohr, schwach interessiert wie meistens und mit einem Male sogar froh, nicht mithalten zu müssen und nicht um ihre Meinung befragt zu werden. Dann schon lieber Wurmfortsatz, Bauchfellentzündung und Darmverschlingung. Es kam ihr nämlich vor, als ob der monotone Gedankenaustausch, der bis dahin etwas von einem Wetterbericht an sich hatte, eine gewisse Schärfe annähme, und zwar seit dem Augenblick, da jemand den Namen Walther Rathenau in die Debatte warf, wodurch es eine Debatte eigentlich erst wurde. Walther Rathenau, den Bruno persönlich kannte und

schätzte, war vor wenigen Tagen zum Wiederaufbauminister des Deutschen Reiches ernannt worden.
»Es wird ihm niemand danken«, hörte Ilka den Hausherrn sagen, in einer Art kalter Verachtung und so, als wünsche er das Thema damit abzuschließen. Die Gäste fügten sich.
»Auf dieser Zeichnung sehen Sie einen mit Kontrastbrei gefüllten Dickdarm, wobei Sie leicht erkennen, daß sich der Wurmfortsatz nicht mitgefüllt hat. Das deutet auf Verwachsungen am Blinddarm hin und auf eine chronische – ich langweile Sie hoffentlich nicht?«
»Durchaus nicht, Moritz, sprich nur weiter. Vielleicht wird es mir einmal nützen, so gut darüber Bescheid zu wissen.«
Er strahlte. Ohne eigentlich zu lächeln, es ging mehr von den glühenden Augen aus, von seiner Gestalt, die sich in Begeisterung straffte. Ein Besessener. Zum Schluß erfuhr das Rätsel um diese Monomanie eine teilweise Lösung, die er selbst nebenbei preisgab.
»Vielen Dank, daß Sie so geduldig zugehört haben. Meinen Eltern darf ich mit dem Thema nicht kommen, wegen meines verstorbenen Bruders, Sie verstehen? Er war ihr Liebling. Ich werde ihn nie ersetzen können, soviel Mühe ich mir auch gebe. Er war ein außerordentlich schönes Kind, müssen Sie wissen.«
Zu Ilkas Erleichterung wandte er sich nach diesen Worten ab, denn sie war nahe daran, die Fassung zu verlieren.
Bald darauf verabschiedeten sie sich, ein bißchen zu korrekt, beinahe kühl. Die Einladung zu einem Gegenbesuch wurde ins Vage hinübergespielt, nicht abgelehnt, nicht zugesagt. Er unterblieb dann auch.
»Was ist mit Rathenau?« fragte sie noch am gleichen Abend ihren Mann, nachdem sie zu Bett gegangen waren. »Was haben die Goldschmieds gegen ihn? Ist er auch übergetreten?«
»Nein. Aber er hat zum Begräbnis seines Vaters keinen Rabbiner zugelassen, könnte sein, daß sie ihm das verübeln. Und daß er Minister wurde und damit Deutschland als sein Vaterland anerkennt.«
»Er ist Deutscher wie du und ich – welches Land sollte er denn als sein Vaterland ansehen?«
»Das gelobte Land, in das einst Moses sein Volk zurückführte. Ich weiß, was du sagen willst, es ist eine Utopie. Der Herzl hier in Wien hat damit angefangen. Zionisten wie Wolfgang Goldschmied erwarten von jedem Juden, daß er das Land, in dem er sich aufhält,

lediglich als Gastland betrachtet. Man arbeitet, zahlt seine Steuern, aber man nimmt kein Regierungsamt an.«
»Denkt Leo auch so?«
»Nein, der nicht. Der feiert den Sabbat, beachtet die Speisegesetze und hält das Fastengebot am Versöhnungstag. Manchmal sagt er beim Abschied: Nächstes Jahr in Jerusalem! – dann meint er das himmlische Jerusalem genau wie ich. Als sein Vaterland betrachtet er die Schweiz, und die würde er auch mit der Waffe verteidigen, wenn es sein müßte. Er ist ein loyaler Eidgenosse.«
Ilka dachte nach. »Langsam verstehe ich, weshalb das Zusammensein in der Himmelpfortgasse so frostig ausfiel. Mit Ausnahme von Moritz, den ich sehr aufgeschlossen fand.«
»Ein umgänglicher Junge, ein bißchen frühreif für meinen Geschmack. Und was ist mit unserem Jungen? Ich meine, hat er noch erhöhte Temperatur?«
»Nicht mehr, zum Glück. Ich habe vorhin gemessen. Über die Impfpocken hab ich ihm ein Pflaster geklebt, damit er sich nicht kratzt.«
»Komm noch ein bißchen zu mir!«
Sie schob ihren Körper an seine Seite, schmiegte sich an ihn und streckte die Hand aus, um die Nachttischlampe zu löschen. Sein Herz klopfte stark, ihres blieb ruhig. Kein Wellenschlag kräuselte die Fläche. Wer Zuflucht und Geborgenheit sucht, fährt nicht aufs offene Meer hinaus.
Gegen Ende des Wiener Aufenthalts der Verwandten und anläßlich einer kleinen Abschiedsfeier in einem Salon des Imperial wurde Ilka nach ihrer Familie gefragt. Wen es da gäbe: Vater, Mutter, Geschwister? Die Schwägerin verstand es, ihre Neugier als Anteilnahme zu tarnen, es gehört sich doch ganz einfach, daß man sich danach erkundigt. Betont wurde nichts.
»Mein Vater ist krank«, berichtete Ilka, »deshalb kann auch meine Mutter nicht abkommen. Sie muß ihn ja pflegen. Sonst hätten sie uns hier schon besucht. Mein Bruder hat mir seit meiner Heirat nicht mehr geschrieben.«
»Ach, der ist bloß eifersüchtig«, vermutete Debbie.
Ilka sah sie beinahe dankbar an. »Das könnte es sein.« Debbies Einwurf enthob sie der peinlichen Mühe, für Erichs Verhalten eine Erklärung zu suchen. Es wurde nicht weiter gefragt.
Wahr an Ilkas Bericht war nur der Hinweis auf die Krankheit ihres Vaters. Sie wußte es von ihm selbst, denn sie wechselten Briefe,

allerdings in längeren Abständen. Ein Nierenleiden, Koliken, eine angegriffene Leber. Gustav Benthien klagte nicht, ließ aber durchblicken, daß er oft Schmerzen habe. Ilka hätte gern geholfen, hatte auch zweimal Geld überwiesen, das jedoch postwendend zurückgeschickt worden war. Von Erich, nicht vom Vater, das verstand sich für sie von selbst.
Mitte Juli, es war inzwischen sehr heiß geworden, kam ein Brief mit dem Poststempel Schwedt statt Vierraden. Der Vater lag im Krankenhaus. »Mit mir geht es zu Ende«, schrieb er. »Wie gern würde ich Dich, mein liebes Kind, noch einmal sehen, und einmal auch meinen Enkel, ehe ich die Augen für immer schließe.« Die Schriftzüge verrieten kaum etwas von seiner Schwäche, sie waren groß und klar wie früher, nur bei der Unterschrift schien ihm die Feder ausgerutscht zu sein.
»Fahr zu ihm!« riet Bruno, als sie ihm den Brief zeigte. »Diese Bitte darfst du ihm nicht abschlagen. Bis Berlin kann ich ein Schlafwagencoupé für dich und Wölfchen reservieren lassen, und dieses Schwedt hat doch sicher ein Hotel. Wenn du willst, nimm Lisa mit, ich komme schon ein paar Tage ohne sie aus.«
»Das möchte ich nicht. Lisa wird dich versorgen, und ich brauche auf Reisen keine Zofe. Einen Koffer schicken wir mit der Bahn voraus, ich nehme nur Handgepäck mit. Bestell bitte ein Zimmer im Hotel ZUM TOLLEN MARKGRAFEN, es ist das erste Haus am Platze, so sagt man doch? Ehrlich gesagt, es zieht mich nicht nach Schwedt.«
»Wegen der Erinnerungen?«
»Erinnerungen sind Gespenster, und vor Gespenstern fürchte ich mich nicht. Nur – ich hab das alles so weit hinter mir. Hinter dem Schicksalshorizont, sozusagen. Was soll ich noch dort?«
»Von deinem Vater Abschied nehmen«, erinnerte er sie.
»Ja, das muß wohl sein.«
Sie spielte ihm nichts vor, sie fuhr wirklich nicht gern. Für einen Mann wie Bruno, der einer harmonischen Familie entstammte, war es schwer vorstellbar, daß es sie nicht an das Bett des sterbenden Vaters zog. Er selbst hatte als Halbwüchsiger seinem Vater die Augen zugedrückt, aus Liebe, nicht aus Pflichtgefühl. Überhaupt waren die Juden, die sie kennengelernt hatte, allesamt Familienmenschen, deren Solidarität sich über den engeren Rahmen hinaus noch auf entfernte Angehörige erstreckte, falls diese einer Hilfe bedurften. Das hatte mit ihrem Status als Minderheit zu tun und

weil sie Jahrhunderte hindurch Anfeindungen ausgesetzt waren, wie Ilka inzwischen wußte. Da schämt man sich dann selbst ein wenig, weil einem über die bloße Pietät hinaus ein innigeres Gefühl nicht gelingen will, nicht einmal Dankbarkeit. Wofür sollte sie dem Gustav Benthien dankbar sein? Daß er sie gezeugt hatte, war zu seinem Vergnügen geschehen und höchstwahrscheinlich nicht einmal mit Absicht. Aber dergleichen sprach man nicht aus.
Daß sie die Reise dennoch genoß, verdankte sie Wölfchen, seiner Wißbegierde, seinem Jubel über alles Neue. Eine Fahrt mit der Puff-Puff-Eisenbahn, eine weite Fahrt, in ein fremdes Land, zu einem fremden Großpapa. Hat er denn keine Großmama mehr? »Nein«, log Ilka, denn Maria Benthien hatte kurz mitgeteilt, daß sie auf den Besuch ihrer Tochter keinen Wert lege. O bitte, ganz meinerseits. Ein schönes Elternhaus hab ich gehabt, eine wunderschöne umhegte Kindheit! Sie kämpfte die Bitterkeit nieder und zog den Jungen auf ihren Schoß, während draußen hinter den Scheiben die von Telegrafenpfählen gegliederte Eisenbahnlandschaft vorüberflog. Am Franz-Josephs-Bahnhof waren sie eingestiegen und rasten nun auf Prag zu, es begann bereits zu dunkeln. Sie hielt Wölfchen im Arm und summte ihm eine Melodie ins Ohr. Schlaf, Kindchen, schlaf! Dein Vater hüt't die Schaf'. Deine Mutter hütets Lämmelein. Hüten, behüten. Daß nichts dir zu nahe komme, nichts Schmerzliches, nichts Böses. Nicht Kälte, nicht Hunger, nicht Schmutz. Der, zu dem wir jetzt fahren, hätte mir alles dies ersparen können und hats nicht getan. Einer, dem ein Stamperl Schnaps mehr bedeutete als seine Kinder und der nun bat: Wie gern würde ich dich, mein liebes Kind, noch einmal sehen.
Der Junge war eingeschlafen, sie legte ihn hin. Um Mitternacht würden sie in Dresden sein, am frühen Morgen in Berlin. Auf Berlin freute sie sich ein bißchen, an Schwedt mochte sie nicht denken. Das obere Bett im Abteil blieb leer, sie nickte an ihrem Fensterplatz ein, in ihren Mantel gehüllt wegen der Zugluft, die durch den Fensterspalt gegen sie andrang. Die Nacht draußen war eigentlich warm.
Auch der Morgen dann, als sie zum Stettiner Bahnhof fuhren, war lau, dazu staubig und von grellem Licht. So übermüdet Ilka war, horchte sie doch sofort auf, als die ersten Laute des heimischen Dialekts ihr Ohr trafen, diese schnoddrigen und nur scheinbar oberflächlichen Lebensweisheiten eines nüchternen und tüchtigen Volkes. Hier war sie zu Hause. Nicht in Österreich, obschon sie

sich auch dort wohl fühlte und die landläufigen Vorurteile der Preußen gegen das angeblich sentimentale, schlampige und walzerselige Wien längst hinter sich geworfen hatte. Aber Berlin war Heimat, war dies so sehr, daß sie nie auf Einzelheiten achten mußte, um sich ihrer Vertrautheit zu vergewissern. Diese Stadt, die eigentlich gar keine war, sondern eher eine Ansammlung einander behelligender Städte und Dörfer, einheitlich nur durch den verbindenden Dialekt und eine gemeinsame Lebensart, diese Stadt umgab Ilka wie eine zweite Haut. Also fraglos. Also ohne daß man sich auf Sehenswürdigkeiten einlassen mußte wie in Wien. Die Sehenswürdigkeiten Berlins blieben ihr ein Leben lang gleichgültig, die Fraglosigkeit dagegen beruhte auf Verdrängung, sie klopfte ja sonst alles und jedes mit ihren Fragen ab. Berlin war die Stadt ihres märchenhaften Aufstiegs gewesen, doch das wollte sie vergessen. Der Aufstieg war abgeschlossen und zum Alltag geworden.

In Angermünde mußte sie umsteigen, die Lokalbahn nach Schwedt stand schon unter Dampf, Wölfchen quengelte und wollte nicht mehr Puff-Puff fahren. Er verlangte zornig nach Süßigkeiten, die Ilka ihm schließlich gab, um ihre Ruhe zu haben, woraufhin er sie prompt erbrach. »Wir sind ja bald da. Nur noch zwei Stationen.«

Rührend das geduckte Bahngebäude aus nachgedunkelten Backsteinen, in einem Stil, den Bruno als Eisenbahngotik zu bezeichnen pflegte. Der Hoteldiener stand am Eingang, ließ sich von Ilka den Gepäckschein aushändigen und zeigte durch die Glastür auf eine an der Straße wartende Kutsche. Sie blieb mit dem Jungen vor dem Gefährt stehen, bis der Mann mit dem Koffer kam und ihr den Schlag öffnete. Die Fahrt vom Bahnhof zum Hotel mit zwei Hottapferdchen war für Wölfchen ein solcher Spaß, daß er Übelkeit und schlechte Laune auf der Stelle vergaß.

Auch Ilka fand die kleine Stadt auf einmal gar nicht so häßlich. Wenn man den Randbezirk mit den phantasielosen Zweckbauten hinter sich hatte, Kaserne, Holzschneidemühle, Kalkbrennerei und Amrothsche Zigarrenfabrik, öffnete sich am Ende der Allee der klassizistische Kern wie eine Bilderbuchwelt, einheitlich im Stil, blitzsauber und sommerlich-verträumt in der durch wucherndes Laub gefilterten Nachmittagssonne. Der zweisitzige Landauer, gebaut wie ein Dogcart, ratterte über das Kopfsteinpflaster, umfuhr in einem Halbkreis die evangelische Stadtkirche und wurde auf einem Hof zum Stehen gebracht.

Das Hotel Zum tollen Markgrafen war ein langgestrecktes,

hellblau gestrichenes Gebäude mit nur zwei Stockwerken. Ilka hatte ein Doppelzimmer gebucht und auf ein Kinderbett verzichtet. Kaum hatte sie den Jungen ausgekleidet und in das eine Ehebett gelegt, als er auch schon vom Schlaf übermannt wurde. Waschen mochte sie ihn nicht mehr, es wäre eine unnötige Belästigung gewesen und hätte ihn am Ende wieder munter gemacht. Sie goß Wasser aus der geblümten Kanne in eine mit dem gleichen Muster verzierte, umfangreiche Steingutschüssel, machte sich frisch, wechselte die Kleidung. Das Kind schlief so fest, daß sie es wagen konnte, in den Speiseraum hinunterzugehen, um einen Kaffee zu trinken.
Erkannt wurde sie von niemandem, wieso auch, da sie in dieses Haus früher nie gekommen war. Sie glaubte, sich bescheiden angezogen zu haben, sie wollte nicht auffallen. Das Musselinkleid mit dem blusig fallenden Oberteil hätte eine weniger schlanke Frau üppig erscheinen lassen, ihre Haare trug sie seit der Verheiratung zu einem breiten Knoten aufgesteckt. Nichts Besonderes, sollte man meinen, was fürs Detail auch zutraf. Entscheidend war der Gesamteindruck, Haltung und Zurückhaltung, die Art, mit einem leichten Nicken zu danken, die Lässigkeit, mit der sie den Kaffee umrührte oder eine Zeitschrift zur Hand nahm. Ein bißchen versonnen, und bei aller Unauffälligkeit sehr gerade sitzend, mit einer millionenschweren Sicherheit im Kreuz. Man hofierte sie, zeigte sich eilfertig und beflissen. Ein ungewöhnlicher Gast. Meist logierten hier durchreisende Geschäftsleute von kleinbürgerlichem Zuschnitt, Viehhändler, Handelsvertreter, Steuerbeamte.
Die Belebung, die sie sich vom Kaffee versprochen hatte, blieb aus, er war auch nicht gut. Auf die Zubereitung verstand man sich hierzulande nicht so wie in Wien. Der Nachmittag schritt vor, die Schatten verlängerten sich in den Abend hinein. Für einen Krankenhausbesuch war es zu spät, bei Kassenpatienten sahen sie streng auf Einhaltung der Besuchszeit. Ihr Blick durch den Gardinenschleier des hohen Fensters ging auf eine fast leere Straße. Keine Vorgärten in dieser Gegend, die Sockel der gegenüberliegenden Häuser waren mit rechteckigen Ornamenten ausgefüllt, an einigen Stellen kanneliert wie griechische Säulen. Aber auch dieser Zierat schien herb und preußisch-karg, eingebunden in Reih und Glied, als habe man ihm jede Aufschneiderei verboten. Das Überindividuelle galt als anstößig, wurde von der Landschaft nicht zugelassen.
Von der Seite her kam ein Sprengwagen ins Bild, der das Pflaster

vom Staub reinigen sollte. Johlende Kinder folgten ihm und hielten die entblößten Beine unter den Brausestrahl. Ein paar Sekunden nur, dann war der fröhliche Zug verschwunden, die Straße aufs neue still und ausgeräumt wie eine Bühne nach der Vorstellung, nur daß die vom Wasser bespülten Katzenköpfe nun dunkel waren und glänzten.

An der rechten Häuserecke, die man vom Hotel aus nicht sah, wußte Ilka plötzlich wieder ein Gemüsegeschäft, in dem sie für die Amroths öfter eingekauft hatte. Aber es blieb ein rein theoretisches Wissen, als habe sie von diesem Laden lediglich im Geographieunterricht erfahren. Ich konstatiere, dachte Ilka, ich nehme Notiz. Es gibt Menschen, die werden vom Heimweh überwältigt, wenn sie nach Jahren die Stätten ihrer Kindheit aufsuchen. Dann war entweder ihre Kindheit das vielzitierte Zauberland gewesen, oder sie leiden an Gedächtnisschwund. Mein Gedächtnis ist vorzüglich, und sollte ich mich jemals nach den Jahren zurücksehnen, die ich hier verbrachte, so wäre es geraten, meinen Geisteszustand zu untersuchen. Und jetzt bin ich müde und werde mich schlafen legen, obwohl es die Zeit noch nicht ist. Ohne Abendbrot, weil der Magen wieder einmal Ärger macht. Mit ein paar Tropfen Baldrian wird er sich hoffentlich beruhigen lassen.

Bevor sie hinaufging, fragte sie an der Rezeption nach dem frühesten Zeitpunkt für den Morgenkaffee.

»Ab sechs Uhr, gnädige Frau. Darf ich Ihnen den Schlüssel geben – welche Zimmernummer –?«

»Danke, der Schlüssel steckt oben. Ich habe nicht abgesperrt, des Kindes wegen.«

Um fünf Uhr früh, als der erste Morgenschein noch etwas blaß durch das schräggestellte Oberlicht des hohen Fensters fiel, wurden sie und das Kind beinahe gleichzeitig wach. Wölfchen setzte zu einer Kissenschlacht an, aber Ilka hob den Finger an den Mund. »Psst! Wir sind hier nicht zu Hause. Nebenan wohnen fremde Leute, die wollen noch schlafen. Wir waschen uns jetzt, und wenn du es fertigkriegst, dabei ganz leise zu sein, gibt es eine Belohnung.«

»Kaufst du mir dann einen Hottamax? Oder eine klitzekleine Eisenbahn?«

»Wir werden sehen.«

Der Hoteldiener, der sie gestern am Bahnhof abgeholt hatte, servierte unten in der Halle den Kaffee für die Frühaufsteher. Er schien noch etwas verschlafen, wurde aber hellwach und riß die Augen auf, als er die junge Frau mit dem Kind an der Hand die Treppe herunterkommen sah. Auch die paar Gäste an den Tischen wandten sich mehr oder weniger verstohlen um.

Wolfgang trug zu weißen Schuhen und Söckchen einen türkisfarbenen Leinenanzug mit Lochstickerei an Kragen und Ärmeln. Die Locken waren gebürstet und glänzten, die Babyhaut schimmerte in jenem zarten Anflug von Bräune, wie Hellhäutige ihn gerade noch zustande bringen, kein Olivbraun, eher nachgedunkeltes Elfenbein. Ein Kind in Pastell, das Ebenbild seiner Mutter. Wölfchen schmetterte ein »Grüß Gott!« in den Raum, machte vor einer älteren Dame eine Verbeugung – es war die Inhaberin des Hotels, die in einer Ecke allein vor sich hin frühstückte und nun nicht wußte, wie ihr geschah –, sagte zu ihr: »Küß die Hand, gnädige Frau!«, zog für seine Mutter einen Stuhl vom Tisch weg, wie sein Vater es zu tun pflegte, und nahm nach diesen Präliminarien manierlich neben ihr Platz. Auf seinen eigenen Stuhl hatte er hinaufklettern müssen, und die Beine baumelten vom Sitz. Er saß in tadelloser Haltung und redete erst wieder, als er nach seinen Wünschen gefragt wurde.

»Für mich bitte eine Milch, aber eine kalte und ohne Haut.«

»Sehr wohl, junger Herr«, erwiderte schmunzelnd der Ober, der mit einer so detaillierten Angabe nicht gerechnet hatte, und durch den Raum ging ein wohlwollendes Gelächter. Auch Ilka lächelte und sah wie um Entschuldigung bittend zu den anderen hinüber, ganz kurz, damit es nicht wie Koketterie erschien. Wie sehr ihr die Szene behagte, ging keinen etwas an.

Ein Morgen mit fühlbar ansteigender Wärme, ähnlich jenem zweiten Septembertag, ihrem siebzehnten Geburtstag, als sie mit dem Rohrkoffer in der Hand die Stadt verlassen hatte, auf der Flucht vor einer blinden, unhaltbaren Leidenschaft. Die Allee dehnte sich hin, die Kastanien verschwammen hinter einem Vorhang aus Tränen. Damals hatte sie ein weit gestecktes Ziel gehabt, heute nur ein kleines und nahes: sie suchte für ihr Kind einen Spielwarenladen, um ihm den Hottamax zu kaufen.

Der Mehrzweckladen in einer Seitenstraße der Schloßfreiheit, Zweigstelle einer Konsumgenossenschaft, wo es schlechterdings alles gab, was in Haus und Garten gebraucht wurde, von der Schmierseife bis zum Salatöl, von Fleisch- und Backwaren über Textilien bis zu Gartengeräten aller Art, dieser weiträumige Laden hatte, wie sie sich entsann, auch eine Spielwarenabteilung. Aber sie

würde ihn nicht aufsuchen. Dort kannte man sie, dort hatte sie fast täglich eingekauft, allein oder zusammen mit der Köchin, um ihr beim Tragen der vollen Taschen zu helfen, und die Villa der Amroths lag schräg gegenüber. So weit mochte sie sich mit ihrer Vergangenheit denn doch nicht einlassen.
Sie schritt mit Wölfchen über den Marktplatz, dessen Viereck von niedrigen, adretten Häusern umstanden war, dachte: wie niedlich, wie putzig, eine Biedermeierkulisse, und wie bedeutend kam mir das alles einmal vor. Wenn wir erwachsen werden, schrumpft die Welt, die wir hinter uns lassen. Der Gasthof ZUM BLAUEN DRAGONER mit den bunten, bleiverglasten Fensterscheiben im Parterre, dort hatte der Königin-Luisen-Bund seine Zusammenkünfte gehabt, dort hatte sie Scharpie gezupft und sich von vaterländischen Geschichten anöden lassen. DEUTSCHE MÄDEL IN GROSSER ZEIT. Es war eine kleine Zeit gewesen, auch der Gasthof war klein. Ein Spielwarengeschäft gab es hier nicht. Ja, wenn Markttag gewesen wäre, da hätten sie schon einen Stand aufgetan, wo man Pferdchen verkaufte, aus Holz geschnitzte oder aus Lumpen zusammengenähte. Die Invaliden vom Land, die bei der Feldarbeit nicht mehr mithalten konnten, fertigten solche Sachen an.
In der Auslage einer Papierwarenhandlung sah sie Bilderbogen, die für simple Bastelarbeiten gedacht waren. »Guck mal, Wölfchen, da ist eine Eisenbahn aufgemalt! Das heißt, eine richtige wird es erst, wenn man die Teile ausschneidet, faltet und zusammenklebt. Wollen wir beide das machen? Dann haben wir gleich eine Beschäftigung, wenn uns der Abend zu lang wird.«
Wölfchen war einverstanden, doch damit kein Zweifel entstehe, daß es sich um ein Entgegenkommen von seiner Seite handelte, fügte er rasch hinzu: »Einen Hottamax hätte ich natürlich lieber.«
»Den kaufe ich dir in Wien.«
»Auf Ehre?«
»Auf Ehre!« beteuerte Ilka und legte die Hand aufs Herz.
Bilderbogen, Klebstoff, Unterlage und eine kleine Schere – denn Ilka führte im Hotel nur eine Nagelschere bei sich –, mit diesen Schätzen, die alle in der zusammengerollten Pappe untergebracht waren, verließen sie den Laden. Traten auf den besonnten Bürgersteig, waren eben im Begriff, das holprige Pflaster des Platzes in Richtung Kaigasse zu überqueren, da passierte es.
Sie wurden angerufen, sie waren gemeint. Ein Herr kam durch die

Tür eines Spirituosengeschäfts, wo er wahrscheinlich eine Bestellung aufgegeben hatte, ein älterer, dezent gekleideter Herr mit grauem Backenbart und randloser Brille, einen Spazierstock locker über dem Arm. »Ja – das ist doch! Ja, sehe ich denn recht? Unsere Ilka, Pardon, meine Gnädigste.«

Das mußte durchgestanden werden.

»Guten Morgen, Herr Amroth. Wie nett, Sie zu sehen! Ich heiße jetzt Andernach. Und das ist mein Sohn Wolfgang.«

Wölfchen machte seinen »Diener«, ohne daß sie ihn dazu auffordern mußte, sehr tief sogar, sagte: »Habe die Ehre, mein Herr!« und nahm die dargebotene Hand.

Wilhelm Amroth konnte seinen Blick von dem Kind nicht losreißen, es wurde schon beinahe unschicklich, dieses stumme Hinstarren, er schien es selbst zu merken, errötete, räusperte sich, suchte nach unverfänglichen Worten. Ilka griff nicht ein. Ein Mann von Welt, er wird sich schon wiederfinden, er hats ja gelernt. Was mußte er ihr auch in die Arme laufen.

Amroth zog ein Taschentuch heraus, nahm die Brille ab, putzte sie, setzte sie wieder auf. »Unglaublich«, murmelte er, »einfach unglaublich.« Danach erst kamen die üblichen, etwas stockend vorgebrachten Fragen.

Ilka gab eine knappe Auskunft über den Zweck ihres Hierseins und betonte, daß sie übermorgen früh wieder abreisen werde.

»Nach Berlin?«

»Nach Wien. Wir leben seit ungefähr zwei Jahren dort.«

»Ah ja. So so. Hm.«

Er putzte ein zweitesmal seine Brille, ehe er sich dazu aufraffte, eine Einladung auszusprechen. Ilka empfand plötzlich eine unbestimmbare Zuneigung für diesen Mann. Er hatte sie nie schlecht behandelt, hatte sie überhaupt nicht behandelt, sondern immer übersehen, doch das war kein Grund, vor ihm die Unnahbare zu spielen und ihn mit Gemeinplätzen abzuspeisen. Darum erklärte sie ihm leise und mit Wärme: »Bitte, halten Sie mich nicht für unhöflich, Herr Amroth, wenn ich Ihrer Einladung nicht folgen möchte. Ich habe Sie und Ihre Gattin in guter und dankbarer Erinnerung und bitte um Verständnis dafür, daß ich es in unserem Fall bei Erinnerungen belassen will.«

Er hatte Verständnis dafür, und ob! Sie wechselten noch ein paar Worte, und als sie sich trennten, fiel seine Verneigung vor ihr beinahe so tief aus wie die des Kindes vorhin. Sie konnte nicht

sehen, wie lange er ihnen nachblickte, als sie mit dem hüpfenden Jungen an ihrer Seite die abschüssige Gasse zum Ufer hinunterging, aber sie fühlte seinen Blick in ihrem Rücken. Es war kein unangenehmes Gefühl.
»Wer war der Herr?« wollte Wölfchen wissen.
»Ein Freund deines Großpapas.«
»Und wann gehen wir endlich zum Großpapa?«
»Nach dem Mittagessen. Man darf die Kranken erst ab zwei Uhr besuchen.«
Noch sah man die Oder nicht, aber man konnte sie riechen. Eine Mischung aus Tang, Maschinenöl und Rauch, dazwischen roch es nach verfaulten Fischen. Der Tag wurde heiß. Für einen Augenblick übertönte eine Schiffssirene alle anderen Geräusche. Sie bogen um die Ecke. Gerade setzte sich ein mit Menschen überfüllter Ausflugsdampfer bei der Anlegestelle in Bewegung, oderabwärts, in Richtung Stettin. Die Bordkapelle spielte: Muß i denn, muß i denn zum Städtele hinaus –
Ja, ich muß hinaus. Ich muß dringend von hier weg. Übermorgen. Während Wölfchen mit ihrer Erlaubnis sich Schuhe und Söckchen auszog, um sich die vom Raddampfer verursachten Wellen über die Füße platschen zu lassen, dachte sie daran, daß sie als Kind nie mit einem Dampfer gefahren war, wie sehr sie es sich auch immer gewünscht hatte. Am Ufer der Oder aufgewachsen, und nie eine Dampferfahrt. Die erste vor einem Jahr auf der Donau, von Wien bis Dürnstein. Ganz hübsch, mehr nicht. Manche Kinderträume erfüllen sich erst, nachdem sie zu Ende geträumt wurden, und dann bringt die Erfüllung nichts mehr ein, weil sich die Sehnsucht verflüchtigt hat. Man reagiert wie ein Erwachsener: das also ist die Donau, dort Greifenstein, dort Tulln. Hoffentlich macht sich der Junge nicht die Hose naß. Zum Glück habe ich genug frische Sachen mit, wenn auch im Koffer.
Damals, als Herr Rehlow mit der Klasse die Dampferfahrt nach Stettin machte – alle hatten sie mitgedurft, alle mit Ausnahme der Kranken. Drei Mark kostete der Tagesausflug, und Ilka war nicht krank gewesen. Für die Kinder der Armen bezahlte der Gutsherr. Bettelkram. Haben wir nicht nötig, Schulmeester. Das Kind bleibt zu Hause, wenn's beliebt.
Wölfchen zu ihren Füßen sammelte Steine und warf sie über die Wasserfläche. »Schau nur, Mama, wie weit ich schon werfe. Beinah bis an die Boote.«

»Ja, fein, wie du das kannst.«
Ein Zwanzigjähriger, der zum erstenmal einen Luftballon in die Hand bekommt – was fängt er damit an? Du kriegst deine Luftballons, mein Kind, solange sie dir noch Freude machen, und auch das Hottapferdchen, sobald wir daheim sind.
Nachmittags im Städtischen Krankenhaus. Ilka hatte sich vorgestellt, daß ihr Vater in einem Zwei- oder Vierbettzimmer untergebracht sei, und erschrak, als sie ihn in diesem Elendssaal unter vielen schwerkranken Patienten heraussuchen mußte. Ein Massenquartier, in dem jeder an des anderen Leiblichkeit auf engstem Raum teilnehmen mußte, ob einer erbrach, auf der Pfanne saß oder vor Schmerzen stöhnte. Und zu allem war der Saal auch noch vollgestopft mit Besuchern.
Gustav Benthien hatte sich sehr verändert. Damit war zu rechnen gewesen, aber nun, da er ihr entgegensah, gelblich-grau, mit eingefallenen Wangen, die einst so strahlend schönen Augen trüb und in schwarzen Höhlen, schnürte es ihr die Brust zusammen. Sie beugte sich über ihn und strich ihm über die Stirn. »Hier ist Wölfchen, Vater.«
Er streckte eine kraftlose Hand aus und sah das Kind nur flüchtig an. Der Versuch zu einem Lächeln blieb auf halbem Wege stecken. »Ich hätte dir so viel zu sagen, Ilka. Aber in dieser Umgebung –«
»Hör zu, Vater.« Sie stellte die Flasche mit Traubensaft auf dem Nachttisch ab und sprach dicht bei seinem Ohr: »Wir halten uns jetzt nicht lange bei dir auf. Ich werde zur Stationsschwester gehen und ihr sagen, daß sie dich heute noch auf ein Einzelzimmer legen sollen, oder meinetwegen in ein Zweibettzimmer. Ja, in die erste Klasse, und da bleibst du. Keine Widerrede, es wird alles bezahlt. Brunos Einverständnis habe ich im voraus. Es ist meine Kindespflicht. Ich komme morgen um die gleiche Zeit mit Wölfchen wieder, und dann können wir miteinander sprechen. Hier ist es ja nicht möglich.«
Er sah sie dankbar an und seufzte.
Den wahren Grund, weshalb sie so schnell verschwand, konnte sie ihm nicht mitteilen. Sie hätte es keine Minute länger in diesem Mief ausgehalten. Im allgemeinen war sie nicht zimperlich, nur im besonderen eben, und ob dieses Besondere von der Beschaffenheit war, die sie vermutete, würde sich erst in einigen Tagen herausstellen.
Auf dem Gehsteig draußen, im Schatten der Alleebäume, verlor

sich ihre Übelkeit. Mit der Oberin hatte sie vereinbart, daß der Vater noch vor dem Abendbrot in ein Zweibettzimmer verlegt würde. Bitte, an nichts zu sparen. Und alle Rechnungen an folgende Adresse (die gleich notiert wurde).

Meine Kindespflicht. Wie man's nimmt. Aber es müssen nicht alle Pflichten gegeneinander aufgerechnet werden. Machet euch Freunde mit dem ungerechten Mammon, sagt der Evangelist.

Am nächsten Mittag um die gleiche Zeit wanderten sie wiederum los, Wolfgang in weißem Matrosenanzug und weißen Schuhen. Die Teerosen sah er als so kostbar an, daß er sie mit beiden Händen trug. In den Krankenhausfluren verliefen sie sich erst einmal, ehe sie den Trakt mit der Privatstation fanden.

Die neue Umgebung hatte dem Kranken seine Würde zurückgegeben. Er wirkte nicht mehr so verfallen, vielleicht, weil sie ihn besser gepflegt hatten, die Oberlippe war von Stoppeln frei, der rötliche Vollbart gestutzt. Auch seine Stimme klang kräftiger. Wölfchen mußte ihm erzählen, wie es ihm in Schwedt gefiele und womit er sich die Zeit vertreibe, wobei dann zur Sprache kam, daß er mit der Mama gestern abend eine Puff-Puff-Eisenbahn ausgeschnitten und zusammengebastelt habe.

Gustav Benthien betrachtete seinen Enkel mit einer wehmütigen Ergriffenheit, mit einem großväterlichen Blick gänzlich unähnlich demjenigen des Wilhelm Amroth, der allerdings zu seiner Entschuldigung anführen könnte, daß man ihn über seine Großvaterschaft im unklaren gelassen hatte und immer noch ließ. Auch Ilka wußte ja nicht, ob und wie weit er sich das Richtige dachte. Doch jetzt mußte sie sich mit dem Vater beschäftigen, der zu einer Art Lebensbeichte angesetzt hatte. Ein wenig verschlüsselt, des aufgeweckten Kindes wegen, das dabeisaß und zuhörte.

»Vernachlässigt, doch, Ilka, über Jahre hinweg. Du weißt es und ich weiß es. Für meinen Egoismus werde ich demnächst geradestehen müssen.«

»Gott ist kein preußischer Korporal, Vater.«

»Und du hast mir verziehen? Verdient hab ich es nicht. Aber eins mußt du noch wissen.« Seine Stimme sank zum Flüstern herab, wurde nahezu unhörbar. »Damals in Königsberg, nach Erichs Geburt, hatte ich das erstemal über den Durst getrunken. Die Geburt eines Sohnes ist für einen Mann nun mal die Bestätigung seiner Männlichkeit. Wir sind so erzogen worden, Ilka. Drum wurde gefeiert und auf die Pauke gehauen. Noch eine Lage,

Gustav. Und dann der Sturz vom Wagen, mit gespreizten Beinen auf die Deichsel, die Operation, das lange und teure Krankenlager. Daß ich dann hinkte, war noch das wenigste. Aber daß ich kein Mann mehr war, nicht mehr zeugungsfähig, ja, nicht einmal mehr fähig, deine Mutter zu mir zu nehmen, das habe ich nicht verkraftet. Deine Mutter auch nicht, sie war eine sehr sinnliche Frau, o doch, ich weiß, wovon ich rede. Ihre Demut, ihr Schweigen, ihre stille Unterwürfigkeit haben mir den Rest gegeben. Und wenn ich mir meinen Sohn und Erben ansehe, den Ausweis meiner Männlichkeit, die Frucht meiner Lenden –«
»Laß gut sein, Vater. Erich kann so wenig aus seiner Haut wie du.«
»Sehr großmütig von dir, daß du ihn verteidigst. Ich weiß, wie er dich genannt hat, ich konnte nicht verhindern, daß er den Brief abschickte.«
»Den Brief habe ich verbrannt. Und was darin stand, habe ich nicht so ernst genommen, wie es gemeint war.«
Eine kleine Pause entstand. Das Kind war ans Fenster getreten und spielte dort mit den Blumentöpfen, der Mann im Nebenbett hinter dem Paravent gab regelmäßige Schnarchlaute von sich. Einmal sah eine Schwester zu ihnen herein, nickte Ilka zu und verschwand wieder.
»Komm nicht her, wenn sie mich unter die Erde bringen«, bat der Vater. »Das ist auch so eine Unsitte, das mit der letzten Ehre. Der Tote hat nichts davon. Du würdest Mutter und Erich begegnen, die dich verurteilen und dich abgeschrieben haben, und das sollst du dir ersparen. Das hast du nicht nötig. Du bist meine Tochter, und du sollst stolz sein, wie ich es bin. Man hat mir vieles genommen, aber meinen Stolz habe ich mir nicht nehmen lassen.«
»So ist es«, sagte Ilka und würgte den nachfolgenden Gedanken ab. Es wäre ein grimmiger Gedanke geworden.
Der Abschied vollzog sich ohne Peinlichkeit. Nichts wurde vertuscht, man wird sich nicht wiedersehen in dieser Welt, und ob es eine andere gibt? Grüß deinen Mann, ich lasse ihm danken. – Machs gut, Vater.
Als wäre noch etwas gutzumachen gewesen.
Ilka war sehr erstaunt, als man ihr an der Rezeption einen Brief überreichte.
Mit Bruno hatte sie zweimal telefoniert, sie waren übereingekommen, in den paar Tagen nicht zu schreiben. Das Kuvert trug keinen

Absender, die Schrift kam ihr bekannt vor, doch hätte sie nicht gleich sagen können –

Im Zimmer oben, sie hatte kaum die Zeilen überflogen, wurde ihr schwindlig. Sie griff nach der Tischkante, setzte sich auf den Stuhl, das Zimmer drehte sich weiter. In ihren Ohren rauschte es. Wie aus weiter Ferne hörte sie den Jungen fragen: »Was hast du denn, Mama? Bist du so schrecklich müde? Ist der Brief vom Papa aus Wien?«

»Nein, Wölfchen.« Sie atmete tief durch. »Der Brief ist von dem älteren Herrn, den wir gestern getroffen haben. Er möchte bloß wissen, wie es dem Großpapa geht. Wollen wir beide noch ein bißchen durch den Schloßpark spazierengehen? Dann wird mir bestimmt besser. Es ist ja nicht mehr heiß draußen.«

Er soll sich müde laufen, dachte sie. Dann kann ich ihn um acht Uhr ins Bett stecken, und um neun wird er fest schlafen. Um neun, wenn ich hinuntergehe, um mich in der kleinen Schachstube neben der Hotelhalle mit Ewald Amroth zu treffen. Was könnte der Alte ihm gesagt haben, was hatte er gemerkt? Sie mußte das herausbekommen.

Sie mußte gar nicht. Es gab andere Möglichkeiten, es gab mehrere sogar, um mit Anstand und wohlfundierten Begründungen dieser Begegnung auszuweichen. »Ich warte bis zehn«, hatte er geschrieben. »Wenn Du bis dahin nicht kommst, weiß ich, daß es zwecklos ist und werde Deine Kreise nicht mehr stören.«

Ihre Brust hob sich unter dem dünnen Kleid, sie spürte, wie sich ihre Haut erwärmte und wie mit der ganzen Belebung ein nicht aufzuhaltender Sturm an Sehnsucht und Begehrlichkeit entfesselt wurde. Sie war zwanzig Jahre alt, sie war leidenschaftlich und schön. Und sie wollte ihre Kreise durchaus gestört wissen.

Sie gab dem Zimmermädchen Anweisung, den Badeofen nebenan zu heizen, damit sie mit dem Jungen nach der Rückkehr vom Spaziergang ein Bad nehmen könne, und um acht lag er, mit frischem Nachthemd angetan, in seinem großen Bett. Auch sie trug frische Wäsche und ein bisher unbenutztes Kleid aus weißem Leinen, das ihr das Mädchen vorhin noch aufgebügelt hatte. Sie saß vor der Kommode, vor dem ovalen, drehbaren Spiegel und betupfte ihre Ohrläppchen mit Lavendel. Ihr Hals war sehr schlank unter der hochaufgesteckten Frisur.

»Du bist sehr schön, Mama.«

»Danke, mein kleiner Kavalier.«

Den Koffer packte sie so weit, daß sie nur das weiße Kleid morgen früh obenauf zu legen brauchte, nahm ihr Reisekostüm aus dem Schrank, legte den Anzug für das Kind heraus. Die offene Tasche, ihr Handgepäck, stand auf dem Stuhl. Den Koffer würde der Hoteldiener am Bahnhof aufgeben, die Fahrkarten und ein kleiner Fahrplan, auf dem sie die in Frage kommenden Termine rot angestrichen hatte, lagen auf dem Tisch. Ihre Armbanduhr zeigte fünf Minuten vor neun.

Sie setzte sich zu Wölfchen ans Bett. »Du bist ein vernünftiger Junge, du wirst verstehen, daß die Mama um neun Uhr noch nicht schlafen kann. Ich möchte unten in einer Stube ein Glas Wein trinken. Die Tür ist nicht abgesperrt, und solltest du dringend etwas brauchen, dann drückst du auf diesen Knopf und läutest nach dem Zimmermädchen. Außerdem weißt du ja, daß ich im Haus bin.«

»Gibst du mir meine Eisenbahn, dann schlaf ich besser ein.«

Sie legte ihm die Bastelei auf die Bettdecke, nahm ein Buch zur Hand, rückte sich einen Stuhl ans Fenster. Als sie sicher war, daß er fest schlief, verließ sie das Zimmer und drückte die Tür leise hinter sich zu.

Sie brauchte sich unten nicht lange fragend umzusehen, man geleitete sie sofort in den gemeinten Nebenraum. Ewald sprang auf, als sie im Türrahmen erschien, küßte ihr die Hand, legte leicht den Arm um ihre Schultern und führte sie zu ihrem Platz. Was sie trinken möchte? Einen Mosel, bitte.

Er war in Reitkleidung, mit halboffenem Polohemd, seine Lederjacke hing über dem Stuhl. »Entschuldige den Anzug, Ilka, es ist Mimikri. Ich wollte dummen Fragen aus dem Weg gehen, sie brauchen zu Hause nicht zu wissen –«

»Das ist auch in meinem Sinn«, unterbrach sie ihn.

Er sah sie etwas unsicher an. Ihre Souveränität schien ihn zu beeindrucken. »Du hast dich sehr verändert.«

»Und du glaubst, mich gut genug gekannt zu haben, um das feststellen zu können?«

»Ich stelle fest, daß du noch hübscher geworden bist. Etwas voller im Gesicht, aber es steht dir gut. Als Achtzehnjährige hast du beinahe älter ausgesehen.«

»Ich bin an meinem siebzehnten Geburtstag von hier weggegangen.«

Ihm schoß das Blut ins Gesicht. Es war ihm offensichtlich lieb, daß

der Ober hereinkam und den Wein brachte. »Danke, ich mach das schon.«
Mit dem Zurechtrücken der Gläser und dem Einschenken verging gerade so viel Zeit, wie er brauchte, um sich die passenden Worte zurechtzulegen. Nicht, daß er es nicht schon zuvor getan hätte, den Tag über und eben noch während des Wartens. Er pflegte den Text für seine Rolle jedesmal gründlich zu studieren. Nur erwies sich alles, was zu sagen er sich vorgenommen hatte, als absolut unbrauchbar angesichts dieser ruhigen und überlegenen Frau.
Ein ehemaliges Dienstmädchen, das sich gut verheiratete, weil es hübsch und gescheit ist, das kommt vor. Er hat sie seinerzeit verführt, mit Folgen, aber sie ist nicht daran zugrunde gegangen. Er war aus Neugier hergekommen und um ein paar Einzelheiten zu erfahren, hatte mit einem schnippischen Empfang gerechnet, hatte gemeint, mit Scherzworten und ein bißchen Bramarbasieren die Situation schon meistern zu können. Aber so ging das nicht. Die Taktik ändern? Ihm fiel nichts ein. Blieb wohl nur Aufrichtigkeit übrig.
»Es tut mir leid«, sagte er mit belegter Stimme. »Ich habe mich damals wie ein Schuljunge benommen. Ich wollte die Angelegenheit mit Geld aus der Welt schaffen und dachte, dies sei auch in deinen Augen die beste Lösung. Entschuldige, Ilka. Ich war ein Esel, ich fürchtete die Auseinandersetzung mit der Mama.«
Die Mamah.
»Ne faut pas être plus royaliste que le roi«, zitierte sie. »Oder soll ich sagen: que la reine? Vielleicht hätte sich deine Mutter mit unserer Verbindung abgefunden? Du hast es ja erst gar nicht versucht. Aber ich bin nicht hergekommen, um dir Vorwürfe zu machen. Auch nicht, um dich unbedingt wiederzusehen, denk das bitte nicht. Mich interessiert lediglich – aus naheliegenden Gründen –, was dir dein Vater über unsere Begegnung am Marktplatz erzählt hat, vor allem, was den Kleinen betrifft. Er hat den Blick von ihm nicht lassen können.«
»Papa ist sehr diskret.« Immer noch machte es Ewald Mühe, seine Befangenheit zu überspielen. »Aber er scheint etwas zu ahnen, sonst hätte er Mama eingeweiht. Er hat mir das Erlebnis unter vier Augen erzählt und schien auf meine Reaktion sehr gespannt zu sein. Ich habe mir natürlich nichts anmerken lassen.«
»Natürlich nicht.« Sie lächelte.
Er hob ihr sein Glas entgegen, suchte ihren Blick. »Die schönen

Augen hast du immer noch. Das Kind hat sie von dir geerbt, sagt Papa. Unser Sohn. Du sollst ihn sehr gut erzogen haben, das hat er auch noch gesagt, und es klang beinahe wie: so einen Enkel wünsch ich mir. Wolfgang Andernach. Daß du dich gut verheiratet hast, weiß ich übrigens seit längerem.«
Sie hob die Brauen und beugte sich vor.
»Der alte Rehlow sagte es mir, kurz vor seinem Tod. Ich hatte in Eberswalde zu tun, hörte von seiner Krankheit und ging ihn besuchen. Gott, hat der sich gefreut! Er hatte gerade deine Vermählungsanzeige erhalten und zeigte sie mir. Dabei erfuhr ich, daß dein Mann Hotelier ist.«
»Ein Mißverständnis. Er ist Grundstücksmakler.«
»Ach so? Bruno Andernach. Er ist Jude, nicht wahr?«
»Zum evangelischen Glauben übergetreten.« Noch gab Ilka auf eine solche Frage eine sachliche Antwort, in der Annahme, daß sie ebenso sachlich (und nebensächlich) gemeint sei. Noch war die Zeit nicht heran, da sie derartige Fragen mit einer Gereiztheit bejahen würde, aus der jedermann ein unausgesprochenes »Na, und?« heraushören konnte.
Nicht jetzt, und nicht hier. Der Abend dunkelte im Ausschnitt des offenen Fensters, das auf einen Garten hinausging, ein Duft von Rosen schwappte herein und vermischte sich mit dem Lavendel in Ilkas Haar. Ewald zündete die Kerzen auf dem Tisch an. Sie waren allein und blieben es. Der Austausch an Informationen war beendet, die Stimmung wurde weich. Er sah sich um, hätte gern Musik dazu gehabt, aber im Schachzimmer gab es kein Grammophon.
Sie tranken viel. Viel zuviel, dachte Ilka und fühlte, wie der Wein ihr die Selbstkontrolle stahl. Aber ihrem Magen bekam er gut, seltsamerweise. Ewald schenkte ihr nach, berührte scheinbar absichtslos ihre Hand und sah im gleichen Augenblick, wie sie zusammenfuhr. Solche Zeichen verstand er zu deuten.
»Ilka, mein Schatz.«
Sie schlug die Hände vors Gesicht. Man kann wissen, was Verführung ist, und dennoch unfähig sein, sich dagegen zu wehren. Ihr Gefühl schwemmte alle Bedenken hinweg, verdarb ihr das Konzept, jetzt nützte kein Mona-Lisa-Lächeln mehr und kein Französisch, die Fassade der Überlegenheit ließ sich nicht aufrechthalten. Der sie entlarvt hatte, vergrößerte noch die Versuchung durch die Behutsamkeit, mit der er sich zu ihr neigte und sie küßte, auf die Hände, die er ihr sanft von den Augen nahm, auf die Haare, auf den

Mund. Ein junger Mann, ein in der Liebe gleichwohl sehr erfahrener Mann. Und der Vater ihres Kindes.

»Glaubst du, daß dein Mann um dich kämpfen wird, wenn du ihn um die Scheidung bittest?«

»Das würde er mit Sicherheit nicht tun. Er würde nachgeben, er ist sehr nobel. Aber eben das macht es so schwer für mich, verstehst du nicht?«

»Ich verstehe nur, daß du ihm aus Dankbarkeit dein Lebensglück opfern willst. Dazu bist du nicht verpflichtet, niemand kann das verlangen. Ich liebe dich, Ilka, ich möchte dich und den Jungen zu mir nehmen. Im Augenblick bin ich verlobt, das hat nichts zu besagen. Es ist der Wunsch der Mama, daß ich dieses Mädchen heirate, aber sie wird einsehen, daß du den Vorrang hast, wenn sie die Wahrheit erfährt. Meine Verlobte ist die Tochter des hiesigen Bankdirektors. Sie wird nicht daran zerbrechen, sie kann den Hajo heiraten, denn dessen Freundin war sie zuerst. Ich hab sie ihm ausgespannt.«

»Wo steckt Hajo?«

»Er studiert in Berlin. Hat momentan Semesterferien, wollte aber nicht nach Hause kommen wegen des Mädchens –«

»Begreiflicherweise.«

»Siehst du, wie viele Verwicklungen sich auflösen könnten, wenn du einwilligst?«

Ilka hob sich langsam in die Wirklichkeit zurück, die Nebel ihres Wein- und Liebesrausches lichteten sich. Ernüchterung wurde nicht daraus, aber eine kleine Vorsicht meldete sich an. Diese Liebesbezeugung war von Nebengeräuschen begleitet, die ihr ein bißchen contre coeur gingen. Daß ein Mann von achtundzwanzig Jahren sich seine zukünftige Frau von der Mutter aussuchen ließ. Daß er sie seinem Bruder ausspannte. Daß er eine Verlobung für nichts erachtete. Und: dein Mann ist Jude, nicht wahr?

Sie gab sich Mühe, nur das eine herauszuhören, daß er sie liebte. Und das war Sphärenmusik. Um eine entschiedene Antwort kam sie aber nicht herum.

»Es ist nicht so einfach, wie du es dir vorstellst. Es gibt ein Hindernis – das heißt, ich weiß noch nicht, ob es tatsächlich existiert. Es könnte nämlich sein, daß ich schwanger bin. Dann dürfte ich meinen Mann nicht verlassen.«

»Und wann wirst du es wissen?«

»Genau in – sagen wir: zwei bis drei Wochen. Wenn ich dir nach

Ablauf dieser Frist nicht schreibe, brauchst du dir keine Hoffnungen mehr zu machen. Anderenfalls melde ich mich.«
»Könnten wir nicht umgekehrt –«
»Sei vernünftig! Ein solcher Briefwechsel würde meine Ehe von vornherein gefährden. Und nun möchte ich hinaufgehen, das Kind ist allein. Bitte, bleib hier, es ist nicht nötig, daß du mich begleitest.«
»Kann ich dem Jungen nicht etwas schenken?«
»Er wünscht sich ein Pferdchen, aus Holz oder Leder. Aber du wirst es nicht mehr besorgen können, wir fahren morgen früh schon um halb acht.«
»Ich werde sehen.«
Sie küßten sich, er öffnete ihr die Tür, und sie ging hinaus, ohne sich noch einmal umzusehen.
Am Morgen, kurz vor der Abfahrt des Zuges, bahnte sich ein junges Mädchen den Weg durch die Sperre zum Perron, blieb atemlos vor Ilka stehen und drückte ihr ein Päckchen in die Hand.
»Mit einem schönen Gruß, Sie wissen schon. Oder sind Sie nicht Frau Andernach?«
»Doch, die bin ich. Und Sie sind Dienstmädchen bei Amroths, denke ich. Vielen Dank für Ihre Mühe.«
»Einsteigen, bitte!«
Es gelang Ilka gerade noch, ein passendes Geldstück hervorzukramen, um das Mädchen zu entlohnen, dann wurde es Zeit, in den Zug zu klettern. Das Mädchen reichte ihr die Tasche nach.
Erst hinter Angermünde, im Zug Stettin-Berlin, der auch Wagen der Ersten Klasse hatte, ließ sie Wölfchen das Geschenk auspacken. Er strampelte vor Wonne und warf sich in ihre Arme. »Ein Hottamax!«
»Vom Großpapa«, sagte Ilka. »Ich hab ihm erzählt, daß du gern einen hättest, und er hat ihn für dich besorgen lassen.«
Das Pferdchen wirkte auf den ersten Blick wie neu. Ein Rappe aus echtem Roßhaar, das Zaumzeug aus rotem Leder, alles glänzend und unbeschädigt, nur an den Seiten, wo man ihn normalerweise anfaßte, war er ein bißchen abgegriffen. Bébé war mit seinem Spielzeug penibel umgegangen, wie man sah. Auch Wölfchen machte selten etwas kaputt. Der Apfel fällt nicht weit – –
In Berlin, auf dem Stettiner Bahnhof, wurde sie an der Sperre abgeholt. Sie traute ihren Augen nicht – da stand wirklich einer, der sie erwartete, um ihr bei der Weiterreise behilflich zu sein.

»Kein Zufall, Ilka«, sagte Hajo und küßte sie auf die Wange. »Ewald hat aus Schwedt angerufen und mir den Zug gesagt, mit dem du kommst. Guten Tag, Wölfchen! Ich bin Onkel Hajo. Eigentlich heiße ich Hans Joachim, aber Hajo spricht sich leichter aus.«

»Guten Tag, Onkel Hajo«, sagte Wölfchen und ließ sich auf den Arm nehmen. »Schau mal meinen Hottamax an, ist der nicht schön? Den hat mir mein Großpapa geschenkt.«

»Dein Groß-? Aber das ist doch – –«

Ilka biß sich auf die Lippen, stieß ihn an und warf ihm einen beschwörenden Blick zu.

»Ja, der ist wirklich schön. Hoffentlich wird dein armer Großpapa bald wieder gesund. Ich hab mein Auto unten stehen, Ilka, du brauchst kein Taxi zu nehmen. Aber vorher gehen wir zusammen Mittag essen, ihr müßt ja erst am späten Nachmittag weiter. Ich nehme an, daß du den Nachtzug über Prag nimmst.«

Ilka bejahte und schüttelte dann verwundert den Kopf. »Die Überraschung ist dir gelungen. Und ein eigenes Auto hast du sogar, du Student. Was studierst du eigentlich?«

»Philologie. Deutsch, Französisch, Geschichte. Ich will mal Steißtrommler werden.«

Sie verstand nicht.

»Studienrat, wollte ich sagen. Entschuldige die Albernheit. Im Prinzip bin ich sogar gegen die Prügelstrafe.«

Sie gingen zu Reimann essen, seinem Vorzugslokal. Den Wagen hatte er am Hausvogteiplatz abgestellt.

Erst mitten in der Mahlzeit rückte er mit seinem Geständnis heraus. »Es ist nicht mein Wagen, Ilka, ich habe ihn mir geborgt. Um ein bißchen zu prahlen, weil du so vornehm geworden bist. Wie geschickt der Junge mit dem Eßbesteck umgeht! Ein ähnliches Babybesteck haben wir Jungen daheim auch gehabt, es ist richtig, daß du es auf Reisen mitnimmst, so lernt er es früh, sich überall frei und ungezwungen zu benehmen. Du bist sehr brav, Wölfchen!«

»Du auch«, sagte Wolfgang rasch, um sich an Höflichkeit nicht übertreffen zu lassen.

Man lachte.

Er fuhr sie zum Anhalter, half ihnen beim Einsteigen, suchte das Abteil, verstaute die Tasche. Bis zur Abfahrt blieb er auf dem Bahnsteig vor dem herabgelassenen Fenster stehen, durch das sie zu ihm heruntersah.

»Laß dich in nichts hineinziehen, Ilka, was du bereuen müßtest. Du weißt, daß ich jetzt nicht pro domo spreche. Ginge es nach mir allein, müßte ich dir zur Scheidung direkt raten, denn dann bekäme ich vielleicht die Frau zurück, die er mir weggenommen hat. Ich bitte dich um deinetwillen, alles reiflich zu überlegen. Es lebt sich nicht gut bei den Amroths.«
Sie sah ihn nur an.
»Ich weiß, was du denkst«, fuhr er fort. »Du denkst, daß wir Brüder uns nie besonders verstanden haben, daß ich ihn nicht leiden kann und ihm dich nicht gönne. Das meinst du doch, ja?«
Der Zug fuhr an, glitt weich aus der dämmrigen Halle mit den romanischen Fenstern in die vom Abendlicht angestrahlte Stadtlandschaft. Hajo lief nebenher, solange es ging. »Wir bleiben Freunde!« rief Ilka, »egal, was passiert, Hajo, wir bleiben Freunde.«

Unter solchen Vorzeichen wurde ihr das Heimkommen schwer. Die immerwährende Verstellung, zu der sie sich genötigt sah, da Bruno sich über ihre Rückkehr so unbändig freute, als hätten sie eine Weltreise hinter sich, die Ungewißheit über ihren Zustand, von dem, pro oder contra, ihr ganzes zukünftiges Glück abhing – das alles zerrte an ihren Nerven. Auch schämte sie sich ihrer Heuchelei und dachte mit Grauen an das gemeinsame Schlafzimmer, wo sie die Lüge auf den Gipfel treiben müßte.
»Laß mich bei dem Jungen schlafen«, bat sie deshalb. »Diese Nacht wenigstens. Ich muß meine innere Ruhe erst wiederfinden. Das Wiedersehen mit dem Vater hat mich sehr mitgenommen.«
Er zeigte sich verständnisvoll wie immer, obwohl er sie diesmal nicht ganz verstand. Man sucht doch erst recht die Nähe eines lieben Menschen, wenn man Kummer hat. Aber er hatte zuviel Respekt vor ihr, um sich aufzudrängen, auch in den nächsten Tagen.
Sie quälte sich. Einmal wünschte sie sehnlichst, nicht schwanger zu sein, damit ihre Mädchenträume sich erfüllen könnten, ein andermal nicht minder heftig das Gegenteil, um Bruno nicht weh tun zu müssen.
Schließlich raffte sie sich auf und ging zum Arzt. Eine Blutentnahme, die Abderhaldensche Reaktion. Mit neunzig Prozent Sicherheit. Die zehn Prozent Unsicherheit konnte sie abschreiben, die wurden durch ihren unbotmäßigen Magen beantwortet. Sie sind in

Hoffnung, junge Frau, meinen herzlichen Glückwunsch. Soll es diesmal ein Mäderl werden?
Man nimmt hin, was beschlossen ist, man lehnt sich gegen das Unabänderliche nicht auf. Es wird schon sein Gutes haben, vorausgesetzt, daß man gewillt ist, etwas Gutes daraus zu machen.
Am gleichen Abend – Bruno hatte sich gerade zurückgezogen – ging sie hinüber ins Eheschlafzimmer und setzte sich zu ihm aufs Bett. Er sah sie ernst und erwartungsvoll an.
»Ich bin eine Gans«, sagte sie. »Doch, Bruno, ich hab mich sehr dumm benommen in den letzten Tagen. Ich war so nervös, so zerfahren, ich war mir selbst zuwider mit meiner schlechten Laune. Aber du bist mir bestimmt nicht mehr böse, wenn du den Grund erfährst.«
Damit wußte er ihn schon. Sie ließ sich von seinem Freudenausbruch anstecken und spürte, wie die Angst von ihr wich. Das Schicksal hatte klare Verhältnisse geschaffen.
Als die Todesanzeige aus Vierraden eintraf und Bruno zögerte, sie ihr zu geben, nahm sie ihm den schwarzumränderten Brief aus der Hand und setzte sich in aller Ruhe an ihren Schreibtisch, um das Kondolenzschreiben abzufassen. An Mutter und Bruder, ganz knapp, nur das Nötigste.
»Er hat seinen Frieden«, sagte sie zu Bruno, der besorgte, sie könne sich in ihrem Zustand zu sehr aufregen. »Ein alter und müder Mann. Ich hab mich mit ihm ausgesprochen, ich bleibe hier. Unser Kind ist wichtiger. Vor der Geburt habe ich keine Angst, ich weiß nicht, weshalb die Weiber immer so viel davon hermachen. Wenn bloß mein Magen endlich Ruhe gäbe. Doktor Salomon hat mal von einer neuen Diät für Schwangere erzählt, ich werde ihm deswegen schreiben.«
»Wirst du deine Reitstunden weiternehmen?«
»Die habe ich schon abgesagt. Ich werde nichts tun, was unserem Kind schaden könnte.«
Unserem Kind. Es gefiel ihm nicht, daß sie dies so stark herausstrich. Aber im ganzen war er schon sehr froh und hochgestimmt.
Doktor Salomons Diät tat ihre Wirkung. Ilka zog ihn in allem zur Beratung heran, brieflich und telefonisch, kurz vor Weihnachten auch einmal im persönlichen Gespräch, als er für ein paar Tage nach Wien kam. Für die Entbindung schlug er die Semmelweis-Klinik in Gersthof vor. Sie sagte sich im Januar dort an, wurde ein letztes Mal untersucht und erfuhr, daß mit Komplikationen aller

Voraussicht nach nicht zu rechnen sei. Am ersten Februar packte sie guten Mutes ihren Koffer, ließ sich von Bruno ein Taxi bestellen und fuhr mit ihm über die Währingerstraße nach Gersthof hinaus. Zwei Tage später hatte sie eine Folterung zu bestehen.
Sie kämpfte zwanzig Stunden lang. Die eine Geburt ist nicht wie die andere, das brauchte man ihr nun nicht mehr zu sagen. Einmal stieß sie, als die Hebamme ihr den Schweiß von der Stirn wischte, unter zusammengepreßten Zähnen hervor: »Warum muß ich so leiden? Man sagt doch immer, daß die zweite Entbindung die leichtere sei.«
»Es dauert nicht mehr lange«, tröstete die Schwester.
Aber es dauerte noch lange. Am Ende wurde ein weiterer Arzt hinzugezogen, der einen Dammschnitt vornahm, denn man hatte es mit einer Stirnlage zu tun. Ilka erhielt eine leichte Narkose, da der Schnitt noch genäht werden sollte. Gleichwohl vernahm sie im Ätherrausch, wenn auch wie von weither, ein paar klatschende Geräusche und die Stimme des Doktors: »Lassen Sie es gut sein, Schwester. Es lebt ja. Das Kind ist zu erschöpft zum Schreien.«
Ein Mädchen, nur zweieinhalb Kilo schwer. Wie kann so ein winziges Ding einem solche Schmerzen machen? »Die hat Sie halt nicht verlassen wollen«, meinte die Schwester. »Das gibts. Aber nun haben Sie es ja überstanden.«
Als man ihr das Kind zum erstenmal reichte, fuhr sie entsetzt zurück. »Mein Gott – es ist mißgestaltet! Warum hat man mich darauf nicht vorbereitet?«
»Es ist ein völlig normales Kind, bitte, regen Sie sich nicht auf! Seien Sie dankbar, daß alles so gut ausgegangen ist. Daheim wäre es nicht lebend zur Welt gekommen. Die Verformung am Kopf geht in ein paar Tagen zurück, wir haben doch unsere Erfahrungen.«
Ein Köpfchen, spitz zulaufend wie eine Tüte. Man konnte sich schlecht vorstellen, daß es von selbst in die rechte Form zurückfände, doch war dies schon in wenigen Tagen der Fall. Das zerknautschte Gesichtchen, das an einen jungen Boxerhund erinnerte, riß in Höhe der Stirn auf, und danach stülpten Nase und Ohren sich nach außen. Das Kind entfaltete sich. Es war kein besonders schönes Baby, aber es war auch nicht mehr häßlich.
Ilka ermahnte sich täglich zur Dankbarkeit. Sie erholte sich nur langsam, vom Aufstehen am vierten Tag konnte diesmal keine Rede sein, das sogenannte Wochenbett erstreckte sich auf einen ganzen Monat. Als Bruno sie und das Kind Anfang März nach Hause

holen durfte, stellte Ilka zu ihrem Kummer fest, daß sie nicht mehr stillen konnte. Der Kinderarzt in Gersthof hatte damit gerechnet und ihr einen Ernährungsplan für das Baby mitgegeben, der sich in der Folge bewährte. Es trank sein Fläschchen jedesmal langsam und stetig aus, genau die vorgeschriebene Portion, blickte während der ganzen Zeit unentwegt auf die Mutter und sackte nach dem letzten Schluck in sich zusammen. Es schlief auffallend viel und schrie nur selten.

Im Mai, an Wölfchens viertem Geburtstag, trugen sie es zur evangelischen Kirche in die Dorotheengasse und ließen es taufen. Auf den Namen der verstorbenen Großmutter, wie Ilka es vorgesehen hatte. Taufpaten waren Schwester Jettchen, die aus Berlin angereist kam, und die strenggläubige Atheistin Lisa, die formell immer noch der Kirche angehörte. Die Züricher Verwandtschaft schied wegen der mosaischen Konfession für eine Patenschaft aus, doch fuhren Debbie und Leo im Sommer für ein paar Wochen nach Wien und nahmen Gelegenheit, sich ausgiebig mit dem neuen Nachwuchs zu beschäftigen.

Debbie entdeckte ihre Passion fürs Kinderwagenschieben. »Ein bißchen ist es doch auch mein Kind, nicht wahr? Laßt mir die Illusion wenigstens für die Zeit, die ich hier bin. Schade, daß Esther nicht so hübsch ist wie Wolfgang. Gerade für ein Mädchen ist es wichtig –«

»Die wird noch!« protestierte Ilka. »Die wird sich noch ganz fabelhaft herausmachen, wartet nur ab.«

»Entschuldige, ich wollte deine mütterlichen Gefühle nicht verletzen.«

Bruno hörte das Gespräch mit an und lächelte.

Im Herbst machten sie einen Gegenbesuch in Zürich, wo es ihnen so ausnehmend gut gefiel, daß sie beschlossen, von nun ab jedes Jahr zweimal dorthin zu reisen. Sie hatten Wölfchen mitgenommen, der es mit seinem artigen Benehmen und seiner altklugen Redeweise vor allem dem Onkel Leo angetan hatte. Die beiden schienen unzertrennlich und verbrachten jede freie Stunde miteinander. »Ein Sohn nach meinem Herzen«, schwärmte er Ilka vor. »Den möchte ich am liebsten hierbehalten.«

O nein, den kriegst du nicht, ging es Ilka durch den Kopf. Dann schon eher die Tochter.

Sie erschrak, als sie sich bei diesem Gedanken ertappte. Sie hätte ihn wegwischen können, auslöschen, so tun, als habe sie ihn nicht

gedacht, aber er war zu prononciert aufgetaucht und zwang sie, sich ihrem Charakter zu stellen. Aufrichtigkeit also, auch wenn es schwerfiel. Seit der Begegnung mit Ewald wußte sie wieder, wie anfällig sie war. Man kann sich leicht für tugendhaft halten, solange die Tugend nicht auf die Probe gestellt wird.
Und nun kam ihre Mütterlichkeit auf den Prüfstand: wie sah es damit aus? Nicht zum besten. Sie hatte Esther bei Lisa gelassen und damit auch einem Wunsch ihres Mannes entsprochen, so weit war die Sache in Ordnung. Im tiefsten war sie es nicht. Als Wölfchen acht Monate alt war, hätte sie sich auch nicht einen Tag lang von ihm getrennt.
Wieder in Wien, machte Bruno sich daran, die Übersiedlung nach Berlin in die Wege zu leiten. Es sollte allerdings noch ein ganzes Jahr dauern, bis sie sich endgültig dazu entschlossen. Sie hatten in Wien nicht gerade Wurzeln geschlagen, das zu behaupten wäre übertrieben, aber sie kannten ein paar angenehme Menschen hier und hingen an der Stadt, an ihrer Schönheit, an dem reichen Musikleben. Ilka hatte einen Klavierlehrer, von dem sie sehr gefördert wurde, sie besuchte mit wachsendem Verständnis Opern und Konzerte, im Französischen bildete sie sich durch Lektüre weiter. Ihre Reitstunden nahm sie nicht wieder auf. Die Amrothsche Exklusivität war längst nicht mehr das Motiv für ihre Bestrebungen, und zugleich mit dem Motiv fiel auch der Ehrgeiz dahin. Sie tat, was sie tat, nicht mehr mit dem Blick auf irgendwelche Ziele, sondern aus Spaß, aus Sachbezogenheit. So entkrampften sich diese Dinge und wurden endlich ehrlich.
Das Weihnachtsfest des Jahres dreiundzwanzig feierten sie dann schon in ihrem neuen Berliner Heim. Sie hatten eigentlich den Winter über noch in Wien bleiben wollen, aber da meldete plötzlich der Junggeselle aus Neuguinea seine Rückkehr an, und daraufhin ging es ein bißchen Hals über Kopf. Sie bezogen die Beletage des Andernachschen Mietshauses in der Nähe des Kurfürstendamms und füllten sie mit den schönen Möbeln, die auf dem Dachboden der Grunewaldvilla zu Unrecht verstaubten. Die Villa selbst blieb vermietet. Ilka genoß die Vorteile modernen Komforts, die sie, da sie nicht verwöhnt war, jetzt erst in vollem Umfang kennen und schätzen lernte: Etagenheizung, und die Wasserleitung in der Wohnung. Dennoch wünschte sie sich für das große Familienzimmer einen Kachelofen.
»Einen weißen Kachelofen, Bruno. Ich habe eine Zeichnung ge-

macht, wie ich ihn mir ungefähr denke. Lach mich nicht aus – ein solcher Ofen ist ein Kindertraum von mir. Heizkörper sind warm und praktisch, aber nichts fürs Gemüt.«

»Du kriegst deinen Ofen«, versprach er, »einen weißen Kachelofen fürs Gemüt.« Es freute ihn, daß sie einmal einen speziellen Wunsch äußerte, denn da sie sich mit allem leicht zufriedengab, gelang es ihm nur selten, sie zu beschenken. An Schmuck lag ihr nichts, an Kleidern schon eher, aber auch diese Wünsche hielten sich in Grenzen, so war denn der Kachelofen das erste Luxusobjekt ihrer Wahl.

Die galoppierende Geldentwertung war zu Ende gegangen, die Roggenmark stabilisierte die Währung. Bruno kommentierte es mit Genugtuung. »Ich habe lange darauf gewartet, daß meine Geschäfte wieder durchsichtig werden, daß man nicht mehr spekulieren muß. Manche Schieber und Nachkriegsgewinnler wird es hart ankommen, und das gönne ich ihnen. Daß die Regierung mit dem finanzpolitischen Irrsinn fertig geworden ist, läßt mich hoffen, daß sie auch andere Irrsinnserscheinungen in den Griff bekommt.«

Ilka glaubte zu wissen, worauf er anspielte. Im Jahr zuvor, wenige Wochen nach Esthers Geburt, war Walther Rathenau von Rechtsradikalen ermordet worden, in der Königsallee nahe der Andernachschen Villa. Es hatte Bruno so sehr angegriffen, daß er in Wien einen Herzspezialisten konsultieren mußte. Ilka schob es darauf, daß er mit Rathenau ein wenig befreundet gewesen war, soweit man mit diesem seltsamen und kühlen Mann überhaupt befreundet sein konnte.

Brunos Herz beruhigte sich wieder, doch hatte ihm der Arzt zu einer maßvollen Lebensweise geraten und ihm ein Mittel verschrieben, das er nicht mehr absetzen durfte. Hätte Ilka mehr Erfahrung mit Krankheiten gehabt, wäre sie dadurch wahrscheinlich aufmerksam geworden. Die Verordnung einer maßvollen Lebensweise konnte nur so verstanden werden, daß er weniger arbeiten sollte, denn bei Bruno Andernach hatte es nie irgendeine Sucht oder Ausschweifung gegeben. Er rauchte nicht, aß wenig und mied nach jener Konsultation auch starken Kaffee oder Alkohol. Nur zu besonderen Anlässen genehmigte er sich ein Glas Wein. Aber er arbeitete wie besessen.

Ilka wußte es nicht. Sein Büro lag nicht weit von der Wohnung, in einem mehrstöckigen Geschäftshaus am Olivaer Platz. Die Dependance am Wiener Naschmarkt, die er in drei Jahren aufgebaut hatte, wurde von einem tüchtigen Vertreter geleitet. Manchmal mußte Bruno verreisen, nach Wien, Zürich oder München. Er reiste nicht mehr gern, es strengte ihn über Gebühr an. Was er eigentlich tat, wie dieser Beruf im einzelnen vor sich ging, wieviel Ärger, Unsicherheit, unerwartete Fehlschläge damit verbunden waren – Ilka wußte es nicht.

Sie versorgte den Haushalt und die Kinder. An Wolfgang erlebte sie wieder einmal eine große Freude, als sie sah, daß er auf das Schwesterchen nicht im geringsten eifersüchtig war, obwohl dies alle, Lisa und Schwester Jettchen miteinbegriffen, vorausgesagt hatten. Keine Spur von Eifersucht. Ihr Herzensjunge kannte solche häßlichen Regungen nicht, der nicht.

Die Nebelschwaden frommer Täuschungen waberten nur so um sie herum. Auf wen und weshalb um alles in der Welt – wird man schon fragen müssen – sollte dieser Goldschatz denn eifersüchtig sein? Er behielt ja seine Vormachtstellung, er wurde von der Mutterliebe voll beschienen, derart, daß für die Zweitgeborene nur ein paar Strahlen übrigblieben. Außenstehende übersehen das leicht. Die Kinder selbst jedoch, die es betrifft, wissen sehr genau, wo da der Bartel den Most holt, und richten ihr Verhalten nach diesen Erfahrungen aus.

Für Bruno gilt, daß er beide Kinder in gleicher Weise liebte, er fühlte sich nicht genötigt, einen Unterschied zu machen. Es war Ilka, die das eine Kind dem anderen vorzog, aber sie verstand es zu vertuschen, vor anderen, und manchmal vor sich selbst. Was ihr an Innigkeit für Esther abging, versuchte sie durch besondere Fürsorge wettzumachen, so pedantisch, so übertreibend bei den geringsten Anzeichen einer Krankheit, daß Bruno sie mehrmals wegen ihrer Ängstlichkeit zurechtwies.

»Sie ist sehr zart«, pflegte Ilka sich zu verteidigen. »Sehr klein und anfällig für Infektionen. Das kommt daher, daß ich sie nicht stillen konnte. Man muß auf sie ganz besonders aufpassen.«

»Laß dich nicht von den Lehrbüchern ins Bockshorn jagen, Ilka. Unsere Etti ist bis jetzt nicht ernstlich krank gewesen, Salomon hält sie für kerngesund. Es war nicht deine Schuld, daß du ihr die Brust nicht geben konntest, es sieht beinahe aus, als hättest du deswegen ein schlechtes Gewissen.«

Sie hatte ein schlechtes Gewissen. Aber nicht deswegen.

Als Esther im Alter von zwei Jahren anfing, sich die Haare gleich büschelweise auszureißen, hielten sowohl Ilka als auch Bruno es

für eine dumme Angewohnheit, die man mit einem energischen Verbot unterbinden müsse. Sie kamen von dieser Maßnahme rasch wieder ab, als sie sahen, daß es danach nur schlimmer wurde. Dem Kind war bereits sehr schönes, dichtes Haar gewachsen, dunkles Haar, aus dem die kahlen Stellen hervorbleckten wie bei einem räudigen Tier. Man konnte es kaum noch mitansehen. Wenn Ilka mit Esther schimpfte, traf sie ein so tieftrauriger Blick aus den schwarzen Augen, daß ihr das Wort im Hals steckenblieb. Was war zu tun, damit sie sich nicht immer weiter verunstaltete? Man konnte sie doch nicht Tag und Nacht in jeder Minute beobachten. Wie oft entdeckte Ilka, wenn sie das Kind morgens aus seinem Bettchen hob, eine neue Lücke an einer bislang unversehrt gebliebenen Stelle. Sollte man ihr nachts die Hände anbinden?
»Davor muß ich ganz entschieden warnen«, sagte Doktor Salomon. »Es gibt keine dummen Angewohnheiten bei kleinen Kindern, oder sagen wir es anders: auch die sogenannten dummen Angewohnheiten haben eine Ursache, die man finden muß.«
Er gab Ilka die Adresse eines jungen Kinderarztes, von dem er viel hielt, und sie meldete sich bei ihm an. Der Arzt untersuchte das Kind gründlich, fand nichts Besorgniserregendes und stellte dafür Ilka eine Menge Fragen, von denen sie annahm, daß sie mit der Sache nichts zu tun hätten. Sein Blick ging, während er den Bauch des Kindes abtastete, forschend über Ilka hin, als sei er nicht ganz sicher, wieviel er dieser Mutter zumuten könne.
»Es ist doch nichts Ernstes?« meinte sie erschrocken.
»Wie ich sagte, nichts Organisches. Haben Sie schon mal darüber nachgedacht, weshalb Zigeunerkinder bei all dem Schmutz und der schlechten Ernährung so gut gedeihen? Kennen Sie das Bild von der Zigeunermutter, die ihr Kind in einem Tuch auf dem Rücken trägt? Auf der Wanderschaft, bei der Arbeit, auf Schritt und Tritt spürt so ein Kind die Nähe der Mutter, ihren Körper, ihre Wärme. Ich sehe Ihnen an, was Sie jetzt sagen wollen. Sie sind keine Zigeunermutter, das weiß ich auch. Aber wenn das da –« er zeigte auf die hellen Flecken zwischen Esthers Haaren –« aufhören soll, und es sollte möglichst bald aufhören, dann müssen Sie Ihrem Kind die Nähe und Wärme geben, die es allem Anschein nach vermißt. Nicht löffelweise, sondern haufenweise, so viel und so oft es geht. Nehmen Sie es von heute an nachts mit in Ihr Bett und tun Sie dies so lange, bis es sich an Ihrer Liebe gesättigt hat. Es wird nach einer allmählichen Entwöhnung auch wieder in der Lage sein, in seinem

eigenen Bettchen zu schlafen, mit einem Teddy, und bei geöffneter Tür. Nicht gewaltsam vorgehen, nicht schimpfen, nicht böse gukken, wenn sie wieder mal an den Haaren reißt. Ignorieren, das Kind ablenken, es oft in die Arme nehmen und mit ihm schmusen. Absit violentia rebus, wie der olle Comenius sagte, Gewalt sei ferne den Dingen, und er bezog es zuallererst auf die Kinder.«

Seltsame Reden. Ilka kam sich vor wie ein gescholtenes Schulmädchen, und ihre erste Reaktion war: ich habe es an nichts fehlen lassen, bitte. Aber sie sprach es nicht aus und drängte ihren Trotz zurück. Zu Bruno sagte sie: »Der Arzt meinte, daß Esther mehr Zärtlichkeit braucht als ein normales Kind, weil sie so winzig ist.«

»Da könnte er recht haben. Seit der Doktor Freud in Wien sich so ausgiebig um unsere Seelen annimmt, achtet man auf vieles, womit man sich früher einfach abfand. Salomon zum Beispiel glaubt an ein Geburtstrauma.«

»Ein Geburts-?«

»Trauma. Eine seelische Verletzung durch einen Schock. Daß auch das Kind den Geburtsvorgang als etwas Schmerzhaftes erlebt und davon einen Eindruck im Unbewußten behält.«

»Aber das ist doch Humbug.« Ilka stemmte sich gegen diese Entdeckung, weil der Gedanke ihr unerträglich war, ihr Kind könne bei der Geburt genauso gelitten haben wie sie selbst.

»Schon möglich«, lenkte Bruno ein. »Vielleicht steckt hinter Esthers sonderbarem Verhalten etwas ganz anderes, das weiter zurückliegt. Ich weiß nicht, ob sich die Neigung zur Melancholie vererbt. Meine Großmutter mütterlicherseits war damit geschlagen. Sie soll eine stille, sanfte und meist heitere Frau gewesen sein, eine liebevolle und scheinbar zufriedene Ehefrau und Mutter, die sich eines schönen Sommerabends vergiftete, nachdem sie zuvor noch mit ihrem Mann geplaudert und gescherzt hatte. Bis zuletzt war ihr nichts anzumerken, und niemand fand hinterher auch nur irgendeinen triftigen Grund. Sie hat sich von einer Stunde zur anderen ganz einfach aus ihrem Leben davongestohlen.«

Ilka schüttelte unwillig den Kopf. »Etwas wird schon gewesen sein, da bin ich ganz sicher. Niemand stiehlt sich einfach davon. Am Ende hat sie einen Liebhaber gehabt, war ihm leidenschaftlich verfallen und hat sich im Innern furchtbar dafür geschämt.«

Bruno lachte, stand auf und küßte sie. »Mir scheint, daß die Effi Briest in dir ein bißchen umgeht, das kommt vom Romanelesen.

Nein, Ilka, meine Großmutter hatte keinen Liebhaber, sie war immer zu Hause gewesen. Es bleibt ein Mysterium, wir werden es nicht aufschlüsseln können. Dein alter Lehrer hat dir doch früh beigebracht, daß man den Mut haben muß, mit offenen Fragen zu leben. Ich erinnere mich genau an das erste Gespräch mit dir über Heinrich von Kleist, bei der Gelegenheit hast du es mir erzählt. Du warst siebzehn und von einer wunderbaren Ernsthaftigkeit, ich wäre am liebsten vom Tisch aufgesprungen und hätte dich umarmt.«

Sie lehnte sich gegen ihn und sah zu ihm auf. »Befürchtest du wirklich, unsere Etti könnte von der Melancholie deiner Großmutter –«

»Nein, nein, vergiß es wieder. Ich weiß nicht, wieso mir das plötzlich einfiel. Wir wollen uns nicht unnötig das Herz schwermachen.«

»Dieser Freudianer soll seinen Willen haben«, versetzte Ilka mit Nachdruck. »Ab morgen nehme ich die Etti zu mir ins Bett. Ab morgen werde ich eine Zigeunermutter. Dann wird man ja sehen.«

Nun denn, man sah. Man sah eine kleine Esther Andernach aufblühen. Gesicht und Gliedmaßen rundeten sich, der Wortschatz nahm zu, bald sprach sie vollständige Sätze, und hatte man sie früher kaum einmal lachen hören, so füllten ihre Juchzer jetzt die Wohnung. Sie duckte sich nicht mehr, sie konnte auch eigensinnig sein. Wenn der Bruder ihr ein Spielzeug wegnehmen wollte, gab sie es nicht mehr ohne weiteres her, auch nicht, wenn es seines war. Sie hielt es an sich gepreßt, blickte dunkel und böse und schrie: »Weg! Tind in Huhe lassen.« Man ließ das Kind in Ruhe.

Der Eigensinn gehört dazu, sagte Doktor Salomon, denn aus den immerbraven Kindern werden keine Persönlichkeiten. Ilka nahm Wölfchen beiseite und flüsterte ihm ins Ohr: »Gib es ihr, sie ist noch so klein. Du bist und bleibst Mamas Goldschatz, mein lieber und vernünftiger Junge. Ich bin sehr stolz auf dich.« Auf dem Fundament solcher Bevorzugung fiel Wölfchen das Nachgeben leicht.

Er war der große und kluge Junge, er fürchtete sich nicht, nachts allein zu schlafen, wie die dumme kleine Schwester, er fürchtete sich überhaupt vor nichts. Wo er hinkam, war er sofort der Mittelpunkt, selbst im Kindergarten, den er neuerdings besuchte. »Alle ordnen sich ihm unter«, wußte die Kindergärtnerin zu berichten,

»wir wissen nicht, wie er das anstellt. Eigentlich dürften wir es nicht zulassen, aber der wickelt uns alle um den Finger.«
Esther wickelte niemanden um den Finger, aber sie entwickelte sich endlich selbst. Die Haare wuchsen nach, die kahlen Stellen bedeckten sich. Bis es dahin kam, brauchte sie ungefähr ein Jahr, doch war der Erfolg nicht mehr zu übersehen. Auch die Reinlichkeitserziehung war danach abgeschlossen. Die Entwöhnung, vor der Ilka sich ein bißchen gefürchtet hatte, vollzog sich nahezu reibungslos. Ein Teddy, vor lauter Liebe mittlerweile zerzaust und abgeknutscht, half die nächtliche Entfernung zu überbrücken, die Tür blieb offen, Esthers Zimmer lag genau gegenüber dem Elternschlafzimmer, dessen Tür in der ersten Zeit gleichfalls offenstand.
»Mama, bist du da?«
»Wir sind beide da, Mama und Papa. Schlaf nur wieder ein.«
Später entfiel auch diese rituelle Frage, und die geplagten Eltern triumphierten, als sie am Ende sogar die Türen schließen durften, ohne daß es ein Geschrei gab. Etti hatte gelernt, allein in ihrem Zimmer zu schlafen, Etti hatte Vertrauen und Selbstvertrauen gelernt.
Genau genommen war es ein Triumph des jungen Freudianers, aber die Eltern hatten schon das Ihrige dazu beigetragen, und zuweilen war es eine harte Nervenprobe gewesen.
Als Ilka sich bei dem Kinderarzt für die guten Ratschläge bedankte und ihm das Resultat schilderte, erhielt sie von ihm ein Lob, das sie zum Erröten brachte. Doch dann setzte er hinzu: »Labil wird sie bleiben, ich darf Ihnen das nicht verschweigen. Solche Erfolge gelten nicht ein für allemal. Damit will ich nicht sagen, daß sie sich noch einmal die Haare ausraufen wird. Der Rückfall kann sich in ganz anderer Weise manifestieren. Aber Sie wissen ja nun, wo es bei ihr sitzt.«
Ob sie es damals schon so genau wußte, bleibe dahingestellt. Als gewissenhafte Mutter merkte sie sich derartige Warnungen und sah sogar im Lexikon nach. Mani-festieren gleich offenbaren, sichtbar werden. Die fehlende Schulbildung bedrückte sie immer noch ein bißchen, zumal der Arzt bei ihr die Kenntnis des Fremdwortes glatt vorausgesetzt hatte.
Sie beobachtete Etti noch eine Weile und vergaß es dann.
Wölfchen kam in die Schule, trug stolzgeschwellt die lange Tüte mit Süßigkeiten im Arm und überraschte seine Eltern mit der Ansicht, eine Schulklasse sei der schönste Ort auf der Welt. Viel

schöner als der Kindergarten, der ja nur – verächtlicher Seitenblick auf das Schwesterchen – für die ganz Kleinen in Frage komme.
»Gespannt bin ich, ob das Hochgefühl anhält«, meinte Bruno. »Es würde mich freuen, wenn er in der Schule vorankäme, schon deinetwegen, damit du später eine Stütze an ihm hast. Ich selbst habe keine Volksschule besucht, weil meine Eltern fürchteten, ich könnte wegen des krummen Rückens gehänselt werden. Ich hatte nur Privatlehrer, und das war ziemlich langweilig.«
Die fortschrittlichen Kräfte in der jungen Republik bliesen frischen Wind in die Schulstuben, längst fällige Reformen wurden verwirklicht. Zum ersten Elternabend ging Bruno selbstverständlich mit und wurde prompt in den Beirat gewählt. »Ihr Sohn ist mein bester Schüler, Herr Andernach. Er lernt spielend leicht.«
Wölfchen sammelte seine Fleißkärtchen wie Trophäen und klebte sie in ein eigenes Heft, worüber die Eltern ihre humorvollen Bemerkungen machten. Nur Doktor Salomon warf Bedenken auf und sagte etwas von ungesundem Ehrgeiz, dem man gegensteuern müsse. Ilka vertrug keine Kritik an ihrem Liebling.
»Da haben wir ein Kind, das keinen Grund zur Klage gibt, und gleich ist es auch wieder nicht recht. Lassen Sie mich mit Ihrer Psychologie in Frieden, Doktor. Ein bißchen mag ja dran sein, aber das meiste klingt doch arg überspannt.«
Salomon schwieg und äußerte sich über den Jungen nicht mehr. Um so mehr über den Vater, aus ernstem Anlaß, und damit fand er bei Ilka ein aufmerksames Ohr. Auch ihr sei aufgefallen, daß Bruno in letzter Zeit sehr nachlasse.
»Arbeitet er eigentlich zuviel? Ich kann das leider nicht beurteilen. Das sollte er nicht, schon der Arzt in Wien hatte es ihm verboten, damals, nach der Herzattacke. Ich werde meinen ganzen Einfluß aufbieten, daß er sich endlich untersuchen läßt.«
Ihr Einfluß reichte nicht so weit, wie sie gehofft hatte. Bruno sagte nicht nein, schob aber den Zeitpunkt für eine Generaluntersuchung ins Unbestimmte hinaus. »Ich hab ja eine Diagnose, Ilka, ich weiß genau, was mir fehlt und was ich dagegen tun kann. Laß uns das unerquickliche Gespräch beenden, es ist doch sonst nicht deine Art, mir in den Ohren zu liegen.«
Sie ergab sich, was hätte sie tun sollen. Auch Esther machte ihr Ärger, weil sie nicht in den Kindergarten gehen wollte. Sie konnte von Lisa beaufsichtigt werden, wenn Ilka ausgehen mußte, aber es ging ja darum, sie mit anderen Kindern zusammenzubringen, damit

sie lernte, sich in eine Gemeinschaft einzufügen. Esther geriet in Panik, sobald sie sich unter fremden Kindern befand, und krallte sich an Ilkas Mantel fest. Als Ilka dennoch wegging, nachdem man das Kind gewaltsam von ihr gelöst hatte, wurde ihr bei der Rückkehr gesagt, sie möchte es in einem Jahr noch einmal versuchen, es sei jetzt noch zu früh. »Sie hat unentwegt nach der Mama geschrien und alle Kinder durcheinander gebracht«, sagte die Leiterin. »Wir raten von einer Wiederholung ab, das wird jetzt noch nichts.« Gewalt sei ferne den Dingen.

Am Abend desselben Tages kam Etti sehr spät in Ilkas Bett gekrochen und sah sie aus ihren großen Augen bettelnd an. Ilka knipste die Nachttischlampe wieder aus und ließ das Kind bei sich. Es wurde keine Gewohnheit daraus. Da hatte sich eine bloß mal ein bißchen aufwärmen wollen, weil sie von der Mama heute früh so schnöde verlassen worden war. Nachdem Esther sich vergewissert hatte, daß es sich immer noch um dieselbe liebe Mama handelte, schlief sie auch wieder in ihrem eigenen Bett.

Kam Bruno aus dem Büro nach Hause, war er oft zum Umsinken müse. Ilka bedrängte ihn nicht mehr wegen einer Untersuchung, aber sie sorgte für Ruhe und hielt die lebhaften Kinder von ihm fern. Er hatte sie früher gern um sich gehabt, und nun wurden sie ihm zu seinem eigenen Leidwesen eine Last. Manchmal schleppte er noch Akten mit in sein häusliches Arbeitszimmer, was Ilka gar nicht gefiel.

»Ich finde es schade, daß ich überhaupt nichts von deinem Beruf verstehe. Abends habe ich doch Zeit – könnte ich dir nicht ein bißchen helfen, Routinearbeiten erledigen, vielleicht etwas auf der Maschine abtippen?«

»Das ist ein guter Gedanke«, sagte er erfreut.

Abend für Abend saß sie dann, nachdem sie die Kinder zu Bett gebracht hatte, neben ihm an seinem großen Schreibtisch und ließ sich in seine Geschäfte einführen. Auf ihre Mitarbeit legte er keinen Wert, ihm kam es darauf an, daß sie alles lernte, was mit der Verwaltung von Hausbesitz zu tun hatte. Begriffe wie Gebäudeentschuldungssteuer, Geldentwertungsausgleich, Steuernotverordnung, Hauszinssteuer-Hypotheken und ähnliche, die ihr bis vor kurzem noch wie Chinesisch klangen, wurden ihr rasch deutlich und geläufig. Bruno examinierte sie unnachsichtig, manchmal lobte er sie auch.

Sie wartete immer noch darauf, daß er sie zu Hilfeleistungen heranzöge. Stattdessen sagte er eines Abends, indem er sich abgekämpft die Stirn über den Augen rieb: »Das wärs dann also. Das Wichtigste weißt du jetzt. Und wenn du mal allein nicht weiterkommst, frag den Salomon, der hat selbst Grundbesitz und kann dich beraten, oder ruf den Leo in Zürich an.«

Nun wußte sie, wo es langging. Sie schrieb einen umfangreichen Brief an ihre Schwägerin Debbie und schilderte ihre Sorgen. »Sieh zu, daß Du möglichst bald herkommst, auf Dich wird er vielleicht hören. Ich bin mit meinem Latein am Ende.«

Debbie antwortete umgehend mit einem Vorschlag. Da Wölfchen bald Sommerferien bekomme – er ging bereits in die zweite Klasse –, könne man sich doch den August über in Bad Tölz bei den Seefellners gemeinsam einquartieren und sich erholen. Auch Leo brauche dringend einen Urlaub. Dann wollte sie auf Bruno einwirken, daß er sich im Sanatorium von Heilbrunn untersuchen lasse, von demselben Internisten, der damals bei der Mama die richtige Diagnose gestellt hatte.

»Nicht abergläubisch sein, Ilka!« setzte die Schwägerin hinzu. »Es muß um ihn nicht so schlimm stehen wie um unsere Mama, bei der es Krebs war. Die meisten Herzleiden sind heute heilbar. Bruno ist schon als Kind viel krank gewesen und hat sich immer wieder hochgerappelt.«

Ilka zeigte ihrem Mann den Brief natürlich nicht, sie erwähnte nur Debbies Vorschlag, sich in Bad Tölz bei den Seefellners zu treffen. Zu ihrer Genugtuung ging er sofort darauf ein.

»Das ist eine gute Idee, sich sozusagen auf halbem Wege entgegenzukommen. In der Großstadt ist es bei der Sommerhitze nicht auszuhalten, dem Leo wird es in Zürich nicht besser gehen. Bei mir läuft gerade eine wichtige Sache, aber die hab ich bis Ende des Monats abgewickelt. Wann kriegt Wölfchen seine Ferien?«

»Am achtzehnten ist der letzte Schultag.«

»Fein. Dann bleibt es beim ersten August in Bad Tölz.«

Zwei Tage nach diesem Gespräch, am neunten Juli des Jahres fünfundzwanzig, brach Bruno Andernach während der Mittagsstunde in seinem Büro am Olivaerplatz zusammen. Es war ein sehr heißer Tag. Der eilig herbeigerufene Notarzt konnte nur noch den Tod feststellen.

Fünftes Bild:
Eine Vernunftehe

»Von hier ab spielen dann schon die Amroths eine Rolle. Ist das Foto in Schwedt gemacht?«

»Ja, beim Hof-Fotografen. Oder warte, nein, Schloß-Fotograf nannte er sich, weil sein Atelier in der Nähe des Markgrafenschlosses lag. Es wurde am Hochzeitstag aufgenommen.«

»Mit Wolfgang, und ohne meine Mutter?«

»Meine kleine Etti war krank an dem Tag, stark erkältet, wir mußten sie im Bett lassen. Wenn es nach mir gegangen wäre, hätte es gar kein Hochzeitsfoto gegeben, mir stand nicht der Sinn danach. Aber bei den Amroths dominierte die Schwiegermama, die Mamah, und die bestimmte, daß wir uns fotografieren ließen. Ich konnte wenigstens durchsetzen, daß Wölfchen mit aufs Bild kam, damit es nicht so aussieht, als wollte ich meine erste Ehe verleugnen.«

»Später haben aber die Amroths den Wolfgang voll anerkannt, weil sie ihn – Pardon, Großmama, vielleicht magst du darüber nicht reden?«

»Wir reden über alles. Du spielst auf die Adoption an, die erfolgte aber erst Jahre später, als die Nazis ans Ruder kamen. In der Zwischenzeit hatte Ewald Amroth meinen Jungen sehr schätzen gelernt, Wölfchen hatte es ihm auch nicht schwergemacht, er war anständig und leicht zu lenken, gute Zeugnisse brachte er auch nach Hause. Und der alte Amroth erst, der hatte richtig einen Narren an ihm gefressen. Er war es dann auch, der den Vorschlag aufbrachte, wir sollten Wölfchen als den leiblichen Sohn von Ewald ausgeben, weil ich ja bei den Amroths seinerzeit im Dienst gewesen bin – zeitlich ging es gerade knapp aus. Sicher fragst du dich, warum ich darauf eingegangen bin?«

»Das frage ich nicht, darüber weiß ich Bescheid. Du wolltest für deinen Sohn das Beste, wie alle Mütter, und er hätte wegen seiner jüdischen Abstammung in der Hitlerzeit bestimmt große Schwierigkeiten gehabt. Ich frage mich nur, weshalb du nicht darauf gedrängt hast, daß dein zweiter Mann beide Kinder gleich nach der Hochzeit adoptierte, den Onkel Wolfgang und meine Mutter.«

»Aber Ruthchen, das ist doch gar keine Frage! Ich habe deinen Großpapa viel zu sehr geliebt, ich wollte, daß seine Kinder auch

weiterhin seinen Namen tragen. Erst der verrückte Antisemitismus hat mir diesen Vorsatz verdorben. Als der aufkam, habe ich allerdings von Ewald verlangt, daß er auch Esther adoptiert, schon damit die Kinder den gleichen Namen tragen und Etti sich nicht ausgestoßen fühlt. Tante Gucki war ja auch bereits auf der Welt, eine kleine Amroth. Und als er mir das abschlug, habe ich die Scheidung eingereicht.«

»Und er hat gleich eingewilligt? Ging das so einfach?«

»Wir hatten uns längst auseinandergelebt.«

»Wie kam es dann aber, daß er Wolfgang bei sich behielt? Hat der sich denn nicht gegen diese Regelung gewehrt? Normalerweise wollen doch die Kinder bei den Müttern bleiben.«

»Wölfchen war in der Pubertät, das ist ein schwieriges Alter, und auf mich hörte er nicht mehr. Mein Lieblingskind ist er ohnehin nicht gewesen, das war ja deine Mutter, und es könnte leicht sein, daß er auf sie eifersüchtig war. Die Amroths haben ihn sehr verwöhnt, besonders der Großvater, der in ihm schon früh einen Erben für die Fabrik sah und ihn in diesem Sinn erzog. Ewald war ein Bruder Leichtfuß, der hat sich um das Amrothsche Unternehmen nie bemüht, deshalb hat ihm der Alte auch bis zuletzt die Leitung nicht übergeben.«

»Eine Frage hab ich noch, aber mit der traue ich mich nicht heraus –«

»Frag immerzu!«

»Warum hast du nach Großpapas Tod so schnell wieder geheiratet? Knapp nach Vollendung des Trauerjahrs?«

»Das ist leicht zu beantworten. Du mußt dir vorstellen, was es für eine junge Frau bedeutet, plötzlich mit zwei kleinen Kindern allein dazustehen. Zwar hat mir dein Großpapa ein ganz schönes Vermögen in Form von Hausbesitz hinterlassen, aber Häuser wollen verwaltet werden, und davon muß man was verstehen. Ich hatte keine Ahnung, und Onkel Leo wohnte zu weit weg, er konnte mich von Zürich aus nicht in allem beraten. Es schlug alles buchstäblich über mir zusammen. In dieser Phase der Hilflosigkeit bin ich dem Ewald Amroth wiederbegegnet und dachte mir: der wird dich unterstützen, der wird das schon machen.«

»Und hat er dir geholfen?«

»Ach, woher. Versprochen hatte er es, aber dann mußte ich mich schließlich doch um alles selber kümmern. Meine zweite Ehe war von Anfang an ein Fehlschlag. Weißt du, Ruth, ich kann dir aus

meiner Erfahrung heraus nur dringend raten, keinen Mann zu heiraten, in den du nicht richtig verliebt bist. Geh niemals eine Vernunftehe ein, mein Kind.«
»Das habe ich auch nicht vor.«

Trauer und Schrecken sind zwei grundverschiedene Dinge, selbst da, wo sie den gleichen Ausgangspunkt haben. Die Nachricht von Brunos Tod, so schonend man sie ihr auch beizubringen suchte, fuhr Ilka ins Gebein. Wo Debbie und Leo trauerten, wo Doktor Salomon, Lisa und Schwester Jettchen sich betrübt zeigten, brachte Ilka es nur zu einem Gefühl von Betäubung. Der Schmerz blieb aus, sie lebte wie ein Mensch ohne Gefühl, ohne Nerven. Nur der Magen regte sich, sie rührte keinen Bissen an.
Nach dem Begräbnis fuhr Leo mit ihr auf ihren ausdrücklichen Wunsch zum Olivaer Platz, weil sie bei der Auflösung des Büros zugegen sein wollte. Sie stellte präzise Fragen und zeigte sich erstaunlich gut informiert. Auch bei der Testamentseröffnung behielt sie die Oberhand, man brauchte ihr kaum etwas zu erklären. Bruno hatte seine Frau als Alleinerbin eingesetzt und verfügt, daß im Falle ihrer Wiederverheiratung das gesamte Vermögen an die Kinder fiele, wobei ihr aber der Nießbrauch auf Lebenszeit zugesichert werde. Da Ilka in Zukunft nur noch von Mieteinkünften leben könne, sollten die Spendenkonten aufgelöst werden. Es stellte sich bei der Gelegenheit heraus, daß Bruno Andernach seinen privaten Sozialismus sehr ernst genommen hatte, die evangelische Kirche war reichlich bedacht worden. Ilka ließ die Daueraufträge löschen und behielt sich vor, soziale Institutionen mit vereinzelten Beiträgen zu unterstützen, sobald sie einen Überblick über ihre Finanzlage gewonnen habe. Leo pflichtete ihr bei.
Die beiden mußten nach Zürich zurück, und Debbie war sehr besorgt. »Willst du nicht mitkommen, Ilka? Für die ersten Wochen wenigstens. Daß du nicht nach Tölz fährst, kann ich verstehen, wir haben den Plan auch aufgegeben. Aber in unserer großen Wohnung ist genug Platz für dich und die Kinder. Am liebsten möchten wir euch ganz zu uns nehmen.«
Sie bedankte sich, lehnte aber ab. Hierbleiben und sich sofort mit allem vertraut machen, was Bruno ihr bisher abgenommen hatte, schien ihr der beste Weg, mit dem Verlust fertig zu werden. Daß Lisa bei ihr bleibe, sei ein Segen. Sie habe die Kinder und sei finanziell abgesichert, man möge sich um sie nicht ängstigen.

»Laß dir von Salomon etwas für den Appetit verschreiben«, riet der Schwager noch. »Du kannst dir nicht erlauben, weiter abzumagern. Und kommt im Oktober nach Zürich, wenn Wölfchen seine Herbstferien hat.«
Ilka versprach es.
Sie war beinahe froh, als die beiden fort waren. Die immerwährende Fürsorge und Beunruhigung ihretwegen hatten sie zum unmündigen Kind degradiert, und das konnte sie sich in ihrer Situation nicht leisten. Sie mußte stark sein, vor sich selbst und vor Wölfchen, der am Grab so herzzerreißend geweint hatte, daß sie bedauerte, ihn mitgenommen zu haben.
Sie zwang sich zum Essen, doch das half nicht viel, sie gab alles wieder von sich. Schwanger war sie nicht, ganz eindeutig nicht. Doktor Salomon schickte sie zu einem Internisten, der eine Röntgenaufnahme machte und sie einen Schlauch schlucken ließ. Kein organischer Befund, sie hatte einen nervösen Magen. Neurasthenie, nervöse Kardialgie und orthostatische Kreislaufstörungen seien typisch für leptosome Astheniker, und was sie jetzt durchmache, sei eine reaktive Depression. Wieder einmal rauschten ihr die Fremdwörter um die Ohren, und sie hatte eine Menge nachzuschlagen.
Dann kam ihr ein guter Einfall. Sie brauchte, auch der Kinder wegen, einen fröhlichen und unbeschwerten Menschen um sich, einen vom Trauerfall nicht betroffenen. In Bayern hatten die Sommerferien ja auch begonnen, und so schrieb sie an die Seefellners und fragte, ob sie ihr nicht Irmchen für die paar Wochen schicken könnten. Irmingard Seefellner war fünfzehn Jahre alt, besuchte eine Haushaltsschule, hatte noch keine Ferienpläne gemacht und kam nur zu gern.
Das bayrische Kind trug einen unbekümmerten Ton in das Trauerhaus, bewies dabei viel Takt und verwandelte am Ende sogar Lisa, die sich anfangs gegen die zurückgewonnene Lebensfreude zur Wehr setzte. »Man ändert ja nichts. Sie haben es gut, Frau Andernach, Sie glauben an die Ewigkeit und an ein Wiedersehen. Unsereiner muß sich damit abfinden, daß es aus und vorbei ist.«
»Aber aus der Kirche sind Sie nicht ausgetreten, Lisa? Warum eigentlich nicht?«
»Det is wegen det Begräbnis«, antwortete sie schlicht. »Man will ja schließlich nich injebuddelt werden wie'n Hund.«
Irmchen blieb vier Wochen. Es gehörte sich, daß man ihr Berlin

zeigte, die »Sehenswürdigkeiten«. Beim Durchlesen eines Besichtigungsplanes merkte Ilka erst, wie wenig sie von der Stadt, ihrer Geschichte und Baugeschichte überhaupt wußte. Berlin war gerade dabei, sich von den Nachkriegswirren und der Inflationskrise zu erholen, ein kleiner wirtschaftlicher Aufschwung wurde spürbar, man schöpfte Atem und neue Hoffnung, und dieser Menschenschlag hier war nie leicht unterzukriegen. Noch deutete nichts darauf hin, daß man diese Zeit einmal im Rückblick als »Scheinblüte« bezeichnen würde.
Das Menschengewühl Unter den Linden, sie selbst mittendrin in sommerlich leichten Kleidern, zu Fuß oder auf dem Oberstock eines Omnibusses. Die repräsentativen Bauten wurden besichtigt, in der Reihenfolge, die der Plan ihnen vorschrieb. »Biegen Sie unweit des Potsdamer Platzes in den Tiergarten ein und bezeugen Sie den Denkmälern der märkischen Herrscher Ihre Reverenz!« Sie bogen ein und bezeugten. Sie absolvierten Siegessäule, Reichstagsgebäude, Brandenburger Tor. Auch nach Potsdam fuhren sie mit der S-Bahn, zu Schloß und Park Sanssouci, zur Garnisonkirche mit dem mozartisch-preußischen Glockenspiel. Das war das Obligate, roch ein bißchen nach Schulbank und Katheder, erleichterte aber das Gewissen. Richtig Spaß dagegen machte das Improvisierte. Bei Wertheim an der Leipziger Straße fuhren sie so oft mit dem Fahrstuhl, daß sie bereits Unwillen erregten, und kauften aus Übermut allerlei Ramsch zusammen, mit dem sie hinterher nichts anfangen konnten. Fast immer waren die Kinder dabei. Wölfchen soll ausgelassen sein, dachte Ilka, er vor allem muß den Todesfall vergessen. Etti hatte ihre ganz große Zeit, erstaunlich, wie sie mit ihren dünnen Beinen die Vergnügungstouren durchhielt. Einmal machte sie vor Lachen ihr Höschen naß und lachte darüber noch mehr. An heißen Tagen packten sie die Badetaschen, nahmen jede ein Kind an die Hand und fuhren zum Wannsee. Ilka konnte schwimmen, sie hatte es sich als Kind daheim im Bach selber beigebracht, aber sie zeigte sich nicht gern im Badetrikot. Ich bitte dich, Irmchen, bei meiner hellen Haut und der Magerkeit! Irmchen verstand es, diese Bedenken zu zerstreuen, und die Kinder jubelten, als ihre Mutter mit ihnen im Wasser herumtobte.
Die Abende gehörten der Kultur. Der Chaplinfilm »Goldrausch« war im Premierenkino am Kurfürstendamm gerade angelaufen, und am Deutschen Theater an der Schumannstraße gab man das Schauspiel »Mirakel« unter der Regie von Max Reinhardt. Am

Ende dieser lebhaften, reichen, bis an den Rand vollgepackten Ferien kam Irmchen zu dem Schluß, gegen Berlin sei München geradezu ein Dorf. Zieht man den noch backheißen Enthusiasmus einmal ab – für das Berlin der zwanziger Jahre traf das Urteil sicher zu.

Es war Lisa nicht ganz recht, daß Ilka dem Mädchen das Du anbot, das ginge zu weit, sich von einer Schülerin duzen zu lassen. Ilka nahm den Vorwurf nicht ernst, Lisas Eifersucht war zu offenkundig. Die kleine Seefellner hat den Vertrauensbeweis nie mißbraucht, und der Altersunterschied wurde mit den Jahren bedeutungslos.

Am Tag der Heimfahrt brachte Ilka ihre Freundin zum Anhalter Bahnhof. Es war ein warmer Morgen Anfang September, durch die romanischen Fenster warf sich das Sonnenlicht in die verschattete Halle und machte die Staubkörnchen sichtbar, die auf einem regenbogenfarbenen Strahl zuckten und tanzten. Es roch nach Schweiß, Staub und kaltem Rauch. Über dem Portalrund bewegte sich der Minutenzeiger der großen Uhr ruckartig auf die Abfahrtszeit zu. Reisende hasteten, mit Koffern und Taschen beladen, zwischen Laternenpfählen, Gepäckwagen und Verkaufskarren hindurch über den Perron, ein auskunftgebender Beamter wurde immerzu belästigt. Sie zwängten sich an einem der mächtigen Bogenpfeiler vorbei ins Freie, weil sich die Wagen der zweiten Klasse vorn bei der Lokomotive befanden. Ilka hatte für Irmchen die zweite Klasse nachgelöst, damit sie nicht wie bei der Hinfahrt viele Stunden auf der harten Holzbank zubringen mußte. Ein Sackbahnhof, wie die meisten in Berlin. Der Zug wurde hier eingesetzt, stand abfahrbereit, Dampf zischte unter den Rädern hervor, und bog man den Kopf zurück gegen das Dunkel der Halle, so blickte man auf die Wand mit den sieben Fenstern, die sich nach den Seiten hin verkürzten.

Der Anhalter war für Ilka Symbol und Prototyp aller Bahnhöfe schlechthin. Sie liebte diese konfuse Architektur der achtziger Jahre, das von Lärm und Gestank durchsetzte Kirchenschiff, die gravitätische Fassade mit den unpassenden Rosetten, hier ein Schnörkelchen und dort noch eins, alle hingetupft wie mit der Spritztüte aufs Gebäck. Als habe der Baumeister zuallererst eine strenge Gliederung geplant und sei dann während des Entwurfs ins Träumen geraten. Dabei muß ihm der Zweck des zeichnerischen Vorhabens entglitten sein. Nun stand das stilwidrige Ungeheuer

da, wurde seit Jahrzehnten in aller Selbstverständlichkeit genutzt und wirkte trotz seiner Ausmaße gemütlich wie ein Kanapee in Großmutters Wohnstube.
Es geschieht nicht von ungefähr, wenn wir bei diesem Bahnhof etwas länger verweilen, es geschieht nicht bloß aus Nostalgie. Das Schicksal hat ihm in Ilkas Lebensgeschichte einen ungewöhnlichen Rang zugewiesen, diesem Bahnhof, den es längst nicht mehr gibt. Was es noch gibt, ist die Erinnerung an zahllose Ankünfte und Abfahrten zur Sommerszeit mit dem Feriengeruch in der Luft, den flimmernden Staubpünktchen im Sonnenspektrum, dem heißen Dampf unter Kuppelstangen und Rädern, die sich gleich in Bewegung setzen werden. Das Abfahrtsignal in der Hand des Beamten, bitte einsteigen und die Türen schließen, Vorsicht an der Bahnsteigkante, ein schriller Pfiff, die Lokomotive stöhnt in den Achsen. Tschüs, Mama, und paß auf dich auf. Wenn ich wiederkomme, feiern wir deinen Geburtstag.
Das ist jetzt noch nicht dran, dieses Pensum steht noch nicht im Stundenplan ihres Lebens. Sie wird bis dahin einige andere Examina bestehen müssen. Jetzt ist es nur Irmchen, die verabschiedet wird, und die kommt wieder, viele Male. Mag sein, daß sich hierdurch das Gefühl des déjà vu verstärkt, von welchem Ilka auf dem Anhalter Bahnhof bis an die Grenze des Unheimlichen durchdrungen wird, die Gewißheit, schon einmal gelebt zu haben und das eigene Leben vor sich abrollen zu sehen wie einen Film.

Der Winter kam. Weihnachten wurde mit den Kindern gefeiert wie in den Jahren zuvor, im Familienzimmer, im Halbrund um den weißen Kachelofen, ohne den man sich dieses Zimmer gar nicht mehr denken konnte. Der Christbaum reichte vom Fußboden bis an die Decke. Mitunter sah Ilka nach der Tür, ob Bruno nicht hereinkäme. Das ging vorbei.
Rechnungen bezahlen, die eigenen Häuser aufsuchen, mit den Hausmeistern die fälligen Reparaturen besprechen, Mieterhöhungen vermeiden, wo es sich vermeiden ließ (das war nicht immer möglich), keinen Kredit aufnehmen, lieber sich einschränken. Die Hypothek auf dem Grunewaldhaus hatte Bruno zuletzt noch getilgt. Keine Schulden machen, auch wenn andere einem einreden, daß am Ende ein großer Gewinn dabei heraussähe, lieber nicht. Lieber den Überblick behalten. Die Preußin Ilka verwaltete ihren Besitz nach geradezu hausbackenen Regeln und brachte finanzer-

fahrene Ratgeber manchmal zur Verzweiflung. Aber Sie gehen doch gar kein Risiko ein! – Wirklich nicht? Wer weiß. Man tut seine Pflicht, und man spekuliert nicht. Die Zeiten sind unsicher. Die Zeiten waren unsicher, und im großen und ganzen fuhr sie mit ihrer Skepsis ganz gut. Dafür spielte sie auf einem anderen Terrain mit hohem Einsatz.

An einem Februartag erzählte Wölfchen nach der Heimkehr von der Schule, daß ihn ein Mann am Schultor abgefangen und nach seinem Namen gefragt habe. Es sei ein Herr Amroth gewesen.

Ilka fuhr wie elektrisiert herum. »Kennst du den?« fragte Wolfgang mißtrauisch. »Ich kannte ihn nämlich nicht. Ich soll mal Onkel Hajo zu ihm gesagt haben, aber da wäre ich noch sehr klein gewesen. Er hat mir eine Karte mitgegeben – warte mal –, da steht seine Telefonnummer drauf, und du möchtest doch mal anrufen.«

»Ein Kindheitsgespiele«, erklärte Ilka, weil Lisa der Name Amroth nichts sagte. »Er ist ein Jahr jünger als ich, wir sind in dieselbe Dorfschule gegangen. Ich habe ihm Märchen erzählt, und er hat mir Krebse aus dem Bach geholt.«

Von den Krebsen wollte Wolfgang mehr hören, und auch Etti, die ihm damals alles nachmachte, bettelte darum. Wie fängt man Krebse? Es war Ilka ganz lieb, bei diesem Thema zu verweilen.

»Laden Sie diesen Herrn Amroth doch mal zum Abendbrot ein«, schlug Lisa vor. »Ich könnt' Hühnerfrikassee machen, mit 'ner holländischen Soße. Wein ist auch noch da, ein paar Flaschen Kaiserstühler.«

»Kein schlechter Gedanke«, sagte Ilka leichthin, nahm ihren Kalender zur Hand und redete dann über Mieten, Wetter, Schulzeugnisse, Arztbesuch und einen Schuheinkauf für Etti. Sie behandelte auch in den folgenden Monaten den Namen Amroth derart nebensächlich, daß Lisa bis zuletzt ahnungslos blieb.

Hajo kam, brachte Blumen für Ilka und Spielzeug für die Kinder mit und machte auf Lisa einen angenehmen Eindruck. Sie aßen miteinander, und als Wolfgang und Esther Gutenacht gesagt hatten, zog sich auch Lisa zurück. Ilka zeigte auf den Kachelofen. »Woran erinnert er dich, Hajo?«

»Der Ofen da? Nicht daß ich wüßte. Ein schönes Stück.«

Er merkte nichts. Er sprach über seine beruflichen Pläne, und sie zwang sich zu aufmerksamem Zuhören, da sie eigentlich ganz anderes von ihm erfahren wollte. Legte er es darauf an, daß sie fragte? Den Referendar hatte er mit einer vorzüglichen Note gemacht und war ins Kultusministerium berufen worden, zusammen mit seinem um viele Jahre älteren Kollegen Albert Reichel. Becker wolle die Bildungsreform vorantreiben, insbesondere die Lehrerbildung auf eine solidere Basis stellen, und dabei seien sie ihm als Assistenten zugeteilt worden.

»Wer ist Becker?«

»Solltest du wissen, Ilka. Liest du keine Zeitungen? Becker ist der neue Kultusminister, ein Mann mit Geist und Erfahrung. War früher schon mal im preußischen Kultusministerium.«

»Zeitungen liest Lisa für mich. Die informiert mich dann. Für Kultur interessiert sie sich weniger, mehr für Soziales. Lisa ist eine alte Sozialdemokratin.«

»Freut mich zu hören. Eine patente Person, ich glaube gern, daß sie dir eine große Hilfe ist, seit du allein bist. Trotzdem solltest du dir das Zeitunglesen von ihr nicht abnehmen lassen.«

Ilka lachte. »Du tust gerade, als ob ich jemand anderen stellvertretend für mich in die Kirche schickte.«

»Kein schlechter Vergleich. Ich finde, du bist zu intelligent, um über Politik einfach hinwegzugehen. Ihr Frauen habt doch jetzt Einfluß darauf, warum willst du ihn nicht wahrnehmen? Ich bin vor zwei Jahren in Lisas Partei eingetreten.«

»Wirklich? Mein Mann spielte auch einmal mit dem Gedanken – ach, lassen wir das. Wie stehen sie denn in Schwedt zu deiner politischen Entscheidung?«

Endlich eine Lücke, durch die sie zu dem von ihr gewünschten Thema gelangen konnte, ohne sich zu verraten.

Hajo hob resigniert die Hände. »Sie haben mir nicht gerade das Haus verboten, das ist aber auch schon alles. Mein Vater, obwohl Deutschnationaler, ist seit neuestem sogar geneigt, mich zu tolerieren. Meine Mutter dagegen –«

»Ist die nicht auch hugenbergisch? Ich dachte immer –«

»Mama und Ewald sind ziemlich weit nach rechts gerutscht. Kein Gesprächsstoff für diesen schönen Abend, Ilka. Erzähl lieber von dir.«

»Ich nehme an, daß Ewald das Mädchen geheiratet hat, von dem seinerzeit die Rede war. Die Tochter des Bankdirektors, die er dir ausgespannt hatte.«

Man wird ja wohl fragen dürfen. Sie jedenfalls, Ilka, hatte den Namen Ewald nicht als erste erwähnt.

Hajo zögerte lange. Da sie nicht weitersprach, sondern ihn auffordernd anblickte, mußte er sich schließlich zu einer Antwort bequemen.

»Er hatte sie geheiratet und ist bereits geschieden. Vor einem halben Jahr. Ewald taugt nicht zum Ehemann, ich mag dir die Gründe nicht nennen, sie sind zu heikel. Er hat noch jede Frau unglücklich gemacht, die sich in ihn verliebte, und es sind nicht wenige.«

»Ist denn das Mädchen – ich meine, Ewalds geschiedene Frau, ist sie nicht zu dir zurückgekehrt?«

»Reumütig an meine treue Brust? Nein, Ilka, das hat sie gar nicht erst versucht, und es hätte auch nichts genützt. Ich bin fertig mit der ganzen Geschichte.«

Danach sprach er wieder von seinem Kultusminister und den pädagogischen Reformplänen. Mit einem Engagement, das ein bißchen an Moritz Goldschmied aus der Himmelpfortgasse erinnerte, mit dem Unterschied, daß sich Ilka für Erziehungsfragen natürlich eher interessieren konnte als für einen Wurmfortsatz. Als Mutter eines schulpflichtigen Sohnes war sie ja in gewisser Weise beteiligt. Hajo sprach die Bitte aus, ob er wiederkommen dürfe? Er durfte.

In der Nacht fand Ilka keinen Schlaf. Der geschiedene Ewald Amroth wollte ihr nicht aus dem Kopf. Zur Ehe nicht tauglich, das schien ihr denn doch eine voreilige Schlußfolgerung zu sein, nicht frei von Feindseligkeit. Ob ein Mann zur Ehe taugt oder nicht, hing ja wohl in erster Linie von der Frau ab, mit der er die Ehe schloß. Er hat sie geheiratet, um mich zu vergessen, mich und sein Kind, das er so gern kennengelernt hätte! Er ist nicht darüber hinweggekommen, so sehr er sich auch bemühte, und daran ist die Ehe gescheitert. Sie konnte unter diesen Umständen nur scheitern.

Ilka wälzte sich herum. Sie brannte vor Mitgefühl mit Ewald und seiner unglücklichen Liebe, sie sehnte ihn herbei, stürmisch und wild, sie biß in ihr Laken.

Das leere Ehebett neben ihr wurde zur Qual. Sie wollte es nicht mehr sehen, sie nahm sich vor, die Betten zu trennen und aus dem Eheschlafzimmer ein Gastzimmer zu machen. Schon bald – warum nicht gleich morgen? Die Vergangenheit zumauern, und dann nicht mehr zurücksehen. Nur so konnte der Weg frei werden in ein neues, besseres Leben.

In ein besseres?

Aber ja. Ganz ohne Zweifel. In ein Leben mit dem Mann, den sie

von Anfang an geliebt hatte und immer lieben würde. Und der ihre Liebe erwiderte, wie sie wußte.
Wegen des Eheschlafzimmers fand sie sogleich Lisas Unterstützung. Hätten wir längst tun sollen, Frau Andernach, immer die Erinnerungen, is ja nich auszuhalten, det leere Bett jede Nacht, reineweg zum Melancholischwerden.
Es blieb nicht bei dieser einen Veränderung. Modehefte wurden bestellt, Vobachs Modejournal mit Schnittmuster, aus dem Ilka nicht klug wurde. Auch Lisa konnte nicht zuschneiden, aber sie wußte eine Schneiderin in der Nachbarschaft, um zwei Ecken herum. Bei der hatte sie sich einmal einen Mantel anfertigen lassen, kolossal geschickte Frau oder Fräulein vielmehr, Fräulein Kuhlmann, die näht einem alles nach Wunsch, direkt auf die Figur. Ist auch nicht zu teuer und nimmt jede Arbeit an. Sie spart nämlich für ein Grundstück, »für so'n kleenet Haus mit Schrebergarten«.
Ilka nahm Vobachs letzte Modehefte unter den Arm und suchte Fräulein Kuhlmann auf. Nach Jahren kam sie wieder einmal in einen der heruntergekommenen Berliner Hinterhöfe, fühlte sich unliebsam berührt und drängte den Gedanken an ihre Zeit bei der Zacharias gewaltsam zurück. Schmutzflecken auf dem Zementboden, überquellende Aschenkübel, denn es war März, und man mußte noch heizen, von den Hauswänden blätterte der Verputz. Meine Häuser sind besser in Schuß, dachte sie befriedigt, auch die älteren. Bruno hatte noch vor dem Krieg dafür gesorgt, daß Gasleitungen gelegt wurden. In diesem Treppenhaus hing auf jeder Etage eine Petroleumlampe an einem Nagel neben der ersten Tür, und auf dem jeweiligen Absatz zwischen den Stockwerken befand sich der Wasserhahn über dem Halbrund eines gußeisernen Beckens, das an eine Männertoilette erinnerte. Das Klo übrigens gleich daneben hinter einem Bretterverschlag, und ohne Spülung, versteht sich. Schon im Hausflur unten hatte sie den Armeleutegeruch wahrgenommen, diese Mischung aus Kloake und kaltem abgestandenem Kohl. Es gab nur Wohnküchen da oben, man konnte im Winter nicht lange genug lüften.
Die Näherin bewohnte die zwei Mansardenstübchen neben dem Trockenboden. Ilka hatte nach dem bisherigen Auftakt erwartet, eine ältliche Person mit eingefallener Brust und dicken Brillengläsern anzutreffen, ein Zentimeterband um den Hals. Stattdessen wurde sie auf ihr Klopfen hin von einer jungen und hübschen Frau ins Zimmer gerufen. Man trat hier immer gleich vom Flur in die

Wohnung, es gab keine eigene Diele, aus Gründen des Profits, damit jedes Zimmer auch einzeln vermietet werden konnte.
Das Kleid, das Fräulein Kuhlmann bei der Arbeit trug, war bei aller Einfachheit von einem aparten Schnitt und zeigte, daß man ihrer Kunst und ihrem modischen Geschmack vertrauen durfte. Der Raum machte, obwohl er Küche und Werkstatt in einem war, keinen unordentlichen Eindruck. Er war ein bißchen überwärmt, die Herdplatte glühte. Auf Wandbord und Schrank ein paar Nippesfiguren neueren Datums, grell bemalt. Schneewittchen mit lose eingehängtem, weit abstehendem Rock, wenn man ihn anrührte, begann er zu wippen. Dahinter die Zwerge. Auch eine blecherne Sparkasse für Groschen, die Skala zeigte nur Zehnpfennigstücke an. Vielleicht ihr Kinogeld, das einzige Vergnügen, das sie sich leistete. Man kannte das.
Dafür Geschmack in Kleiderfragen, ohne Zweifel. Sie sah gleich die wunden Punkte in einer Figur, die sehr langen Beine in diesem Fall. »Bei Ihnen wird man die Taille strecken müssen, Sie sind keine Sitzgröße. Ist aber kein Fehler, im Gegenteil, die neue Moderichtung sieht das vor. Kleine Kurzbeinige haben es heutzutage schwerer.«
Unterhalb des schrägen Dachfensters stand die Nähmaschine an der Wand, von zwei Petroleumlampen flankiert. »Daß Sie bei diesem Licht arbeiten können!«
»Ich habe fabelhafte Augen«, war die Antwort.
Die in Auftrag gegebenen Kleider fielen so tadellos aus, daß Ilka beschloß, ihre Garderobe in Zukunft nur noch von Fräulein Kuhlmann arbeiten zu lassen.
»Was ich gesagt habe!« brüstete sich Lisa, konnte sich aber nicht enthalten, beim Anblick der hellen Kleider zu fragen: »Wollen Sie die Sachen jetzt schon tragen?«
»Ja, Lisa, ab sofort. Den Unfug mit der Trauerkleidung sollte man abschaffen. Als ob es darauf ankäme! Die Kinder sehen mich auch nicht gerne in Schwarz.«
Lisa schwieg pikiert. Bei dieser atheistischen Sozialistin hatte sich die Pietät paradoxerweise ins Bürgerliche verlagert. Kein Kirchgang, keine Gebete, aber: Weihnachtsbaum und Fisch am Freitag, Myrtenkranz und Schleier auch bei standesamtlicher Heirat, und selbstverständlich Trauerkleidung rund um den Kalender. Jede Ausnahme ein Sakrileg.
Ilka verabredete im Mai am Telefon mit Ewald Amroth ein Treffen

in einem Hotel in Bad Freienwalde. Es geschah auf ihre Initiative. Er schien eher überrascht, war vielleicht sogar überrumpelt worden. Als er sie dann aber sah, als sie ihm das erstemal nach fast fünf Jahren wieder gegenübertrat, schlank und anmutig in einem Kostüm aus blaßlila Seide, so hinreißend schön, daß sich die Kurgäste nach ihr umdrehten, da beeilte er sich zu versichern, er habe natürlich vorgehabt, sich so bald wie möglich mit ihr in Verbindung zu setzen. Am Ende glaubte er es selbst.
Sie hatte nichts anderes erwartet. Ihre Verliebtheit schlug wieder einmal über ihr zusammen und fegte ihr Urteilsvermögen hinweg. Sie übersah und überhörte, was zu sehen und zu hören sich geradewegs anbot. Seine Eitelkeit, seine nichtssagende Konversation (wie gut unterhielt man sich dagegen mit seinem Bruder!), seine Vorliebe für im Umlauf befindliche Modewörter, eine berlinische Unart, die aber längst nicht jeder Berliner mitmachte, und last not least das Klaviergeklimper, mit dem er sich in der Hotelhalle beliebt machte, jeden Abend, bevor man zur table d'hôte schritt. Trink, trink, Brüderlein, trink, laß doch die Sorgen zu Haus. Den Backfischen, die den Flügel schwärmerisch umlagerten, schien es zu gefallen.
Ilka zwang sich zu einer Haltung, die sie als Humor definierte. Er ist und bleibt ein großer Junge, dachte sie zärtlich. Und erwischte sich im gleichen Moment bei dem Wunsch, daß Wölfchen ihm doch nicht in allem nachgeraten möge.
Eitel war sie schon auch. Sie verhehlte sich nicht, daß es ihr schmeichelte, wenn sie auf den Wegen des Kurparks an seiner Seite ging und im Vorübergehen teils bewundernde, teils neidische Blicke auffing. Ein schönes Paar. Es war nur leise gesagt worden, aber sie hatte es mitbekommen. Sie konnte sich jetzt auch erlauben, die modernen hochhackigen Schuhe zu tragen, in denen ihre wohlgeformten Beine erstmalig zur Geltung kamen, nachdem die Röcke kürzer geworden waren. Keine flachen Absätze mehr, neben diesem hochgewachsenen Mann hatte sie es nicht nötig, sich kleiner zu machen.
Äußerlichkeiten erhielten ein unangemessenes Gewicht, die Vernunft dankte ab. Sehr viel später, im Rückblick, fand sie ihr Abgleiten zwar schlimm, aber verständlich. Sie hatte nie richtig jung sein dürfen bis dahin, sie hatte nicht einmal eine Kindheit gehabt, die diesen Namen verdiente. Der Ernst des Lebens, den andere erst lernen müssen, war ihr tägliches Brot gewesen. Ein

Nachholbedarf also. Aber es erging ihr damit ein bißchen wie bei der nachgeholten Dampferfahrt: das Vergnügen bleibt unvollständig, weil die Dinge nicht mehr stimmen. Sie wurde im Herbst sechsundzwanzig, war Witwe und Mutter von zwei Kindern. Meide den Kummer und meide den Schmerz, dann ist das Leben ein Scherz. Sein Klavierspiel war miserabel, sie war ihm auch darin längst überlegen, aber sie rührte keine Taste an.

Am vorgeschrittenen Abend, wenn er in ihr Zimmer kam, war das vergessen. Dann gab es nur noch dieses nette Jungengesicht, das überhaupt nicht zu altern schien, diesen straffen und durchtrainierten Körper, die Vielfalt seiner Liebkosungen, den Rausch dieser sich zuletzt doch erfüllenden Sehnsucht. Vertrautheit setzte alledem eine Krone auf: er ist ja der Vater meines Kindes. Wozu sich zieren oder ein schlechtes Gewissen haben?

Im Sommer folgte sie einer Einladung der Amroths nach Schwedt und nahm die Kinder mit. Noch immer war Lisa ahnungslos, dabei war dies schon die Verlobung. Im kleinsten Familienkreis und inoffiziell, ohne Ringe noch, und selbstverständlich ohne Bekanntmachung durch Karten, da das Trauerjahr erst in einem Monat ablief. Auch Frau Cäcilie dachte in dieser Hinsicht eigentlich streng, ließ aber bei Bébé, wie immer, fünf gerade sein. Die Hochzeit wurde für September angesetzt, man verheimlichte nichts, es gab einen gewichtigen Grund für die Eile. Schon recht, Ilka, wenn du meinen Jungen nur glücklich machst! Und ein schöneres Geschenk als Wölfchen hättest du uns nicht mitbringen können, wie ein lebendig gewordenes Kinderbild von Bébé. Da fühlt man sich um Jahre zurückversetzt und wird noch einmal jung.

Wieder in Berlin, wurde es unumgänglich, Lisa reinen Wein einzuschenken. Die hörte sich die Mitteilung wortlos an, ging in ihr Zimmer und schloß sich einen ganzen Tag darin ein.

Ilka war zunächst wütend. So eine alberne Person, was soll das heißen, Launen bei Dienstboten haben mir noch gefehlt. Aber Lisa war kein Dienstbote, nicht bloß Köchin. Lisa war Faktotum, Kumpel und Kindermädchen, ein Vermächtnis der Familie Andernach. So einer gab man nicht den Laufpaß, selbst dann nicht, wenn sie schwierig wurde. Sie kam in die Wechseljahre, das mußte es sein.

Am Abend hatte sie sich weitgehend beruhigt und war für eine Aussprache bereit.

Als sie von Ilkas Schwangerschaft erfuhr, ergab sie sich sofort ins Notwendige. Da mußte geheiratet werden, das war mal klar. Die Berliner Wohnung wollte Ilka nicht auflösen.

»Die möchte ich behalten«, sagte sie. »Wenn ich mit meinem zukünftigen Mann nach Berlin komme, um Freunde zu besuchen oder Oper und Theater, dann brauchen wir nicht im Hotel zu übernachten. Ich werde öfter hier zu tun haben, schon wegen der Häuser. Sie bleiben in der Wohnung, Lisa, und halten sie in Ordnung.«

»Ick langweile mir zu Tode«, jammerte sie. Wenn sie erregt war, verfiel sie meist in die Mundart. »Ooch wenn Sie die Putzfrau abbestellen und ick hier allet sauber halte, denn graule ick mir immer noch so alleene.«

Hinter ihrer Jammerei steckte bereits ein Plan. Man konnte das Gastzimmer, das mit der Treppe, die in den Garten hinunterführte, an eine Studentin vermieten, Kost und Logis.

»Tun Sie das, Lisa. Dann haben Sie eine Aufgabe, und die Wohnung wird genutzt. Ab September wird sie frei. Sie geben die Annonce auf und suchen sich die Mieterin selber aus, Sie haben genügend Menschenkenntnis.«

Als sie die Kinder auf den Wechsel vorzubereiten suchte, zog Wolfgang den Mund schief. Er maulte, weil er seine gewohnte Umgebung verlassen sollte. Am Ende aber siegte die Neugier, und bei dem Besuch in Schwedt hatte es ihm nicht übel gefallen, dort war er sehr umworben worden. Etti fragte nur: »Mama geht mit?« – »Ja, selbstverständlich, du Schäfchen.« Da nickte sie und hieß es gut. Wo du hingehst, da will ich auch hingehen. Das hatte allerdings nicht die biblische Esther gesagt, sondern die biblische Ruth, doch Namen tun hier nichts zur Sache.

Sie setzten die Hochzeit in Schwedt für den zweiten September fest, den Tag, an dem Ilka sechsundzwanzig wurde. Er hieß nicht mehr der Sedantag, den feierte man nicht in der Republik, die sich um eine Versöhnung mit Frankreich bemühte, aber der Jahrmarkt fiel aus Gründen der Tradition immer noch auf das alte Datum. Die Kirmesbuden und Karussells auf dem kleinen Marktplatz heimelten Ilka an, als sie nach der standesamtlichen Trauung aus dem Rathaus kamen und durch das Gewimmel hinüber zum Blauen Dragoner gingen, wo sie einen Imbiß bestellt hatten. Da wurde ein Stück Kindheit lebendig. Daß sie als Kind immer nur sehnsüchtig vor diesen Buden gestanden hatte ohne einen einzigen Sechser in der Tasche, mochte sie nicht realisieren. Das Glück dieses unvergleichlichen Tages überstrahlte alles, es vergoldete auch die Vergangenheit.

Debbie und Leo in Zürich hatten eine Anzeige bekommen mit einem von Ilka sehr herzlich abgefaßten Schreiben. Die Antwort darauf erfolgte in Form einer vorgedruckten Gratulation. Keine Blumen, kein Geschenk. Sie würden sich schon damit abfinden, man mußte der Zukunft vertrauen.

Auch Maria Benthien und Bruder Erich erhielten eine Anzeige und einen Brief, worin Ilka zum unwiderruflich letzten Mal anfragte, ob man sich nicht versöhnen wolle, nun, da man einander so nahe gerückt sei? Sie hatte rechtzeitig geschrieben, um ihnen Zeit zu lassen, aber als sie am Hochzeitstag die Gratulationen durchging, war von Vierraden nichts dabei.

Ansonsten: Glückwünsche, Blumen, Geschenke (viel unnützes Zeug darunter), die Amroths zählten zu den Honoratioren der Stadt und hatten einen ausgedehnten Freundeskreis. Es berührte angenehm, daß die neue Schwiegermutter mit keinem Wort Ilkas früheren Status als Dienstmädchen in diesem Haus erwähnte. Und daß dies auch kein anderer unter den Besuchern tat, von denen doch einige sie gekannt hatten, war sicherlich dem Einfluß von Frau Cäcilie zu danken. Ilka glaubte Zartgefühl daraus zu ersehen und bedachte nicht, daß dem auch andere, durchaus eigensüchtige Motive zugrunde liegen könnten. Ihr guter Wille trieb üppige Blüten. Da hätten schon harte Fröste einfallen müssen, um diesen Flor zum Absterben zu bringen.

Ein kleiner Frost stellte sich bereits am zweiten Tag ein, mehr ein Kälteschauer, den man schnell hinter sich brachte. Ilka gestattete sich nicht, darin einen Vorboten zu sehen. Die Mamah hatte den Schloßfotografen benachrichtigt, daß man am Nachmittag käme, ein Familienbild aufnehmen zu lassen. Wölfchen steckte wieder einmal in einem weißen Matrosenanzug – es war sein vierter inzwischen –, sein helles Haar, kurz geschnitten und nicht mehr so kraus wie früher, wurde gebürstet und gescheitelt und hing ihm in einer weichen Welle in die Stirn. Mit dieser Frisur war er mehr noch als sonst ein Ebenbild seines Vaters, man hätte blind sein müssen, um es nicht zu sehen. Ilka kleidete Etti ebenfalls in Weiß, in ein mit Rosen besticktes Voilekleid, und band ihr eine Schleife in die dunklen Locken, die dicht und reichlich wuchsen, seit sie nicht mehr daran zupfte. Man spazierte zu fünft über die Schloßfreiheit,

denn die Mamah hatte sich angeschlossen, um das Arrangement im Fotoatelier zu begutachten.
Vor der Tür nahm sie Ilka beiseite. »Damit das klar ist, wir möchten die Kleine nicht mit auf dem Bild haben. Ein anderesmal gern, doch nicht bei diesem Anlaß.«
»Ich verstehe nicht, warum –«
»Weil es ein Familienbild werden soll.«
Punkt und aus, in einem Ton, der keinen Widerspruch duldete und dessen Stoßkraft Ilka aus längstvergangenen Tagen kannte. Zwecklos, sich an Ewald zu wenden, wenn die Mamah entschieden hatte. Es wurde ein sehr schönes, repräsentatives Familienfoto. Esther sah neugierig zu, sie war noch zu klein, um ihren Ausschluß zu begreifen. Im übrigen war man freundlich zu ihr.
Hajo behauptete später, er hätte dies nicht zugelassen, wenn er dabei gewesen wäre. Was Ilka damals noch als kleine Entgleisung ansah, wertete er als Symptom.
Die Amrothsche Villa umfaßte Raum für zwei Familien, seit man den Trockenboden ausgebaut hatte. Vom Personal wohnte nur noch die Köchin im Haus, in einer gemütlich möblierten Dachkammer neben den beiden Kinderzimmern. Sie war erst seit zwei Jahren hier angestellt und wußte von Ilkas Vergangenheit nichts. Nach Ewalds erster Eheschließung waren die Eltern ins Parterre gezogen, wo man ein zweites Badezimmer installierte, damit die weitläufige erste Etage den jungen Leuten und ihrem Nachwuchs zur Verfügung stehe.
Das sieht nach Großzügigkeit aus, hatte aber einen Haken. Frau Cäcilie dachte nicht daran, die schweren altdeutschen Möbel mit herunterzunehmen. Der Transport sei umständlich, befand sie, und es frage sich, ob man die riesigen Schränke in den Parterrezimmern unterbringen könne. So hatte sie es ihrer ersten Schwiegertochter erklärt, so erklärte sie es nun Ilka. die Alten waren modern und bequem eingerichtet, die Kinder mußten mit dem finsteren Prunk der Makartzeit vorliebnehmen und sich noch dafür bedanken.
»Und wenn wir den Plunder nun verkauften«, schlug Ilka ihrem Mann vor. »Die Eltern wollen ihn ja auch nicht haben. Dann könnten wir uns helle, zeitgemäße Möbel anschaffen, die leicht zu pflegen sind.«
Ewald lehnte ab. »Was du Plunder nennst, hat mal 'ne schöne Stange Geld gekostet, als meine Eltern ihre erste Wohnung bezogen. Mama hängt an den Sachen, sie will nicht, daß man sie an

Fremde weitergibt. Du mußt sie ja nicht mehr sauber halten, mein Schätzchen, dafür sind jetzt andere da.«

Ilka schluckte ihren Ärger über die taktlose Bemerkung herunter. Die Zeit, da sie die dunklen, geschnitzten Eichenmöbel einmal schön gefunden hatte, da sie ihr als der Gipfel an Vornehmheit erschienen waren, lag weit zurück. Nur den Kachelofen akzeptierte sie, obwohl auch der nicht das Prachtstück war, das sie einmal aus der Erinnerung aufs Papier geworfen hatte, um ihn für die Berliner Wohnung nachbauen zu lassen.

Wenn das Hausmädchen frisches Holz nachlegte und das Feuer im Innern zu rauschen begann, holte Etti eine Fußbank, setzte sich mit dem Rücken zum Ofen und bat: »Märchen erßählen, Mama!« Ilka hockte sich zu ihr und erzählte. Zwischendurch legte das Kind andächtig seine Hand auf ihren wohlgerundeten Bauch und versuchte zu erspüren, ob das Geschwisterchen sich bewegte. Der Ofen erinnerte Etti an das Berliner Familienzimmer, sie hatte noch ein bißchen Heimweh, auch nach Lisa, von der sie oft sprach.

Ilka zog Esther dicht an sich heran in diesen Monaten vor der Geburt ihres dritten Kindes und fühlte sich von ihrer Gegenliebe getröstet. Trost brauchte sie in mancherlei Hinsicht. Sie fürchtete sich vor der Entbindung, um so mehr, da sie mit niemandem darüber sprechen konnte, auch mit dem Hausarzt nicht, einem Doktor Seeger. Kasinofritze mit bevölkerungspolitischem Ehrgeiz: was denn, schon sechsundzwanzig und erst zwei Kinder, der Staat braucht gesunden Nachwuchs, bei dem Erbgut is det 'ne Vaflichtung, junge Frau. Gebären is 'ne natürliche Sache, nach dem zehnten Kind haben Sie sich dran jewöhnt. – Ehemaliger Korpsstudent mit grauslichen Schmissen, wahrscheinlich zweimal aktiv gewesen, renommiersüchtiger Bramarbas. Frau Cäcilie hielt große Stücke auf ihn.

Ilka schmiegte sich auch deshalb an Esther, weil Wölfchen ihr mehr und mehr entglitt. Seine Untreue schmerzte am meisten. Bei aller Bevorzugung hatte sie doch immer versucht, ihn nicht zu verhätscheln und ihm Grenzen zu ziehen. In diesem Haus wurden ihre Erziehungsmaßnahmen fortwährend durchkreuzt, auch solche, die jedem als vernünftig einleuchten mußten. Wolfgang bekam, was er sich wünschte, Geld spielte keine Rolle. Mit dem Reitpferd warteten sie nicht bis Weihnachten, wie Ilka vorgeschlagen hatte, um den Überfluß ein bißchen zu kanalisieren, für Wölfchen war jetzt alle Tage Weihnachten. Das Pferd stand in Niedersaaten, es war dorthin kaum eine halbe Stunde zu Fuß, einem Achtjährigen durchaus zuzumuten, aber nein, er mußte ein Fahrrad haben. Noch vor Weihnachten. Und neue Schlittschuhe. Als Ilka ihm verbot, aufs Eis zu gehen, weil er erkältet war, verstand er sich die Erlaubnis vom Papah abzuschmeicheln. Tags darauf lag er mit Fieber im Bett und konnte eine Woche lang nicht in die Schule gehen. Seine Zeugnisnoten verschlechterten sich – er hatte früher lauter Einser gebracht –, waren aber immer noch annehmbar und mußten daher belohnt werden. Sein Pferd striegelte er nur in den ersten Wochen, dann verlor er die Lust und überließ die Wartung dem Knecht. Ilka setzte ihm auseinander, daß man einem Tier gegenüber Pflichten habe, und wollte Druck auf ihn ausüben. Wolfgang trotzte und gab eine freche Antwort, das konnte er sich leisten, denn er wußte, wer im Haus das Sagen hatte.

Ewald wich aus, als sie sich bei ihm beklagte. »Du mußt das verstehen, Schätzchen, wir haben bisher nichts von dem Jungen gehabt, weil er uns so lange vorenthalten wurde. Nimm das bißchen Auftrumpfen nicht so tragisch. Er kommt jetzt in die Flegeljahre und war überhaupt viel zu brav. Ich möchte einen richtigen Kerl aus ihm machen.«

»Oh – das ist er schon jetzt«, erwiderte Ilka bitter.

Anfangs hatte sie sich etwas verletzt gefühlt, als Ewald auf getrennten Schlafzimmern bestand, doch je weiter ihre Schwangerschaft voranschritt, um so mehr begrüßte sie es, wenn sie sich abends allein zurückziehen konnte. Sie zog sich aus, trat seitwärts vor den Spiegel und sah ein, daß sie ihrem Mann diesen Anblick nicht bieten durfte. Ewald war ein Ästhet. Sie wußte es von ihm selbst, er betonte es oft genug, und es war wohl darauf zurückzuführen, daß er sie nach dem vierten Schwangerschaftsmonat, also unmittelbar nach der Hochzeit, nicht mehr berührte. Er gab es als Schonung aus. Ich muß mich umstellen, dachte sie, ich kann nicht erwarten, daß meine zweite Ehe eine Verlängerung meiner ersten ist.

An ihrem Schwiegervater gewann sie so etwas wie einen Freund. Das Wort ist mit Vorsicht zu gebrauchen, denn Wilhelm Amroth war ein eher zugeknöpfter Mann, auf einem englischen College erzogen, korrekt, mit Gefühlsäußerungen sparsam. Für Ilka hegte er eine von Respekt grundierte Sympathie, die Achtung eines businessman vor der Leistung schlechthin, vor dem Aufstieg einer Frau, die an sich gearbeitet hatte. Ihm imponierte das. Er liebte es, mit ihr französische Konversation zu betreiben, und bedauerte, daß sie nicht auch Englisch gelernt hatte, er liebte vor allem ihr Klavierspiel. Alle anderen im Haus spielten schlechter als Ilka, auch seine eigene Frau. An den langen Winterabenden, wenn die Kinder im Bett, Frau Cäcilie im Vaterländischen Frauenverein und Ewald Gott weiß wo war, ging Ilka zu dem Alten hinunter und musizierte für ihn. Sie hatte sich oben am Klavier wieder eingeübt, Schubert und Brahms, dem Schwiegervater zuliebe, der es mit den Romantikern hielt. Das Klavier oben und der Flügel im Erdgeschoß waren jederzeit vorzüglich gestimmt.

Manchmal holte sie sich Rat wegen der Verwaltung ihrer Häuser, damit konnte er dienen. Er gestand ihr offen seine Bewunderung ein. »Du bist sehr tüchtig, Ilka, hoffentlich hat der Junge etwas davon geerbt, der soll ja mal mein Nachfolger werden. Ewald erledigt immer nur die nötigsten Aufträge und ohne jede Passion.« Dann sprach er von seiner ersten Ehe, seinem ersten Sohn, der bei Kriegsbeginn auf dem Schlachtfeld geblieben war. Es tat ihm wohl, darüber zu sprechen, weil er die Erinnerungen zu lange stumm mit sich herumgetragen hatte. Ein einziges Mal kam er auf ihre Dienstmädchenzeit zurück, aus humorvoller Distanz.

»Liest du eigentlich noch Klassiker, Ilka? Ja. Ich dachte es mir. Der alte Rehlow hat dich entflammt, so was hält fürs Leben. Der war als Dorfschulmeister eigentlich zu schade, aber er wollte es nicht anders. Du hast uns damals ganz schön durcheinandergewirbelt mit deiner Braut von Messina, in meinem Club ist das noch tagelang Gespräch Nummer eins gewesen. Amroths gebildetes Dienstmädchen.«

»Davon wußte ich gar nichts«, sagte sie erstaunt.

An einem Abend im Januar, als sie sich über eine Ungezogenheit von Wolfgang besonders geärgert hatte, bat sie den Schwiegervater um Unterstützung. Er schlug die Augen nieder und zündete sich eine Zigarette an. »Müßtest du doch schon gemerkt haben, daß meine Stimme im häuslichen Kreis nicht zählt, oder? Meine Autorität bleibt auf die Fabrik beschränkt. Meine eigene Schuld. Ich hab die Zügel zu sehr schleifen lassen nach meiner Heirat, aus Verliebtheit, Cäcilie war eine charmante Frau. Laß dir das zur Warnung dienen. Principiis obsta!«

»Verzeih, Papa, Latein habe ich nicht –«

»Man soll den Anfängen wehren. Wehr dich, Ilka, du kannst doch energisch sein. Aber erwarte von einem alten Esel nicht, daß er aufs Eis geht.«

Mit solchen Äußerungen überschritt er bereits die ihm anerzogene Grenze. Ilka erkannte nicht, wie weit er ihr damit entgegenkam, und so passierte es, daß sie die Vertraulichkeit überzog. Aus Angst und Sorge, und weil sie nirgends Verständnis fand. Sie erzählte ihm, warum sie sich vor der Entbindung fürchte, warum sie keine Hausgeburt wünsche und daß sie den Grobian Doktor Seeger nicht an sich heranlassen möchte. Wilhelm Amroth zog sich zusammen wie ein Igel.

»Keine Details, bitte. Das sogenannte Natürliche ist nicht mein Ressort. Wenn in diesem Haus eine Geburt stattfand, bin ich auf Reisen gegangen.«

»Das wirst du meinetwegen nicht nötig haben«, entgegnete Ilka und verabschiedete sich kühl.

Wilhelm und Ewald Amroth, Vater und Sohn – sie waren einander wahrscheinlich ähnlicher, als sie geglaubt hatte. Prüderie war Ilkas Wesen fremd, sie vermochte sie nur mit Hilfe des Verstandes zu entschlüsseln. Bei den Andernachs war man zwar dezent, doch niemals prüde gewesen.

Also handelte sie auf eigene Faust und beschloß, sich nicht mehr wie bisher allen Amrothschen Gepflogenheiten anzupassen. Doktor Salomon hatte in Charlottenburg eine private Entbindungsstation eröffnet, und Ilka meldete sich bei ihm an. Den Geburtstermin konnte sie mit einiger Sicherheit bestimmen, da sie zur Zeit der Empfängnis mit Ewald noch nicht verheiratet gewesen war. Auch Lisa wurde benachrichtigt. Im letzten Augenblick fiel es Ilka ein, daß es besser sei, Etti mitzunehmen und sie in Lisas Obhut zu geben, anstatt sie bei Frau Cäcilie zurückzulassen. Die Schwiegermutter behandelte das Kind fürsorglich, aber das reichte für Esther nicht aus. Manchmal funktionierte er schon, ihr Instinkt.

Sie packte ihren Koffer, stopfte ihre Sachen und die des Kindes hinein. Ewald war zu einem Treffen von Marinekameraden nach Kiel gereist. Die vormals Kaiserliche Marine gebärdete sich neuerdings sehr völkisch, vielleicht, um den Makel der Revolution loszuwerden. Auf Reisen also, wie der Alte, während sie hier sein Kind zur Welt bringen sollte. Ein Ästhet. Das Natürliche ist nicht sein Ressort.

Als sie Frau Cäcilie von ihrem Vorhaben verständigte, flog das Lorgnon in die Höhe, Anzeichen höchster Erregung, da die gute Sitte es nun einmal verbot, einer Empörung durch Herumschreien Ausdruck zu geben. Wieso, und wie kommst du dazu, es war anders abgemacht, unser Seeger hat Erfahrung, meine Kinder wurden auch zu Hause geboren, was soll denn Ewald denken?

»Bébé ist in Kiel«, erinnerte Ilka sie mit erzwungener Ruhe. »Du kannst ihn ja anrufen, wenn das Kind da ist, er wollte zwei Wochen wegbleiben, das langt. Wenn die Männer zum kritischen Zeitpunkt Reißaus nehmen, dürfte es ihnen auch egal sein, wo ihre Frauen niederkommen. Ich muß mit Komplikationen rechnen, ich bin sehr schmal gebaut. Deinem Seeger kannst du bestellen, daß ich mir bei der zehnten Niederkunft von ihm helfen lasse, eher nicht. Jetzt möchte ich gern ein gesundes Kind haben, in so was bin ich heikel.«

Es war dies genau die Sprache, um eine Cäcilie Amroth zur Raison zu bringen. Sie nahm die Gläser von den Augen, seufzte, zeigte plötzlich Verständnis. In diesem Haus trug jeder eine Maske. Man mußte den richtigen Ton treffen, damit er sie wenigstens vorübergehend einmal ablegte.

»Du hast ja recht«, kam es beinahe tonlos. »Es ist eigentlich eine Beleidigung für eine Frau, wie unsere Männer sich benehmen. Auch Wilhelm hat mich in meinen schwersten Stunden im Stich gelassen, damals in Vierraden, und auf dem Gut gab es keinen Arzt, nur eine Hebamme. Geh mit Gott, mein Kind.«

Beim letzten Satz saß die Maske wieder vorm Gesicht, wurde Offenheit durch Pathos ersetzt. Immerhin hatte sie durchblicken lassen, daß auch sie es in ihrer Ehe nicht leicht gehabt hatte. Man mußte, wie meistens, beide Seiten anhören, um zu einer gerechten Einschätzung zu kommen. Ilka war froh über den versöhnlichen Ausklang und fuhr mit entlastetem Gewissen nach Berlin.

Am zehnten Februar, wenige Tage nach Esthers fünftem Geburtstag, brachte sie ihre zweite Tochter zur Welt. Es war keine schwierige Geburt, auch wenn sie nicht ganz so rasch verlief wie die erste seinerzeit in Tölz, die Ilka im Rückblick als ein wahres Wunder erschien. Die Schmerzen bis zuletzt erträglich, die Anwesenheit Salomons beruhigend, seine Versicherung, es verlaufe alles ganz normal. Nach Kiel ging ein Telegramm ab: GESUNDES MÄDCHEN EINGETROFFEN STOP THRONFOLGER HAST DU JA SCHON STOP FALL NICHT IN DIE FÖRDE STOP DEIN SCHÄTZCHEN. Eine Blumenhandlung schickte in Ewalds Auftrag einen Strauß roter Rosen, aus Schwedt kam die Mamah angereist und besichtigte gerührt ihr zweites Enkelkind, das, so muß man hervorheben, einer Besichtigung wert war. Vier Kilo Geburtsgewicht, für ein Neugeborenes erstaunlich gut gepolstert, vergißmeinnichtblaue Augen, die es weit aufriß,

sobald sich jemand über das Körbchen beugte und sprach. Den Spitznamen Gucki hatte die Hebamme erfunden.
»Willst du sie wirklich nach mir nennen?« fragte Frau Cäcilie und vergoß ein paar Freudentränen. Sie wohnte übrigens nicht bei Lisa, sondern im Hotel.
»Wie versprochen, Mama. Esther wurde ja auch nach ihrer Großmutter genannt, aber ich tu's nicht nur deswegen. Ich finde deinen Namen sehr schön.«
Sie fand ihn nicht schön und hoffte nur, das Kind selbst würde später anders darüber denken. Sie war schon jetzt gesonnen, es Gucki zu rufen.
Auch ein stolzer Onkel stellte sich ein. Er war schon am Tage der Geburt dagewesen, nervös und besorgt, auf dem Korridor auf und ab rennend. Ihre Frau ist bald hindurch – hatte die Schwester versehentlich zu ihm gesagt, darüber wurde noch nach Jahren gelacht. Ilka ließ sich ein bißchen von Hajo verwöhnen.
»Nun hast du zu deinem Neffen noch eine Nichte bekommen. Zufrieden?«
»Es ist meine zweite Nichte«, versicherte er mit Nachdruck. »Ich mache zwischen Esther und Gucki keinen Unterschied.«
»Sie werden mir sympathisch, Amroth«, sagte Doktor Salomon. »Während der Entbindung hätte ich Sie am liebsten an die Luft gesetzt. Wird man den Erzeuger eigentlich auch mal hier zu sehen kriegen oder erscheint der nur in Form von Rosen?«
»In Kiel streiken die Eisenbahner«, behauptete Ilka und wurde rot.
Salomon brummte Unverständliches. Als er das Zimmer verlassen hatte, schüttelte Hajo mißbilligend den Kopf. »Was sollen diese Lügen? Kein Mensch streikt zur Zeit in Kiel. Denk dir was Besseres aus, um Ewald herauszupauken. Das Beste wäre, du würdest ganz darauf verzichten.«
Sie verzichtete also. Wer sich so skandalös aufführte, daß sogar die Mamah Anstoß nahm, hatte das Recht auf Schonung verwirkt.
Ilka zögerte ihre Heimkehr hinaus. Es war so gemütlich bei Lisa, Esther lebte sichtlich auf, tobte in den vertrauten Räumen herum und setzte sich, sobald es dämmrig wurde, mit dem Rücken gegen den Kachelofen. »Märchen erzählen, Lisa.« Mama hatte das Kleine an der Brust, das von Esther zärtlich akzeptiert wurde. Keinerlei Zeichen von Eifersucht, sie war nun die »ältere« Schwester und nahm es als Würde.
Eine graziöse dunkelhaarige Frau namens Karla Neuberg vervoll-

ständigte den Kreis und löste, wenn sie den Abend spielfrei hatte, Lisa oder Ilka beim Erzählen ab. Keine erzählte so gut Märchen wie sie, auch die Erwachsenen hörten gern zu. Lisa hatte dieser jungen Schauspielerin, die am Schiffbauerdamm engagiert war, das große Gastzimmer vermietet und gab sich seit Wochen wortreiche Mühe, sie vom Kommunismus zur Sozialdemokratie zu bekehren. In Berlin gingen die politischen Wogen hoch, die Diskussionen zogen sich oft bis nach Mitternacht hin, und Ilka hörte amüsiert zu. Sie selbst blieb unbeteiligt, klebte am Privaten, mischte sich nicht ein.

Einmal kam Ewald, um sich die Tochter anzusehen. Auch er logierte im Hotel, lehnte es strikt ab, in der Andernachschen Wohnung zu übernachten. Ilkas Nachsicht mit seinen Marotten hatte bereits den Punkt erreicht, wo die Gleichgültigkeit beginnt. Ewald fand Gucki »knorke«, ihre großen blauen Augen nannte er »eine Wucht«. Zwischendurch stellte er nach einem prüfenden Blick auf Ilkas Figur die Frage, wie lange es wohl dauere, bis sie ihre vormalige Schlankheit wiedererlangt habe. Sie gab sachliche Auskunft. »Das ist ganz verschieden. Nach Ettis Geburt hatte ich schon wenige Tage später mein altes Gewicht, sie war so winzig gewesen, und dann konnte ich ja auch nicht stillen. Jetzt wird es wohl einige Wochen dauern, denn solange ich dem Kind die Brust gebe, möchte ich nicht fasten.«

»Das sollst du auch nicht«, wehrte er betroffen ab. »Und wann wirst du nach Schwedt zurückkommen? Ich will nicht drängen, aber die Mama sähe es schon gern, damit es kein Gerede gibt.«

»Ich warte, bis es wärmer wird. Sagen wir: Ende April. Auf Bahnhöfen ist es oft zugig, und Säuglinge sind empfindlich.«

»Gut, also Ende April. Mit der Bahn brauchst du aber nicht zu fahren. Papa schickt dir Fritz mit dem Wagen, du mußt es nur rechtzeitig anmelden.«

»Freut sich Wölfchen auf die neue Schwester?«

»Das nehme ich an. Momentan ist er ganz wild aufs Reiten. Seit er den Reitlehrer gewechselt hat, ist er auf den Geschmack gekommen. Sitzt im Sattel wie eine Eins, du wirst staunen.«

»Hat er mich sehr vermißt?«

»Kann man eigentlich nicht sagen.«

Das schmerzte immer noch. Ihr Liebling, ihr kleiner Kavalier, anschmiegsam und artig (zu artig?), ein Juwel und Ausstellungsstück, küß die Hand. Daß er ihr Bübchen nicht bleiben konnte, war zu erwarten gewesen, aber sie hatte mit einer längeren Entwöhnungsphase gerechnet und auf keinen Fall damit, daß gleich ein solcher Rabauke aus ihm würde. Sollte sie einschreiten? Besser nicht. Abgesehen davon, daß es höchstwahrscheinlich zwecklos wäre, hätte sie ihn nur verwirrt. Man läßt einem Kind nicht die Wahl zwischen zwei Autoritäten. Was hatte sie eigentlich falsch gemacht?

Sie schöpfte die Frühlingstage in Berlin voll aus, fuhr Gucki im Kinderwagen durch den Tiergarten, überließ auch Esther manchmal den Wagen, die ihn umsichtig vor sich herschob. Man konnte sogar schon im Garten sitzen, im Windschatten unterhalb der langen Treppe, die vom Balkon des Gastzimmers schnurgerade herunterführte. Die Birken stäubten, und die Hainbuchenhecke im Hintergrund begrünte sich mit den ersten Laubknospen.

Die Abende im Familienzimmer gehörten dem Märchenerzählen oder der Politik, je nachdem, und waren immer interessant. Am interessantesten, wenn Karla vom Theater berichtete, aus der fremden aufregenden Welt hinter den Kulissen. Ilka verstand ja einiges davon, soweit es die Klassiker betraf, ließ sich aber auch gern mit den modernen Stücken bekanntmachen, für die das Ensemble am Schiffbauerdamm sich einsetzte. Mitunter lachte sie in sich hinein und dachte: Wir sind ein richtiger Weiberclub. Eigentlich komisch. Männer wurden nicht vermißt, und dabei hatte sie das früher nie gemocht, diese Atmosphäre von Kaffeekränzchen und Königin-Luisen-Bund. Aber wenn Hajo kam, freute sie sich doch und zog sich sorgfältiger an als sonst.

Ob es Vorahnungen gibt? – Sie hatte auf einmal keine Lust mehr, nach Hause zurückzufahren, und stellte sich selbst deswegen entschieden zur Rede. Bloß keine Launen, meine Liebe. Gibt man solchen Stimmungen erst nach, wird man von ihnen wie von einem Riesenkraken ergriffen und erwürgt. Gott soll abhüten, wie der Schwager Leo zu sagen pflegte, mit dem sie seit einiger Zeit wieder Briefe wechselte. Die Goldschmieds waren nicht nachtragend, und Debbie beabsichtigte sogar, im Herbst eine Reise nach Berlin zu machen. Da würden sie sich wiedersehen.

Zunächst einmal galt es diesen Sommer zu überstehen, der mit einigen Marksteinen in ihr an Ereignissen nicht gerade armes Leben hineinragte und in ihrem Gedächtnis mit einer Deutlichkeit stehenblieb, als hätte sie Tagebuch geführt (was sie nie tat).

Zu Hause empfing sie ein unerwartet liebevoller Ehemann. Ilka war nicht ohne Kenntnis darüber, daß sie auf Männer wirkte, soweit eben eine Frau dergleichen weiß. In diesem Frühjahr sah sie geradezu verführerisch aus, gut erholt, durch eine Diät zu der von Ewald gewünschten Form zurückgelangt, ohne jedoch abzumagern. Eine Frau auf der Höhe ihrer Weiblichkeit. Der um völkischen Nachwuchs besorgte Seeger, anfangs noch etwas verschnupft, weil sie sich ihm nicht anvertraut hatte, ließ sich des längeren darüber aus, daß eine Geburt für jede gesunde Frau eine Schönheitskur darstelle. Zum Teil beruhte Ilkas Wohlbefinden natürlich auf dem Nachglanz der hinter ihr liegenden harmonischen Zeit, und daß es fürs erste anhielt, dafür sorgten die Nächte mit Ewald. Er kam zu ihr, sie bereitete sich auf ihn vor, sie feierten ihre Liebesfeste, ein gemeinsames Schlafzimmer brauchten sie dazu nicht. In diesen zweiten Flitterwochen vergaß sie alles, was er ihr in den vergangenen Monaten zugemutet hatte.

Bis er ihr, wenige Tage nach Wölfchens neuntem Geburtstag, eine Unterschrift abkaufte, wie sie es nannte. Sie kämpfte einen ganzen Tag mit ihm, um ihre eigenen Vorstellungen durchzusetzen, und mußte schließlich nachgeben, zitternd vor Zorn und Enttäuschung. Der Federhalter fiel ihr aus der Hand, als sie die Adoptionsurkunde unterschrieb. Ewald hob ihn auf, reichte ihn ihr, sah sehr ernst aus. Von diesem Tag an besuchte er sie nicht mehr. Sie lebten in derselben Wohnung, aber aneinander vorbei. Dabei hätte eher sie Grund gehabt, sich ihm zu entziehen, und nicht umgekehrt, denn er hatte seinen Willen ja bekommen.

Wolfgang Andernach hieß von da an Wolfgang Amroth, dagegen war nichts einzuwenden. Aber zwischen ihm und seiner jüngsten Schwester Cäcilie Amroth stand das Kind Esther und hieß weiterhin Andernach. »Kannst du mir mal sagen, wie ich ihr das erklären soll?« hatte Ilka ihren Mann angeherrscht. »Und wie sie selbst es anderen erklären soll, wenn sie nächstes Jahr in die Schule kommt? Was spricht dagegen, daß du sie mitadoptierst?«

Auf diese sehr berechtigte Frage erfolgte keine Antwort. Noch steckten in Ewald Amroth ein paar bürgerliche Hemmungen, die ihm nicht erlaubten, seine wahren Gründe preiszugeben. Erst zwei Jahre später sollte er roh genug sein, sie auszusprechen.

Esther machte, ein kleiner Seismograph, alle Leiden der Mutter an ihrer Seite mit. Sie verstand weder den Sachverhalt noch wurde die Auseinandersetzung in ihrer Gegenwart ausgetragen, aber mit der untrüglichen Witterung, wie sie scheuen Tieren eigen ist, nahm sie die Feindseligkeit wahr und vermutlich sogar den traurigen Tatbestand, daß ihre eigene kleine Person ohne Zutun den Aufruhr verursachte. Etti riß sich keine Haare mehr aus, sie verweigerte die Nahrung.

Klein und zart wie sie war, konnte sie es sich nicht ohne schwerwiegende Folgen erlauben. Sie magerte zusehends ab. Es fiel sogar Ewald auf, der im Sommer von einer Reise zurückkam und sie ein paar Tage nicht gesehen hatte. Er schimpfte nicht mit ihr, als sie bei Tisch nichts anrührte, sie tat ihm offensichtlich leid. Als er nach dem Löffel griff, um sie zu füttern, bog sie den Kopf weit zurück.

»Gib ihr Pepsinwein!« riet er in Erinnerung an seine eigene Kindheit, »oder Traubenzucker.«

»Das bekommt sie alles schon.«

»Dann kann man nichts machen.« Er sprach von seiner Reise, erzählte voll Begeisterung, immer noch in dem Glauben, er könne Ilka für seine politischen Ideen gewinnen. Sie nahm es meist unbeteiligt hin, nun aber horchte sie auf. Er kam geradewegs aus Saaleck, vom Grab der Kameraden Fischer und Kern, deren Todestag sich am siebzehnten Juli zum fünften Mal jährte. Sie hatten zu Ehren der Toten Kränze niedergelegt, er selbst war als Seekadett mit Erwin Kern befreundet gewesen.

Ilka runzelte die Stirn. »Fischer – und Kern? Waren das nicht die Mörder von Walther Rathenau?«

»Das Wort Mörder bitte ich in diesem Zusammenhang zu unterlassen. Die beiden Kameraden sind Blutzeugen unserer Bewegung. Eines Tages wird ganz Deutschland ihre Tat in einem anderen Licht sehen. Aber ich sehe, daß du für solche Einsichten noch nicht reif bist. Was denkst du, wen ich bei unserer Trauerkundgebung getroffen habe? Einen Verwandten von dir, Emil Benthien. Mir fiel der Name auf, ich sprach ihn darauf an, und es stellte sich heraus, daß eure Väter Brüder sind. Emil ist auch einer von uns, er läßt dich grüßen.«

»Vielen Dank. Der Vetter Emil aus Berlin. Ich kenne ihn nur dem Namen nach, mein Vater hat ihn mal erwähnt. Und der gehört also auch zu eurem Verein.«

»Zu unserer Bewegung.«

Den Vetter vergaß sie wieder, die Mörderehrung prägte sich ihr ein. Doch fürs erste hatte sie andere Sorgen.

Seeger untersuchte das Kind und versicherte, daß man schleunigst Abhilfe schaffen müsse. »Bis zur Magersucht dürfen wir es nicht kommen lassen. Bei einem so eklatanten Appetitmangel hilft nur ein radikaler Klimawechsel. Am besten ein Solbad. In Kreuznach kenne ich ein gut geführtes Kinderheim. Fünf bis sechs Wochen Trinkkur – und die junge Dame wird dreinhauen wie ein Scheunendrescher.«

»Kreuznach an der Nahe? Das ist ja fast in Frankreich. Wenn Sie meinen, daß es hilft? So wie jetzt kann es ja nicht weitergehen.«

Ilka überlegte, mit welchen Worten sie das Kind auf die Trennung vorbereiten könnte, sie befürchtete Protest und Geschrei. Nichts dergleichen geschah. Auch in Berlin nicht, auf dem Potsdamer Bahnhof, wo der Kindertransport abging.

Ilka übergab Etti an die zuständige Schwester. »Seien Sie lieb zu ihr!« Esther zeterte nicht, klammerte sich nicht an, wie einige andere Kinder es machten, es schien, als sei sie für jegliche Gefühlsregung schon zu apathisch.

»Gott im Himmel, die ist aber dünn!« sagte die Schwester.

Ilka drängte ihre Tränen zurück. »Nur ein paar Wochen, dann bist du wieder bei der Mama. Du mußt tüchtig essen, ja?« Das Kind nickte und ließ sich wegführen. Wie ein Lamm zur Schlachtbank, fuhr es Ilka durch den Sinn.

Ich hätte es nicht tun sollen, dachte sie immer wieder, als sie im Zug nach Schwedt saß. Es war falsch, es kann nichts draus werden, warum habe ich mich dazu überreden lassen?

Ein paar Tage verbrachte sie in wachsender Nervosität, von der Schwiegermutter gescholten, von Ewald beschwichtigt, dann wurde sie ans Telefon gerufen. Es gibt Vorahnungen, o ja. Die Heimleitung aus Bad Kreuznach meldete sich. »Bitte, setzen Sie sich auf die Bahn und kommen Sie so schnell wie möglich her! Sie müssen das Kind holen, es geht uns sonst ein.«

Etwas Schlimmes war passiert. Wochen später erst vermochte Ilka aus Esther nach und nach herauszulocken, was sie in Kreuznach so verstört hatte. Es war nicht das Heimweh allein gewesen, obwohl das schon genügt hätte. Dummheit, Unerfahrenheit und eine Portion Sadismus von seiten schlecht ausgebildeter Pflegerinnen hatten zu einer Szene geführt, die für ein Kind der Danteschen Höllenvision gleichkommen mußte.

Das Land an der Nahe stand in jenem Jahr noch unter französischer Besatzung. Am Brückenkopf unterhalb des Kinderheims patrouillierte ein Senegalese mit aufgepflanztem Bajonett. Auf Esther, die bis dahin nie einen Farbigen gesehen hatte, machte er

einen schreckenerregenden Eindruck. Die Pflegerin schürte noch die Furcht des Kindes und glaubte sie für ihre Zwecke nutzen zu können. »Wenn du nicht essen willst, holen wir den Schwarzen rauf, daß er dich mitnimmt.«
Das war der Anfang und kann noch mit Unwissenheit entschuldigt werden in einer Zeit, da selbst ausgebildete Erzieher solche Einschüchterungen für probate Erziehungsmittel hielten. Was danach kam, findet keine Entschuldigung mehr.
Ein Spiel, Sarah und der Wolf. Es ist Abend, die Kinder sind im oberen Schlafsaal versammelt, Esther mit ihren fünf Jahren gehört zu den jüngsten. Eine Pflegerin erzählt ein Märchen: In einem hohen Haus wohnt Sarah unterm Dach. Sie liegt im Bett und ist fröhlich. Da kommt unten der Wolf zur Haustür herein.
»Sarah, ich bin schon im Flur.«
»Da bist du ja weit unten«, ruft Sarah und lacht.
»Sarah, ich bin schon auf der ersten Treppe.«
»Immer noch weit genug weg«, sagt Sarah wiederum und ist ganz sorglos. Aber sie bleibt es nicht. Von Treppe zu Treppe, von Stockwerk zu Stockwerk, je höher der Wolf steigt, um so ängstlicher wird Sarah in ihrem Bettchen. Auch die Stimme der Erzählerin steigert sich in höchste Erregung hinein. Die lauschenden Kinder halten den Atem an.
»Sarah, ich stehe vor deiner Tür.«
Im gleichen Augenblick, auf dem Gipfel der Spannung, wird die Tür zum Schlafsaal aufgestoßen, und eine der Pflegerinnen, die sich eine gräßliche Wolfsmaske über den Kopf gestülpt hat, stürzt mit Geheul herein. Die Kinder schreien, flüchten unter die Betten, einige lachen aber auch, sind eingeweiht, mimen das Erschrecken nur.
Esther mimt nicht. Esther ist außer sich und hört mit dem Schreien überhaupt nicht mehr auf, als alle anderen längst verstummt sind. Die Pflegerin setzt die Wolfsmaske ab, ist bestürzt. »So guck doch her, ich bin's doch, die Schwester Paula. Es war alles nur ein Spaß, Esther.«
Sarah und der Wolf. Es war kein Spaß. Und wieso eigentlich Sarah?
Ilka nahm in Berlin keinen Aufenthalt, sie fuhr gleich weiter, die ganze Nacht hindurch. Man hatte Esther vom Kommen ihrer Mutter verständigt, vom Ankunftstag, die Stunde war ungewiß. Das Kind setzte sich in aller Frühe auf die Treppe vor den Haupteingang des Heimes und war nicht zu bewegen, dort wegzu-

gehen. »Es ist doch Vormittag, Esther, deine Mutter kann erst nach dem Mittagessen kommen.« Esther schüttelte den Kopf, blieb sitzen, starrte auf das große Tor, durch das alle Besucher kamen. Blieb sitzen und starrte auf immer den gleichen Fleck, daß die Augen zu brennen begannen. Stundenlang.

Einmal mußte sie ja kommen, und sie kam. Durch das große Gittertor und die Treppe herauf, wo das Würmchen hockte, geduckt und zusammengeschrumpelt und vor lauter Erschöpfung nicht einmal mehr fähig, sich zu freuen.

Ilka hob sie auf und drückte sie an sich. »Mein Herzchen, mein Spatz. Dich schick ich nie mehr weg, nie mehr, Etti, das verspreche ich dir.«

Man verspricht so manches im Leben.

Unterwegs im Zug die bange Frage: »Muß ich sterben, Mama? Die Tante Paula hat gesagt, ich muß bald sterben, weil ich nicht essen will. Mama, stirbst du dann mit mir? Wir beide zusammen?«

»Ja, Etti. Aber das hat noch viele Jahre Zeit. Erst mach ich dich wieder gesund.«

Auf den Doktor Eisenbart pfiffen sie in Zukunft. Es gab eine Therapie, die sich schon einmal bewährt hatte, und Ilka wurde wieder zur Zigeunermutter. Ein wahrer Segen, daß sie ein eigenes Schlafzimmer hatte, und ihr Bett war groß genug für beide. Im Babybett an der Wand schlief das Schwesterchen, und manchmal, wenn es morgens gerade aufgewacht war und vor sich hinbrabbelte, holten sie es zu sich und spielten »Vater, Mutter, Kind«. Esther war der Vater, in Ermangelung des echten, der sich hier nicht sehen ließ und auch nicht vermißt wurde. Gucki hatte eine Art zu jauchzen, die ansteckend wirkte, sie war ein dankbarer Zuschauer, wenn Ilka und Esther ihre Kissenschlachten austrugen. Solche Spiele brauchten einem den Appetit nicht zu verderben, und »Sarah und der Wolf« versanken im Orkus des Vergessens. Am Mittagstisch ging es wieder normal zu. Esther aß wenig, aber sie aß, und zwischendurch bekam sie Traubenzucker und Pepsinwein. Die Gefahr der Magersucht war gebannt.

Um ihren Haushalt kümmerte sich Ilka wenig, sie warf kaum noch einen Blick auf den wöchentlichen Speiseplan, den nahm ihr die Schwiegermutter ab und tat es gern. Eine Mutter von drei Kindern ist auch ohne Hausarbeit ausgelastet. Sie half dem Jungen nun täglich bei den Schulaufgaben, weil er kurz vor der Aufnahmeprüfung für die Oberschule stand, und es war dies beinahe die einzige

Stunde am Tag, da sie ihn noch ein bißchen für sich hatte. Gucki wurde im Februar ein Jahr alt, machte die ersten Gehversuche und richtete sich an allen Möbeln auf, man mußte sie ständig beaufsichtigen.
Esther war zum gleichen Zeitpunkt sechs geworden und sollte eingeschult werden. Der Schularzt hatte keine Bedenken, ein zartes Kind, aber gesund. Als Wolfgang das Gymnasium bezog, bekam er dort zu hören: »Aha, der nächste Amroth. Hoffentlich gerätst du nach deinem Onkel und nicht nach deinem Vater.« Nicht alle Lehrer sind so wohlerzogen, wie sie es von ihren Schülern erwarten.
Auch die Lehrerin an der Volksschule, die Ettis Personalien in die Liste eintragen muße, hätte mehr Takt beweisen und mit ihrer Verwunderung nicht gleich herausplatzen müssen. Sie war einmal Wölfchens Klassenlehrerin gewesen und kannte Ilka von früheren Besuchen her.
»Du bist Wolfgangs Schwester, wie heißt du? Esther, das ist ein schöner Name. Amroth Esther –«
»Sie heißt Andernach«, fiel Ilka rasch ein, bevor die Lehrerin den falschen Namen hinschreiben konnte. Das A stand bereits da.
»Ein angenommenes Kind? Ich dachte es mir, weil sie wenig Ähnlichkeit mit –«
»Esther ist meine leibliche Tochter.«
»Ach!« Ein prüfender Blick, die Brille wurde abgenommen. »Ein außereheliches Kind demnach.«
»Würden Sie bitte Ihre Mutmaßungen für sich behalten«, versetzte Ilka gereizt.
Die Lehrerin setzte die Lesebrille wieder auf, murmelte eine Entschuldigung und ließ sich die noch ausstehenden Daten geben.
Es hätte mir etwas Plausibles einfallen sollen, dachte Ilka, aber was denn bloß, wenn man die Wahrheit nicht sagen kann? Jetzt habe ich sie verärgert, und das Kind wird es ausbaden müssen. Man kennt das ja. Ein Mensch wie Rehlow war eine singuläre Erscheinung unter Lehrern, mit ihm, dem Stern meiner Kindheit, hatte ich das große Los gezogen.
Zum Glück trog ihre Besorgnis. Ettis Lehrerin war eine neugierige und geschwätzige Person, aber gutmütig, humorvoll, und im Beruf obendrein tüchtig. Kein großes Los, und keine Katastrophe. Das Kind brachte die ersten Fleißkärtchen nach Hause und konnte nach drei Monaten fließend lesen. »Ich stehe vor einem Rätsel«, sagte die

Lehrerin. »So was von Begabung ist mir bisher noch nicht vorgekommen.«
Ilka war stolz und zitierte die Auskunft daheim im Wortlaut. Ehemann und Schwiegermutter sahen sich vielsagend an und nickten. »Die typische semitische Frühreife«, meinte Ewald.
»Das könnte es sein«, bestätigte Ilka, die es als Lob auffaßte. »Unter Juden gibt es ja viele begabte Menschen.«
Sie merkte nichts, immer noch nicht, und hätte es doch mit Händen greifen können. Es erging ihr mit dem Antisemitismus wie mit der Prüderie: eine Immunreaktion aus natürlicher Resistenz. Was einem so tief wesensfremd ist, braucht man nicht abzuwehren, weil es einem gar nicht erst nahe kommt. Noch war die Zeit nicht heran, daß obengenannte Krankheit wie eine Seuche um sich griff, wodurch dann auch Ilka nicht mehr umhin konnte, sie wenigstens bei anderen zu konstatieren, mit Befremden, zeit ihres Lebens. Und immer wieder gab es Rückfälle in eine Naivität, die man leichtfertig oder sogar sträflich nennen müßte, weil sie mit einer hohen Intelligenz einherging und weil ein intelligenter Mensch zur Apperzeption verpflichtet ist. Das Elend der unpolitischen Deutschen: mangelnde Wachsamkeit.
So wurde denn auch ihr Entschluß, sich von Ewald zu trennen, zwei Jahre danach nicht etwa durch seine Weltanschauung beeinflußt, wie sie es sich später einredete, obwohl deren haßerfüllter Charakter inzwischen nackt zutage trat. Als er ihr einmal vorhielt, es sei ein Zeichen von Instinktlosigkeit gewesen, die Ehe mit einem Juden einzugehen, hob sie nur erstaunt die Brauen und reagierte mit Spott. »Du hast es nötig! Wer hat sich denn um deinen Sohn gekümmert, daß er nicht in der Gosse verkam?«
Dergleichen nahm sie einfach nicht ernst, über solchen Unsinn zuckte sie die Achseln. Daß er Esther nicht adoptiert hatte, war für sie ein Schmerz, jedoch kein Grund gewesen, ihn zu verlassen, dann hätte sie es nämlich sofort tun müssen. Sie war geblieben in der Hoffnung auf weitere schöne Nächte mit ihm, eine Hoffnung, die sich nicht erfüllte. Die Gründe dafür erschlossen sich ihr nicht, sie erschlossen sich ja nicht einmal Ewald selbst.
Sein Geist war willig, sein Fleisch war schwach, er fühlte sich als Versager und stürzte sich kopfüber in eine Ideologie, die ihm ein paar kümmerliche Rechtfertigungen lieferte. Der Körper einer Frau, die einmal einem Juden angehört hatte, war geschändet. An der Wiege dieser sektiererischen Lehre standen zwei Paten. Der

eine, fast vergessen, hatte Artur Dinter geheißen und einiges über »Die Sünde wider das Blut« gefaselt, der andere, im Vormarsch begriffen, hieß Julius Streicher und gab seine ersten unappetitlichen Zeitungen heraus.
Nein, nicht deswegen ging sie weg, und schon gar nicht wegen des Wilhelm Amroth, der ihrer Esther ein zärtlicher Großpapa war. Sie gab die Scheinehe auf, weil sie sich in ihrer Frauenehre gekränkt fühlte. Dem Schwiegervater konnte sie solche Gefühle nicht offenbaren, es war das Natürliche, wie man sich erinnert, ja nicht sein Ressort. Dafür war es das Ressort der Frau Cäcilie, und die zeigte Verständnis. Sie fungierte als Mittelsperson zwischen den Eheleuten, mit ihr handelte Ilka die Bedingungen aus.
»Keine Scheidung!« forderte sie. »Ich verstehe, daß du den Zustand nicht länger erträgst, aber es wird keine schmutzige Wäsche gewaschen. Der Name Amroth ist schon einmal vor Gericht gezerrt worden, bei Ewalds erster Scheidung, das wird sich nicht wiederholen. Trennung von Tisch und Bett, meinetwegen. Und es versteht sich, daß er dir einen angemessenen Unterhalt zahlt.«
»Auf den verzichte ich. Du weißt, daß ich finanziell abgesichert bin. Guckis Erbteil werde ich nicht antasten, das kann ihr bei der Mündigkeit ausgezahlt werden.«
»Und den Jungen wirst du uns lassen.«
»Wolfgang soll selbst entscheiden.«
Das lief auf dasselbe hinaus, sie wußten es beide. Frau Cäcilie sagte: »Dann frag ihn nur!« und Ilka schluckte ihren Kummer darüber wie einen unverdaulichen Brocken hinunter. Wölfchen hatte nicht die geringste Lust, mit nach Berlin zu kommen, wieso denn, was soll das überhaupt, ich könnte ja nicht einmal mein Pferd mitnehmen, und in eine andere Schule müßte ich auch.
Im Herbst neunzehnhundertdreißig zog Ilka mit Esther und Gucki endgültig zu Lisa in die alte Berliner Wohnung. Debbie war benachrichtigt worden, kam wieder einmal angereist, half beim Einrichten, half trösten. Der Junge ist in einem schwierigen Alter, der findet wieder zu dir zurück, du mußt Geduld haben.
Etti bekam Herbstferien, es war um Michaelis herum, und so fuhren sie nach dem großen Hausputz alle miteinander nach Zürich, um sich zu erholen. Leo Goldschmied vermißte seinen Lieblingsneffen, bedauerte die Trennung von ihm, fand aber an Esther und Gucki letztlich beinahe soviel Gefallen wie an Wölfchen, als der noch Andernach geheißen hatte.

Sechstes Bild:
Hedwig Mahnke

»Das übliche Klassenfoto. Die sitzen aber sehr brav und gerade in den Bänken. Ist das Mutters Klasse? Dann müßte ich sie finden.«
»Das ist die Klasse von Tante Hete. Nun such mal schön, ich bin gespannt, ob du sie erkennst. Etti und Hete sind gleichaltrig, aber deine Mutter besuchte die Klasse darüber, sie ist ja mit zehn Jahren pünktlich aufs Lyzeum gekommen, da hatten wir Hete noch gar nicht gekannt. Nein, Ruthchen, die ist es nicht – wo siehst du denn da eine Ähnlichkeit? Unsere Hete war kein Lockenköpfchen.«
»Ich gebs auf.«
»Rechts in der zweiten Reihe, in dem Dirndlkleid mit Berchtesgadener Strickjacke.«
»Das soll Tante Hete sein? Borg mir mal bitte deine Lupe! Tante Hete ist eine Persönlichkeit, aber dieses Mädchen sieht einfach nichtssagend aus.«
»So sah sie auch aus. Nichtssagend, eine graue Maus. Eine von Millionen in einer Millionenstadt. Sie wäre darin untergegangen, wenn uns der Zufall nicht zusammengeführt hätte.«
»Ich glaube nicht an Zufall, Großmama.«
»Ich eigentlich auch nicht. Und ich finde es richtig, daß du dich zu deiner Frömmigkeit bekennst. Ein Fingerzeig Gottes also, hast du das gemeint? Es war übrigens nicht nur für die Hete ein Segen, auch für mich.«
»Wann genau hast du sie kennengelernt?«
»Im Herbst zweiunddreißig. Die Mahnkes wohnten in einer scheußlichen Mietskaserne hier in der Nähe, sie steht heute nicht mehr. Die ganze Gegend hat sich durch den Krieg ja völlig verändert, und um diese Behausungen ist es nicht schade. Meine Schneiderin wohnte in der Mansarde, ich ließ mir damals ein Kostüm machen, bei der Gelegenheit bin ich mit Hete zum erstenmal zusammengetroffen.«
»Und mit ihrem Vater.«
»Wieso? Nein, mit ihm nicht. Den Herbert Mahnke hab ich kaum gekannt. Der war meistens für seine Partei unterwegs, ich habe ihn zwei- oder dreimal gesehen. Du weißt, wie er umkam?«
»Onkel Hajo hat es mir erzählt.«

»Für mich ging es von Anfang an nur um Hete. Nichtssagend, ja, das war der äußere Eindruck. Aber wenn dieses Arbeiterkind den Mund aufmachte, hat man gleich aufgehorcht. Sie sprach druckreif und beinahe ohne Dialekt, eine kleine Leseratte, für eine Zehnjährige erstaunlich gebildet, die Tochter eines intelligenten Vaters. Ich wurde sofort an meine eigene Kindheit erinnert, es gab da eine tiefgreifende Übereinstimmung.«
»Und deshalb hast du sie zu dir genommen? Ich meine, weil du dich verpflichtet fühltest, dich um sie zu kümmern, so wie dein alter Lehrer sich um dich gekümmert hat in eurem Dorf.«
»Aus Dankbarkeit gewissermaßen, meinst du? Kann sein, ich hab darüber noch nicht nachgedacht. Aber Worte wie Dankbarkeit oder Verpflichtung treffen es nicht. Ich habe die Hete einfach gern gehabt, vom ersten Gespräch an, und sie mich auch. Ein mutterloses Kind, und bald darauf auch vaterlos, ich konnte sie doch nicht ins Waisenhaus gehen lassen. Das stand gar nicht zur Debatte.«
»Mutter spricht ja wenig über ihre Kindheit. Nur ein einziges Mal, da lebte Tante Debora noch, hat sie Tante Hete erwähnt und von ihr gesagt: die Hedwig Mahnke, das war die Grundanständigkeit in Person. Wenn alle Deutschen gewesen wären wie sie, hätte es kein Drittes Reich gegeben. – Das hat sich mir natürlich eingeprägt.«
»Und hat der Hete später nicht einen einzigen Brief beantwortet –«
»Großmama!«
»Schon gut, ich will nicht bitter werden, ich hab es dir versprochen. Das war schon eine merkwürdige Mädchenfreundschaft damals zwischen meiner Etti und der Hete.«
»Merkwürdig inwiefern?«
»So – unsentimental. Auch als sie Backfische wurden, Teenager sagt man ja heute. Kein Geschmuse, kein romantisches Gehabe, dieser gängige Jungmädchenklatsch, nichts davon. Eine sachliche, nüchterne Beziehung. Aber immer beisammen, unzertrennlich wie Zwillinge.«
»Eine Wesensverwandtschaft?«
»So könnte man es nennen.«

Lisa hatte gesagt, da geben sie so ein neues Weihnachtsmärchen im Theater am Nollendorfplatz, Peterchens Mondfahrt, du könntest eigentlich mit den Kindern hingehen, ich hab jetzt wenig Zeit. Und Ilka hatte gemeint: Du, das ist eine gute Idee, da muß ich aber erst

zu der Kuhlmann, ihr ein bißchen Dampf machen, daß mein Kostüm fertig wird. Fürs Theater habe ich nichts Rechtes mehr.
»Ja, ich weiß, du hast mal wieder gar nichts anzuziehn.«
Daß sie sich duzten, hatte sich von selbst ergeben, weil es an der Zeit war, weil Lisa zur Familie gehörte. Karla Neuberg war seit langem ausgezogen, hatte ihren ersten Mann durch eine Lungenkrankheit verloren, hatte mit Brechts »Dreigroschenoper« Karriere gemacht und ihnen vor wenigen Tagen ihre zweite Heirat angezeigt, mit einem rumänischen Ingenieur, der wie sie selbst der kommunistischen Partei angehörte. Seit ihrer Freundschaft mit Karla interessierte sich Lisa fürs Theater.
Die Kinder halfen beim Backen, auch Gucki bekam ihre eigene kleine Form und ein Stückchen Teig, nächsten Sonntag war der erste Advent.
Ilka machte sich auf den Weg zu Fräulein Kuhlmann, zu Fuß, nur um zwei Ecken. Sie trug Gummiüberschuhe, weil es geschneit und danach etwas getaut hatte, auf den Bürgersteigen lag überall dieser schmutzige Schneematsch herum.
In der Mansarde war es mal wieder schrecklich überwärmt. Die Herdplatte glühte. Fräulein Kuhlmann war immer noch jung, aber nicht mehr hübsch, eine Dreißigjährige mit hängenden Schultern, hohlwangig und bleich. Sie litt an einer Anämie und ernährte sich fast ausschließlich von roher Leber, die ihr längst widerstand und die sie deshalb mit vielen Zwiebeln würzte. Der Geruch benahm einem fast den Atem. Sie trug jetzt auch eine Brille, und auf dem Wandbord standen Augentropfen.
»Es eilt wirklich nicht«, sagte Ilka mit einem Blick auf das blasse Gesicht. »Ich kann fürs Theater auch mein Graues anziehen, es ist ja eine Nachmittagsvorstellung.«
»Morgen ist es fertig.« Fräulein Kuhlmann nahm den Ärmel unter der Maschine weg und schnitt einen Faden ab.
»Was macht das Haus in der Laubenkolonie?«
»Fortschritte, Gott sei Dank. Wenn das Tauwetter anhält, wollen die Dachdecker noch vor Weihnachten kommen. Im Frühjahr werd ich es beziehen, und alles ist bezahlt. Dann mach ich meine Schneiderwerkstatt im Grünen auf und kann mich erholen.«
Ilka behielt ihre Zweifel für sich. »Fein«, sagte sie. »Lisa und ich richten Ihnen die Einweihungsfeier aus, mit viel Kaffee und Kuchen. Doch, doch, das haben wir so abgesprochen, das sind wir Ihnen schuldig. Sie könnten schon lange in der Jungfernheide

wohnen, wenn Sie nicht so stur gewesen wären. Ratenzahlungen sind doch keine Schande. Ich hätte die Bürgschaft für den Kredit gern übernommen.«
»Das ist sehr großzügig von Ihnen, Frau Amroth. Aber ich hab meinem Vater an seinem Sterbebett versprochen, niemals Schulden zu machen.«
Nochmalige Anprobe, ein Abnäher wurde aufgetrennt und neu gesteckt. Morgen abend können Sie es abholen, sagte die Kuhlmann, den Mund voller Stecknadeln.
Als Ilka aus der Haustür in den Hinterhof trat, dunkelte es bereits. Ein scharrendes Geräusch lenkte ihre Aufmerksamkeit seitwärts zu einem Kohlenhaufen und zu einer Jammergestalt, die sich bemühte, mit einer viel zu großen Schaufel die Eierbriketts durch ein schmales Kellerloch zu befördern. Die Dunkelheit hatte Frost mitgebracht, der Wind schnitt einem in die Wangen.
»Wie lange machst du das schon? fragte Ilka das Kind, ein etwa zehnjähriges Mädchen.
»Ich bin das gewöhnt«, lautete die Antwort, eher abweisend als höflich.
»Hast du keine zweite Schaufel?«
Das Mädchen hielt in der Arbeit inne und musterte die Fragerin von oben bis unten. Aus einem Parterrefenster fiel schwaches Licht in den Hof, und Ilka glaubte einen Anflug von Spott in den Augen des Kindes zu sehen, als sie es sagen hörte: »Wollen *Sie* mir etwa helfen?«
»Ja, das will ich«, entgegnete sie ärgerlich und legte ihre Handtasche auf einen Fenstersims. »Also – wo kriege ich eine Schaufel her?«
»Da drüben steht noch eine.« Das Mädchen wies mit dem Kinn in Richtung der Mülltonne, Ilka holte die Schaufel, und dann arbeiteten sie beide, daß es ihnen aus den Mündern dampfte. Der Haufen verringerte sich, und als sie den letzten Rest zusammengekratzt und durch das Loch geschoben hatten, richtete das Kind sich auf und sammelte seinen Atem. »So, das wäre geschafft, vielen Dank. Jetzt sind Sie schmutzig geworden, und darum werden Sie sich oben bei mir waschen. Bitte, warten Sie hier einen Moment, ich muß noch die Schaufel hinunterbringen und das Kellerfenster schließen. Würden Sie so freundlich sein und Ihre Schaufel wieder drüben an die Mauer stellen, die gehört nämlich nicht uns. Entschuldigen Sie, daß ich mich Ihnen noch nicht vorgestellt habe: ich

heiße Hedwig Mahnke und werde Hete gerufen. In fünf Minuten bin ich zurück.«
Das gibts ja einfach nicht, dachte Ilka und trug die Schaufel an den alten Platz. Ein Mantel, dünn und ausgefranst, zerlöcherte Handschuhe, an den Füßen etwas undefinierbar Ausgelatschtes, das nach Filzpantoffeln aussah, und ein Deutsch, als hätte sie neben Karla Neuberg in der Schauspielschule gesessen. Alles auf einem Berliner Hinterhof. Kein ick oder det oder wat, jedes g kam beinahe als ein k heraus, so wohlakzentuiert, wie es nur Leute sprechen, die sich vor dem Abgleiten in die Mundart hüten. Diese Abstinenz war übrigens der einzige Hinweis auf proletarische Herkunft, das Nicht-Selbstverständliche der Schriftsprache. Ilka ging schon aus lauter Neugier mit nach oben.
Zwei Zimmer, spärlich möbliert. Durch die Verbindungstür, die halb offen stand, damit auch dieser Raum sich erwärme, sah man ein Bett, und in der Wohnküche, wo Ilka sich in einer Schüssel die Hände wusch, stand eine schmale Chaise. Auffallend ein mit Büchern vollgestopftes Regal, das es in Arbeiterwohnungen sonst nicht gab. Dafür fehlte jeglicher Wertheim-Kitsch, den man gemeinhin dort antraf. Von den Büchern abgesehen ausschließlich Gegenstände des allernötigsten Gebrauchs. Nichts darüber hinaus. Alles schien sauber, soweit man dies bei der trüben Petroleumfunzel erkennen konnte, sauber, doch nicht besonders ordentlich. Ein Haushalt ohne Hausfrau.
Hete schüttete aus einem Marmeladeneimer ein paar Eierbriketts in den Kohlenkasten, legte nach, stellte den Wasserkessel auf die Mitte der Herdplatte. »Ich mache uns einen Kaffee. Es ist bloß Muckefuck oder Mokka faux, wie es eigentlich heißen muß, aber zum Aufwärmen genügt es.«
Die des Französischen kundige Ilka hatte noch nie über die Etymologie des Wortes Muckefuck nachgedacht und fühlte sich belehrt.
»Eine Mutter hast du nicht mehr?«
»Nein, nur noch den Vater. Er kommt heute später. Aber, verzeihen Sie meine Dreistigkeit: mit wem habe ich eigentlich die Ehre?«
Das hat sie aus Romanen, dachte Ilka und sagte ihren Namen. Unverkennbar aus Romanen. Sie liest viel, sie braucht die Ersatzwelt, wie ich sie einmal gebraucht habe. In einer solchen Umgebung.
Mittlerweile glaubte sie der Aussprache des Kindes auf die Spur

gekommen zu sein, es lag ein schlesischer Klang darin. Vielleicht hat sie ihn übernommen, von der Mutter, vom Vater?
»Du bist nicht in Berlin geboren, Hete?«
»Nein. In Krasnojarsk.«
»Wo – bitte?«
»Krasnojarsk liegt in Sibirien. Am Jenissej.« Sie fügte, etwas unsicher geworden, hinzu: »Der Jenissej ist ein Fluß.«
»Ja, danke, jetzt weiß ich wieder Bescheid. An der Transsibirischen Eisenbahn. Aber wie seid ihr als Deutsche dorthin gekommen?«
»Das ist eine Geschichte für sich«, antwortete Hete, kam mit der Kanne, schenkte den Muckefuck ein. Oder den Mokka faux. Wir sind gebildet, bitte sehr. Die Minderwertigkeitskomplexe muß sie noch ablegen. Ilka wartete ein Weilchen, aber die »Geschichte für sich« wurde ihr nicht aufgetischt. Das Gebräu schmeckte scheußlich.
»Darf ich mich bei euch mal ein bißchen umsehen?«
»Bitte«, sagte Hete mit zusammengekniffenen Augen und im Ton unverkennbarer Mißbilligung, an die Ilka sich jedoch nicht kehrte. Kein angenehmes Kind, auch im Äußeren nicht. Zuwenig Kind, das war es. Unterernährt, hohläugig, das Gesicht grau und schuppig von billiger Seife, das dunkelblonde Haar stumpf und in zwei dünnen Zöpfen verlaufend, die Enden mit Wollfäden umwickelt. Nicht einmal für Zopfspangen reichte das Geld.
»Ist dein Vater arbeitslos?«
»Ja. Seit dem Schwarzen Freitag in New York.«
Zum Teufel mit deinem Schwarzen Freitag. Ilka sah sich ein zweites Mal belehrt (sie hatte keine Ahnung, von welchem Tag die Rede war) und suchte mit den Augen die Buchreihen ab. Klassiker in Dünndruckausgaben, wie sie ihr der alte Rehlow geschenkt hatte, sie fühlte sich augenblicklich angeheimelt. Das neunzehnte Jahrhundert war mit den wichtigsten Romanen vertreten, aha, mit wem habe ich die Ehre? – und im unteren Fach steckte, was zu finden sie vermutet hatte: Bebel, Kautsky, Liebknecht, Lenin, Rosa Luxemburg. Das »Kapital« von Marx vermißte sie, vielleicht trug er das immer auf seinem Herzen, der Mahnke, wie die Pietisten ihre Bibel. Könnte ja sein. Nicht ein einziges Kinder- oder Jugendbuch? Nein. Auf einem der Bücher bemerkte sie den Stempel des Arbeiterbildungsvereins.
Sie wußte genug. Bloß die Sache mit Rußland blieb unklar. Waren sie Wolgadeutsche? Oder gehörten sie zu den Kommunisten, die

Anfang der zwanziger Jahre aus Begeisterung in das Land der Revolution zogen? Nur: warum waren sie dann zurückgekommen, als Kommunisten? Aus dieser stachligen Arbeitertochter würde sie das nicht herausbringen, jedenfalls nicht so bald. Eine Geschichte für sich. Nun, mein liebes oder auch nicht sehr liebes Kind, diese Geschichte werde ich dir nicht schenken. Dir bleibe ich auf den Fersen, an dir bin ich interessiert.

Sie hatte sich bereits erhoben, um zu gehen, auch Hete erhob sich höflich von ihrem Stuhl und wollte sie anscheinend hinausbegleiten, als Mahnke hereinkam. Ein mittelgroßer, breitschultriger Mann in einem abgewetzten Paletot, statt der bei Arbeitern üblichen Schirmmütze trug er einen zerbeulten Hut, den er gleich abnahm. Er blickte erstaunt, doch nicht unfreundlich. Ganz im Gegenteil.

»Pardon, wir haben Besuch. Möchtest du mich mit der Dame bekanntmachen, Hete?«

»Mein Vater Herbert Mahnke«, sagte Hete und, zum Vater gewandt: »Dies ist Frau Amroth, die mir beim Kohlenreinschaufeln geholfen hat. Sie ist eben im Begriff zu gehen.«

Ein formvollendeter Rausschmiß. Herbert Mahnke protestierte.

»Bitte, gnädige Frau, bleiben Sie wenigstens auf ein Gläschen. Sie mögen doch Wodka? In geringen Mengen ein Labsal bei der Kälte.« Er holte eine kleine Flasche aus der Innentasche, zog den Paletot aus und hängte ihn an einen Haken bei der Tür. Zu seinen Knickerbockern trug er Wollstrümpfe und eine miserabel gestopfte Strickjacke. In Handarbeit hatte Hete keine Eins.

»Ich bleibe gern noch ein paar Minuten, um Ihren Wodka zu probieren. Und bitte, sagen Sie Frau Amroth.«

Hete nahm ein Buch aus dem Regal, murmelte einen Abschiedsgruß und machte die Schlafzimmertür hinter sich zu. Ihr scheinbar taktvolles Verschwinden geschah auf einen Wink des Vaters hin, auf ein bloßes Augenzwinkern. Die zwei verstanden sich ohne viel Worte.

Ilka blieb eine knappe Stunde und wurde dann von Herbert Mahnke nach Hause begleitet. Mit zu ihr hinaufzukommen, lehnte er brüsk ab. Seine Augen hefteten sich auf die Stockwerke, auf die erleuchteten Fenster der Beletage. »Ihr eigenes Haus?« fragte er beinahe ungläubig. »Ein schönes Haus. Herrschaftlich, sagt man ja wohl.«

»Ich bin keine Herrschaft.«

»Ich weiß.«
»Werden Sie mich bei anderer Gelegenheit besuchen?«
»Nein. Da hinauf nie.«
»Darf ich dann weiterhin zu Ihnen kommen?«
»Aber gern, ich bitte sogar darum.« Er lachte auf einmal, jungenhaft und ein bißchen betreten, mit einer vollen und dunklen Stimme. Es war eine einnehmende Stimme im Gegensatz zu der seiner Tocher. »Mir fiel soeben die Metapher ein vom Berg und dem Propheten.«
»Dann wären Sie aber der Prophet, Herr Mahnke.«
Sie trennten sich mit kräftigem Händedruck. Einen Augenblick hatte es ausgesehen, als nehme er sich einen Handkuß vor. Den schien er dann aber etwas genierlich zu finden.
Ein gebildeter Mann, obwohl er nur die Volksschule besucht hatte und die Kurse zur beruflichen Weiterbildung, denn er war Setzer. Die Bolschewiken hatten in Krasnojarsk eine Hochschule für Maschinenbau gegründet und sie der Universität angeschlossen, und in der Hochschuldruckerei hatte Herbert Mahnke gearbeitet. Dieser Autodidakt diente ihnen als Spezialist für Übersetzungen aus deutscher Fachliteratur, was darauf schließen ließ, daß er die russische Sprache einigermaßen beherrschte. Nach dem Tod seiner Frau war er mit dem Kind zurückgekehrt, enttäuscht, angewidert, verbittert. Und betätigte sich dennoch hier in der KPD. Aus Anhänglichkeit, und weil die Genossen es momentan so schwer hatten. Die paar Kommunisten in der Druckerei, seinem letzten Arbeitsplatz in Berlin, waren bei Ausbruch der Weltwirtschaftskrise als erste entlassen worden. Nun mußten sie stempeln gehen.
»Bist aber lang geblieben«, sagte Lisa und wärmte das Essen auf. Die Kinder lagen schon im Bett.
Ilka erzählte von Hedwig Mahnke, den Vater erwähnte sie nebenbei.
»Ich werde öfter dahin gehen und nach dem Rechten sehen, das Kind braucht meine Hilfe.«
»Das tu du nur.«
Sie ging jeden zweiten Nachmittag mit einer vollen Einkaufstasche hinüber und füllte den Haushalt auf. Dem Mädchen war es nicht recht, es wurde immer wortkarger und verschlossener. Verletzter Stolz oder Eifersucht? – Ilka kam nicht dahinter.
Sie lud Hete ein, mit ins Weihnachtsmärchen zu kommen, es wurde dankend ausgeschlagen. Sie lud sie zum Mittagessen ein, von ihrer

Schule aus war es nicht weit bis zum Andernachschen Haus, Hete schüttelte den Kopf.
»Du brauchst eine warme Mahlzeit am Tag, sieh das doch ein! Du bist unterernährt, und wenn du so weitermachst, klappst du zusammen, dann hat dein Vater überhaupt keine Stütze mehr an dir. Ich habe dir von Lisa erzählt, von Esther und Gucki, alle würden sich freuen, wenn du kämst. Warum bist du so feindselig?«
»Ich bin nicht feindselig.«
»Was ist es dann?«
Hete schlug die Augen nieder, zögerte mit der Antwort. Ilka wartete. Dann kam es mühsam, stockend und unter Aufbietung ihres ganzen so oft angeschlagenen Selbstbewußtseins: »Ich weiß doch nicht, wie man sich bei Tisch benimmt in einem feinen Haus. Wie man mit Messer und Gabel umgeht und mit einer Serviette – Sie haben doch Servietten? Wir haben nur Suppenteller im Schrank, auch für Kartoffeln und Gemüse.«
Das wars.
»Ich hätte mich vor den Kopf schlagen können«, sagte Ilka abends zu Lisa, nachdem sie ihr den Vorfall erzählt hatte. »Richtig dämlich kam ich mir vor, weil mir das nicht selber eingefallen war. Bin ich als Generaldirektors Töchterlein geboren worden? Ich war doch genauso verklemmt damals, als ich zu den Amroths in den Dienst ging und schreckliche Angst hatte, sie könnten mich an ihren Mittagstisch bitten. Die dachten gar nicht daran, und im Souterrain hat mir die Köchin gezeigt, wie man das Fleisch zerschneidet. Bis mir der Konrad das Servieren beibrachte und ich die Gesellschaft bei Tisch oft und oft beobachten konnte, da wußte ich dann über alles Bescheid und hatte meine Hemmungen auf diesem Gebiet verloren. Nur – erinnern sollte man sich.«
»Ja«, sagte Lisa und lachte, »das liegt nun mal in der menschlichen Natur, daß man sich nicht erinnert, wo einem was peinlich war.«
Von da ab nahm Ilka jeden Mittag das von Lisa gekochte Essen in zwei Warmhaltetöpfen mit zu Hete, das erste Mal auch Geschirr, Besteck und Servietten, die dann bei den Mahnkes verblieben. Hete ließ sich anleiten, zeigte sich anstellig, wunderte sich, wie leicht es ihr von der Hand ging. Ihr Betragen gegenüber Ilka lockerte sich um einiges.
»Ich hab das nur gemacht, um dir zu beweisen, daß man solche Dinge meistens überschätzt«, sagte Ilka. »Ich bin sicher, du hättest dich gleich beim ersten Mal an unserem Mittagstisch so geschickt

benommen, und bestimmt besser als unsere Gucki, die manchmal ein richtiges Ferkel ist. Wirst du jetzt zu uns kommen?«

Hete nickte. »Wenn Sie mir versprechen, daß Ihre Kinder nichts davon erfahren, von unserem Üben hier. Daß ich so dumm war.«

»Das versteht sich von selbst.«

Sie kam nun täglich, aß manierlich, sprach wenig, blieb nie länger als eine Stunde. Ein seltsames Kind, fand Lisa. So unzugänglich, irgendwie trocken.

»Mir gefällt sie«, sagte Esther und löste damit einige Verblüffung aus.

»Im Ernst, Etti? Ihr habt ja kaum ein paar Worte gewechselt.«

Esther zuckte die Achseln, suchte gar nicht erst nach einer Begründung. »Sie gefällt mir eben. Hoffentlich kommt sie noch oft.«

Sie kam jeden Tag außer Mittwoch und Freitag. Da aß sie in der Volksschule, die sie damals noch besuchte, und blieb den ganzen Nachmittag zum Unterricht fort, zur Handarbeitsstunde und zum Turnen.

An diesen Nachmittagen räumte Ilka bei Mahnkes die Wohnung auf, wie sie Lisa erzählte. Die Angabe war so rundum schlüssig, daß sie nie einem Zweifel unterzogen wurde. Es muß offen bleiben, ob Lisa je erfuhr, was sich in den wenigen Wochen zwischen Ilka und Herbert Mahnke abspielte.

Sie liebten sich, tief und heftig und fraglos. Es war anders als alles, was Ilka bis dahin erlebt hatte, es war die Erfüllung schlechthin. Ein komplettes Gefühl. Für Bruno Andernach hatte sie Achtung ohne Sinnlichkeit empfunden, für Ewald Amroth eine Sinnlichkeit ohne Achtung. Nun fiel beides auf einen Punkt zusammen und in eine Zeit, die ihnen nicht mehr viel Zeit ließ. Eine Liebe am Abgrund. Dieser schöne, starke, manchmal etwas unbeholfene Mann besaß weder den geistigen Rang eines Bruno Andernach noch die glatte Gefälligkeit des Ewald Amroth, und es traf sich, daß Ilka weder das eine noch das andere bei ihm suchte. Ihre kurzlebige, hochlodernde Liebe wurde von einem unbegrenzten Vertrauen genährt. Keine Demütigungen, kein Argwohn. Er wußte von ihrer Kindheit, sie hatte ihm alles erzählt, und das war gut, denn es nahm ihm die Scheu, diesen sozialen Abstandswahn aus Dünkel hier und vermeintlichem Dünkel dort, wie ihn die Klassenbewußten pflegen, die von oben und die von unten, auf die Schicht kommt es nicht an. Vor Ilka dankte sein Klassenbewußtsein ab. Sie hatten den gleichen Ausgangspunkt, kamen aus der gleichen Schachtel, in

allem, was dem Herbert Mahnke wesentlich war, kannte Ilka sich aus. Den Rest besorgte ihre Jugend.
Er war nur zwei Jahre älter als sie, hatte mit zwanzig schon geheiratet, die meisten Arbeiter heiraten ja früh, und mußte sich als noch nicht Dreißigjähriger mit einem fünfjährigen Kind allein durchs Leben schlagen. Von der Sowjetunion nach Deutschland zurück, auf eigene Kosten, die alte Mutter in Breslau hatte vor ihrem Tod die letzten Ersparnisse geopfert, um ihm die Heimkehr zu ermöglichen. In Rußland hatte er seine junge Frau und seine Ideale verloren, in Schlesien bald darauf die Mutter, in Berlin am Ende den Arbeitsplatz. Wie viele Verluste kann ein Mensch ertragen, ohne zu zerbrechen? Dieser da hielt viel aus.
Von der nahen Zukunft erwartete er nur Böses, hellsichtig, wie er war, politisch geschult und von Erfahrungen gebeutelt. Ilka in ihrem unheilbaren Optimismus wollte Pläne schmieden, aber er erstickte diesen Vorsatz im Keim, und sie nahm es hin. Sie waren ein Liebespaar, das keine Luftschlösser baute.
»Die Nazis werden kommen, Ilka, und sie werden sich so aufführen, wie sie es angedroht haben. Köpfe sollen rollen, haben sie angekündigt, aber man scheint es ihnen nicht zu glauben. Dabei sind sie nie zahm gewesen, und wer sollte sie zähmen, wenn sie erst die Macht haben? Es werden vielen Leuten die Augen zu spät aufgehen.«
»Und du druckst Flugblätter, obwohl du sicher bist, daß man auf eure Warnungen nicht hört. Warum?«
»Aus Pflichtgefühl. Damit ich mir hinterher sagen kann, daß ich das Mögliche versucht habe.«
Anläßlich dieses Gesprächs, das kurz nach Weihnachten stattfand, übergab er ihr ein Päckchen mit Briefen. »Es sind die letzten Briefe meiner Frau, die sie aus dem Gefängnis Lubjanka hinausschmuggeln konnte. Hete glaubt, daß ihre Mutter in einem Moskauer Krankenhaus an Diphtherie gestorben sei. Sie ist jetzt noch zu jung für die Wahrheit. Gib sie ihr, wenn du den Zeitpunkt für gekommen hältst.«
»Wie kann man für eine Sache kämpfen, an die man nicht mehr glaubt?«
»Ich kämpfe nicht für, nur noch gegen. Aus der Bastion heraus, für die ich mich einmal entschieden hatte. Ich muß mich oft überwinden, daß ich es den Genossen nicht ins Gesicht schreie, welche Erfahrungen ich mit ihrem Arbeiterparadies gemacht habe. Aber

mit der Zerstörung ihrer Heilslehre würde ich ihnen zugleich die Plattform entziehen, die sie brauchen, um die braunen Horden zu bekämpfen. Und das hat den Vorrang jetzt.«

Ilka schwieg, von seiner Festigkeit beeindruckt, von seiner Skepsis bestürzt. Sie verstand nichts, aber sie respektierte alles. Es war abgemacht, daß sie Hete zu sich nähme, falls ihm etwas zustieße.

An einem Freitagnachmittag, es war Ende Januar, kam das Kind früher als erwartet von der Schule zurück. Ilka fuhr im Bett hoch, als sie die Wohnungstür ins Schloß fallen hörte. Herbert legte ihr beruhigend die Hand auf den Arm. »Kein Grund zur Aufregung. Es ist nur Hete, und sie weiß über uns Bescheid. Sie ist sehr verständig und sehr tolerant.«

Ilka stand gleichwohl auf, griff nach ihren Sachen, kleidete sich hastig an. »Erzähl du mir nichts über die Toleranz einer Elfjährigen. Davon verstehe ich mehr. Es war unvorsichtig von uns, wir hätten damit rechnen müssen.«

Hete hob nur kurz den Blick, als Ilka aus dem Schlafzimmer kam. »Guten Tag, Frau Amroth. Unser Turnunterricht ist heute ausgefallen. Soll ich Ihnen einen Kaffee machen? Von dem echten ist noch welcher da.«

»Ja, bitte, das ist lieb von dir.«

Den »echten« hatte Ilka mitgebracht, und Hete holte das OKA-Päckchen vom Regal. Für sich selbst wärmte sie Milch. Keine Regung in ihrem unkindlichen Gesicht, weder Abneigung noch Zustimmung, nicht einmal Überraschung. Das machte den Umgang mit ihr so schwierig, diese Reserviertheit, die schon an Selbstisolierung grenzte. Ilka hielt sich nicht lange auf.

»Du kommst doch morgen zum Mittagessen? Lisa macht Dampfnudeln.«

»Ich komme wie immer.«

Am vorletzten Tag des Monats saß Lisa bis in den späten Abend am Radio. Hitler war Kanzler geworden. Nicht durch eine Wahl, es hatte gar keine stattgefunden, sondern vom Reichspräsidenten berufen. Dieser Greis am Rand des Grabes war, wie Lisa behauptete, von »gewissen Kreisen« dazu gedrängt worden. Ilka hatte keine Ahnung, wen sie damit meinte, fragte auch nicht weiter, nahm vielmehr an, die ganze Demonstration mit Fackelzug und Gebrüll sei nichts als ein Teil des Parteiengezänks, mit dem man es seit Jahren zu tun hatte. Was bedeutete schon ein Kanzlerwechsel? Die Kanzler kamen und gingen. Brüning, Papen, Schleicher, und nun

dieser Hitler. Binnen kurzem würde es auch ihn hinwegfegen.
Hajo, der am selben Abend noch kam, war anderer Ansicht. Ilka behielt für sich, daß seine Ansicht in den wesentlichen Punkten mit der von Herbert Mahnke übereinstimmte. Sie wurde nun doch unruhig.
Aber während anderswo bereits die Massenverhaftungen begannen, rührte sich in ihrem privaten Bereich vorläufig nichts. Außer, daß Herbert zu ihr über Politik nicht mehr sprach. Außer, daß er sie noch häufiger an sich preßte, noch heißer liebte, den Augenblick noch stärker auskostete.
An einem Mittwoch, als Ilka früher aufbrechen mußte, weil Lisa sich für den Abend etwas vorgenommen hatte, fand sie Hete auf einer Stufe im Treppenhaus sitzen.
»Ist dein Unterricht heute wieder ausgefallen?«
»Ja.«
»Komm nächstens in die Wohnung und setz dich nicht wieder in den kalten Flur. Versprich mir das!«
»Ich verspreche es Ihnen, Frau Amroth.« Ein geflüsterter Gruß, und schon war sie davon.
In der Frühe des achtundzwanzigsten Februar, als die Löscharbeiten am Reichstagsgebäude noch im Gange waren, klingelte sie an der Amrothschen Wohnungstür, atemlos vom Laufen, Verzweiflung in den Augen. »Sie haben meinen Vater mitgenommen. Vorhin, vor einer halben Stunde. In einem vergitterten Auto. Das Auto war voller Männer, sie hatten kaum Platz.«
»Haben sie ihn geschlagen?«
»Sie wollten ihn schlagen. Ich hab mich dazwischen geworfen, da ließen sie es dann. Weil ich so geschrien habe.«
»Woher hast du die Schramme?«
»Einer hat mich gegen die Wand geschleudert.«
»Was für einer?«
»Ein Brauner, ein SA-Mann.«
»Und hast du erfahren können, wohin sie die Männer bringen?«
»Mir wollten sie es nicht sagen. Aber unser Nachbar auf dem Flur hat gemeint, sie bringen sie in die Hedemannstraße zu einer Station von der Geheimpolizei. Dort kommen alle hin, die verhört werden sollen.«
»Ich rufe Hajo an«, sagte Ilka zu Lisa, »vielleicht kann der uns weiterhelfen.«
Nur ein paar Minuten, dann kam sie aus ihrem Zimmer zurück,

noch um einen Schein blasser als vorher. »Auch Hajo wurde heute früh verhaftet, seine Vermieterin war am Apparat. Ist denn alle Welt verrückt geworden? Denken die wirklich, Hajo oder Herbert Mahnke hätten den Reichstag angezündet? Wir fahren jetzt in die Hedemannstraße und erkundigen uns.«
»Laßt mich lieber gehen«, bat Lisa.
»Unsinn, du als Sozialistin. Die sind doch imstande und behalten dich gleich dort. Ich bin unpolitisch, mir werden sie Rede und Antwort stehen. Und ich ziehe mein schickstes Kostüm an.«
»Ich komme mit euch«, sagte Esther und stellte ihre Mappe in die Ecke. »Ich habe keine Lust, an einem solchen Morgen in die Schule zu gehen.«
Sie führte, während Ilka sich umzog, die zitternde Hete ins Badezimmer, betupfte die Schramme zwischen Wange und Kinn vorsichtig mit Weingeist und bedeckte sie mit einem Pflaster. Schon damals ging sie mit dem Gedanken um, einmal Medizin zu studieren, und hat an diesem frühen Berufswunsch mit erstaunlicher Konsequenz festgehalten.
Ein Vormittag zwischen Winter und Frühling, naßkalt und verhangen, die Berliner eilten zur Arbeit wie an jedem anderen Tag. Sie werden auch beim Weltuntergang ins Büro rennen, nüchtern, pünktlich, pflichtbewußt, exakt funktionierend wie die Normaluhr an der Straßenecke. Von einer Litfaßsäule wehten Fetzen eines Theaterplakats, im Admiralspalast spielten sie seit Wochen Molnars »Liliom« vor ausverkauftem Haus – warum riß man die Ankündigung jetzt ab? Es war nicht die Zeit, solchen Betrachtungen weiter nachzuhängen. Sie fuhren zu dritt mit der U-Bahn zum Halleschen Tor, die Hedemannstraße querte dort irgendwo in der Nähe die Wilhelmstraße. Das Haus der Geheimen Staatspolizei brauchten sie nicht lange zu suchen, es war von schwarzuniformierten SS-Posten umstellt.
Ilka mußte erfahren, daß ihr Aussehen, ihr Auftreten, ihr Charme vor diesen Männern ohne Wirkung blieb. Man erteilte ihr eine Abfuhr, schnitt ihr das Wort ab, jagte sie mit den Kindern davon. Rotes Pack. Wer sich nach dem Verbleib eines Kommunisten erkundigte, wurde als Volksfeind angesehen. Hete hielt sich im Hintergrund, und Esther umklammerte ängstlich Ilkas Arm. »Laß gut sein, Mama. Es hilft doch nichts. Komm weg von da!«
Zurück nach Hause, zu Lisa, die sie besorgt erwartete. Die Mädchen gingen in Esthers Zimmer, und Ilka zog sich mit Lisa in die

Küche zurück, um ihr den Hergang zu schildern. »Es ist nicht, weil ich eitel bin«, schloß sie ihren Bericht. »Nicht deswegen allein, Lisa, denk das nicht. Aber wenn Männer vor einer Frau so kalt, so teilnahmslos und unempfindlich bleiben, dann ist ihnen alles zuzutrauen. Die Zivilisation hat kapituliert.«

Auch nach drei Tagen noch keine Gewißheit, nicht einmal einen Anhaltspunkt trotz aller Nachforschungen. Ilka holte Hetes persönliche Sachen, das bißchen Kleidung, die Bücher und Schulhefte aus der Mahnkeschen Wohnung, schloß ab und nahm den Schlüssel an sich. Das Kind wollte erst aufbegehren, ließ sich aber überzeugen.

»Du kannst nicht allein dort wohnen, das wird das Jugendamt nicht zulassen. Ich hab deinem Vater versprochen, daß du zu uns kommst. Er hat mit seiner Verhaftung gerechnet. Du kannst übrigens Mama zu mir sagen oder Ilka, such dirs aus, du gehörst ja jetzt zu uns.«

»Ich möchte Sie nicht gern duzen, Frau Amroth.«

»Wie du willst. Aber mein Angebot bleibt bestehen.«

»Ich bin Ihnen dankbar für alles.«

Im März wurde Hajo durch Vermittlung seines Vaters aus dem Gefängnis an der Lehrter Straße entlassen. Er sah elend und heruntergekommen aus, versicherte aber, daß man ihn nicht geschlagen habe. Eine Anstellung als Studienrat werde er nicht mehr bekommen, lege auch keinen Wert darauf. Seine Wirtin hatte ihn vor die Tür gesetzt. Über seine Unterkunft brauchte es keine Erörterung zu geben, er bezog das Gartenzimmer, in dem vor Jahren Karla Neuberg gewohnt hatte.

Ilka war bei Hetes Klassenlehrer gewesen. »Du gehst morgen früh mit Etti ins Lyzeum, um die Aufnahmeprüfung nachzuholen, dein Lehrer hat dich angemeldet. Er zweifelt nicht daran, daß du sie mit Glanz bestehst. Vorher kommst du mit mir einkaufen, du brauchst ein paar neue Sachen, Schuhe und ein Dirndlkleid.«

»Was ich nicht verstehe«, sagte Hajo, als er mit Ilka allein war, »wieso der Mahnke sein hochbegabtes Kind nicht schon voriges Jahr ins Lyzeum geschickt hat. Bei diesen Noten hätte sie doch ohne weiteres eine Freistelle gekriegt.«

»Meinst du. Dann kennst du die Gesetze schlecht, Herr Studienrat. So gute Noten kann ein Kind überhaupt nicht bringen, daß es auf Anhieb eine Freistelle bekäme. Erst muß es sich ein halbes Jahr auf der Oberschule bewähren. Der Mahnke bekommt zwölf Mark

Krisenunterstützung die Woche – woher hätte er die zwanzig Mark im Monat nehmen sollen? So viel kostet allein seine Miete. Nicht mal die Abschaffung des Schulgelds habt ihr Sozialdemokraten durchsetzen können in eurer Republik.«

»Es lag nicht bei uns allein«, behauptete Hajo und blieb nachdenklich zurück.

Hete bestand die Prüfung, und Esther, die bisher mit Gucki ihr Zimmer geteilt hatte, bat darum, daß Hete zu ihr ziehen dürfe. Guckis Bett wurde in Ilkas Schlafzimmer geschoben, weil das Nesthäkchen nachts nicht allein sein wollte. Zuweilen noch kam Esther in der Morgendämmerung zu ihrer Mutter, kroch unter ihre Decke und wärmte sich bei ihr. Für eine Stunde nur, Mama. Es war die Stunde, in der sie alles Persönliche besprachen, leise, damit die Jüngste nicht aufwachte.

Vor dem Palmsonntag fuhr Ilka übers Wochenende nach Schwedt, um an der Konfirmation ihres Sohnes teilzunehmen. Sie hatte für Wolfgang goldene Manschettenknöpfe mit Monogramm anfertigen lassen, Hajo gab ihr ein Buchgeschenk mit. Er selbst wollte nicht hinfahren, um sich die völkischen Tiraden von Mutter und Bruder nicht anhören zu müssen.

»Schade«, sagte Ilka. »Weil er nämlich keine Paten mehr hat. Die sind ihm bald nach seiner Geburt weggestorben.«

Wölfchen hatte seine Mutter in den zwei Jahren nur selten gesehen und schien sich aufrichtig über ihren Besuch zu freuen. Auch über die Manschettenknöpfe, solche hatte er noch nicht. Es war nie leicht, sich für ihn etwas Passendes auszudenken, denn die Amroths überhäuften ihn mit Geschenken. Er war sehr gewachsen, dünn und schlaksig, mit vorstehendem Adamsapfel und fahrigen Bewegungen. In seinem schwarzen Anzug mit den langen Hosen sah er aus wie ein Kapellmeister, der zum erstenmal öffentlich dirigieren soll. Er versuchte, seine Ungeschicklichkeit durch naßforsches Gebaren zu überspielen, und merkte nicht, daß er sie damit eher unterstrich. Das Zackige stand neuerdings in Mode, aber mit einer schwarzen Fliege am Hals wirkte es nur komisch.

Ewald sah blendend aus, Ilka stellte es ruhig und ohne Herzklopfen fest.

Jetzt, da sie ihm genauso unangefochten entgegentreten konnte wie er ihr, fanden sie auf einer freundschaftlichen Basis zusammen, ohne Hemmungen und ohne Bitterkeit. Sie besprachen ihre Scheidung. Es ging von ihm aus, er wünschte, wie er es nannte, klare

Verhältnisse zu schaffen. Sein Rechtsberater hatte ihm einen Weg gewiesen, wie es am leichtesten zu machen sei. Es werde keine schmutzige Wäsche geben. Eine bloße Formalität. Gucki könne bei ihr bleiben. Warum sie Gucki nicht mitgebracht habe – er hätte sie gern wiedergesehen.

»Ich habe zwei Töchter, wenn du dich erinnerst.«

»Ja, so. Entschuldige.«

Dann geriet er wieder auf die Politik, seinen eigentlichen Tummelplatz.

Ilka wollte sich schon mit einer Ausrede von ihm entfernen, als sie durch eine Mitteilung festgehalten wurde, die ihr Interesse weckte. Es ging um ihren Vetter Emil Benthien.

»Der ist Reichsleiter geworden, wußtest du das nicht? Ein großes Tier. Wohnt jetzt überdies ganz in deiner Nähe, in der Lutherstraße. Den würde ich an deiner Stelle aufsuchen, man weiß nie, wie man Leute von solchem Einfluß mal brauchen kann. Dem Namen nach kennt er dich längst, ich hab ihm öfter von dir erzählt.«

»Vielen Dank. Vielleicht gehe ich wirklich einmal hin.«

Reichsleiter. Leitete der das Reich, der Vetter Emil? Aber nein, das tat ein anderer. Diese neuen Titel hatten alle so etwas Aufgeblasenes und Unbestimmbares. Unter einem Zirkusdirektor oder einem Insektenforscher konnte sie sich mehr vorstellen, obwohl sie auch diese Berufe nur von ferne kannte.

Ewald saß am Klavier und sang: »Unter dem Sternenzelt reich mir deine Hand.« Die Weiblichkeit applaudierte verzückt, und Ilka dachte: Wie egal mir das ist. Es geht mich nichts mehr an. Morgen früh fahre ich nach Berlin zurück.

Der Alltag forderte sein Recht, und sie stellte sich ihm. Die Häuser, die Finanzen. An Mieterhöhungen war nicht zu denken, im Gegenteil, bei einigen Familien mußte die Miete gestundet werden, die Wirtschaftskrise grassierte. Nicht mehr lange, meinten viele. Der Führer werde die Misere beim Schopf packen, der starke Mann an der Spitze, der so lange gefehlt hatte. Der schaffte nun Ordnung. Die Ordnung sah so aus, daß man auch nach drei Monaten über den Verbleib eines Menschen nichts erfahren konnte, den der neue Staat verhaftet und weggeschleppt hatte.

Wenn der Schulunterricht für die drei Kinder morgens zur gleichen Stunde begann, lieferten Esther und Hete die Erstklaßlerin Gucki bei der Volksschule ab, die auf ihrem Weg lag. Ilka hatte für Hete eine Schülermütze kaufen wollen, eine rotseidene für die erste

Klasse des Lyzeums. Esther in der zweiten trug bereits eine grüne.
»Bitte nicht, Frau Amroth, ich werde sie nicht tragen.«
Daraufhin legte auch Esther ihre Schülermütze ab und trug sie nicht mehr.
Gucki war ein Faulpelz, ihr mußte man bei den Hausaufgaben helfen. Eine ganze Tafelseite voll i. Nachdem sie mit quietschendem Griffel unter Ächzen drei Reihen gefüllt hatte, erklärte sie sich außerstande, noch irgend etwas zu schreiben.
»Versuchs doch mal mit u«, schlug Onkel Hajo vor. »Zur Abwechslung, Gucki. Ich male es dir vor.«
»Nee, det is noch nich dran. Ick wer' den'n doch nischt machen, wat noch nich dran is.« Sie berlinerte neuerdings, daß es den anderen in die Glieder fuhr.
»Hast recht«, sagte Hajo. »Man soll seine Lehrer nicht verwöhnen.«
Ilka wurde ärgerlich. »Du bist mir ein schöner Pädagoge.« Und zu Gucki: »Die Tafel wird vollgeschrieben, zapperlot. Die anderen Kinder müssen es auch. Ich bleibe neben dir sitzen, bis du fertig bist.«
Jammergeschrei und Tränen. Ilka zuckte es in der Hand, aber sie zwang sich zur Geduld. Ich bin nervös, das überträgt sich auf das Kind. Nicht nachgeben, nicht lockerlassen, den Anfängen muß man wehren, hatte der Schwiegervater gesagt. Auf lateinisch. Sie blieb sitzen, redete sanft auf Gucki ein, die Tafelseite füllte sich.
Wie um alles erträgt eigentlich Hete das Warten, die qualvolle Ungewißheit? Wo nimmt das Kind diese Disziplin her? Denn daß es sich bei ihr um Gelassenheit handelte, war nicht anzunehmen. Mit Esther drinnen im Zimmer konnte sie lebhaft werden, man hörte die beiden manchmal hinter der geschlossenen Tür diskutieren. Sonst war sie still, schüchtern, versuchte sich unsichtbar zu machen. Vielen Dank, Frau Amroth!
Es wurde Juni. Lisa kam eines Vormittags vom Einkauf zurück und winkte Ilka in die Küche. »Ich hab was rausgekriegt, frag mich nicht, wie. Der Mahnke war überhaupt nicht in der Hedemannstraße, der war am Bülowplatz im Karl-Liebknecht-Haus, das jetzt nach diesem Horst Wessel heißt. Dort haben sie die Kommunisten hingebracht. Er ist aber schon wieder weg von da, soll jetzt in Papenburg sein, in einem von diesen neuen Lagern. Hast du 'ne Ahnung, wo das liegt?«
»Nie gehört. Hajo wird es wissen.«

Hajo holte seinen Atlas und schlug Nordwestdeutschland auf. Papenburg im Burtanger Moor. Sie sollen dort die Sümpfe trockenlegen, das wird es sein.

Ilka zog ihr helles Hemdblusenkleid an, dazu die weißen Riemchenschuhe, den Hut ließ sie weg, dann hätte man den Haarknoten nicht gesehen, den sie breit aufgesteckt trug und der ihr so gut stand. Die neuen Machthaber liebten diese Frisur, sie knallte einem von allen Plakaten entgegen. Eine deutsche Frau. Nun noch die gehäkelten Handschuhe überstreifen, eine passende Tasche heraussuchen, den Staubmantel über den Arm hängen. Kein Lippenstift, denn sie fuhr in die Lutherstraße.

Hinter einem Vorgarten eine Renaissance-Villa mit Säuleneingang. Bis vor kurzem noch hatte sie dem Kaufmann Oppenheimer gehört, der nach Amerika emigriert war. Jetzt lebte hier der Vetter Emil, Reichsleiter Benthien, und waltete seines Amtes, was immer das für ein Amt sein mochte.

Ilka brauchte im Vorzimmer nicht zu warten, sie wurde gleich eingelassen und willkommen geheißen. Der erste Blick überrascht, der zweite schon von unverhohlener Bewunderung. »Reizend, dich mal kennenzulernen. Wir sagen doch Du bei so naher Verwandtschaft? Ewald ist ein Dussel, sich von einer solchen Frau zu trennen. Aber er hat es eben mehr mit Männern.«

Über diese Eröffnung, die ganz beiläufig geschah, war Ilka derart perplex, daß sie zunächst kein Wort herausbrachte. Dabei hatte sie sich die Reihenfolge genau zurechtgelegt. Erst ein bißchen Konversation, übers Wetter, über die Familie, über Pläne für die Sommerreise. Das Eigentliche zuletzt. Nur nicht mit der Tür ins Haus fallen, das schätzen solche Herren nicht. Ihr Schweigen fiel aber nicht weiter auf, denn der Vetter zählte zu denen, die sich selbst gern reden hören. Äußerlich ganz ein Benthien, stämmig und rotblond, die Redseligkeit kam woanders her. Nachdem Ilka ihm des längeren ergeben zugehört hatte, schlüpfte sie in eine seiner Atempausen und rückte mit ihrer Bitte heraus. Ohne Umschweife, sie hatte keine Kraft mehr zum Taktieren.

Des Reichsleiters Stirn umwölkte sich. »Schade, ich hatte mir eingebildet, du wärst meinetwegen gekommen. Na, macht nichts, will sehen, was ich tun kann. Wie heißt der Mann?« Er kritzelte Ilkas Angaben auf einen Notizblock, stand auf und hatte es mit einem Male ziemlich eilig. »Sobald ich Genaues weiß, bekommst du Bescheid. Und laß dich mal wieder hier blicken, aber melde dich

vorher am Telefon, damit ich dir was anbieten kann. Heil Hitler!«
Zwei Wochen vergingen, dann erhielt sie ein amtliches Schreiben der Gestapo-Leitstelle Kantstraße 64. Es war an Mahnkes Wohnung adressiert, irgend jemand hatte dies ausgestrichen und durch Ilkas Anschrift ersetzt. Lisa war mit Gucki zur Kuhlmann, Hajo auf Arbeitssuche, Esther in der Klavierstunde. Nur Hete saß in ihrem Zimmer über den Schulaufgaben. Ilka lief zu ihr und schwenkte den Brief.
»Hier steht, daß wir den Gefangenen Nr. 84/133 in der Kantstraße abholen können. Oben drüber: Betrifft Herbert Mahnke. Ab sofort, Hete. Schnell, wasch dir die Tinte von den Fingern, Jacke brauchst du nicht mitzunehmen, es ist ja so warm heute. Wir gehen zu Fuß durch die Wilmersdorfer Straße. Warte, gibt mir deinen Füller, ich lasse für Onkel Hajo eine Nachricht da – der wird sich freuen!«
Es war nicht nur warm, es war heiß, einer der ersten Frühsommertage. Die Freude auf das bevorstehende Wiedersehen machte ihnen Beine, sie sahen ziemlich verschwitzt und derangiert aus, als sie bei der Gestapo ankamen. Dort mußten sie sich durchfragen, die Außenstelle war noch nicht durch ein Schild an der Tür gekennzeichnet.
Ein altmodisches Büro mit hohen Stehpulten und einer langen, aufklappbaren Theke. Ilka, in froher Erregung und mit leuchtenden Augen, entfaltete das Schreiben und reichte es über die Theke. Der Mann an der anderen Seite schien konsterniert, gaffte sie verständnislos an, winkte einem Jungen, »Die Sachen Mahnke. Vierundachtzige Strich einsdreiunddreißig.«
Ein verschnürter Pappkarton wurde gebracht und auf die Platte gestellt, ein Paletot mit abgewetztem Samtkragen, eine billige Taschenuhr.
»Wenn Sie quittieren möchten, hier bitte!«
Ilka wies den Federhalter zurück. »Entschuldigen Sie, aber wir sind gekommen, um Herrn Mahnke abzuholen. Herrn Mahnke selber, wie Sie geschrieben haben. Ist er nicht hier?«
Der Junge, der danebenstand, zeigte einigemale auf den Karton. Hete begriff, zuckte zusammen und trat einen Schritt zurück. Ilka begriff nichts. Sie glaubte immer noch an ein Mißverständnis und verlangte eine Erklärung. Ungeduldig, herrisch vor Nervosität, mit hoher, sich überschlagender Stimme.

»Haben Sie denn unser erstes Schreiben nicht bekommen? Wir haben Ihnen doch die Nachricht zugestellt.«
»Ich weiß nur von diesem Schreiben, und ich möchte, daß Sie mir endlich sagen, wo sich Herr Mahnke –«
»Jetzt hören Sie mir mal zu, meine Dame. Wir haben unsere Zeit nicht gestohlen. Der langen Rede kurzer Sinn: der Gefangene Mahnke ist vor einem Monat an Kreislaufversagen im Schutzhaftlager Papenburg verstorben. Eine Überführung wäre zu teuer geworden, deshalb wurde die Einäscherung an Ort und Stelle vorgenommen. In diesem Karton befindet sich ein Aluminiumbehälter mit den sterblichen Überresten. Zuständig ist der Wilmersdorfer Friedhof an der Berliner Straße. Sie melden sich bei der Friedhofsverwaltung, geben diese Bescheinigung ab und regeln die Bestattungsformalitäten. Dort kennt man die einschlägigen Bestimmungen. Diese Rechnung hier wird innerhalb einer Woche bezahlt. Und jetzt werden Sie unterschreiben, nehmen das Zeugs hier mit und halten uns nicht länger auf.«
Ilka unterschrieb. Die Rechnung, es waren die Einäscherungskosten in Höhe von einhundert Mark, bezahlte sie gleich, so viel Geld hatte sie bei sich. Sie hängte Hete den Paletot über den Arm, stopfte die Uhr in ihre Handtasche, griff nach dem Karton. Sie mußte zweimal hinfassen, das erstemal hatte sie danebengegriffen. Dann nahm sie das Kind bei der Hand und verließ den Raum.
»Heil Hitler!« brüllte es hinter ihr her.
Sie grüßte nicht zurück. Die deutsche Sprache kennt keinen Abschiedsgruß, der in dieser Situation nicht wie Hohn geklungen hätte.
Die Sonne blendete, die Hitze schlug sich aufs Pflaster nieder und weichte die geteerten Fugen auf, der Straßenverkehr rauschte an ihnen vorbei. Die Kordel des Kartons, die sie mitsamt dem Henkel ihrer Handtasche umfaßt hatte, brannte Ilka in der Hand. Mit ihrer Linken hielt sie Hete fest, ihre ineinander verkrampften Hände schwitzten, aber beide hatten das Bedürfnis, sich jetzt nicht loszulassen. Von der kahlen Seitenwand eines Hauses sprang eine riesige Erdalreklame sie an, der rote Frosch. Das schrille Klingeln einer vorübersausenden Straßenbahn zerschnitt für einen Augenblick die Gleichmäßigkeit des stehenden Lärms. Die Objekte verfremdeten sich, wurden abweisend, sogar bedrohlich. Der heiße Boden wankte.
»Wir nehmen lieber nicht die Straßenbahn, mit diesem – diesem

Gepäck. Nicht wahr, Hete? Ich rufe uns ein Taxi. Drüben an der Ecke stehen welche. Wenn dir der Mantel zu schwer ist, gib ihn mir.«

»Er ist nicht zu schwer, Frau Amroth.«

In der Seitenstraße standen die Mietautos wie an einer Schnur aufgereiht, alte schwarze Mercedeskästen. Ohne die gewürfelten Bänder hätte man sie für Begräbniswagen halten können. Die beiden krochen in den Fond, betteten den Karton zwischen sich, umklammerten ihn jede mit einem Arm. »Zum Friedhof Berliner Straße.«

Dort erfuhren sie, was es mit den »einschlägigen Bestimmungen« auf sich hatte. Beerdigung Montagabend, nach Toresschluß. Nur die engsten Angehörigen sind zugelassen, nicht über zehn Personen. »Det is wejen die Demonstrationen«, sagte der Mann, der ihnen den Schein abgenommen hatte. »Mit Kommenisten ham wa nüscht wie Ärjer. Ooch wenn se dood sind.« Er schloß eine Tür auf und ging ihnen voraus in einen kühlen Raum, in dem es nach Kalk und vermoderten Kränzen roch. Auf einem Regal standen Urnen in verschiedenen Größen und Preislagen. Der Mann unterfing sich, ihnen die Vorzüge der einzelnen Formen zu schildern, als befänden sie sich auf einem Töpfermarkt. »Diese da«, sagte Ilka, bevor er sich weitere vornehmen konnte, und gab ihm die Adresse. »Schicken Sie mir die Rechnung zu.«

Der Karton blieb zurück. Ilka nahm Hete den Paletot ab und griff wiederum nach ihrer Hand, das Kind umspannte sie, daß es fast weh tat. Aus dem geöffneten Fenster der Friedhofsgärtnerei plärrte ein Grammophon: »Nun zahlst du keine Miete mehr / und bist im Grünen zu Haus, / nur hin und wieder kommt mal wer / mit einem Erika-Strauß. / Dein Häuschen ist nicht allzu groß, / du hast ja wenig Gepäck. / Und dann schläfst du wie in Mutters Schoß, / mühelos und sorgenlos, / dann ziehst du nie wieder weg.«

Ein Schlager aus einem Lilian Harvey-Film, der zur Zeit in allen größeren Kinos lief.

In der Barstraße bestiegen sie die Elektrische und fuhren zu Ilkas zuständigem Pfarramt. Es war leider nicht mehr derselbe Pfarrer, der vor acht Jahren Bruno Andernach das letzte Geleit gegeben hatte, mit ihm hätte sie reden können. Der Nachfolger im Amt hörte sich ihre Geschichte schweigend an, und je eindringlicher sie sprach, desto mehr verdüsterte er sich.

»Es ist uns gleichgültig, ob der Mann in einem Lager starb oder anderswo. Für uns zählt nur, ob er ein Glied der evangelischen Gemeinde war.«

»Mein Vater ist aus der Kirche ausgetreten«, erklärte Hete wahrheitsgemäß.

»Bedaure, dann kann ich leider nichts für Sie tun. Wir sind eine Kirchengemeinde, gnädige Frau, und kein Beerdigungsunternehmen.«

»Ich verstehe«, sagte Ilka, und: »Entschuldigen Sie die Störung.«

Die junge Frau, Pfarrfrau oder Sekretärin oder Gemeindehelferin, die während der Unterredung im Hintergrund gestanden hatte, kam ihnen durch den Korridor bis zum Ausgang nachgelaufen. »Ich bin Frau Wüllenweber. Bitte, geben Sie mir Ihre Adresse! Sie hören noch von uns.«

Ilka überließ ihr die letzte Visitenkarte.

Die Anlagen hinter dem Pfarramt, von denen ein mit rotem Sand bestreuter Weg schnurgerade zum Westportal der Kirche führte, wirkten in der Hitze verödet und wie leergefegt. Die letzten Blüten des Rhododendron hingen üppig und schwer an den Büschen, eine davon entlud sich unvermittelt, obwohl kein Lufthauch ging, und schüttete ihre lilafarbenen Blätter auf den Kies. »Ich muß mich hinsetzen«, sagte Ilka, »ich muß mich jetzt erst einmal hinsetzen, Hete. Was für ein Tag.«

Zwischen den Büschen stand eine Bank, sie setzten sich und blieben allein. Ilka holte ihr Taschentuch aus der Handtasche und preßte es vors Gesicht. Es war zuviel gewesen, es wuchs über sie hinaus, ihre Nerven machten nicht mehr mit.

Auf einmal fühlte sie sich von Hetes mageren Armen umschlungen. »Wein doch nicht, Mama. Ich kann nicht vertragen, wenn du weinst.«

»Ich bin ja schon still.« Ilka wischte über ihre Augen, schneuzte sich, knüllte das Taschentuch zusammen. »Mir war eben etwas übel geworden, jetzt läßt es schon nach. Es hilft ja alles nichts, Kind, wir müssen drüber weg.«

Am Abend klingelte bei ihnen ein Mann, der sich als Vikar Wüllenweber vorstellte. Er habe in Münster bei Karl Barth studiert. Ilka konnte damit nichts anfangen, aber Hajo nickte. Herr Wüllenweber hatte seiner Kirchenleitung die Erlaubnis abgerungen, den im Lager Verstorbenen mit Predigt und Gebet unter die Erde zu bringen.

»Warum tun Sie das?« fragte Ilka.

»Weil niemand wissen kann, ob Herbert Mahnke in seiner letzten Stunde nicht doch zum Glauben zurückgefunden hat. Und weil er ein Kind hinterläßt, dem wir zeigen wollen, daß die Kirche nicht kleinlich ist.«

Ilka gab sich zufrieden, Hajo dagegen fragte scharf: »Andere Gründe haben Sie nicht?«

»Doch«, sagte Herr Wüllenweber, »ich habe noch ganz andere Gründe. Aber die gehen Sie einen feuchten Lehm an, lieber Herr Amroth.«

Ungeachtet des aggressiven Wortwechsels verabschiedeten sich die beiden Männer an der Wohnungstür in bestem Einvernehmen.

Die Beisetzung der Urne am Montagabend vollzog sich in aller Stille, wie es der neue Staat für diesen besonderen Fall vorschrieb. Mit Vikar Wüllenweber und dem Friedhofsgehilfen waren sie nur sieben Personen, Gucki wurde zu Hause von Schwester Jettchen beaufsichtigt. Niemand schwenkte eine rote Fahne, keine Hand ballte sich zur Faust. Die Demonstration kam auf leisen Füßen, kam mit den Worten der Bibel, dieses Buches, das so vielen Zeitaltern schon Ausdruck verlieh und nun auch Worte hatte für diesen Tag und diese Stunde. Der junge Mann im Talar las den vierundsiebzigsten Psalm, und aus seiner Stimme klang Liebe und Zorn, Abscheu und Sehnsucht.

»Gedenke an den Bund, denn das Land ist allenthalben jämmerlich verheert, und die Häuser sind zerrissen. Laß den Geringen nicht mit Schanden davongehen, laß die Armen und Elenden rühmen deinen Namen.«

Hete begann hemmungslos zu schluchzen.

Es war die höchste Zeit, ihre Erstarrung hatte schon pathologische Züge angenommen. Bei der Innigkeit ihrer Beziehung zum Vater waren hier Tränen fällig, schon überfällig. Ilka trat hinter sie und hielt sie mit beiden Armen fest. Es dauerte lange, bis das Kind sich beruhigte, es dauerte bis zu Hause. Dafür war es dann auch ausgestanden.

Als Ilka mit Hete die Mahnkesche Wohnung auflösen wollte, fand sie auf dem Fußboden die erste Nachricht der Gestapo, die ihnen Herberts Tod und Einäscherung meldete. Jemand hatte sie damals unter den Türspalt geschoben. Sie hob sie rasch auf und stopfte sie in ihre Tasche.

Einen Monat darauf standen Ilka und Lisa noch einmal vor einem offenen Grab, da wurde das Fräulein Kuhlmann beerdigt. Ihr

Häuschen mit Schrebergarten zwischen Siemensstadt und Jungfernheide war fertig geworden, die Einweihungsfeier aber hatten sie hinausschieben müssen, weil Fräulein Kuhlmann Anfang Juli ins Krankenhaus kam. Ihre Blutarmut war perniziös geworden und so weit vorgeschritten, daß auch die unlängst aufgekommene Therapie mit Leberspritzen ihr nicht mehr helfen konnte. Das Häuschen fiel an einen entfernten Verwandten.

Die Sommerferien rückten näher. »Wir fahren nach Tölz!« verkündete Ilka den Kindern. »Lisa hat keine Lust, sie will Onkel Hajo versorgen, dem haben sie eine Büroarbeit zugeschanzt. Wir bleiben die ganzen Ferien weg, das sind sechs Wochen, und für diese Zeit steht Fröhlichkeit auf dem Programm. Wir gucken uns München an, machen Bergtouren und fahren auch mal an den Königssee. Irmchen Seefellner freut sich, sie hat uns zwei große Zimmer reserviert, mit Balkons und schöner Aussicht.«

Es wurden unvergeßliche Ferien. Sie war nicht leicht umzuwerfen, diese Ilka Amroth, und lag sie doch einmal am Boden, stand sie schnell wieder auf.

»Mit den Nazis bin ich fertig«, sagte sie zu Hajo. »Brauchst mir nichts mehr zu erzählen. Über die weiß ich genug.«

Und weil sie alles genau zu wissen glaubte, kümmerte sie sich nicht um Einzelheiten. Sie spielte wieder viel Klavier, schaltete das Radio nur zu Konzertübertragungen ein, warf selten einen Blick in die Zeitung. Wie ein Kind, das sich die Augen zuhält in der Meinung, die anderen könnten es nun auch nicht sehen.

Eine Zeitlang ging das gut. Aber dann zeigte es sich, daß man aus diesem Dritten Reich nicht entlassen wurde. Es lauerten schon wieder ein paar Wölfe vor der Tür, darunter ein ganz großer.

Siebtes Bild:
Déjà vu oder Der Anhalter Bahnhof

»Nicht weiterblättern, bitte! Wer ist denn da alles versammelt? Hier vorne in dem weißen Korbsessel sitzt Mutter, die erkenne ich auf den ersten Blick. So hübsch ist sie heute noch.«

»Wirklich?«

»Nun, ja, ein bißchen anders hübsch. Mit ein paar Fältchen. Sie arbeitet zuviel, und auf der Psychiatrischen ist das kein Honigschleck-chen. Du, Großmama, mir fällt da etwas auf. Es gibt von mir ein Foto, da war ich so vierzehn, fünfzehn, auf dem sehe ich beinahe aus wie Mutter auf diesem Bild.«

»Genauso hübsch.«

»Geh, das war jetzt nicht nett von dir. Aber ohne Scherz, es ist schon eine seltsame Sache mit den Familienähnlichkeiten. Sie tauchen auf und verschwinden wieder auf geheimnisvolle Weise. In der einen Lebensphase gleicht man der Mutter, in einer anderen dem Vater, und plötzlich sind Züge von einem Großelternteil da, oder von einer Tante, einem Onkel. Ein Mysterium. Ich denke immer wieder darüber nach. Und du?«

»So hab ich es auch oft empfunden. Und die Ehrfurcht, mit der du alles Überlieferte behandelst, ist mir sehr sympathisch, Ruthchen. Nimm zum Beispiel die Almut, mit der kann ich überhaupt nicht über so was reden. Vergangenheit, Geschichte, Tradition, das alles ist ihr Pi-Pa-Po. Die läßt nicht mal die Gegenwart gelten, bloß die Zukunft. Also das Unanschauliche, also etwas, wovon man gar keine Vorstellung haben kann. Was übrigens das Mysterium betrifft, von dem du gesprochen hast, da möchte ich noch einen Schritt weiter gehen. Bis zu ihrem zwölften Lebensjahr war Etti ein getreues Ebenbild ihres Vaters, eine echte Andernach, dunkelhaarig, schwarzäugig, nicht besonders groß. Dann schoß sie plötzlich in die Höhe, bekam lange Beine, hellere Haare, bernsteinfarbene Augen. Onkel Hajo sagte mal – das war um die Zeit, als dieses Foto entstand –: Unsere Esther, die wird ihrer Mama immer ähnlicher. Und meine Etti hat gelacht und gemeint, sie gebe sich auch alle Mühe. Jetzt frage ich dich: Kann man sich Mühe geben, einem anderen Menschen ähnlich zu sehen?«

»Ich glaube, ja. Wenn man diesen Menschen sehr liebt. Es heißt ja

auch, daß Eheleute sich mit den Jahren gleichen, in einer guten Ehe, versteht sich.«
»Wen erkennst du noch auf dem Bild?«
»Tante Hete. Ganz eindeutig diesmal, hier neben meiner Mutter.«
»Ja, die beiden Unzertrennlichen.«
»Und Onkel Hajo hinter deinem Stuhl. Die niedliche Kleine mit den blonden Locken müßte Tante Gucki sein.«
»Bei den Locken hat sie ein bißchen nachgeholfen. Wollte immer aussehen wie Shirley Temple, das war so ein Kinderstar, für den die Gucki geschwärmt hat. Den Mann dort kennst du nicht, das ist unser Pastor Wüllenweber, an seiner Seite Schwester Henriette, eine Diakonisse. Und im Hintergrund Lisa, der gute Geist. Steht da, als wollte sie uns alle unter ihre Flügel nehmen, eine richtige Glucke. Lisa war noch ein Vermächtnis deiner Urgroßmama Andernach.«
»Ich weiß. Habt ihr die Aufnahme in Bad Tölz gemacht?«
»Aber nein. Hier in unserem Garten, gleich hinterm Haus, wo jetzt der Hof ist. Man kann es sich schlecht vorstellen, daß in dieser zugebauten Gegend einmal ein so großes Stück Natur war, mit Beeten, Bäumen und hoher Hecke. Die weißen Korbmöbel hatten wir im Sommer immer unter der Birke stehen, die herabhängenden Zweige umschlossen uns wie eine Laube. Drum war dort unser Platz für den Nachmittagskaffee.«
»Kannst du dich noch erinnern, wann ihr das Bild aufgenommen habt?«
»An Lisas sechzigstem Geburtstag. Der war im – laß mich nachrechnen, im Juli neununddreißig, ja, kurz vor Kriegsausbruch. Die Kinder hatten noch keine Sommerferien.«
»Dann wäre dies das letzte Foto, das du von Mutter hast?«
»Ja, das letzte. Einen Monat später brachte ich sie an den Zug. Sie ist sehr gern zu Tante Debora gefahren, hat Zürich überhaupt sehr gemocht. Das war mir ein Trost. Daß sie dann so schrecklich verstört war, hat weniger am Heimweh gelegen als an der ganzen Hitlerei, am Krieg und den Greueln mit den Juden.«
»Nicht doch am Heimweh?«
»Ich glaube nicht. Als ich sie ziehen ließ, war sie längst kein Mamakind mehr. Ich habe immer darauf geachtet, mich meinen Kindern zur rechten Zeit entbehrlich zu machen. Das ist wichtig, Ruth, das mußt du dir für die Zukunft merken. Die meisten Mütter versäumen das aus Egoismus, und die Kinder haben es dann besonders schwer, sich auf eigene Füße zu stellen. Ich hatte die

Schwiegermutter Amroth als schlechtes Beispiel vor Augen. Die Nabelschnur darf nie durchschnitten werden, sagte sie, in Bezug auf Ewald, nicht auf Hajo. Darum ist der Ewald auch zeitlebens kein Mann geworden.«

»Den Unsinn mit der Nabelschnur hab ich auch schon gehört. Die wird doch gleich nach der Geburt durchtrennt, und au fond beginnt damit bereits die Loslösung. Aber die Brutpflege, die sollte so lange hinausgezogen werden, bis das Kind sich vor der Fremde nicht mehr fürchtet.«

»Ja, diesen Zeitpunkt habe ich abgewartet, und dann losgelassen. Bei Wolfgang schien es mir besonders wichtig, denn wohin eine zu enge Mutter-Sohn-Beziehung führt, hab ich dir ja erzählt. Hete war in dieser Hinsicht problemlos, und ausgerechnet sie ist bis heute bei mir geblieben. Deine Mutter nahm etwa die Mitte ein, am schwierigsten war es mit Gucki, die wollte und wollte sich von mir nicht trennen. Wohl, weil sie die Kleinste war und von allen maßlos verwöhnt. Da hatte ich nicht aufgepaßt.«

»Heute ist sie aber eine glückliche Familienmutter?«

»Gott sei Dank. Es findet sich alles mit der Zeit.«

Zunächst einmal gab es Ärger wegen der Häuser. Es war Ilka nicht recht, immerzu den Vetter Emil einschalten zu müssen, aber diese Leute saßen nun einmal am Hebel der Macht und bedienten ihn nach Belieben. Der Reichsleiter in der Lutherstraße empfing sie jedesmal mit großer Zuvorkommenheit. Er sah sie gern, war vielleicht sogar ein bißchen verliebt, und sie machte es sich zunutze.

Sie hätte ihn wegen ihrer Grundstücke nicht belästigt, wäre es nicht eine Existenzfrage gewesen. Auf die Grunewaldvilla mußte sie verzichten, die hatte sich, laut Vetter Benthien, »ein märzgefallener Bonze unter den Nagel gerissen«. Die anderen Häuser blieben ihr erhalten, sie galten als »arisiert«. Sich selbst bezeichnete der Reichsleiter nicht als Bonzen, sondern als alten Kämpfer. Es muß nicht mehr gesagt werden, daß Ilka mit allen diesen Begriffen nichts verbinden konnte.

Im Frühjahr vierunddreißig war der Scheidungstermin. Es wurde nur saubere Wäsche vorgezeigt in der kurzen Verhandlung, in der sich Ewald Amroth auf den neugeschaffenen Arierparagraphen berief. Er war der Kläger. Mit einer möglichen Gegenklage wegen Verweigerung der ehelichen Pflicht wäre Ilka, sofern sie sich zu einer solchen Geschmacklosigkeit überhaupt aufgerafft hätte, ins

Leere gerannt. Nicht, weil ihr die Beweise fehlten, sondern weil er es gar nicht abstritt. Er selbst brachte es vor und begründete es. Er habe während seiner zweiten Ehe einen Entwicklungsprozeß durchlaufen, wodurch ihm die Rassenfrage nach und nach bewußt geworden sei. Im übrigen verhielt er sich großzügig, denn sie durfte Gucki behalten.

Es stand ihr frei, sich danach wieder Andernach zu nennen, und sie hätte es gern getan, aber Hajo riet dringend davon ab. Sein Pessimismus bewahrheitete sich im Herbst des folgenden Jahres, als die Nürnberger Gesetze verabschiedet wurden, die es einer »arischen« Frau verboten, sich einen jüdischen Namen zuzulegen. Sie verboten auch sonst noch einiges, diese auf dem Reichsparteitag in Nürnberg feierlich abgekündigten Gesetze, um deren Wortlaut Ilka den bekannten großen Bogen schlug. Wozu sich informieren? Sie wußte doch, daß denen alles zuzutrauen war.

Esther kam aus der Schule nach Hause und erzählte, daß zwei jüdische Mädchen ihres Jahrgangs entlassen worden seien. Sie dürften kein Lyzeum mehr besuchen. Dich betrifft es nicht, Esther, hatte die Lehrerin zu ihr gesagt, du hast ja eine deutsche Mutter. Sarah, ich bin schon auf der ersten Treppe.

»Was heißt: deutsche Mutter?« ereiferte sich Ilka. »Du hast auch einen deutschen Vater gehabt, sag ihr das von mir. Und außerdem sind wir evangelisch.«

Hajo tauschte mit Lisa einen vielsagenden Blick, und Hete, die ihn auffing, senkte nachdenklich den Kopf.

»Jetzt dürfen die Juden nicht einmal mehr studieren. Als ob wir es uns in Deutschland leisten könnten, so viel Intelligenz ungenutzt zu lassen. Die werden noch sehen, was dabei herauskommt. Einen Rückfall ins Mittelalter wird es geben, auf eine ganz primitive Stufe.«

Lisa ließ Ilka reden und wandte sich an Esther. »Sag deiner Lehrerin nichts. Es betrifft dich nicht, damit hat sie recht. Aber es wird gut sein, wenn du deinen Vater nicht erwähnst. Weil man die Perlen nicht vor die Säue wirft, Esther.«

»Ich verstehe«, sagte Esther und griff nach Hetes Hand, die diese ihr unter dem Tisch zuspielte.

Hajo klopfte Lisa auf die Schulter. »Bist 'ne brave bibelfeste Atheistin!«

»Gegen die Bibel ha'ck nischt. Ooch nich gegen euren lieben Gott, wenns den gibt, Aber 'ne ganze Menge gejen seine Vertreter.«

Doktor Salomon kam, um Abschied zu nehmen. Die Familie gab ihm zu Ehren ein kleines Abendessen, bei Kerzenlicht und Champagner. Die beiden älteren Mädchen durften aufbleiben.
»Sie werden uns sehr fehlen, lieber Doktor. Obwohl nicht anzunehmen ist, daß ich Ihre Hilfe noch einmal brauche.«
»Kann man nie wissen«, orakelte er mit einem Seitenblick auf Hajo. »Mit fünfunddreißig ist eine Frau noch nicht zu alt fürs Kinderkriegen.«
»Das meine ich auch«, sagte Hajo, der sich angesprochen fühlte. »Ich hab mir vorgenommen, ihr jedes Jahr zu ihrem Geburtstag einen Heiratsantrag zu machen. Vielleicht sagst du eines Tages doch noch ja, Ilka? Überleg es dir. Praktischer kannst du es gar nicht haben. Du kennst inzwischen alle meine Fehler und brauchtest nicht mal einen neuen Namen anzunehmen.«
Man lachte, und Esther, die ein bißchen beschwipst war, breitete selig ihre Arme aus. »Wir sind 'ne prima Familie, findet ihr nicht? Auch wenn die Mama den Onkel Hajo nicht heiratet. Er gehört ja dazu, und die Lisa gehört dazu und unsere verfressene Gucki und meine neue Schwester Hete. Und über allem Mama, die unsere komische Familie geschaffen hat und zusammenhält. Hier in Berlin, in unserer himmlischen Wohnung mit dem weißen Kachelofen. Ich möchte niemals woanders wohnen.«
»Zürich ist auch eine schöne Stadt«, wandte Salomon mit eigenartiger Betonung ein und fixierte Esther durch seine funkelnden Brillengläser.
»Niemals woanders!« rief Esther und hob ihr Glas in die Höhe. »Mama soll leben! Berlin soll leben! Das schöne Leben soll leben!«
»Du gibst ihr keinen Sekt mehr«, sagte Lisa zu Hajo, der nachschenken wollte, und nahm ihm die Flasche aus der Hand. »Die hat den Kanal schon voll, merkst du das nicht? Das fehlte gerade noch, daß uns das Kind an den Suff kommt.«
»Muß das sein, daß Sie nach England gehen?« fragte Ilka den Doktor. »Gleich ganz übersiedeln, für immer? Man läßt Sie doch hier praktizieren am jüdischen Krankenhaus. Der Naziquatsch verschwindet sowieso wieder, so was Unvernünftiges kann sich auf die Dauer gar nicht halten.«
Salomon beugte sich zu ihr. »Geben Sie mir Bescheid, wenn er endgültig verschwunden ist, liebe Ilka, und ich verspreche Ihnen, daß ich einer der ersten sein werde, die zurückkommen.«
Zu später Stunde, als er aufbrach und sie ihn an die Etagentür

geleitete, fragte sie ihn mit einer Unmutsfalte auf der Stirn, wie sie seine Anspielung auf Zürich der Etti gegenüber zu verstehen habe.
»Das war für den äußersten Notfall gedacht. Die Schweiz ist ein freies Land und wird es bleiben. Geben Sie Esther die Chance, sich an Leo und Debbie anzuschließen. Sorgen Sie dafür, daß ihr Zürich vertraut wird. Und hören Sie in allen politischen Fragen auf Ihren Schwager!«
»Es hat geradezu beschwörend geklungen«, sagte sie hinterher zu Hajo. »Ein sibyllinisches Geraune, so kam es mir vor. Der arme Alte spinnt. Ich sehe ja ein, daß die Juden es schwer haben hierzulande, aber was hat das mit meiner Etti zu tun?«
Vor Weihnachten machte Hete ihr eine unvermutete Eröffnung. Selbständigkeit bei Kindern ist etwas Gutes, aber in dieser Sache fühlte sich Ilka doch ein wenig überfahren.
»Nimm dir für den nächsten Sonntag bitte nichts vor, Mama!«
»Nun gut, Hete, und warum?«
»Weil du meine Taufpatin sein sollst. Ich lasse mich am Sonntagnachmittag in der Wohnung von Pastor Wüllenweber taufen. Er hat mich nicht überredet, es ist mein eigener freier Entschluß. Den Katechumenenunterricht besuche ich schon länger, nach Weihnachten kann ich zu den Konfirmanden überwechseln und mich zu Ostern mit Esther gemeinsam einsegnen lassen.«
»Wie schön, Hete. Na, klar bin ich deine Patin. Aber warum erfahre ich das erst in letzter Minute?«
»Ich möchte keine Feier haben. Und kein Geschenk, Mama. Ich kenne dich, du läufst wieder rum, bis du was ganz Besonderes findest, und ich stehe da und kann bloß Danke sagen.«
»Jetzt hör mir mal zu, Hete. Deine Taufe wird gefeiert, im kleinen Kreis, denn daß du bisher nicht getauft warst, geht Außenstehende nichts an. Und du kriegst ein Geschenk, wie es üblich ist. Ich laufe gern für dich rum, mir macht das nämlich Spaß. Du wirst Danke sagen wie Gucki und Etti, wenn die was geschenkt bekommen, und genauso ungeniert wie die beiden. Gewöhn dich endlich daran, daß du eine von uns bist. Wir erteilen dir keine Gnadengaben. Es ist längst so, daß wir dich gar nicht mehr entbehren könnten.«
Hete hörte es gern, auch wenn sie es sich nicht anmerken ließ. Denn eben dies war ihr Wunsch, in aller Selbstverständlichkeit ein Glied dieser Familie zu sein, als Hedwig Mahnke. Die Etti hieß ja auch nicht Amroth, auf den Namen kam es nicht an. Den brauchte man bloß fürs Türschild.

Die Selbstverständlichkeit glückte nicht ganz, sie wurde fortwährend von den Erfahrungen der frühen Kindheit unterwandert. Eine solche Bürde wirft man nie völlig ab. Man ist dann mit vierzehn kein Kind mehr, ist zu einsichtsvoll und zu ernst und kann nicht auf so zwanglose Weise ungezogen sein wie die anderen. Gab Etti ihrer Mutter einmal eine patzige Antwort, die gar nicht weiter ins Gewicht fiel – gleich wurde sie von Hete dafür gerügt. Auch mit Zärtlichkeiten tat Hete sich schwer. Manchmal nahm sie einen Anlauf, fühlte sich bemüßigt, wollte den beiden anderen nicht nachstehen. Dann kam es zu einer stürmischen Umarmung, abrupt, ohne Vorwarnung und ohne Nachgeschmack. Bevor die Mama noch Zeit fand, mit Wärme darauf zu reagieren, waren die Arme schon wieder unten. Ein unerotisches Kind.

Aber anhänglich. Aber treu.

Für Schmusereien blieb Esther zuständig, darin änderte sich nichts. Die eine Stunde in der Morgendämmerung, in Mamas warmem Bett. Ein paar flüsternd vorgebrachte Geständnisse und Pläne, ein bißchen Lebensphilosophie. Die anderen ging es nichts an. Und die Gucki im Nachbarbett hätte man um diese Zeit höchstens durch einen Kanonenschuß wachgekriegt.

Esther hatte sich für einen Kursus in Erster Hilfe angemeldet, um ein paar Vorkenntnisse zu erwerben für das spätere Medizinstudium.

»Beim Roten Kreuz, Mama, über den Reichsluftschutzbund. Dort unterrichten die besten Ärzte.«

»Warum gerade Medizin, Etti? Ich frag mich das schon lange. So eine blutige Sache, und immerzu mit Kranken umgehen.«

»Daran gewöhnt man sich. Ich möchte eine gute Ärztin werden. Stell dir vor, du wirst mal plötzlich krank, ein Blutsturz oder ein Herzanfall, kann ja alles passieren. Ich hab das schon ein paarmal geträumt. Du warst am Ersticken, Mama, es mußte ganz schnell etwas geschehen, und ich stand dabei und wußte nicht, wie oder was. Ich war so verzweifelt, daß ich laut geschrien hab, so lange, bis die Hete an mein Bett kam und mich wachrüttelte.«

»Träume sind Schäume. Ich werde nicht leicht krank. Im Alter vielleicht, aber dann bist du sowieso nicht mehr bei mir. Du wirst heiraten und in eine andere Gegend ziehen, das ist der Lauf der Welt.«

»Ich heirate nicht. Es führt zu nichts. Die Männer sterben einem weg oder sie lassen sich scheiden wie der Ewald Amroth. Ich bleibe hier bei dir. In einer so großen Stadt wie Berlin werden immer Ärzte gebraucht.«

»Und wenn ich mich wieder verheiraten sollte?«

»Das tust du nicht. Dazu bist du eine viel zu gute Mutter. Du hältst zu uns Kindern, du läßt keinen fremden Mann über uns bestimmen. Aber wenn du den Onkel Hajo heiratest, dagegen hätte ich nichts. Die Hete übrigens auch nicht.«

So oder ähnlich verliefen sie, die heimlichen Morgengespräche. Man war sich dabei ganz nah, und auf einer solchen Grundlage ließ sich auch einiges Arge verkraften, was der Tag dann herantrug.

Eines Vormittags tauchte völlig unerwartet Wolfgang in der Wohnung auf. Die Mädchen waren in der Schule, und daß dies ein Glück war, stellte sich in der darauffolgenden Unterredung heraus. Ilka hätte Esther nicht gern dabei gehabt und beschloß auch gleich, ihr den Besuch des Bruders diesmal zu verschweigen.

Zunächst freute sie sich nur. »Junge, bist du gewachsen! Ein ganzes Jahr hast du dich hier nicht sehen lassen. An deine tiefe Stimme muß ich mich erst gewöhnen. Wann machst du eigentlich Abitur?«

Er grinste verlegen. »In zwei Jahren erst. Ich hab voriges Jahr 'ne kleine Ehrenrunde gedreht.«

»Aha. Nennt man das jetzt so? Du bist also kleben geblieben. Macht nichts, wenn es bei dem einen Mal bleibt. Onkel Hajo sagt, bei Jungen sei das normal. Trinkst du eine Tasse Kaffee mit mir?«

»Danke, gern. Du glaubst hoffentlich nicht, daß es an mangelnder Intelligenz gelegen hat, wenn ich den Lehrstoff nicht geschafft habe.«

»Bewahre. Du warst immer ein kluges Kerlchen.«

»Es ist nämlich so, daß ich sehr viel mit der Hitlerjugend unterwegs war. Beim Erntedankfest in Bückeburg letztes Jahr, im Januar zur Winterolympiade in Garmisch, und zwischendurch immer mal zu Schulungslagern und zur Wehrertüchtigung. Bin jetzt Fähnleinführer beim Jungvolk geworden, das ist ein verhältnismäßig niedriger Rang.«

»Fähnlein-führer. Trägst du da eine Fahne?«

»Nein.« Wolfgang umfaßte seine Mutter mit einem langen Blick und stand dann davon ab, ihr seine Charge zu erläutern. Er hätte zu weit ausholen müssen.

Deshalb kam er lieber gleich zur Sache. Um bei der HJ Karriere zu machen, brauchte er einen Ahnenpaß, den Nachweis, daß er der

leibliche Sohn des Ewald Amroth und nicht des Bruno Andernach war. Die Adoption allein genügte nicht, auf das Blut kam es an. Der Papah hatte schon die nötigen Zeugen ausfindig gemacht, Schwester Henriette und eine Frau Prötzel in Vierraden.
»Die Frau vom Gastwirt? Woher will die denn wissen, daß –?«
»Sie ist eine geborene Schimanski.«
»Großer Gott, die Minna Schimanski, die gibts noch. Und die hat den ollen Paul Prötzel geheiratet.«
»Ja, die steht dort Tag für Tag hinterm Tresen. Fett wie eine gemästete Wachtel, sagt Papah. Merkwürdige Freundinnen hast du gehabt.«
»Ich hatte keine große Auswahl, mein Sohn. Auch meine Eltern hab ich mir nicht aussuchen können. Die waren bettelarm, dafür aber höchstwahrscheinlich arisch, und das ist ja heutzutage die Hauptsache.«
»Ist es auch. Deine Ahnenreihe ist absolut in Ordnung. Onkel Erich hat mir alle Unterlagen gegeben.«
»Du warst bei meinem Bruder? Und der hat dir alles gegeben, was du brauchst? Was willst du dann noch von mir?«
»Deine Unterschrift. Unter eine ehrenwörtliche Erklärung, daß du von Ewald Amroth schwanger warst, als du die Ehe mit Bruno Andernach eingingst. So war es doch, oder?«
»Gib her!« Sie nahm ihm den Wisch ab, auf dem der Wortlaut bereits festgelegt war, las ihn flüchtig durch und kritzelte ihre Unterschrift hin. »Das wärs dann wohl. Jetzt trink deinen Kaffee aus, Wolfgang Amroth, und verschwinde. Ich möchte nicht, daß Esther davon auch nur ein Wort erfährt. Wir haben uns verstanden?«
Sarah, ich bin schon auf der zweiten Treppe.
Sie erzählte nur Lisa von der Sache. »Meinen Sohn habe ich verloren«, sagte sie. »Er wird nicht mehr hierher kommen. Und was das Schlimmste ist, Lisa, ich wünsche es nicht einmal.«

Dieser Sommer in Berlin! Der Inbegriff aller je gehabten Großstadtsommer. Alles erschien sonnig, lebensfroh, sorgenfrei und von einer schon fast verloren geglaubten Urbanität. Über dem Reichssportfeld wehten Fahnen aus allen Ländern, und die Jugend der Welt gab sich in dieser Stadt ein Stelldichein.
Schon vor dem Beginn der Spiele flanierten die Amroths herum. Gearbeitet wurde nur das Nötigste, die Lehrer drückten um diese

Zeit ein Auge zu, und Ilkas gewohnte Großzügigkeit artete in Verschwendungssucht aus. Es fing damit an, daß sie mit Lisa und den Kindern zum Hermannplatz fuhr, wo sie sich bei Karstadt alle miteinander von Kopf bis Fuß neu einkleideten. Die Anproben zogen sich unter Faxen und Gelächter zwei Stunden lang hin, aber die Verkäuferin zeigte Humor und machte mit. Hajo hatte behauptet, kein neues Kleidungsstück zu brauchen, ihm kauften sie auf gut Glück einen hellen Anzug von der Stange, der ihm dann so gut paßte, als sei er vom Herrenschneider Hoffmann persönlich angefertigt worden. Für Figur und Maße hatte Ilka einen Blick.
Und dann gings los. Ein Vergnügungsplan nach dem Motto »Für jeden etwas« und nach der Devise »So jung kommen wir nie wieder zusammen«.
Im Theater am Nollendorfplatz sahen sie die Operette »Tatjana« mit Johannes Heesters und Else Elster. Sie besuchten mit Gucki den Film »Lockenköpfchen« und lachten und weinten bei Shirley Temples Glück und Leid – das heißt, Gucki weinte, die anderen lachten wohl mehr. In der Scala ließen sie sich von Benjamino Gigli etwas vorschluchzen und vorjubeln, daß ihnen die Lisa beinahe zerfloß. »Wir müssen sie wieder ins Gleichgewicht bringen«, sagte Ilka, und darum gingen sie den Abend darauf in den Wintergarten und bewunderten die halsbrecherischen Kunststücke der drei Codonas. Auf dem Heimweg schleppten sie die übermüdete Gucki hinter sich her, die sich kurz vor der Haustür über Onkel Hajos hellem Anzug erbrach, weil sie zuviel türkischen Honig genossen hatte. »Das Kind gehörte längst ins Bett«, schimpfte der Familienpädagoge. »Ich möchte bloß wissen, was in euch gefahren ist. Ihr seid langsam aber sicher am Verkommen.«
»Lustig ist das Zigeunerleben«, sang Ilka, schwenkte ihr Handtäschchen und führte im Treppenhaus ihren Töchtern eine Szene vor, die sie »Feierabend eines Strichmädchens« betitelte. Esther und Hete mußten sich auf die Stufen setzen vor Lachen, hinter einer Korridortür beschwerte sich jemand lautstark über die nächtliche Ruhestörung, Ilka zog den Kopf ein wie ein gescholtenes Kind und brachte die Albernheit damit auf den Siedepunkt. Sie hätten am anderen Morgen nicht sagen können, wie sie ins Bett gekommen waren.
Im Staatstheater hatte Gustaf Gründgens »Der Tolle Tag« von Beaumarchais inszeniert. Am Tag der Premiere waren schon Ferien, und weil Onkel Hajo fand, daß man sich ein solches Bildungs-

erlebnis nicht entgehen lassen dürfte, besorgte Ilka rechtzeitig vier Karten. Lisa hatte verzichtet. Sie sei für ihre Verhältnisse gebildet genug und wolle lieber bei Gucki bleiben.
Während der großen Pause schickte der Bildungsexperte sich an, seinen drei Damen auseinanderzusetzen, was ihm an der Inszenierung mißfallen habe. Er meinte nicht den Stil, sondern die Auffassung. Sein Vortrag wurde jedoch durch eine kurze und eindrucksvolle Begegnung unterbrochen. Eine von jenen, die erst im Rückblick Gewicht erhalten und Kontur gewinnen.
Beim Schlendern durchs Foyer stieß Hajo auf seinen alten Freund Albert Reichel. Überraschung und Freude auf beiden Seiten, Hajo stellte ihn Ilka vor, und da die Mädchen nur knicksten, erklärte er mit einer vagen Armbewegung: »Meine Familie!« Das Mißverständnis war gewollt, ersparte umständliche Ausführungen und wurde auch von Ilka hingenommen, weil es in einem tieferen Sinn der Wahrheit entsprach. Reichel, einst rechte Hand eines bedeutenden Kultusministers, war Landschullehrer geworden. Hier in der Mark Brandenburg, an einer einklassigen Dorfschule.
»Dahin mußte es kommen«, sagte Hajo bitter.
Aber Reichel sah keinen Anlaß für Bitterkeit. »Ich bin dort ganz zufrieden, lieber Amroth. Nicht, daß ich unsere Zeit bei Becker bereue, wir haben viel bei ihm gelernt. Aber man schwebte doch oft zu sehr über den Dingen. Jetzt bin ich gezwungen, mich täglich mit dem Nahen und Konkreten zu beschäftigen, das ist ein Gesundbrunnen für die Seele. Eine Dorfschule ist die Keimzelle aller Pädagogik. Ich hab den ollen Pestalozzi noch nie so gut verstanden.«
Der ist ein zweiter Rehlow, dachte Ilka und betrachtete den Mann mit Respekt und Sympathie. Sie hätte gern mit ihm über ihre Vierradener Kindheitserfahrungen gesprochen, aber das Läutezeichen zum Pausenschluß rief sie an ihre Plätze zurück.
»Was meinen Sie zu der Inszenierung?« fragte Hajo im Fortgehen. Reichel hob vielsagend die Hände. »Ein Triumph des Unpolitischen, und ausgerechnet bei diesem Stück. Aber was soll er schließlich machen? Wir haben alle unser Mauseloch heutzutage. Nehmen wir es als gutes Zeichen, daß man Beaumarchais überhaupt noch spielt.«
»Kleines Zugeständnis ans internationale Publikum aus aktuellem Anlaß«, gab Hajo leise zurück. Dann winkten sie sich kurz zu, denn es klingelte zum zweitenmal.

Die Hitze verdichtete sich über der Stadt, sie prallte auf das Gewirr von Dächern, Türmen, Schloten, Hochbahnen, sie dröhnte über den Kietzen und dem prunkenden Kurfürstendamm. Die Abende brachten Abkühlung, eine woher auch immer einfallende Frische. Diese Luft wurde nicht ohne Grund besungen. Im Riesenoval des Olympiastadions plagten sich die Kämpfer, brüllten die Zuschauer sich heiser.

Die Amroths nahmen durch Zeitungen und Illustrierte daran teil, durch die Wochenschau im Kino, am häufigsten vor dem Radio, das ihnen die spannendsten Ereignisse durchgab. Sie bejubelten Gisela Mauermeyer und litten mit der unglücklichen Staffelläuferin, die kurz vor dem Ziel den Stab verlor und ihre Mannschaft um den Sieg brachte. Keiner außer Gucki sehnte sich danach, die Spiele am Schauplatz selbst zu verfolgen, obwohl der sehr nahe lag. Es gibt nur noch Karten für die hintersten Plätze, sagte Onkel Hajo, da sieht man sowieso nichts, ist bloß eingekeilt von einer schwitzenden Menschenmasse und wird am Ende noch taub von dem ständigen Radau.

Gucki nörgelte. »Ich möchte die Amerikaner sehen, es könnte Shirley Temple dabei sein. Sie kommt bestimmt her, weil es doch ein Weltereignis ist.«

»Ich habe mit Hollywood telefoniert und kann dir versichern, daß sie nicht herkommt. Sie dreht einen neuen Film und steht pausenlos im Atelier.«

»Haben sie ihr wieder einen Steptanz eingebaut?«

»Wie immer. Sie wird auch diesmal auf einem weißen Flügel tanzen, zu schmissiger Musik. Der Pressechef von Metro-Goldwyn-Mayer hat es mir auf meine Anfrage ausdrücklich bestätigt.«

»Kein Wort glaube ich dir. Du hast gar nicht mit Hollywood telefoniert. Shirley Temple ist nämlich nicht bei MGM verpflichtet, sondern bei der Twentieth-Century-Fox.«

»So?« knurrte er. »Meinetwegen. Wenigstens hat dein Spleen den einen Vorteil, daß du frühzeitig Englisch lernst. Dein th ist vorbildlich.«

Fremdsprachen waren gefragt in diesen Tagen. Auch die beiden älteren Mädchen nutzten die Gelegenheit zur Konversation. Mit Englisch hatten sie in der Schule eben erst begonnen, sie gehörten noch den Jahrgängen an, für die Französisch im Vordergrund stand. Da sie sich darin zu Hause mit Ilka und Hajo zur Genüge üben konnten, suchten sie draußen vornehmlich die Bekanntschaft

mit Engländern oder Amerikanern. Es war Hete gelungen, ein Autogramm von Jesse Owens zu ergattern, sie hatte vor dem Eingang der amerikanischen Kolonie über eine Stunde dafür angestanden.
»Du bist bekloppt«, sagte Esther und schüttelte den Kopf. »Stehst dir bei der Hitze die Beine in den Bauch wegen dem bißchen Unterschrift. Kann man ja kaum entziffern.«
»Ich dachte, vielleicht freut Gucki sich darüber. Weil er doch Amerikaner ist.«
»Gucki würde sich nur freuen, wenn – Mensch, ich hab 'ne Idee!«
Sie rannten zur nächsten Schreibwarenhandlung in die Clausewitzstraße, kauften für fünfzig Pfennige ein Foto von Guckis Schwarm und saßen kurz darauf in der Konditorei Heyl am Olivaer Platz bei Schokolade und Baumkuchen, vor sich auf dem Tisch das Foto und einen aufgeschraubten Füller.
»Halt, noch nicht! Erst mal 'n bißchen rumprobieren. Gucki kennt doch unsere Schrift.«
Die Rückseite einer Karte, auf der die verschiedenen Gebäcksorten verzeichnet waren, wurde vollgekritzelt, bis sie sich am Ende für Druckbuchstaben entschieden. »Die sind nicht so auffällig«, sagte Esther. »Du sagst, sie hätte das Autogramm dem Jesse Owens mitgegeben, der soll es einer deutschen Anhängerin schenken. Die Speisekarte mit den Namenszügen lassen wir hier liegen. Vielleicht kommen Amerikaner an diesen Tisch, dann wird es heißen: Oou! Shirley Temple was here.«
Sie prusteten gleichzeitig los. Mit vierzehn hält man dergleichen noch für einen kapitalen Scherz.
Gucki glühte vor Begeisterung. Sie hopste von einem Bein aufs andere quer durch die Wohnung, preßte das Foto gegen ihre Brust, lehnte es an ihre Wange, küßte es einmal sogar. Etti sah es mit Befriedigung, Hete schämte sich ein bißchen. Ilka schob sich an ihnen vorbei und flüsterte: »Ihr Lügenschippel. Ihr ausgekochten Weibsbilder. Vor euch muß man sich in acht nehmen. Aber das Kind ist im siebenten Himmel.«
»Eben«, sagte Esther vergnügt.
Wenn sie abends auf dem Schwof gewesen waren, fuhren sie den nächsten Morgen ins Halensee-Bad, um den Kopf auszulüften. Sie liebten das weiche, moorige Wasser, schwammen gern auf dem Rücken, ließen sich treiben, sahen zu dem hohen glasklaren Himmel hinauf. Hajo hatte endlich seinen längst fälligen Urlaub be-

kommen. Beim Wettschwimmen zu fünft konnte Gucki schon gut mithalten. Sie erhielten jetzt sechs Wochenstunden Sport in der Schule, seit die vier Religionsstunden aus dem Lehrplan gestrichen waren. »Es lebe das Konkordat«, sagte Hajo, als die Rede darauf kam.

Lisa saß am Ufer und strickte. Da sie nicht schwimmen konnte, erblickte sie im Wasser allenthalben Gefahren. Ab und zu stieß sie schrille Warnrufe aus wie eine Glucke, die aus Versehen Enten ausgebrütet hat.

Zum Wannsee ging man um diese Zeit besser nicht. Sie waren einmal dort gewesen und hatten gleich kehrt gemacht. Sie bezweifelten ja nicht, daß man in einem Massenzeitalter lebte, aber so genau wollten sie es nun auch wieder nicht wissen. Anfang August war auch das Halensee-Bad meist überfüllt, darum mieteten sie sich Räder und fuhren an den Paulsborner See. Sie kannten eine Stelle, wo sie ganz unter sich waren, wo sich von einem Hügel die verkrüppelten Weiden bis zum Wasser hinzogen, ein Ufer mit sehr feinem, ständig rieselndem, fast weißem Sand. Beim Picknick zwischen den Kiefernstämmen, wenn sie mit untergeschlagenen Beinen auf ihrer Wolldecke saßen und die Thermosflasche herumreichten, glitten ihre Augen gern an einem der hohen Stämme wie an einem Schiffsmast hinauf, verfingen sich in der entfernten Krone und begannen unwillkürlich zu blinzeln, sobald ein Sonnenstrahl durch eine Lücke schoß. Eine Gegend zum Träumen. Die Stille, die sie hier umgab, war wie eine warme, bergende Hülle. Man sprach gedämpft, keiner versuchte auszubrechen, auch die lebhafte Gucki nicht. Daß die riesige, lärmende, welthaltige Stadt dennoch so nahe war, empfand man als zusätzlichen Reiz.

Einer begleitete sie bei diesen Ausflügen, an den sie bis vor kurzem kaum noch gedacht hatten und der sich ihnen nun trotzig und demütig anschloß. Wilhelm Amroth hatte sich von der Familie in Schwedt abgesetzt und machte Urlaub auf eigene Faust, hier am Paulsborner See, in einer kleinen Privatpension mit eigenem Strand und Bootssteg. Er badete nicht, dafür angelte er gern. Sein Alleingang nach einer fast fünfzigjährigen Ehe kam einem Kraftakt gleich und war der Bewunderung wert. Jahrzehntelang nichts als Dienstreisen mit hinterlegter Adresse und Telefonnummer, jederzeit erreichbar, jederzeit leicht zu überwachen, und nun dieser Ausbruch in die Anonymität! Nein, Ilka, die wissen wirklich nicht, wo ich stecke. Es ist keine Geheimniskrämerei von mir, es ist weit mehr als

das, ein Grenzübertritt, wenn du so willst. Eine Entscheidung für dich und Hajo und für meine Enkeltöchter. – Für Esther auch, Papah? – Ja, gerade für Esther.
Er war jetzt fünfundsiebzig Jahre alt, schlohweiß und kaum gebeugt, erstaunlich gut zu Fuß und zu Rad. Und immer in bürgerlicher Kleidung, nie ohne Schlips und Kragen, beim Wandern, beim Radfahren und beim Angeln. Schwimmen hatte er in grauer Vorzeit beim Militär gelernt, übte es aber seither nicht mehr aus, weil man sich für diese Sportart weitgehend entkleiden mußte. Wenn Ilka oder die Mädchen in ihren Badeanzügen an ihm vorbeikamen, senkte er keusch die Lider. Sie merkten es bald und schonten seine Empfindsamkeit, indem sie sich seitab tummelten. Es gibt unangenehmere Eigenschaften als Prüderie, jedenfalls bei einem Großvater.
Die anderen schwammen, und er saß bei der strickenden Lisa auf der Decke unter den Föhren und sprach mit ihr über Politik. Vor einem Jahrzehnt noch wären sie sich dabei in die Haare geraten, jetzt hatte dieser Hitler die alten Unterschiede eingeebnet. Der gemeinsame Feind zwang zur Solidarität und zu gutmütigen Konzessionen. Sie hütete sich, etwas gegen seinen verehrten Kaiser vorzubringen – seit der im Ruhestand lebte und nur noch Holz hackte, war er ihr ohnedies ziemlich schnuppe –, und er überwand sich zu dem Eingeständnis, ihr August Bebel sei gar kein so übler Mann gewesen. Und gemessen an demjenigen, an dem nun alles gemessen werden mußte, hatten sie beide recht.
An besonders schönen Abenden führte Wilhelm die Familie aus. Er spendierte bei Gruban-Souchay einen Bernkastler Riesling Spätlese, Jahrgang einundzwanzig, an dem auch Gucki einmal nippen durfte, oder er besuchte mit ihnen die kleine Weinstube an der Halenseer Brücke, wo den Mädchen die Schorle so gut schmeckte.
Mitte August, einen Tag vor dem feierlichen Ausklang der Olympischen Spiele, gab er ein Abschiedssouper im »Grünen Zweig«, einem Restaurant in der Scala. Es war Ilkas Lieblingslokal, nicht zuletzt wegen der Schauspielerin Maria Fein, die nicht mehr auftreten durfte und hier residierte. In die Lutherstraße ging sie nur, wenn ein Notfall vorlag, und da dies zum Glück nicht zutraf, hatte der Großpapa auf Schlichter verzichtet. Ihn rief die Pflicht in seine Tabakfabrik zurück, die der ältere Sohn in seiner Abwesenheit, wie er wußte, immer mehr schlecht als recht in die Hände nahm.
Ilka und Esther rüsteten sich für ihre Reise nach Zürich. Einmal im

Jahr wenigstens, für zwei Wochen im August, wollten Debbie und Leo sie bei sich haben, das war nun auch für die Zukunft ausgemacht. Denn daß die Züricher Verwandten, selbst wenn sie ein Einreisevisum erhalten hätten, nicht gern ein Land besuchten, das seine Gäste mit Spruchbändern wie »Juden unerwünscht« empfing, lag auf der Hand. Während der Olympiade waren Transparente dieser Art aus den Straßen entfernt worden, ebenso die entsprechenden Schilder an Parkbänken und Badeanstalten. Aber nur weltfremde Träumer konnten sich einreden, daß es auch so bliebe.

Esther hing an Onkel und Tante, und sie fand Zürich »ganz nett«. Der Ausdruck bezeichnete kein Lob, sondern ein herablassendes Schulterklopfen. Debbie führte sie überallhin, wo sie ihr ein bißchen Interesse zu entlocken hoffte, in die verwinkelten Gassen der Altstadt, in die elegante Bahnhofstraße (mit dem Kudamm überhaupt nicht zu vergleichen!), zu einem Abendessen ins Baur au Lac, zu einer Motorbootfahrt auf dem See, auch in Ferdinand Riesers Schauspielhaus am Heimplatz, das seine Weltgeltung allerdings erst wenig später durch den Exodus deutschsprachiger Künstler erhalten sollte, die jetzt noch in Wien spielten. Esther bedankte sich bei Tante Debora für die rührende Mühe, die sie sich mit ihr gab, zeigte sich aber nicht bereit, dieses Zürich mit Berlin auf eine Stufe zu stellen. »Das hat nicht allein mit der Ausdehnung zu tun, Tante Debbie, obwohl – doch, ein bißchen spielt auch die Größe eine Rolle. Du als geborene Berlinerin müßtest es wissen. Ich verstehe nicht ganz, daß du dich von Berlin so völlig losreißen und in Zürich heimisch werden konntest. Ganz nett hier, aber eben doch Provinz. Bieder und sauber. Ich bin gern bei euch, für die Ferien, versteht sich. Aber leben? In dieser Enge leben, tagaus, tagein? Unvorstellbar.«

»Aber vielleicht könntest du ein paar Semester bei uns studieren, wie Moritz? Der hält große Stücke auf unsere hiesige Fakultät. Er studiert jetzt wieder in Wien.«

»Und wie weit ist er inzwischen?«

»Kurz vor dem Staatsexamen. Kann sein, daß er fürs klinische Praktikum nach Zürich zurückkommt, er deutete es im letzten Brief an. Wir würden uns sehr freuen, Onkel Leo und ich.«

»Kann ich mir denken. Weil ihr keine eigenen Kinder habt, ist Moritz für euch so etwas wie ein Sohn. Ob ich ein oder zwei Semester in Zürich studiere, steht noch dahin. Hat ja auch noch viel

Zeit. Ich will es nicht ganz ausschließen, Tante Debbie. Und ich verspreche dir, daß ich jedes Jahr in den großen Ferien für ein paar Tage zu euch komme.«

Debora Goldschmied verstand es, solche Gespräche immer einmal wieder herbeizuführen, mit dem Ergebnis, daß sie jedesmal erschöpft, ratlos und deprimiert zurückblieb. Das Mädchen Esther, sonst eher nachgiebig und anschmiegsam, war nicht weichzuklopfen. Nicht in dieser Sache.

»Sie glaubt nach wie vor, es handle sich um mich«, klagte Debbie, als sie mit Ilka über ihre vergeblichen Vorstöße sprach. »Sie ist lieb und voller Mitgefühl wegen meiner Kinderlosigkeit und hat keine Ahnung von dem Grad ihrer eigenen Gefährdung. Ich halte es nicht mehr für richtig, Ilka, daß ihr sie derartig abschirmt. Auch Leo findet, ihr müßtet sie allmählich aufklären. Es könnte ein böses Erwachen geben.«

»Esther soll ihre Jugend genießen«, konterte Ilka mit Heftigkeit. »Und wer sagt denn, ob sie jemals in den Rassenquatsch miteinbezogen wird? Ich wünsche nicht, daß man sie kopfscheu macht, sie ist ja noch ein halbes Kind.«

»Du mußt es wissen«, sagte Debbie und steckte auf.

Im familiären Bereich änderte sich wenig in den nächsten zwei Jahren. Im politischen tobte und schrie der große Entfesselungskünstler herum, drohte und schmeichelte, täuschte und triumphierte über die Getäuschten und steckte ein Land nach dem anderen in die Tasche, in der einen Hand die Friedensschalmei, in der anderen eine Bombe. Die kriegsmüden Staaten Europas blickten gebannt auf ihn wie das Kaninchen auf die Schlange und dachten, daß er einmal ja wohl aufhören müsse. Manchen imponierte er auch.

Als die Sudetenkrise zu schwelen begann, war Ilka mit Esther gerade wieder bei den Goldschmieds in der Schweiz. Leo hatte ins Wallis eingeladen, er besaß ein wohnliches Holzhaus oberhalb von Sierre, ohne Wasserleitung und Elektrizität und also auch ohne Radio, was Ilka sehr lieb war. Als treuer Eidgenosse beging Leo den Nationalfeiertag mit zwei Flaschen Burgunder und hängte zwei Flaggen zu den Dachkammern hinaus, die Bundesfahne und die des Kantons Wallis mit der gelben Sonne im roten Feld. Auf dem benachbarten Berg brannte man ein Feuerwerk ab. Drei Tage später kam Leo wie gewöhnlich mit einem Rucksack voll Lebensmitteln aus der Ortschaft herauf und wußte zu berichten, daß der englische Sonderbeauftragte Lord Runciman in Prag eingetroffen

sei. Es wurde ernst. Ilka warf einen Blick auf die im Liegestuhl faulenzende Esther und legte den Finger auf den Mund.
Auch Moritz Goldschmied, der um seine in Wien verbliebenen Eltern bangte, von denen er seit Wochen keine Nachricht hatte, hielt sich Esther zuliebe mit allen politischen Äußerungen zurück. Der Anschluß Österreichs an das Deutsche Reich hatte ihn über Nacht zum Emigranten gemacht. Er praktizierte an der Züricher Poliklinik und war für ein paar Tage herausgekommen, um von seinem strengen Dienst auszuspannen. Ein großer Mann mit schönen Händen und tiefdunklen, immer etwas feuchten Augen. Ilka sah ihn gern wieder, mochte aber die Begegnung in der Himmelpfortgasse nicht heraufbeschwören, weil sie die Erwähnung der Eltern miteingeschlossen hätte. Lenkt ihn nach Möglichkeit ab, hatte Leo gebeten, es nimmt ihn furchtbar mit.
»Ich verstehe meinen Schwager nicht, daß er nicht rechtzeitig aus Österreich wegging«, sagte Debbie zu Ilka. »Sie hätten herkommen können, alles war vorbereitet. Natürlich konnten wir ihnen nicht garantieren, daß sie die Schweizer Staatsangehörigkeit erhalten würden, die wird nicht so leicht erteilt. Aber für die Verlängerung des Visums hätte Leo sich stark gemacht.«
»Vielleicht kommen sie noch«, tröstete Ilka.
»Es sieht nicht gut aus. Wolfgang hatte in Wien ein zionistisches Hilfskomitee für geflüchtete Juden gegründet, und auf Funktionäre sind die Nazis besonders scharf. Ich kann die Besorgnis von Moritz verstehen.«
Esther kletterte in den Bergen herum, ging mit Ilka ins Freibad von Sierre zum Schwimmen, legte sich zum Sonnen auf die Almwiese oder in den Liegestuhl auf dem Balkon. Sie war braun wie eine Mulattin. »Sie erinnert mich wieder sehr an Bruno«, meinte Debbie. »Jetzt, wo sie so dunkel ist. Es sind nicht die Gesichtszüge, keine Einzelheiten, mehr der gesamte Ausdruck, ihre Art, einen anzusehen, zu lächeln, ein paar ganz bestimmte Gesten. An Wölfchen habe ich das nie bemerkt.«
»Früher«, sagte Ilka, »als kleines Kind, da hat die Etti genau wie Bruno ausgesehen. Sein getreues Abbild. Manchmal habe ich sie deswegen abgeküßt. Heute finde ich ihn nicht mehr in ihr wieder.«
Auf dem Bahnhof, als Esther schon im Abteil war und Ilka gerade ihren Fuß auf das Trittbrett setzen wollte, rief Leo sie noch einmal an und hielt sie am Arm zurück. »Ich habe Angst um euch«, stieß

er hervor. »Es wird Krieg geben. Ich werde euch nicht wiedersehen, ich spüre es.«
Sein Gesicht war zerklüftet von Gram und Hoffnungslosigkeit. Sie sah erst jetzt, wie stark er gealtert war. Das Schicksal seines Bruders traf ihn hart, die alten weltanschaulichen Gegensätze zwischen Wolfgang Goldschmied und ihm zählten nicht mehr. Im Vordergrund stand der jüdische Familiensinn, den Ilka erstmals bei den Andernachs kennengelernt hatte und in den sie selbst immer einbezogen war. Sie umhalste Leo und küßte ihn, das hatte sie noch nie getan, aber sie hatte ihn auch noch nie weinen sehen. »Ich werde nicht leichtsinnig sein, Leo, ich verspreche es euch. Ich schicke euch die Etti, wenn sie in Gefahr sein sollte.«
In Berlin konnte Ilka die schreckliche Vision wieder vergessen. Den September hindurch gab es noch einmal aufregende Tage bis zum Kulminationspunkt, der sich »Konferenz von München« nannte. Danach fiel die Fieberkurve steil ab, der Weltfriede war gerettet. Peace for our time.
»Was ich euch sagte«, triumphierte Ilka. »Es wird nichts so heiß gegessen, wie es gekocht wird. Man soll sich nicht verrückt machen lassen. Heute nachmittag gehe ich mit Etti und Hete ins Kino und danach piekfein abendessen zu Horcher. Wer will, kann sich anschließen.«
Hajo und Lisa lehnten dankend ab, und Ilka zog mit den Töchtern los zu einem privaten Friedensfest. Der Film war nach ihrem Geschmack, anmutig, von kleinem Zuschnitt, wohltuend frei von dem dröhnenden Pathos der staatstragenden Themen. »Spiel im Sommerwind«, eine Liebesgeschichte. Es war ein heißer Sommer gewesen in mancherlei Hinsicht, nun fand er einen sanften, beglükkenden Abschluß.
»Es geht nichts über Berlin«, sagte Esther, als sie sich bei Horcher am vorbestellten Tisch niederließen.
»Und nichts über Mama«, fügte Hete hinzu.
»Das sowieso. Unsere schöne, spendable Mama soll leben!«
Ilka lachte. »Wieder mal. Euren Lebehochs zufolge müßte ich hundert Jahre alt werden.«
»Hoffentlich«, sagte Esther und wurde ernst.
Der Weltfriede war gerettet, doch im Innern kam das Land nicht zur Ruhe. Anfang November wurde der deutsche Legationssekretär Ernst vom Rath in Paris von einem polnischen Juden erschossen, und der große Unruhestifter ordnete ein Pogrom an. Es

folgten jene befohlenen Ausschreitungen, die unter dem Stichwort »Kristallnacht« in die Geschichte eingingen. Alle noch in Deutschland lebenden Juden hatten für den Mord zu büßen.
Hajo kam spät abends nach Hause, zitternd vor ohnmächtiger Wut. »Man faßt es nicht. Der Pöbel ist losgelassen, auf staatlichen Befehl. Die Synagoge in Wilmersdorf brennt, die am Wilhelmsplatz sollen sie auch angesteckt haben. Am Kurfürstendamm tritt man nur noch auf Scherben. An der Ecke Fasanenstraße mußte ich mitansehen, wie Hitlerjungen einen alten Mann halbtot prügelten. Als ich einschreiten wollte, hielt mich ein Schutzmann zurück. Ein Polizist, ein Hüter der Ordnung. Man faßt es nicht.«
»Ich danke Gott, daß Bruno es nicht mehr erleben muß«, sagte Ilka und zog sich mit versteinertem Gesicht in ihr Zimmer zurück.
Ein paar Tage verhielt sie sich passiv, dachte über Auswege nach, wälzte Pläne und verwarf sie wieder, wurde von bösen Ahnungen heimgesucht. Zum Optimismus bestand, weiß Gott, keine Ursache mehr. Dann kam der Brief von Esthers Schuldirektorin, die Ilka um eine Unterredung bat. Am hellen Vormittag, während der normalen Schulzeit. Es war gar nicht so leicht für sie, den Moment abzupassen, wo sie sich in das Schulgebäude einschleichen konnte, ohne Gefahr zu laufen, von Etti oder Hete gesehen zu werden. Denn die Kinder sollten – das war ihr fester Entschluß – von diesem notwendig gewordenen Besuch nichts wissen. Noch hatte sie ein Eisen im Feuer.
Der Direktorin tat es sehr leid. »Ausgerechnet von einer so guten Schülerin müssen wir uns trennen. Aber es sind nun einmal die Gesetze, Frau Amroth.«
Sarah, ich bin schon auf der dritten Treppe.
Ilka saß da mit mahlendem Kiefer und angespannten Muskeln wie ein Raubtier, das zum Sprung ansetzt, gewillt, um ihr Kind wie eine Löwin zu kämpfen. »Sagen Sie Esther noch nichts davon, bitte. Auf ein paar Tage wird es ja nicht ankommen. Mein Vetter ist der Reichsleiter Benthien, es könnte sein, daß er eine Ausnahmegenehmigung erwirkt.«
»Oh! Das würde uns sehr freuen, Frau Amroth, bitte, versuchen Sie es! Esther wird nichts merken, das verspreche ich Ihnen.«
Der Weg in die Lutherstraße zur Villa Oppenheimer war jedesmal ein Canossagang, nur daß sie statt eines Büßerhemds ihre eleganteste Kleidung anzog, diesmal einen braunen Ledermantel mit Fuchsbesatz, dazu eine passende Kappe und hochhackige Schuhe. Wegen

ihrer Länge hätte sie besser flaches Schuhwerk getragen, aber die Pumps streckten ihre wohlgeformten Beine, und der Vetter, selbst ein Benthienscher Riese, liebte große Frauen. Ilka empfand es als zutiefst demütigend, solche weiblichen Tricks für ihr Vorhaben einspannen zu müssen, obwohl sie bei anderen Gelegenheiten mit gutem Gewissen eitel war. Ihre Laune sank auf den Nullpunkt, als er sie im Vorzimmer auch noch länger als gewöhnlich warten ließ. Sie hatte sich doch angemeldet.

Emil Benthien war nicht mehr der nette, gesprächige Junge, als den sie ihn zu Beginn seiner Laufbahn kennengelernt hatte. Er war etabliert, im Umgang mit der Macht geübt, konnte Unterwerfung fordern. Leute wie er sahen sich zu jener Zeit von Bittstellern umlagert, das führt zu Hochmut, dem nur gefestigte Persönlichkeiten widerstehen. Außerdem lebte er in einer schlechten Ehe und durfte sich nicht scheiden lassen, weil sein Protektor Göring es nicht duldete. Ilka wußte es von Wilhelm Amroth, und der wiederum hatte es von Ewald.

»Der Herr Reichsleiter läßt bitten!« schnarrte der Adjutant und riß die Flügeltür auf.

Benthien kam ihr entgegen. Es hätte sie nicht gewundert, wenn er sie hinter seinem riesigen Schreibtisch sitzend empfangen und abgefertigt hätte, aber nein, er kam ihr entgegen, küßte ihr die Hand, nahm ihr den Mantel ab. »Bitte, leg ab, wenigstens für einen Moment, es ist schon geheizt. Viel Zeit habe ich nicht. Ein hübsches Kleid, du hast einen fabelhaften Geschmack. Komm bitte gleich zur Sache, weil ich noch weg muß. Ich habe um elf einen Termin beim Reichsmarschall.«

Er hörte sie mit unbewegtem Gesicht an, machte sich Notizen. Als sie geendet hatte, klappte er sein Notizbuch zu und goß Kognak in zwei Schwenker, die vor ihnen auf dem niedrigen Tisch bereit standen. Sie tranken sich zu, auf gutes Gelingen, ihr schmeckte das Zeug wie Galle, dabei war es sicher eine gute Marke.

»Ich denke schon, daß ich dir helfen kann. Über Göring, der gern einmal dem Himmler eins auswischt. Das bleibt unter uns. In der Sache Mahnke damals konnte ich leider nichts tun, die war schon versaut. Fünfundzwanzig Stockhiebe, weil er Kassiber nach Holland geschmuggelt haben soll, und dann stellte sich heraus, daß es ein anderer Mahnke war. Eine Verwechslung. Die Exekution hat er nicht verkraftet, war wohl vorher schon etwas anfällig, es tut mir leid. Ich hab später dafür gesorgt, daß der Lagerkommandant abgelöst wurde. Dieser Loritz war ein Idiot, er hatte uns auch den Ärger mit Ossietzky eingebrockt. Heute erledigen wir solche Sachen delikater.«

Da er sich erhob, stand auch Ilka auf. Er kippte den Rest seines Kognaks hinunter, straffte sich, zog den braunen Rock gerade. Sie rührte ihr Glas nicht mehr an, ließ sich in den Mantel helfen, ging ihm voraus zur Tür.

»Also wie gesagt, Ilka, du kriegst Bescheid. So bald wie möglich. Heil Hitler!«

Auf der Straße, im suppigen Novembernebel, überlegte sie einen Augenblick und nahm dann die Elektrische zum Wilmersdorfer Friedhof. Sie hatte eigentlich gleich nach Hause zurückkehren wollen, verspürte aber nun das unabweisbare Bedürfnis, Herberts Grab aufzusuchen.

Vor der Mauer saß eine frierende Frau hinter einem Stand und verkaufte den ersten Blumenschmuck für den kommenden Totensonntag. Ilka nahm ihr ein in Herzform gebündeltes Kissen mit Heidekraut ab. Sie hatte es gerade bezahlt, da fiel ihr die Schlagerstrophe ein, die sie seither nicht mehr gehört hatte: »Und hin und wieder kommt mal wer mit einem Erikastrauß.«

Das Grab war genauso sorgsam gepflegt wie das des Bruno Andernach auf dem Friedhof der Luisengemeinde, darin wechselten sie sich in der Familie ab. Ilka bettete das Kissen mitten in das Moosrondell und sammelte ein paar welke Blätter auf. Fünfundzwanzig Stockhiebe, aus Versehen. Er war nicht anfällig, er war ein kerngesunder Mann gewesen, ehe sie ihn wegschleppten. Wer wußte es besser als sie? Einen Ossietzky kannte sie nicht, hatte den Namen nie gehört, und was hieß: delikater erledigen? Ein zynischer Komparativ, wenn sie bedachte, worauf er sich bezog. Und nie, niemals wird Hete die näheren Umstände erfahren, unter denen ihr Vater zu Tode kam, das schwor sie sich. Was das Kind bisher darüber wußte, war schlimm genug.

Noch keine Woche verging, und die Schulleitung rief zu Hause an. Vormittags, als die Mädchen im Unterricht saßen. Die Stimme der Direktorin klang laut und froh. »Gratuliere, Frau Amroth. Die Ausnahmeregelung für Esther ist eingetroffen. Klar, es bleibt dabei, sie braucht nicht zu erfahren, daß es ihretwegen Schwierigkeiten gab. Auf unsere Diskretion können Sie sich verlassen.«

»Gut«, sagte Hajo, der mit diesem Ergebnis nicht gerechnet hatte, »dann wollen wir darauf vertrauen, daß es dabei bleibt.«

»Und daß dies mein letzter Gang in die Lutherstraße war«, ergänzte Ilka.
Der Winter blieb sorgenfrei. Sie feierten ein ungetrübtes Weihnachtsfest, bei dem jeder jeden reichlich beschenkte, und fuhren im Anschluß an die Feiertage zu Irmchen Seefellner nach Bad Tölz. Die Kinder hatten Skier bekommen und nutzten das günstige Wetter zu sportlichen Exkursionen, während Ilka mit Lisa lieber spazierenging. Hajo hatte keinen Urlaub und wurde zu Hause von Schwester Jettchen versorgt. Die lebte als Ruheständlerin in einem Altenheim für Diakonissen in Charlottenburg und sprang aus Anhänglichkeit an die Familie gern einmal ein, wenn sie gebraucht wurde.
Im April stand Berlin wieder einmal kopf. Die Ost-West-Achse wurde eingeweiht, zum Führergeburtstag war der rumänische Außenminister eingeladen und nahm an der Seite des Staatsoberhauptes die gewaltige Militärparade ab, die dem Gast und der Welt die Stärke Hitlerdeutschlands demonstrieren sollte. Ein Lichterdom aus tausend Scheinwerfern umsäumte die nächtliche Prachtstraße, die sich noch ein wenig kahl und fremd ausnahm. Die Berliner schwankten zwischen Stolz und Spott und feierten in den Kneipen. Einen Monat zuvor hatten deutsche Truppen die Rest-Tschechoslowakei überfallen und damit das feierlich beschworene Münchner Abkommen zunichte gemacht, und mit Polen gab es verstärkten Ärger wegen des Korridors. Aber die spektakulären Erfolge der letzten Jahre hatten die Kritiker zum Verstummen gebracht, und selbst von den Berlinern, die allem Pathos eher abgeneigt sind, konnte man um jene Zeit überall hören: Laßt ihn nur machen! Keine Gefahr. Der macht das schon.
Esther war siebzehn geworden und in einen Abiturienten namens Dietmar verliebt. Sie waren sich auf einem Schulfest nähergekommen, wo sie miteinander den Lambeth-Walk getanzt hatten und einen langsamen Walzer zu dem Text: »Ich tanze mit dir in den Himmel hinein.« Eine ernste Geschichte schien es aber nicht zu sein, da sie Ilka alle ihre Erlebnisse mit Dietmar haarklein berichtete. Daß er ihr eine Rose ins Haar gesteckt und ein Gedicht auf sie gemacht hatte (sie sagte es auswendig her und beanstandete ein paar unsaubere Reime), daß er nur mit einer unberührten Frau die Ehe eingehen wolle, da er selbst auch bis dahin kein Mädchen berühren werde. Das letzte beruhigte Ilka sehr, darin war sie wie alle Mütter. Die Konfessionen wurden wie bisher in Ilkas Bett vorge-

tragen, in der gemeinsamen heimlichen Stunde vor dem Aufstehen. Ich freu mich auf diesen Sommer, Mama.

Gucki war in der Oberschule sitzengeblieben, o großes Unglück. Es hätte nicht sein müssen, sie war ein Faulpelz, ein verwöhntes Nesthäkchen. In Englisch eine Eins, Shirley Temple zuliebe, in allen anderen Hauptfächern hoffnungslos. Ilka saß jetzt jeden Nachmittag bei den Schulaufgaben neben ihr und half nach.

Lisas sechzigster Geburtstag mußte vorbereitet werden. Solche Angelegenheiten übertrugen sie gern der Hete, die sich darin schon mehrfach bewährt hatte. Es war nämlich gar nicht so leicht, aus der störrischen Alten herauszukriegen, womit man ihr eine Freude machen konnte. Ich brauche nichts – lautete Lisas stereotyper Kommentar, wenn man sie auszuhorchen versuchte. Ich hab alles, macht bloß keine Sperenzchen meinetwegen. Truppenparaden ham wa schon zur Jenüje im Lande.

Es gab keine Truppenparade, aber ein schönes sommerliches Fest im Garten. Hete hatte, mit Ilkas Erlaubnis, in Lisas Abwesenheit alle Schränke und Schubladen inspiziert und sich aufgeschrieben, was ihrer Meinung nach fehlte, und Ilka war danach mit den Töchtern auf einen Einkaufsbummel gegangen und hatte das vermeintlich Fehlende zusammengekauft. Den größten Anklang fand ein Morgenmantel aus rosa Wollflausch, den Lisa am liebsten anbehalten hätte, wäre es nicht so heiß gewesen. Pastor Wüllenweber kam mit einer schön eingebundenen Stuttgarter Jubiläumsbibel, über die Lisa Tränen der Rührung vergoß, während Hajo lauthals lachte. Ein Nachbar, der auch eingeladen war, bekam den Fotoapparat der Familie in die Hand gedrückt und knipste ein paar Bilder fürs Album. Am Abend – es war immer noch warm und der Himmel unbewölkt – hängte man Lampions auf und servierte die obligate Erdbeerbowle. Gucki sollte nur Himbeersaft trinken, löffelte aber heimlich reihum die liegengelassenen Früchte aus den Gläsern, worauf das Fest für sie ein vorzeitiges Ende fand. Hete und Esther nahmen ihr singendes Schwesterchen unter die Arme und schleiften es die steile Gartentreppe hinauf. Zwischendurch blieben sie stehen, weil sie vor Lachen nicht weiterkonnten. Ilka schimpfte. Alles in allem: ein unbeschwertes Fest.

Bloß daß es der Lisa dann nicht bekam. Sie klappte den Tag darauf buchstäblich zusammen, die aufmerksame Hete konnte sie gerade noch auffangen. Kreislaufversagen, sagte der Arzt. Die plötzlich aufgetretene Sommerhitze, dazu die aufregende Geburtstagsfeier.

Daß auch noch anderes, Schwerwiegenderes, im Spiel war, wußten nur Ilka und Hajo. Ohne Krankenhaus ging es nicht ab, Lisa sollte für einige Wochen unter ständiger ärztlicher Kontrolle sein, und Ilka besorgte ihr ein Zweibettzimmer in der Charité. »Wir besuchen dich jeden Tag, Lisa. Eine von uns hat immer Zeit. Und mach dir keine Sorgen wegen Esther, ich bring das schon in Ordnung. Es tut mir leid, daß ich es dir überhaupt erzählt habe.«
Aber da war nichts mehr in Ordnung zu bringen, weil der Staat, in dem sie lebten, seinen eigenen unmenschlichen Ordnungsbegriff hatte, der nun rigoros durchgesetzt wurde. Esther ahnte noch nichts. Die Schulleiterin hatte versprochen, ihr auch diesmal nichts zu sagen, zumal die großen Sommerferien vor der Tür standen. Bis dahin konnte sie in der Schule bleiben, und während der Ferien wollte Ilka, so hatte sie der Direktorin erklärt, noch einmal alle ihre Beziehungen spielen lassen. »Tun Sie das, Frau Amroth. Sie wissen, wie gern wir Esther behalten möchten.«
Zweimal schon hatte sich der Vetter am Telefon durch seine Sekretärin verleugnen lassen, beim drittenmal glaubte Ilka im Hintergrund seine Stimme vernommen zu haben und bestand darauf, ihn persönlich zu sprechen. Er kam dann schließlich, widerwillig und mißgelaunt, einmal mußte sie es ja erfahren.
»Nichts zu machen, Ilka, bemüh dich gar nicht erst her. Es gibt keine Ausnahme mehr auf diesem Sektor, deine Tochter kann dankbar sein, daß sie überhaupt eine so hohe Klasse erreichte, von Rechts wegen hätte sie schon vor vier Jahren von der Schule gemußt, als Mischling ersten Grades. Tut mir leid. Und nun entschuldige mich bitte, ich bin in Eile. Heil Hitler!«
Von Rechts wegen. Wie glatt dem das Wort »Recht« von den Lippen ging.
Nächtliche Unterredung mit Hajo, Abhören der letzten Nachrichten, schicksalsschwerer Entschluß. Kein Wort davon zu den Kindern, auch zu der kranken Lisa nicht.
»Sie will doch Medizin studieren, Hajo, sie ist ganz versessen darauf. Und jetzt soll sie nicht einmal das Abitur machen dürfen, als beste Schülerin der Klasse? Das kann ich ihr nicht sagen. Ich kann es nicht.«
»Ich befürchte, daß es dabei nicht bleiben wird. Daß diese Rassengesetze, meine ich, ihr eines Tages weitere, vielleicht noch schlimmere Einschränkungen auferlegen. Mischling ersten Grades! Schon die Bezeichnung läßt einen schaudern.«

»Ich werde an Debbie schreiben. Es scheint, daß sie und Leo mit allen ihren bösen Voraussagen recht behalten.«
Sarah, ich stehe dicht vor deiner Tür.
Am letzten Schultag brachten die Kinder ihre Zeugnisse. Mit Guckis Zensuren war niemand einverstanden außer Gucki selbst, dafür retteten die beiden Großen die Familienehre. »In Mathe und Bio hab ich jetzt auch eine Eins«, berichtete Etti stolz. »Unsere Klassenlehrerin, bei der wir Mathe haben, war ganz gerührt darüber. Sie hatte Tränen in den Augen, als sie mir das Zeugnis gab. Eine sentimentale Person, aber sehr lieb.«
»Tante Debbie fragt an, ob du nicht schon etwas früher kommen kannst. Es geht Onkel Leo nicht gut. Ich glaube, sie braucht dich.«
»Nichts da, ich fahre im August, wie vorgesehen. Tante Debbie hat doch Moritz im Haus, sie braucht nicht unbedingt mich zur Unterstützung. Länger als vierzehn Tage halte ich es in Zürich sowieso nicht aus, besonders jetzt nicht, Mama, wo du nicht mitfährst.«
»Ich muß mich um Lisa kümmern.«
»Seh ich ja ein. Nächstes Jahr will Hete mitkommen, sie hat es mir fest versprochen. Dann stellen wir beide ganz Zürich auf den Kopf. Vielleicht bringen wir sogar den ernsten Doktor Moritz zum Lachen.«
Kindskopf. Ahnungslos, lebensfroh. Was kostet die Welt? Unerschwinglich wird sie schon nicht sein, also her damit. Wie soll man ihr diesen Frohsinn erhalten?
Neunter August. Die Sowjetunion schlägt Hitler einen deutsch-russischen Nichtangriffspakt vor. Ob das die Rettung ist?
»Im Gegenteil«, behauptete Hajo hinter vorgehaltener Hand. »Wenn ihm dieser Coup gelingt, hat er doch alle Chancen, den Krieg nur auf die Westfront zu begrenzen. Dann schlägt er erst recht los. Dann kann ihm Englands Garantie für Polen gestohlen bleiben.«
Das leuchtete ein. Das leuchtete selbst der unpolitischen Ilka ein, so plausibel war es. Sie kaufte für Esther eine funkelnagelneue Reiseausstattung.
»Verwöhn mich nicht so, Mama. Auch noch seidene Unterwäsche.«
»Kunstseidene.«
»Immerhin. Wär nicht nötig gewesen, ich mach ja keine Weltreise.

Aber der karierte Sommermantel ist 'ne Wolke. Todschick. Den ziehe ich an, wenn ich mich von Lisa verabschiede.«
Sie verabschiedete sich von Lisa im Krankenhaus, sie sagte zu Hause zum Onkel Hajo, zu Hete und Gucki: »Tschüs, machts gut, hoffentlich bleibt das Wetter so schön, daß ihr schwimmen gehen könnt. In zwei Wochen bin ich zurück, da lade ich euch ins Kranzlereck ein, soviel Taschengeld werde ich mir ersparen. Mama ist richtig leichtsinnig, die wollte mir wahrhaftig ein Schlafwagenabteil bestellen, als ob es die zweite Klasse nicht täte. Da hab ich doch ein weiches Polster unterm Po und kann in meiner Fensterekke pennen, wenn mir danach ist.«
Ilka fuhr mit ihr im Taxi zum Anhalter Bahnhof. Es war Spätnachmittag. Der Nachtzug mit Kurswagen in die Schweiz wurde hier eingesetzt und stand schon am Gleis. Das Sonnenlicht fädelte sich wie durch Ösen zwischen den Wagenlücken hindurch, bildete schräge Staubbalken, in denen die Farben des Regenbogens vibrierten, vergoldete den einen Bogenpfeiler, lag nur noch matt auf den Rundfenstern der Halle, die hinter ihnen in abendlichen Schatten verdämmerte. Vorn am Zug war es noch hell und warm. Gepäckträger hasteten vorbei, bahnten sich ihren Weg durch die Menge, die Luft war erfüllt von Stimmengewirr, gelegentlichen Pfiffen oder dem Donnern des einfahrenden Zuges am Bahnsteig nebenan. Ein Kind rief ein paarmal laut nach seiner Mama.
War dies der Zug nach Bad Kreuznach? Sollte die kleine Sarah noch einmal dem Wolf ausgeliefert werden, der Einsamkeit, Verlassenheit und namenlosen Angst? Nein, so war es nicht. Oder vielleicht doch? Welcher Wolf war der ärgere, der hier in Berlin oder der in Zürich. Beide sperrten sie weit ihre Rachen auf.
Dich schicke ich nie wieder weg, mein Spatz, das verspreche ich dir. Und: wenn ich sterben muß, Mama, stirbst du dann mit mir?
Ilka schwankte, sie stützte sich am Griff der Wagentür ab. Alles war schon einmal dagewesen, alles hatte sich in einem früheren Leben bereits genauso abgespielt, auf diesem Bahnhof hier. Warum, wenn man sein Leben zweimal leben mußte, erinnerte man sich dann nicht auch, wie es weiterging? Das müßte man doch wissen, logischerweise. Und während Ilka krampfhaft bemüht war, sich an die Zukunft zu erinnern, stand Etti neben ihr vor der offenen Wagentür, in ihrem karierten Sommermantel, den Gürtel viel zu stramm über ihre schmale Taille gezogen, die dunklen Haare zur Innenrolle gedreht, die bernsteinfarbenen Augen erfüllt

mit Reiselust und Ferienfreude. Ein schönes Mädchen – auch andere stellten es mit wohlwollenden Seitenblicken fest. Noch war ein bißchen Zeit, und Esther plauderte. Wesentliches mit Banalitäten gemischt, wie immer, wenn man gelöst ist und keinen Grund hat, sich zusammenzunehmen. Warum auch hätte sie verkrampft sein sollen?

Sie sprach von Lisa, vom Besuch in der Charité. »Da mache ich später mein Praktikum, Mama, da helfe ich in den Semesterferien aus. Mit der Oberin habe ich mich schon angefreundet. Fabelhaft, wie die eingerichtet sind! Lisa ist bald wieder auf'm Damm, die hatte sich bloß ein bißchen übernommen. Laßt die Gucki in den Ferien in Ruh' mit dem Lernen, Mama, die Hete meint das auch. Unsere Lütte wird keine Intellektuelle, dafür hat sie viel Charme und kriegt bestimmt früh einen Mann. Schade, daß ich mit dem Dietmar verkracht bin, er wäre sonst an den Zug gekommen.«

»Worüber habt ihr euch denn gezankt?«

»Ach, ganz was Doofes. Er hat gesagt, er liebt mich, weil ich aussehe wie Hannelore Schroth, und ich bin wütend geworden und hab ihm gesagt, dann soll er sich doch gleich um die Schroth bemühen, da war er eingeschnappt. Außerdem stimmt es gar nicht. Die Schroth ist so 'n kleener Proppen, ich bin viel größer und wachse vielleicht noch ein bißchen. Am liebsten wäre ich so groß wie du.«

»Gott bewahre! Die Männer haben es nicht gern, wenn sie zu einer Frau emporsehen müssen.«

»Ich habe nicht den Eindruck, Mama, daß du jemals ein Mauerblümchen warst. Der Onkel Hajo würde dich lieber heute als morgen heiraten.«

Bitte, einsteigen und die Türen schließen! Vorsicht an der Bahnsteigkante!

Eine rasche letzte Umarmung, nicht zu kräftig, nur nicht sich anmerken lassen, daß dies kein Abschied wie alle vorausgegangenen ist. »Du mußt einsteigen, Kind. Komm noch mal ans Fenster.«

Das tat sie und beugte sich durch das geöffnete Gangfenster zu Ilka herunter. Ein schriller Pfiff, der Zug fuhr an. »Tschüs, Mama, und paß auf dich auf. Wenn ich wiederkomme, feiern wir deinen Geburtstag, ganz groß wie den sechzigsten von Lisa, mit Bowle und Lampions. Auch wenn es noch nicht dein vierzigster ist.«

Dann fuhr der Zug mit ihr davon. Der Bahnhof war leer wie ein ausgeräumter Laden, absolut leer und tot. Die Pfeiler geborsten, die Halle zerstört, die Schienen von Gras überwuchert, alles für den Bruchteil einer Sekunde. Sechs Jahre später sollte er so verödet daliegen, jetzt war er noch überaus lebendig, und Ilka hatte Mühe, sich gegen den Anstrom von Reisenden zum Ausgang durchzuschlängeln.

Der letzte Gang in die Lutherstraße den Tag darauf, und ohne sich hübsch zu machen, nicht einmal zum Friseur war sie gegangen. Hajo wußte Bescheid, sonst keiner.

»Der Herr Reichsleiter bedauert, er ist für Sie nicht zu sprechen«, sagte die Vorzimmerdame schnippisch. Ilka sah sie kühl von oben herab an.

»Bitte melden Sie mich bei meinem Vetter und sagen Sie ihm, daß ich wegen einer ganz anderen Sache komme, als er vermutet. Und daß ich ihn nicht länger als fünf Minuten in Anspruch nehme.«

Mein Vetter. Den Titel Reichsleiter benutzte sie ungern, sie fand ihn nach wie vor läppisch.

Emil Benthien gewährte ihr die Gnade einer kurzen Audienz. Sie legte den Mantel nicht ab, nahm auch nicht Platz, einen Kognak bot er ihr erst gar nicht an. Sein Amtszimmer war noch protziger geworden. Wo holte er nur all diese Gegenstände her, die auf Antiquitätenmessen zu horrenden Preisen gehandelt wurden?

Er hörte sich ihre Bitte an und war aufs äußerste überrascht.

»Habe ich dich richtig verstanden – du möchtest, daß wir sie ausbürgern? Natürlich läßt sich das machen, ich brauche nur die zuständige Stelle anzurufen. Aber du bist dir doch klar darüber, daß sie dann nicht mehr zurück kann? Die Grenzkontrollen werden automatisch benachrichtigt, sie zurückzuschicken, weil ihr Paß dann nicht mehr gilt.«

»Das ist meine Absicht«, sagte Ilka.

Der Blick, mit dem er sie daraufhin abtastete, strömte eine offenkundige Verachtung aus. »Bitte, wie du willst. Für dich ist es sicher der bequemste Weg, das Kind einfach abzuschieben, damit hast du dann alle Scherereien vom Hals. Ich hätte dir eigentlich mehr Mütterlichkeit zugetraut.«

Sie war schon bei der Tür, hatte die Hand schon auf der Klinke, aber diese letzten Worte zwangen sie, sich noch einmal umzudrehen.

»Es gibt Leute«, sagte sie langsam und nach tiefem Luftholen, »die zünden reihum Häuser an und beklagen sich hinterher, daß die

Feuerwehr nicht schnell genug zum Löschen kam. Wie so einer kommst du mir vor.«

Sein Gesicht blieb stumpf und verständnislos. Sie hatte ihn nie für besonders intelligent gehalten und das Beispiel auch mehr sich selbst zuliebe vorgebracht. Denn indem sie ihren Abscheu in Worte faßte, meinte sie besser damit fertig zu werden. Sie ging ohne Gruß davon.

Auf der anderen Straßenseite wartete Hajo. Sie stolperte ihm in die Arme, und er zog sie in einen Toreingang. Er wußte beinahe alles von ihr, er kannte auch die Geschichte ihres Einzugs in das Bordell der Dame Zacharias. Darum verstand sie ihn gleich, als er, ihr das Haar streichelnd, mit einem zornigen Blick auf die gegenüberliegende Villa Oppenheimer zitierte: »Ick jloobe, Frollein, det Etablissemang da drüben, det is nischt for Ihnen.«

»Ich geh da nie wieder hin, Hajo, nie wieder«, schluchzte sie. »Versprich mir, daß ich nie wieder dorthin muß!«

»Nie wieder, Ilka. Das war das letzte Mal.«

Zwei Wochen darauf brach der Krieg aus, den man später den Zweiten Weltkrieg nennen sollte. Da feierte Ilka gerade ihren neununddreißigsten Geburtstag. Das Wörtchen »feiern« darf man im Hinblick auf dieses Ereignis jedoch nicht zu wörtlich nehmen.

Achtes Bild:
Die Zerstörung

»Das wärs dann also. Das letzte Foto hab ich nicht mehr eingeklebt, nur lose hineingelegt, als einen Endpunkt gewissermaßen.«

»Aber das bin ja ich! Mit dir zusammen in der Wohnung von Tante Debbie. Wie alt war ich damals?«

»Fünf Jahre. Kannst du dich nicht mehr an die Begegnung erinnern?«

»Doch, ein bißchen. Allerdings nur sehr verschwommen. Aber ich hatte keine Ahnung, daß wir fotografiert wurden.«

»Dein Vater hat uns aufgenommen, auf meinen Wunsch. Mit Onkel Leos Apparat.«

»Und weshalb hab ich das Foto nicht gekriegt?«

»Denk mal nach!«

»Ich weiß, wegen Mutter. Sie durfte wahrscheinlich nicht wissen, daß Vater mich zu dir gebracht hat.«

»Mitgeteilt hat er es ihr schon. Dein Vater konnte schlecht lügen. Er hat es ihr gesagt, er hat ihr das Einverständnis abgerungen. Sie hatte an dem Nachmittag Dienst in ihrer Klinik, als er mit dir zu Tante Debbie kam. Das Foto hat er mir später in einem Brief geschickt, das Negativ vielleicht vernichtet.«

»Es muß dir sehr weh getan haben, daß deine eigene Tochter nichts von dir hat wissen wollen.«

»Es hat sehr weh getan. Dein Vater hat versucht, mir klarzumachen, daß ich im Verhalten deiner Mutter keine Unversöhnlichkeit sehen soll, sondern eine Krankheit. Ein Trauma, eine seelische Verletzung. Sie konnte nur weiterleben, indem sie es vermied, mich wiederzusehen. Das habe ich respektiert.«

»Respektiert, Großmama? Nicht auch verstanden?«

»Nicht ganz. Im tiefsten Grunde nicht. Ich bin anders gelagert, mir kann das nicht passieren. Eine Kraftnatur, auch seelisch, mit einem Schwimmkorken aus Optimismus. Mir hat das Leben einiges zugemutet, wovon du nur einen Bruchteil weißt, aber Menschen wie mich müßte man schon erschlagen, damit sie zugrunde gehen. Wenn mir die Realität zusetzte, daß ich meinte, sie nicht mehr ertragen zu können, bin ich in meine Träume geflüchtet. Da fand ich dann alles, wie ich es wünschte, und konnte mich erholen.«

»Du hast dir also etwas vorgemacht?«

»Festeweg. Anfangs war es immer eine Konstruktion mit Hilfe der Phantasie, da konnte ich Traum und Wirklichkeit noch auseinanderhalten. Im weiteren Verlauf hab ich richtig dran geglaubt. Die Hete, die ja überhaupt keine Phantasie hat, rief mich immer dann zur Ordnung, wenn sie es für angebracht hielt. Es war mein Glück, einen solchen Wächter an meiner Seite zu haben. Wenn es aber nicht unbedingt erforderlich war, mich aus meinen Träumen zu reißen, ließ sie mich in Ruhe, und auch das war gut.«

»Weil sie wußte, daß du deine Lebenslügen wie eine Droge brauchst?«

»Lebenslüge ist ein hartes Wort, mein Kind.«

»Ein ehrliches Wort. Vergiß nicht, daß ich die Tochter einer Nervenärztin bin. Mutter hat mich früh dazu erzogen, die Dinge beim Namen zu nennen. Ich könnte dir Geschichten erzählen, wie klug und geschickt sie mich auf den Weg gesetzt hat, Erlebnisse aus meiner frühen Kindheit, die dir beweisen könnten, daß sie –«

»Erzähl sie mir nicht. Nichts davon, Ruthchen. Ich ersticke fast an soviel Vergangenheit. Sprich lieber von deinen Zukunftsplänen, damit ich mit dir gemeinsam träumen kann.«

»Aber gern. Eine letzte Frage noch: Warum hast du das Fotoalbum nicht fortgesetzt? Du hast eben von einem Endpunkt gesprochen. Warum hast du es zu dem Zeitpunkt enden lassen, als du Mutter nach Zürich schicktest? Du hattest doch Hete und Gucki und deinen Sohn Wolfgang, der damals noch lebte – dein Leben ist weitergegangen mit vielen Pflichten und Bindungen nach allen Seiten. Warum ist hier Schluß?«

»Zufall, reiner Zufall. Du brauchst nichts dahinter zu suchen. Deine Mutter war gerade weg, da brach der Krieg aus. Und der ließ mir dann einfach keine Zeit mehr für Alben und ähnliche Feierabendbeschäftigungen. Man hatte andere Sorgen.«

Es ist einfach nicht wahr, und sie wußte es. Sie log ganz bewußt in diesem Fall. Scham, Scheu, Verletzlichkeit auch bei ihr, man darf es ruhig annehmen. Der Schwimmkorken aus Optimismus, mit dem sie sich behalf, hat nicht immer getragen, hat mitunter glatt versagt und sie absaufen lassen, genauso wie die Phantasie. Sie blieb am Leben, das schon, es reichte auch noch zu mancherlei Anstrengungen und Entscheidungen, die ihr abgefordert wurden. Aber es wurde nicht mehr wie früher. Der August neununddreißig war die

Zäsur, die ihr Leben in zwei Hälften zerschnitt, von denen die zweite nur noch ein Abklatsch war.

Daß sie es nicht zugab, hatte Gründe. Einer davon war der Ekel, den sie unmittelbar nach dem Krieg darüber empfand, daß so viele Deutsche mit ihrem eigenen Leid hausieren gingen, bevor sie sich auch nur die Mühe gemacht hatten, das Leid der anderen und ihre Schuld daran zur Kenntnis zu nehmen. Das verschloß ihr den Mund, danach verbot sie sich jede Klage.

Der Krieg hätte ihr schon Zeit gelassen für die Fortsetzung eines Fotoalbums, im Anfang ganz gewiß. Im Anfang gab es ja bloß Siege, lauter Siege an Fronten, die der Heimat immer ferner rückten und daher immer sagenhafter wurden. Was die Wochenschau im Kino davon zeigte, war ausgewähltes Material. Alle unheroischen Szenen fielen der Schere des Propaganda-Ministers zum Opfer. Denn das leistete sich dieser Staat unter anderem: einen besonderen Minister für Propaganda.

Ilka fiel nicht darauf herein, ging auch selten ins Kino, nur wenn Gucki darum bettelte. Sie reiste viel herum. Dafür ließen sich immer Vorwände finden. Sie mußte Irmchen Seefellner in der Pension helfen, sie mußte alte Freunde in Wien besuchen, sie mußte sich um ihre Mutter in Vierraden kümmern, nachdem Erich im Polenfeldzug gefallen war. Sie mußte. Zuallererst mußte sie vor sich selbst davonlaufen, vor dem Nachdenken über die jüngste Vergangenheit und die einschneidende Veränderung, die sie gebracht hatte.

Lisa war wieder gut beisammen, Stehaufmännchen auch sie. Hilft ja allet nischt, det Kind is in Sicherheit, det Le'm jeht weiter. Bombenangriffe gab es noch keine, das heißt, es gab fast täglich welche, aber es waren deutsche Bomben, die auf andere Völker niedergingen.

Ilka fragte ihre Mutter in Vierraden nicht mehr, ob ihr Besuch genehm sei oder nicht, die alte Frau gebot seit langem nicht mehr über ihren Verstand und wurde kurzerhand mitgenommen. Dazu brauchte man kein Entmündigungsverfahren. Den Haushalt auflösen – du lieber Gott! Was bei den Benthiens in Vierraden Haushalt genannt wurde, hatte sich von jeher in Auflösung befunden. Man brauchte auch kein Altersheim, die Berliner Wohnung hatte immer noch ungenutzte Räume. In einen davon wurde Maria Benthien einquartiert, erhielt Schaukelstuhl und Schreibtisch, Papier und Ausziehtusche.

Die Mutter war zufrieden. Sie sprach fast nur noch polnisch, so daß Ilka es auch wieder ein bißchen lernte, schrieb mit zittriger Hand ihre täglichen Danksagungen und ruhte im Schaukelstuhl aus. Ilka stellte ihre Reisen ein und war eine Zeitlang Pflegerin. Wenn Hete sie ablösen wollte, schüttelte sie energisch den Kopf. »Nichts da, Kind. Das laß mich nur allein machen, das ist 'ne schmuddelige Angelegenheit. Lern du für die Schule.«
Man tut seine Kindespflicht. Man rechnet nichts auf. Man ist nicht sentimental, aber auch nicht hart. Die da am Schreibtisch, die immerzu an den Himmel schreibt und alle ihre Bedürfnisse unter sich gehen läßt – sie hat auch einmal ihre Lebenskrise durchlitten und nicht verkraftet, was kann sie schon dafür. Manchmal fragte sie nach Erich, auf polnisch, und Ilka antwortete ihr auf deutsch: »Du weißt doch, Mutter, daß jetzt Krieg ist. Erich ist Soldat, er hat bald Urlaub, dann kommt er uns besuchen.« Maria Benthien nickte und seufzte. Zur Zeit des Frankreichfeldzugs starb sie in Ilkas Wohnung und wurde auf dem Luisenfriedhof beigesetzt.
Es verursachte Ilka Sodbrennen, als sie mitansehen mußte, wie die beiden Mädchen neuerdings in Uniform herumliefen, blauer Rock, weiße Bluse mit Schaltuch und Lederknoten, braune Kletterjacke mit Raute und Gebietsdreieck. Der »Bund Deutscher Mädel« hatte sie vereinnahmt. Sie gehörten der Pflicht-Hitlerjugend an im Gegensatz zur Stamm-HJ, die alle diejenigen umfaßte, die sich vorher freiwillig gemeldet hatten. Seit dem Sommer wurde die Mitgliedschaft für alle Jugendlichen obligatorisch. Wer der Pflicht-HJ angehörte, durfte keinen Rang bekleiden. Aber die Amroth-Mädchen hätten sich um solche Ehre auch nicht gerissen.
Das Jungmädel Gucki war ein bißchen hitlerbegeistert, mit Einschränkungen. Denn oft genug auch maulte sie über den Dienst, der ihr neben der Schule viel Zeit wegnahm, Zeit für Kinogänge vor allem. Hedwig Mahnke war durch ihre Kindheitserlebnisse gegen jeglichen Hitlerkult gefeit und inzwischen alt genug, um ganz bewußt »mit den Wölfen zu heulen, soweit man das von mir verlangt«.
Über das Rote Kreuz wurde Ilka ein Brief zugestellt, der einen langen Weg hinter sich hatte und durch die Zensur gelaufen war. Einige Sätze waren durch schwarze Balkenstriche unkenntlich gemacht. Debbie schrieb unter anderem: »Wir hoffen, daß sie jetzt übern Berg ist, wenigstens hat es den Anschein. Moritz hat sehr dabei geholfen, ohne ihn hätten wir es nicht geschafft. Seine Eltern

–« es folgten zwei Reihen Striche, dann ging es weiter: »Sie lernt wieder für die Schule, sie stürzt sich mit Eifer auf die Lehrfächer, ihre Lehrer sind sehr zufrieden mit ihr. Das ist ein gutes Zeichen, denn solange der Mensch ein Ziel hat, ist er nicht verloren. Ich würde jetzt gern lügen und Dich von ihr grüßen lassen, aber Dich kann man auf die Dauer doch nicht täuschen. Schon daran, daß sie Dir nicht selber schreibt, kannst Du erkennen, wie es mit ihr steht. Vertrauen wir der Zeit, daß sie Ettis Groll aufweicht und Euch einander wieder näherbringt.«

Der Frankreichfeldzug war geschlagen, das Land befand sich in einem Siegestaumel. »Ich weiß nicht, was mit meinem Magen los ist«, klagte Ilka. »Der spielt mal wieder verrückt. Als wäre ich schwanger. Ich kann essen, was ich will, von allem wird mir speiübel.«

»Du solltest dich mal wieder 'n bißchen schick anziehen«, sagte Lisa. »Hast ja Klamotten genug im Schrank. Möchte wissen, weshalb du jetzt auf einmal in Schwarz herumläufst. Doch bestimmt nicht wegen deinem Mütterlein.«

Ilka zog sich ein helles Kostüm an und lud ihre beiden Töchter für den Nachmittag zu einem Bummel ein, ins Kino und zum »Konditern«. Als sie vor ihrem Spiegel stand und etwas Rouge auftragen wollte, fiel das Tageslicht grell auf die Kerbe, die von ihrem rechten Mundwinkel abwärts verlief. Irreparabel, dachte sie. Wie so vieles. Jetzt kommt das Alter, der Rest, die letzte Wegstrecke. Die Fülle des Lebens ist vorbei.

Im Café bestellte sie für sich einen Tee und für die Mädchen Muckefuck und Torte. Die war nicht mehr so gut wie früher und kostete seit einem Jahr nicht nur Geld, sondern auch ein paar Abschnitte der rosa Gebäckkarte. »Mokka faux«, sagte Ilka, als der Kaffee serviert wurde, und blinzelte Hete zu.

»Willst du nichts essen, Mama? Wenigstens mal probieren? Sie schmeckt gar nicht so schlecht.«

Ilka schüttelte sich wie ein nasser Hund.

Gucki schwärmte für Kristina Söderbaum und ahmte sie unbewußt nach, ihre Gesten, ihre kindlich-flache Stimme. Es ging Ilka auf die Nerven, aber sie zwang sich zur Geduld. Dreizehn ist ein schwieriges Alter. Wenn ich Hete nicht hätte, es wäre nicht auszuhalten. Alles entfernt sich von mir, wird fremd bis zur Feindseligkeit. Sogar die Dinge. Der runde Tisch hier mit der Marmorplatte, der Spiegel mit dem verschnörkelten Rahmen, der rote Läufer – lauter

Chiffren der Sinnlosigkeit. Der Blick hinaus durch das breite Fenster des Cafés auf eine volle Straße und ein leeres Leben. Die Hete allein ist wirklich, sie ist in ihrer ganzen Unscheinbarkeit zuverlässig da, nicht nur an diesem Tischchen hier, sondern überall und jederzeit. Sie führt mich und pflockt mich an, sie findet immer wieder einen grünen Flecken für mich auf dieser abgegrasten Weide.

Hete machte trotz des verkürzten Lehrplans ein gutes Abitur – man hatte die Unterprima weggelassen, um die Abiturienten möglichst früh für allerlei Kriegsdienste freizugeben – und zankte sich dann mit Ilka wegen ihres Berufswunsches. Sie wollte Fürsorgerin werden. Jetzt war der Punkt gekommen, wo man es endlich ernst nehmen mußte.

»Volkspflegerin«, spottete Ilka.

»Ist ja egal, wie man das nennt. Auf die Arbeit kommt es an.«

»Da lasse ich dich nun das Abitur machen, du kriegst ein fabelhaftes Abschlußzeugnis, in Latein und Französisch sogar eine Eins, die Universität ist in der Nähe, du könntest alles studieren, was du wolltest, könntest promovieren, habilitieren –«

»Mama, du spinnst. Komm rasch wieder runter auf die Erde. Was soll ich mit einer Universitäts-Karriere? Ich hab dazu weder Lust noch Eignung. Sei nicht so komisch ehrgeizig mit mir. Ich gehe auf die Lette-Schule, da lerne ich alles, was ich brauche.«

»Und warum?«

»Gerade du solltest mich das nicht fragen. Weil ich helfen will, darum. Darin bin ich genau wie du. Bloß daß ich es über eine Institution versuche, weil die einen größeren Radius hat im Vergleich zu einer individuellen Hilfsaktion, die nur durch Zufall zustandekommt. Ich weiß, daß vieles gegen die Bürokratie spricht, und ich weiß andererseits, daß es ohne Bürokratie nicht geht.«

»Klingt nach Sozialismus.«

»Na, und?«

»Wird aber National-Sozialismus sein. NS-Volkswohlfahrt. Die Ämter, mit denen du liebäugelst, sind doch allesamt braun, brauner gehts ja nicht mehr. Kraft durch Freude, Winterhilfswerk, Kinderlandverschickung, Mutter und Kind.«

»Mama, lebst du eigentlich auf dem Mond? Was ist denn nicht braun in unserem Staat? Soll ich Medizin studieren und gezwungen werden, schwachsinnige Kinder zu töten? Oder Jura, und dann Todesurteile gegen Nazigegner fällen? Oder als Lehrerin Kinder zur Hitlerbegeisterung erziehen? Wo, ich frage dich, gibt es denn noch einen neutralen Platz?«

»Bei der Volkspflege?«

»Genau da. Wenn ich mich um die Verwahrlosten kümmere, kommt es allein auf den Erfolg an. Das ist die Stelle, wo man auch heute noch mit einem Minimum an Weltanschauung auskommt.«

»Dein Wort in Gottes Ohr«, sagte Hajo, der hinzutrat.

»Und überhaupt muß ich erst mal in den RAD.«

»In was für 'n Ding?«

»Reichsarbeitsdienst. Für ein halbes Jahr. Ich warte täglich auf die Einberufung.«

Die ließ nicht lange auf sich warten. Hete selbst nahm dem Briefträger das Schreiben ab, überflog es und rief durch die halboffene Tür in die Küche: »Mama, was denkst du, wo sie mich hinschicken? Nach Schwedt an der Oder.«

Ilka wischte sich die Hände an der Schürze trocken. »Das gibts nicht. Wo haben die denn ein Lager? Zeig mal her. So, ja, in Monplaisir. Ich weiß, wo das liegt. In dem Wäldchen hab ich als Kind öfter Brombeeren gepflückt, zusammen mit Onkel Hajo.«

»Der Name klingt vielversprechend.«

»Versprich dir lieber nichts davon. Sie hatten in der Gegend mal ein Lustschlößchen, für irgendeine Markgräfin gebaut. Ist aber total heruntergekommen. Im übrigen: nischt wie Sand und Kiefern. Die Leute heizen mit Kienäppeln.«

So wurde sie denn eine Maid, eine Arbeitsmaid. In blauem Kleid und rotem Kopftuch. Als Ilka im Sommer hinfuhr, sie zu besuchen, trug sie allerdings die Ausgehuniform, graubraunes Kostüm mit einem Ausbund von braunem Hut.

»Bei der Hitze!« stöhnte Ilka an Hetes Stelle. »So nimm doch wenigstens die Jacke übern Arm.«

»Das ist nicht erlaubt.«

Im Hotel ZUM TOLLEN MARKGRAFEN tranken sie einen Kaffee, einen echten, denn Ilka hatte zuvor heimlich dem Ober ein Tütchen mit Kaffeebohnen zugesteckt. Das Lokal hatte sich wenig verändert seit damals – wann war das gewesen? Vor zwanzig Jahren, wahrhaftig. Dieselben altmodischen Schleier vor den Fenstern, dasselbe Gestühl. Auf einen dieser hohen Stühle war Wölfchen geklettert, hatte mit den Beinen gebaumelt und sehr dezidiert eine Milch für sich bestellt.

Als könne sie Gedanken lesen, sagte Hete plötzlich: »Weißt du eigentlich, daß du auch noch einen Sohn hast? Den solltest du nicht abschreiben, Mama, damit tust du dir selbst am meisten weh.«
»Wie kommst du gerade jetzt auf Wolfgang?«
»Weil ich mich mit ihm getroffen hab. Hier, in diesem Lokal.«
»Wann?«
»Vor drei – nein, vor vier Wochen. Wir sahen uns zufällig in der Stadt und haben uns gleich für sonntags verabredet. Er hatte nur ein paar Tage Heimaturlaub. Du solltest ihm schreiben, er selbst traut sich nicht, den Anfang zu machen. Er hat mir seine Feldpostnummer gegeben. Dem stehen die Amroths bis oben hin. Es gibt da eine Unstimmigkeit, die nicht zu reparieren ist. Bei dir fände er mehr Verständnis, und deshalb meine ich, daß du ihn zurückholen solltest.«
»Könntest recht haben«, murmelte Ilka und schrieb sich die Feldpostnummer auf.
Dann schob sie der Tochter unauffällig einen Fünfzigmarkschein hin.
»Ich bitte dich – wann soll ich das ausgeben?«
»Vielleicht kriegst du mal Heimweh und möchtest übers Wochenende nach Berlin kommen, dafür brauchst du Fahrgeld. Geh auch mal zum Friseur, der Mozartzopf steht dir nicht. Stimmt es eigentlich, daß sie euch nur zwanzig Pfennige bezahlen für die Schufterei pro Tag?«
»Es stimmt. Alle zehn Tage kriegen wir die zwei Mark im Lager ausbezahlt.«
»Nicht zu fassen. Ein eklatanter Fall von Ausbeutung, würde Lisa sagen. Das langt ja kaum für Zahnpasta und Camelia.«
»Camelia kriegen wir im Lager. Auch Seife, weils die auf Karten gibt. Aber Zahnpasta, Schnürsenkel, Haarspangen, Briefmarken und was man sonst noch braucht, das müssen wir uns selber kaufen. Keine von uns kommt mit den paar Groschen aus. Die Arbeiterkinder, die schon im Beruf standen, müssen wieder ihre Eltern anzapfen. So sieht der nationale Sozialismus aus.«
»Und dir haben sie den Erntekindergarten angehängt.«
»Was heißt: angehängt? Ich hab darum gebeten. Es sind sechzig Kinder, die ich täglich betreuen muß.«
Ilka kniff die Augen zusammen. »Sechzig! Ich versuche mir das vorzustellen. Sechzig Kinder kann man nicht lieben, Hete.«
»Ich liebe sie ja auch nicht, ich behüte sie bloß. Und spiele mit

ihnen. Zwei oder drei sind darunter, die könnte ich lieben, aber das lassen die anderen nicht zu.«
»Und wo findet die Massenversammlung statt? Zu meiner Zeit hatte Vierraden noch keinen Kindergarten.«
»In der alten Scheune am Dorfrand, die sich der Schützenverein für seine Feste gebaut hat.«
»Ach, da steckt ihr. Die kenne ich gut. Neben der Sandkuhle. Da war immer was los am Sedantag. Einmal mußte ich meinen total betrunkenen Vater von dort – ach, lassen wir das.«
Hete griff nach ihrem Handgelenk und umspannte es hart. Dies war die stumme Sprache der Liebe zwischen ihnen, durch Seltenheit geheiligt. Kein schönes Mädchen – ob sie mal heiraten wird? Von den Männern ihres Jahrgangs werden nicht viele übrigbleiben in diesem verdammten Krieg. Ein gutes, offenes Gesicht. Breiter Mund, kräftige Zähne, eine stumpfe Nase, sehr kleine Augen. Wenn sie lacht, verschwinden sie fast völlig. Kein Mann wird sich nach ihr umdrehen, bestimmt nicht. Aber wer sie gut kennt, der muß sie lieben. »Ich schick dir eine Hautcreme, Kind«, sagte Ilka beim Aufbruch. »Und eine gute Seife. Wasch dich nicht mit diesem lehmigen Zeugs, du hattest schon immer eine schuppige Haut. Das muß ja nicht sein.«
Ein kurzer Pflichtbesuch bei den Amroths, es war Sonntag, da traf man sie alle an. Der Schwiegerpapa still erfreut, Ewald eher gleichgültig, aber sehr galant, Frau Cäcilie wieder einmal hochbusig-aufgeregt über irgend etwas – ja, so, die Köchin hatte sie bestohlen. Kein Lorgnon flog mehr in die Höhe, man ging mit der Zeit. Eine Kreisfrauenschaftsleiterin trug kein Lorgnon. »Ich bin Kreisfrau geworden«, sagte sie mit Stolz.
Nichts Neues in Schwedt. Wie gehabt. Daß ich hierher jemals zurückgekehrt bin, ohne Not zurückgekehrt, dafür verdiente ich heute noch Prügel, dachte Ilka, als sie sich von Fritz zum Bahnhof fahren ließ. Eine verliebte Gans. Soll mir nur keiner einreden, daß Eros ein Bote des Himmels und zielsicherer Wegbegleiter sei. Da halte ich es schon eher mit Schopenhauer.
Kaum war sie wieder in Berlin, da gab dieser Hitler den Befehl, die Sowjetunion zu überfallen. Jetzt ist er völlig übergeschnappt, sagte Hajo, jetzt tritt das Irrationale unverhüllt hervor. Nur daß die Deutschen es nicht merken, weil er sie alle chloroformiert hat mit seiner Propaganda, eingedeckt mit Gebrüll. Und mit Siegen, das auch.

Es wurde zunächst einmal weitergesiegt. Hajo erhielt seinen Musterungsbescheid und wurde zurückgestellt. Er hatte eine lädierte Kniescheibe, (die ihm im allgemeinen wenig zu schaffen machte) und war auch sonst unabkömmlich. Sein Büro bei Siemens galt als kriegswichtiger Betrieb.
Wolfgang kämpfte an der Ostfront und beantwortete die Briefe seiner Mutter regelmäßig, aber knapp. Etwas wie Herzlichkeit wollte nicht mehr aufkommen, ihre Beziehung war verdorben.
Das Luftschutzgepäck stand jeden Abend bereit, auch die Gasmasken. Sie mußten jetzt öfter hinunter, am späten Abend oder mitten in der Nacht. Die Flak schoß mit Leuchtspurmunition, Scheinwerfer suchten den Himmel ab. Kein Lichterdom mehr, das Dekorative war einer makabren Notwendigkeit gewichen. Vereinzelte Bomben fielen, man lernte die unmittelbare Todesgefahr kennen und die Angst. Der ausgeschickte Krieg war irgendwo in der Ferne zum Stillstand gekommen und kehrte nun zurück. Über die Verschleppung von Juden erfuhr man nur durch Gerüchte, aber Hajo wußte schon einiges mit Sicherheit. Daß es sich nicht um zufällige Untaten, sondern um systematische Deportationen handelte, dies zum Beispiel.
»Laß uns dankbar sein, daß wir Etti in der Schweiz haben. Sie gehen immer brutaler vor, von Monat zu Monat. Durch den Krieg brauchen sie keine Rücksicht mehr auf das Ausland zu nehmen.«
»Ich möchte das Thema nicht mehr erörtern«, sagte Ilka und umkrampfte ihren Magen mit der Hand. »Bitte, Hajo, am liebsten gar nichts mehr über Politik. Es macht mich ganz kaputt, weißt du.«
Er nickte, schonte sie, besprach alles, was ihn bedrängte, mit Lisa. Lisa hörte Radio und las Zeitungen. Natürlich nicht den Völkischen Beobachter, den hielten sie nicht, sondern die Frankfurter Zeitung. »Steht doch in allen dasselbe drin«, sagte Ilka, »wie kann dich das bloß interessieren?«
»Ich les mir schon das Richtige raus«, war die Antwort.
Spät abends, manchmal sogar, wenn sie nach der Entwarnung aus dem Keller nach oben kamen, schlich Lisa sich ins Familienzimmer, hüllte sich mitsamt dem Rundfunkgerät in eine Wolldecke und hörte Feindsender ab. Es standen schwere Strafen darauf, aber Ilka ließ es zu, sie wußte, daß Lisa vorsichtig war. Sie selbst wollte von dem Gehörten nichts wissen und wehrte jegliche Information von sich ab.

Hete hatte den RAD hinter sich, auch den anschließenden Kriegshilfsdienst, womit man sie noch ein weiteres halbes Jahr belästigt hatte, und bereitete sich auf ihren künftigen Sozialberuf vor. Mit Fleiß und Disziplin wie immer, dagegen war nichts einzuwenden. Sie tat aber daneben noch ein paar andere Dinge, geschickt und behende und sehr heimlich, über die Ilka in Panik geriet. Es war ausgerechnet die unpolitische Ilka, die als erste merkte, daß da etwas im Gange war. Mit dem Instinkt einer Mutter? Vielleicht. Sie war nie eine Glucke gewesen, das entsprach nicht ihrem Typ, aber sie hatte mütterliche Verantwortung gelernt. Ihr sollte nicht noch einmal ein Küken ins Verderben rennen.

Später, erst ein paar Jahre nach dem Krieg, erfuhr sie den ganzen Umfang der Gefahr, in der sich Hete damals befand. Die Rote Kapelle, eine Widerstandsbewegung mitten in Berlin. Harro Schulze-Boysen und seine Braut, Arvid Harnack und seine Frau, Bürgerliche im Verein mit altgedienten Kommunisten. Es war ein gerechter Kampf, und die meisten bezahlten für ihn am Galgen. Wie kam Hete da hinein?

Weil einer von ihnen, Adam Kuckhoff, ein Freund und Genosse von Herbert Mahnke gewesen war. So einfach ist das für eine, die ganz schlicht, ganz geradeaus dachte: hier das Unrecht, bestialisches Unrecht, von dem sie ja nur zu gut wußte, die Hete, und auf der anderen Seite das Recht und die Humanität. Da muß man doch kämpfen, wo die Dinge sich so klar unterscheiden.

Die Bücher des Vaters, die tief unten in Hetes Schrank lagen, da man sie nicht mehr zur Schau stellen durfte, verbotene Bücher, aufgehoben als Erinnerungsstücke, sie las jetzt darin, Abend für Abend, in jeder freien Stunde. Um ihrem praktischen Engagement auch das nötige theoretische Fundament zu geben, wie es sich für einen intelligenten Menschen gehört.

Aber auch für Ilka war die Zeit zum Handeln gekommen. Sie nahm das Bündel Briefe, das Herbert ihr hinterlassen hatte, und ging damit in Hetes Zimmer. Die saß im Lichtkegel ihrer Schreibtischlampe über ein Buch gebeugt und sah nur flüchtig auf. »Du störst, Mama.« Das war der Ton zwischen ihnen, berlinisch-nüchtern, ohne Süßholzraspelei.

»Eben deswegen bin ich gekommen. Um dich zu stören. Du liest im Kautsky? Schlag das Buch nicht zu, ich sehe es sowieso. Sicher ein gescheiter Mann, mit Vorsätzen, an denen viel Gutes ist. Und so sieht das dann in der Praxis aus.« Sie schob Hetes Buch beiseite und legte die Briefe an den freigewordenen Platz. »Es wird Zeit, daß du erfährst, wie das Sowjetparadies mit seinen Menschen umgeht. Daß du endlich begreifst, warum dein Vater von dort wieder wegging, mit den letzten Ersparnissen deiner Großmutter. Der Herbert Mahnke hatte nämlich Augen im Kopf, richtige gesunde Augen und nicht solche, die bloß nach innen gucken, damit die Gleichung von Theorie und Wirklichkeit aufgeht.«

Sie gingen sich danach tagelang aus dem Weg, das tat schon weh. Es tat beiden weh. »Was hast du denn erwartet?« fragte Hajo, als Ilka ein bißchen lamentierte. »Du hast es ganz vernünftig angestellt, nun bleib auch dabei. Die fängt sich schon wieder. Solche redlichen Naturen wie unsere Hete sind besonders anfällig für Idealismus und halten immer Ausschau nach dem Absoluten. Sie leiden schwer, wenn sie sehen, daß es das nicht gibt. Aber sie wird darüber weder zynisch noch trotzig, da sei ganz beruhigt. Sie hat alle Anlagen, sich zu einer gesunden Skepsis durchzurappeln, die Tochter von Herbert Mahnke. Mit einem darfst du allerdings niemals rechnen, daß unsere Hete nämlich gleichgültig und unempfindlich wird gegenüber offenkundigem Unrecht – oder möchtest du das?«

»Nein«, sagte Ilka. »Das möchte ich natürlich nicht.«

Es war gelogen. Genau dies wünschte sie sich: eine in politischen Dingen indifferente Hete ohne jedes Engagement. Dumm und lieb wie Gucki. Sie wünschte es aus Angst, und die Angst war begründet. Nicht wieder um ein Kind zittern müssen, nicht noch einmal. Man schonte sie. Es war schon ein starkes Stück, wie sie von den dreien damals hintergangen wurde, von Hajo, Lisa und Hete. Man sagte ihr nichts mehr. In Lebensgefahr befand man sich ohnehin jeden Tag, die Bombenangriffe häuften sich. Von den Widerstandsgruppen in der Hauptstadt meldete keine Zeitung, denn dem Propagandaminister lag sehr daran, dem Volk das Bild ungetrübter Einigkeit vorzuspiegeln. Alle stehen hinter dem Führer wie *ein* Mann. Antinazistische Parolen an Mauern und Hauswänden, die über Nacht dort auftauchten, wurden möglichst noch im Morgengrauen, gleich nach der Entdeckung, von Hitlerjungen mit Schrubber und Lauge getilgt.

Der Widerstand geschah auf mannigfache Weise, hatte sehr verschiedene Gesichter, je nach Temperament und Weltanschauung derer, die ihn ausübten. Die Gruppe um Pastor Wüllenweber und seine Frau, ein paar Leute nur, rechneten sich zur Bekennenden

Kirche, zu der evangelischen Kirche im Untergrund. Der offizielle Protestantismus hatte sich einen »Reichsbischof« gefallen lassen und zählte nicht mehr. Der Name »Bekennende Kirche« wurde zu der Zeit, da sie lebendig und in der Stille tätig war, nur selten genannt. Erst nach dem Krieg hörte man von ihm, machte einen Mythos daraus, und mit einem Male hatte diese BK unglaublich viele Glieder gehabt, von denen die paar Braven im Untergrund seinerzeit gar nichts gemerkt hatten. Die rieben sich dann die Augen und staunten.

Wüllenweber hielt nichts von Sprüchen an Mauern und Hauswänden, auch nichts von Flugblättern, in seinem Keller gab es keine Geheimdruckerei. Dieser Prediger seines Herrn mißtraute allen Deklamationen, darin mochte er wohl seine Erfahrungen haben. Er predigte vorsichtig, salomonisch weise, eine kluge Schlange. Herr, erlöse uns von dem Übel. Das konnte sich auf die Bombenangriffe beziehen, oder auf die Nazis, man suchte sichs aus. Und weil er sich in den Predigten nie exponierte, nie auffällig wurde, konnte er unter solcher Maskerade bis ans Kriegsende wirkungsvoll hilfreich sein. Er half, Gefährdete zu verstecken und die Versteckten mit Lebensmitteln zu versorgen. Gemeinsam mit Lisa, Hajo, Hete und einigen anderen. Der treueste Kumpan war ein kommunistischer Kartoffelhändler, das sei nicht verschwiegen. Und ebensowenig darf man verschweigen, daß Wüllenweber im April fünfundvierzig von einem sowjetischen Soldaten erschossen wurde, als er sich gegen die Vergewaltigung seiner Frau zur Wehr setzte. So war das damals. Hedwig Mahnke, mit gesunden Augen wie ihr Vater, durchlief ein Lehrstück, das in einem Mißtrauen gegenüber jeder Weltanschauung gipfelte. Was zählt, ist allein der geschundene Mensch.

Das war ein Vorgriff. Er sollte zeigen, welchen Weg Hedwig Mahnke einschlug und was alles man Ilka verschwieg. Sie versöhnten sich schon bald, nachdem Hete die Briefe ihrer Mutter kennengelernt hatte, sie versöhnten sich ohne große Worte und Gesten. Sie besuchten zusammen Kino und Theater, sie kochten eine für die andere Kaffee – nach schweren Angriffen gab es eine Zuteilung von Bohnen –, sie richteten sich gegenseitig auf.

Besonders an jenem ersten Märztag des Jahres dreiundvierzig, als eine Luftmine in der Nähe niederging und den Garten in ein Trümmerfeld verwandelte. Das Haus hatte standgehalten, schwankend wie ein Schiff bei hohem Seegang. Die Wohnung voller Kalk

und Glasscherben, vor den zerbrochenen Fensterscheiben bauschten sich die Gardinen und wehten ins Zimmer. Hete und Hajo hantierten mit Besen und Kehrblech und schüttelten die Teppiche durchs Fenster aus, Lisa tröstete die schluchzende Gucki, die einen Nervenschock erlitten hatte, Ilka heizte den Kachelofen von der Diele her. In dem vom Schutt gesäuberten Familienzimmer breiteten sie auf dem Fußboden ihr Bettzeug aus, im Halbrund um den sich erwärmenden Ofen. Bald schliefen sie den Schlaf tiefer Erschöpfung, der auf solche Schrecken zu folgen pflegt. Nur Ilka nicht, sie nicht. Damals begann es mit der Schlaflosigkeit, eine zusätzliche Pein neben den Magenbeschwerden, der allezeit schwächsten Stelle ihrer Physis.
Sie verließ die Matratze, leise, um die anderen nicht zu wecken, versorgte die Feuerstelle in der Diele mit frischem Holz, schlich in die Küche, vorsichtig auftretend, hier war noch nicht gefegt, der Schutt knirschte unter ihren Hausschuhen. Durch die hohe, jetzt scheibenlose Balkontür ging sie bis zur Brüstung und sah hinunter auf die Wüste, die bis vor kurzem ihr Garten war. Wo die Korbmöbel gestanden hatten, unter den langmähnigen Birken, wo an dem weißen Jugendstiltisch Etti im Sommer gern ihre Schulaufgaben erledigt hatte, gähnte ein Schlund, ein Bombentrichter, finster und unergründlich. An seinem Rand erkannte sie Bruchstücke entwurzelter Bäume. Ein Rest der Treppe, die vom Nebenzimmer in den Garten hinuntergeführt hatte, hing lose an der Hauswand, jeden Augenblick geneigt, in den Trichter hinabzustürzen. Steine und Eisengitter waren bis zur Unkenntlichkeit ineinander verkrallt. Ein beizender Geruch lag in der Luft, irgendwo mußten Brandbomben gefallen sein, man löschte wohl noch immer.
Und hier geschah es dann, auf dem zugigen Balkon, beim Hinuntersehen auf das verlorene Idyll, daß sie von einer wilden Genugtuung ergriffen wurde, von einem geradezu wahnwitzigen Gefühl masochistischer Schadenfreude. So mußte es kommen, so war es recht, das hatte Logik und Vernunft, das da unten. Dort würden von nun ab keine Geburtstage mehr gefeiert werden. Eigentlich hätte dieses Chaos schon im August neununddreißig eintreten müssen, gleich nach Ettis Abreise, aber: mieux vaut tard que jamais. Der Zerstörung in ihrem Inneren entsprach nun folgerichtig die Zerstörung ihrer äußeren Welt, des liebsten Teiles davon. Und während sie dies alles dachte, in einer Art grimmigem Triumph, litt sie unsäglich, begann der Boden zu wanken, obwohl keine Bombe

mehr fiel, vollführte ihr Magen Kapriolen. Hätte sie einen Strick zur Hand gehabt, das hohe Fensterkreuz wäre ihr gelegen gekommen, sich daran aufzuhängen.

Hete trat hinter sie und wickelte sie in den gesteppten Morgenrock ein, sie selbst war im Bademantel. »Der Magen, Mama, nicht wahr?« fragte sie, als sie sah, wie Ilka mit ihren Würgreflexen kämpfte. »Kein Wunder nach dieser Nacht. Die anderen schlafen fest, auch Gucki, der habe ich aber erst ein Beruhigungszäpfchen verpassen müssen. Im Schrank muß noch ein Steinhäger sein, warte mal, den hat Hajo von Siemens mitgebracht, Sonderzuteilung – doch, hier steht er, noch halb voll.«

Sie goß zwei »Pinneken« ein, dann kippten sie beide das Zeug auf einen Zug hinunter. Ilka saß auf dem Küchenstuhl, spielte mit dem leeren Schnapsglas in ihrer Hand und starrte Löcher in die Tischplatte. »Wenn ich bedenke, was ich alles falsch gemacht hab in meinem Leben, nicht zu sagen. Und nicht mehr zu ändern, das ist das Schlimmste. Mein erster Mann war die Güte selbst – warum nur habe ich ihn nicht zärtlicher geliebt? Nicht so geliebt, wie er es verdient hätte?«

»Jeder macht was falsch«, sagte Hete und schenkte ihr vom Steinhäger nach. »Einen genehmigen wir uns noch, dann stell ich die Flasche weg, wir können dem Hajo ja nicht alles wegtrinken. – Jeder, sage ich. Und die wenigsten gestehen sich das ein, Mama. Die meisten pfuschen so lange an ihren Erinnerungen herum, bis sie selbst eine strahlende Heldenrolle darin spielen. Damit lebt es sich leichter. Was glaubst du, wie mein Vater es bereut hat, daß er nach Rußland ging! Er hat ja nie darüber gesprochen, aber der hat das bereut, Mutters wegen, da bin ich ganz sicher.«

»Wenn es eine Schuld war, dann hat er im Übermaß dafür gebüßt.«

»Kann sein, daß er es auch so aufgefaßt hat, er war ein selbstkritischer Mensch. Und trotzdem denke ich heute ohne Beklemmung an ihn zurück. Was immer sie mit ihm angestellt haben in Papenburg – die Wochen davor waren für ihn die Seligkeit, die Liebesstunden mit dir, der war richtig aus dem Häuschen vor Glück. Hat immerzu gepfiffen, was er sonst nie tat –«

»Hete!«

»Laß doch, Mama, ich bin heute alt genug, um eure Liebe im rechten Licht zu sehen. Damals war ich ein bißchen eifersüchtig, wie Kinder eben sind. Aber hinterher, an dem heißen Tag, als sie uns bei der Gestapo den Karton über die Theke schoben, da war ich nachträglich tief zufrieden, daß du ihn geliebt hast, an diesem Tag schon habe ich gewußt, wie hilfreich das gewesen war. Und was ich ohne dich angefangen hätte nach dem schrecklichen Erlebnis, das wage ich nicht auszudenken. Wenn ich auch nicht deine leibliche Tochter bin, könnte ich nach alledem doch behaupten, daß du mir das Leben erst geschenkt hast.«

»Mir ist jetzt schon viel besser«, sagte Ilka. »Was ein Schnäpschen doch fertigbringt! Wird Zeit, daß ich mich hinlege, vielleicht kann ich sogar schlafen. Leg du dich auch noch hin, Hete, damit wir alle ausgeruht sind, wenn es ans Aufräumen geht.«

Mitte Mai des folgenden Jahres wurde ihr nahegebracht, daß sie nicht nur Töchter hatte, sondern auch noch einen Sohn. So lange dauert das manchmal. Bis man gar nicht mehr daran denkt, bis man sich abgefunden hat. Dann klingelt es an der Etagentür, man putzt gerade Gemüse im Spülbecken, sagt sich, das wird der Briefträger sein, der kommt aber heute früh. Man öffnet und hat einen am Hals hängen, einen ganz Fassungslosen in der Uniform eines Unteroffiziers, oder ist er schon Feldwebel? Sie kennt sich darin nicht so genau aus. Und macht rasch und erschrocken die Tür zu, wegen der Nachbarn.

Das Familienzimmer ist längst wieder friedensmäßig hergerichtet, die Fenster haben neue Scheiben, die Vorhänge sind gewaschen und ausgebessert, auf der Ottomane liegen Kissen. Auf diesen Kissen liegt jetzt ihr Sohn und ist Wölfchen im weißen Matrosenanzug mit goldblonden Locken, ihr Liebling, ihr Juwel, ihr Vorzeigestück. Obwohl es da nicht mehr viel vorzuzeigen gibt.

Er ist dem Ewald nicht nachgeraten, wie es einmal den Anschein hatte, kein Schönling, kein blonder Nibelungensproß. Sieht eher wie Erich aus, weiß Gott, ja, wie er dem Erich gleicht, das hätte sie nie erwartet. Kaum gedacht, ist es ihr auch schon egal. Wichtig ist, daß er zu ihr zurückkam, hilflos, ausgepumpt, aller Ideale ledig. Ilka war keine Glucke, es kann nicht oft genug betont werden. Aber wenn der eigene Sohn nach so langer Zeit daherkommt, um unter ihre Fittiche zu schlüpfen, dann kann sie vorübergehend auch zum Muttertier werden, animalisch und warm. Mein Wölfchen, mein Bübchen. Ihm tut es wohl, und ihr im Grunde auch.

Lisa ist beim Zahnarzt, rein zufällig sind sie allein in der Wohnung. Auch das ist gut jetzt, da kann er reden.

Vor ein paar Tagen noch hatte er mit seiner Einheit auf der Krim gelegen, wo dann die deutschen und rumänischen Divisionen von den Russen überrollt wurden, Sewastopol mußte geräumt werden. Ein »planmäßiger Rückzug« wäre möglich gewesen, aber seit Stalingrad waren solche Rücknahmen von Hitler verboten worden. Aus dem Führerhauptquartier kamen nur noch Aushalteparolen. »Wie viele dabei sinnlos verbluten, kümmert den doch nicht. Er muß es ja nicht mitansehen. Er sieht nur die Generalstabskarte. Vom grünen Tisch aus kann man leicht Krieg führen.«

»Ich hab noch zwei Eier im Eischrank, ich mach dir ein Omelett, Wölfchen. Mit Kirschkonfitüre. Das hast du früher immer so gern gegessen. Palatschinken, wie die Lisa sie macht, kriege ich leider nicht hin.«

Er ißt es auch heute noch gern.

Lisa kommt zurück mit geschwollener Backe – ach, der Junge, unser lieber Junge. Tach, Wölfchen, siehst aber mager aus. Ja, geht mal zum Friedhof, ihr zwei, wenn er gern dahin will. Ich mach das Mittagessen fertig, ich schaff das schon, der Zahn is ja raus.

Vor dem Grab von Bruno Andernach stehen sie, Ilka nachdenklich wie immer, andächtig der Sohn.

»Er ist zur rechten Zeit gestorben«, versicherte sie. »Stell dir vor, wie sie ihn gequält hätten, mit Hohn überschüttet, ein Jude, und obendrein ein Krüppel.«

»War er das? Ich habe es nie bemerkt. Ich weiß nur eins: der ist mein Vater gewesen, mein eigentlicher, wahrer Vater. Warum weiß man das erst, wenn es zu spät ist?«

»Du hast es schon damals gewußt, Wölfchen. Du hast es ihm gezeigt, und er hat deine Anhänglichkeit genossen. Mach dir keine Gedanken deswegen.«

Er schwieg. Nach einer Weile sagte er, wild auffahrend: »Warum hast du mich bloß an die Amroths ausgeliefert? Warum hast du nicht wenigstens um mich gekämpft, als du selber weggingst? Ich war doch ein dummer Schnösel, ich hatte von Tuten und Blasen keine Ahnung. Mir die Entscheidung zu überlassen! Das Beste wäre gewesen, du hättest den Papah erst gar nicht geheiratet. Wir wären hier wohnen geblieben und im Jahr dreiunddreißig alle miteinander in die Schweiz gegangen, wegen der Etti und wegen mir. Das wäre das Beste gewesen, jawohl. Dann wäre ich jetzt ein Schweizer Bürger und brauchte nicht in diesen Scheißkrieg.«

»Ich weiß noch was Besseres«, sagte Ilka mit Schärfe. »Für mich, für mich ganz allein, wäre es bestimmt das Beste gewesen, wenn ich mich nie in Ewald Amroth verliebt hätte. Dann wärst du überhaupt nicht auf der Welt, und ich müßte mir von dir keine Vorwürfe anhören.«

Er kam zur Besinnung, rieb sich ein paarmal mit den Händen übers Gesicht. »Entschuldige, Mama, es war unüberlegt und herzlos von mir. Vergiß es wieder.«

»Komm her, ich zeig dir was«, sagte sie versöhnt und führte ihn um den Grabstein herum. Auf der Rückseite hatte jemand den schwarzen Marmor vollgeschmiert. »Das kannst du noch lesen, was da steht. Hete und Gucki haben versucht, es mit Seife und Salmiakgeist abzuschrubben, aber ganz geht es nicht mehr weg. JUDENSAU. So redet der Zeitgeist in diesem Land. Dies nur zu deiner Orientierung, damit du siehst, womit ich es zu tun habe. Ich kann nicht mehr viel vertragen, Wölfchen.«

Er nahm ihren Arm und ging mit ihr über die Kieswege zum Tor. Ilka fragte nach diesem und jenem, nach Ewald auch, wo der denn jetzt stecke. Ohne eigentliche Anteilnahme, mehr aus Höflichkeit und um den Disput von vorhin zu überspielen.

»Papah ist Ka-Leu geworden.«

»Ka –?«

»Kapitänleutnant. Aber nicht mehr auf einem Schiff. Er sitzt in Gotenhafen auf irgendeiner Dienststelle der Kriegsmarine als Ausbilder, er unterrichtet den Nachwuchs. Sieht in der neuen Uniform fabelhaft aus, wie immer.«

»Ist da nichts mit Frauen? Ich meine, hat er keine Freundin? Dem laufen die Weiber doch scharenweise nach.«

»Schon lange nicht mehr. Er hat mit mir ganz offen darüber gesprochen. Ihn fesselt bei einer Frau nur das Abenteuer, das Neue. Es geht sehr schnell vorbei, er kann nichts dafür. Ein Strohfeuer. Das können die Frauen dann nicht begreifen, und er fühlt sich schuldig. Darum läßt er sich auf nichts mehr ein. Du bist die einzige Frau, Mama, vor der er eine gewisse Achtung hat, du rangierst gleich hinter seiner Mutter. Am wohlsten fühlt er sich unter Kameraden.«

Ilka spürt einen Kloß im Hals, sie schluckt daran herum. Aber sie muß das jetzt fragen, wer weiß, wann sie ihn wieder so nahe bei sich hat wie jetzt. »Und du, Wölfchen? Bist du auch lieber unter Männern?«

Er bleibt stehen, sieht sie etwas unsicher an. Sein Gesicht ist grau und fleckig. Dann sagt er beinahe unhörbar: »Ich habe vor zwei Tagen geheiratet.«

Am liebsten hätte sie ihn geohrfeigt, so zornig ist sie. »Damit kommst du jetzt erst heraus! So en passant, als sei das eine Bagatelle. Hab ich nicht mal mehr ein Anrecht –«
»Sie ist Friseuse«, unterbricht er sie. Es klingt wie eine Erklärung, eine Begründung.
Ilka versteht erst nicht, fragt sich, weshalb er die Berufsbezeichnung mit solcher Betonung versieht. Dann bleibt sie stehen und schüttelt einigemale den Kopf. »O Wölfchen, was haben sie in Schwedt aus dir gemacht. Du hast das Mädchen geheiratet, gut und schön, gegen den Willen der Kreisfrau Cäcilie, nehme ich an, dann hab jetzt auch den Mut und wirf den Standesdünkel der Amroths mit über Bord. Solange du dich für deine Frau schämst, kann aus deiner Ehe nichts werden. Wie heißt sie übrigens?«
»Helga.«
Er war sehr erleichtert nach diesem Bekenntnis, sagte sehr oft Mama, fast nach jedem Satz. Ein heimgekehrter Sohn. Der aber gleich wieder weg mußte, noch denselben Abend, sein Urlaub war zu Ende. Ilka schrieb sich die Adresse der jungen Schwiegertochter auf, die keine Eltern mehr hatte und bei einer Freundin in Sorau wohnte.
Nach Dienstschluß kam Hete dazu. »Wolfgang, das ist aber schön, daß du mal wieder herkommst. Wie geht es Helga?«
»Was weißt du von Helga?« fragte Ilka verblüfft.
Hete lachte. »Die Sache mit den beiden läuft doch schon lange. Habt ihr endlich geheiratet?«
Wolfgang nickte und blickte schuldbewußt auf seine Mutter. »Deshalb hab ich ja Urlaub genommen. Wir mußten heiraten, es ist was unterwegs.«
Ilka setzte sich hin, und Hajo lachte. Lisa sang: »Großmütterchen, Großmütterchen«, und Gucki vermerkte nicht ohne Stolz, daß sie dann eine ziemlich junge Tante sei.
Familienglück. Kurz und zerbrechlich. Eine kleine Insel in einem Meer von Unsicherheit, Angst und Tränen. Leicht zu überfluten. Hajo fuhr mit dem Neffen zum Schlesischen Bahnhof, Männer unter sich. Die Mutter, demnächst Großmutter, hatte seit einem bestimmten Tage etwas gegen Bahnhöfe mit ihrem Abschiedsgeruch.
Sie schrieb der Schwiegertochter nach Sorau, und die schrieb ihr bald darauf einen Brief zurück. Brave, etwas feierliche Sätze, in steiler, kindlicher Sütterlinschrift, und fehlerfrei. Eine Volksschüle-

rin mit einer Eins im deutschen Aufsatz, nahm Ilka an. Es ginge ihr gut, schrieb sie. Nach Berlin möchte sie nicht kommen, später einmal, vielleicht.

»Der haben die Amroths in Schwedt ganz schön zugesetzt«, sagte Ilka zu Hete. »Und ich muß dafür büßen. Mitgefangen, mitgehangen. Die kann sich nicht vorstellen, daß ich aus anderem Holz geschnitzt bin.«

Das Radio brachte die Nachricht von der Invasion in der Normandie. Ein weiterer Monat verstrich, und sie hörten von dem mißglückten Attentat auf Hitler. Hajo wurde festgenommen und kam noch am gleichen Abend wieder frei. »Ein Verhör«, sagte er. »Bei der Gestapo in der Prinz-Albrecht-Straße. Ich konnte alle Fragen wahrheitsgemäß beantworten. Das müssen sie gemerkt haben, sowas riechen die geradezu mit ihrer infamen Erfahrung. Manchmal ist es doch gut, wenn man nicht zuviel weiß.«

Verfolgungen, Verhaftungen, Verhöre. Kopfgeld und Spitzel. Sippenhaft und Volksgerichtshof. Nicht dem nächsten Nachbarn konnte man trauen. Ilka nahm den West-östlichen Diwan aus dem Regal und zog sich damit in ihr Zimmer zurück. Weltgeschichte ereignete sich, häufte sich auf. Später werden die Enkel sie fragen: Was hast du damals getan? – Und sie wird antworten müssen: Die Vorhänge zugezogen, am hellen Tag die Tischlampe angeknipst und im Goethe gelesen. Goethe ist gegen vieles gut.

Mitte August wurde sie durch zwei Besuche, die dicht aufeinander folgten, aus ihrer Scheinwelt herausgerissen. Es war der Tag von Esthers Abreise, fünf Jahre war das her, ein ominöses Datum, man konnte da immer nur mit dem Schlimmsten rechnen. Der Schwiegerpapa aus Schwedt erschien in ihrer Wohnung und überbrachte ihr eine Nachricht. Aussprechen konnte er sie nicht, seine Augen schwammen in Tränen, als er den Bogen vor ihr entfaltete, den Totenbrief mit dem Eisernen Kreuz. Wolfgang Amroth war an der Ostfront gefallen.

Die Anzeige hatten sie in Schwedt sogleich drucken und auch in die Zeitung setzen lassen, in stolzer Trauer. Und: seinem Führer bis zum letzten Atemzug in treuer Pflichterfüllung ergeben. So hatte es die Kreisfrau gewollt, die ihren Posten aus Altersgründen vor kurzem an eine Jüngere abgeben mußte – auch dies erfuhr Ilka nebenbei – und die nun wieder viel Zeit haben würde, ihren Gatten auf aparte Weise zu schikanieren.

»Ich vermisse Helgas Namen unter der Anzeige«, ereiferte sich

Ilka. »Er hätte an die erste Stelle gehört. Stattdessen fehlt er ganz.«
»Diese Ehe wird von uns nicht akzeptiert. Eine Mesalliance. Er wußte genau, was er uns damit antat. Ein Frisierfräulein.«
»Gelernte Friseuse. Ich bin nicht einmal das gewesen. Ich war eine Dienstmagd.«
Von diesem Vergleich wollte er nichts wissen. »Du warst eine Ausnahme, etwas Besonderes, Einmaliges. Eine Persönlichkeit. Jeder, der Augen im Kopf hatte, mußte das sehen.«
Du hast überhaupt nichts gesehen, dachte Ilka. Solange ich bei euch im Dienst war, hast du glatt über mich hinweggesehen. Jetzt kommst du aus dem Rathaus und bist um einiges klüger geworden, leider nur in Bezug auf mich. Aber ich will dich nicht quälen, du bist ein Greis. Die Achtzig hätte man dir vor einem Jahr noch nicht angesehen, inzwischen hast du dein Alter eingeholt.
»Wir wollen uns nicht streiten, Papa. Wir streiten ja bloß, um nicht weinen zu müssen.«
»Da hast du recht«, bestätigte er und holte sein Taschentuch hervor.
Er war kaum weggefahren, da ließ sie ihrerseits eine Todesanzeige in die Zeitung setzen. Mit Eisernem Kreuz, das war unumgänglich, aber ohne Führer und Stolz. Im Namen aller Hinterbliebenen: Helga Amroth. Die Zeitung erschien, sie schnitt die Anzeige aus und schickte sie der Schwiegertochter nach Sorau.
Noch keine Woche verging, als an ihrer Wohnungstür eine fremde junge Person klingelte. Sie stand da mit vorgewölbtem Bauch, verquollenem Gesicht und rotgeränderten Augen, einen Pappkoffer in der Hand. »Komm rein, Kind«, sagte Ilka, weil auch ohne Vorstellung klar war, mit wem sie es zu tun hatte. »Daß du nur endlich da bist! Wir haben lange genug auf dich gewartet. Dein Platz ist jetzt bei uns.«
Helga bezog das Zimmer, in dem zuletzt Maria Benthien gelebt hatte, und machte sich mit der Familie bekannt, still, verlegen und immer noch ein bißchen verwundert über die Selbstverständlichkeit, mit der man sie aufnahm. Sie zeigte sich auf ihre Weise erkenntlich mit Hilfe der Utensilien, die sie als Bahngepäck aufgegeben hatte und am nächsten Tag abholte, und bald liefen alle mit verschönten Köpfen herum. Lisa und Gucki erhielten eine frische Dauerwelle, Hajo einen Fassonschnitt, desgleichen die Hete, und Ilka ließ sich zum Abschneiden ihrer Zöpfe überreden. Sie litt seit

eniger Zeit unter starkem Haarausfall, der käme vom Knoten, behauptete Helga, von dem müsse sie sich trennen, dann wüchsen die Haare nach. Damit behielt sie recht. Ilkas Haarwurzeln erholten sich, ihre Kopfschmerzen verschwanden, eine Dauerwelle brauchte sie bei ihrer Naturkrause nicht, aber einen guten Schnitt, und auf den verstand sich die Schwiegertochter. Der Spiegel schmeichelte, und Hajo rief spontan: »Kaum zu glauben. Du siehst wie ein Mädchen aus.«

Es wurde Zeit, Helga im Westend-Krankenhaus anzumelden, das eine Entbindungsstation in den Luftschutzkeller verlegt hatte, wo sie um jene Zeit auch die Operationen vornahmen. Eine Hausgeburt wollte Ilka bei den sich mehrenden Fliegerangriffen nicht riskieren. Als sie sah, wie Angst und Nervosität sich bei der Schwangeren verstärkten, erwirkte sie vom Stationsarzt die Erlaubnis, bei der Entbindung mitzuhelfen, im weißen Kittel, eine Mullbinde vor dem Mund. Sie wischte der Gebärenden den Schweiß ab, und sobald die Preßwehen einsetzten, streckte sie ihr beide Arme entgegen, damit sie sich daran hochziehen konnte. Die gemeinsame Anstrengung dieser Stunde förderte die Verbundenheit zwischen ihnen, auch das hatte Ilka im Sinn gehabt. Das Kind tat seinen ersten Schrei, und sie lächelten sich an. Ein gesundes Mädchen, es sollte Almut heißen, so war es mit Wolfgang ausgemacht.

Hete hatte dank guter Beziehungen zur Lette-Schule und mit Hilfe von Schwester Henriette noch mancherlei aufgetrieben, was in der Säuglingspflege dringend gebraucht wurde und durch die allgemeine Verknappung nicht mehr ohne weiteres zu haben war. Helga fand in ihrem Zimmer eine Wickelkommode und eine komplette Babyausstattung vor.

Ilka, zum erstenmal Großmutter – und sie war es mit Passion –, erlitt einen ihrer Anfälle von Optimismus und forciertem Lebenswillen und bestimmte, daß keiner mehr Trauerkleidung tragen dürfe, dem Neugeborenen zuliebe. Das Leben geht weiter, wir blicken nach vorn, die Zukunft gehört den Kindern, und ähnliche Sprüche. Nur Lisa trug weiterhin Schwarz.

Als aber Gucki am Sonntag das Wunschkonzert einschaltete und dieses unerträgliche »Tapfere klei – ne Soldaaa – tenfrau« durchs Familienzimmer wimmerte, rannte Ilka wütend zum Apparat und stellte ihn ab.

»Das geht ja wohl zu weit.«

Gucki heulte. Ihre Klasse hatte sich »Du und ich im Monden-

schein« gewünscht, sie würden es gleich spielen und vielleicht sogar die Namen der Schülerinnen verlesen.
Helga saß blaß und still dabei, das Kind an der Brust.
»Geh in mein Zimmer, Gucki«, sagte Hete. »Und stell meinen Volksempfänger leise ein, du kannst ja nahe heranrücken. Wir dürfen es Helga wirklich nicht zumuten.«
Alarm, Entwarnung, Alarm. Der Kuckuck rief. Akute Gefahr, Nacht für Nacht, und längst auch bei Tage. Guckis Oberschule sollte nach Mähren evakuiert werden, mit allen Lehrerinnen, die dort noch unterrichteten. Aus Tölz schrieb Irmchen Seefellner: »Wenn ihr kommen wollt, kommt bald, ehe sie mir das große Zimmer beschlagnahmen, das ich für euch freigehalten habe.«
»Es ist Zeit, daß ihr fahrt«, sagte auch Hajo. »Wir halten hier schon die Stellung, Hete und ich.«
»Und ich«, sagte Lisa.
»Nichts da, du fährst mit. Und läßt in Tölz endlich mal bei einem guten Internisten dein Herz untersuchen.«
Sie fuhren Ende Oktober, mit dem Nachtzug, da man tagsüber mit Angriffen der Jagdbomber zu rechnen hatte, deren Ziel vor allem Eisenbahnzüge waren. Die letzte Nachricht, die Ilka aus Berlin mitnahm, war die von der Vollstreckung des Todesurteils an Albert Reichel.
Dann wurde sie für lange Zeit vom Schicksal unter Karenz gestellt. Wartezeit, Gnadenfrist. Abgesehen von der Angst und Sorge um Hete und Hajo in Berlin und um die kränkelnde Lisa in Tölz verlief ihr Leben reibungslos, störungsfrei, und dies ausgerechnet zu einem Zeitpunkt, da Tausende das Kriegsende als Inferno erlebten. Keine Bomben mehr. Keine Flucht, und nicht einmal Hunger. Schlaflose Nächte nur Anfang Februar, als der Wehrmachtsbericht den bisher schwersten Angriff auf Berlin zugab, bei dem Mitte und Kreuzberg am stärksten getroffen wurden. Keine Telefonverbindung, aber eine Karte von Hajo: »Wir sind gesund, das Haus blieb verschont.«
Seltsame Duplizität der Lebenszufälle, das Ende des Ersten Weltkriegs, das Ende des Zweiten im selben Haus, damals Wolfgang ein Baby, heute seine Tochter. »Wie sie ihm doch ähnlich sieht«, sagte Irmchen Seefellner gerührt. Sie war unverheiratet und leitete die Pension ihrer verstorbenen Eltern.
Es gab Unterschiede, sie seien nicht verschwiegen. Niemand steigt zweimal in denselben Fluß. Diesmal zog sich die Front nach

Deutschland hinein, es wurde nicht rechtzeitig Schluß gemacht. Sie kam auch nach Bad Tölz, kam mit der VII. U.S. Armee, die hier auf Widerstand stieß, denn Tölz hatte eine SS-Junkerschule. Die Junker kämpften verbissen, Sieg oder Tod, es wurde ihr Tod, sie rissen ein paar andere, Unbeteiligte, mit hinein, mehrere Bauernhöfe in der Umgebung brannten ab. Dann wurde der Waffenstillstand proklamiert, Anfang Mai. In diesem Mai wäre Wolfgang Amroth alias Wolfgang Andernach siebenundzwanzig Jahre alt geworden. Seine Tochter, helläugig und blondgelockt, zählte neun Monate.

Sie mußten nicht hungern wie die meisten Flüchtlinge. Einiges schaffte Irmchen herbei, anderes wurde von Helga und Gucki besorgt. Ja, auch von Gucki, das Nesthäkchen mauserte sich. Dank ihrer guten Englischkenntnisse wurde sie Dolmetscherin bei der amerikanischen Kommandantur, und da fiel manches Breakfast-Päckchen ab. Helga strampelte auf Irmchens altem Fahrrad, den Frisierkoffer hintenauf geschnallt, über die Dörfer und ließ sich ihre Künste in Naturalien bezahlen. Ilka hütete das Baby.

Mitte August ging Lisa für immer dahin. Es war das Datum, vor dem Ilka zitterte. Mit den Jahren wurde sie abergläubisch, vielleicht spukte ein wenig die Maria Benthien in ihr, keine angenehme Mitgift, aber bei ihr hielt sie sich in Grenzen. Das Grab der ersten Schwiegermutter Esther Andernach auf dem Friedhof in Tölz hätte ohnehin neu gekauft werden müssen, nun kauften sie es für Lisa und setzten ihren Namen mit auf den Grabstein. Das war nicht nur praktisch, es hatte auch Stil und Stimmigkeit: die beiden Frauen gehörten zusammen.

Wenn Föhn aufkam, die allgemeine Unlust. Sogar die handfeste und immer aktive Helga klagte dann über Mattigkeit, und Irmchen zog sich wie immer in ihr verdunkeltes Zimmer zurück. Was ihr nur habt – sagte Ilka, es ist zu komisch, ich muß anders gebaut sein. Bei Föhn war sie in Hochform. Sie sprang für die anderen ein, kümmerte sich außer um Almut auch um die Pensionsgäste und hätte noch einiges darüber hinaus tun können. Sie war nun wieder so mager wie in ihrer Jugend, aber da ein Dirndlkleid meist etwas aufträgt, wirkte sie lediglich schlank. Mit kurzer Frisur, die von der Schwiegertochter wöchentlich in Form geschnitten wurde, die paar Silberfäden verschwanden im hellblonden Haar, der schlanke Hals war ohne Falten. Und die Kerbe im rechten Mundwinkel fiel nur auf, wenn sie einer Verstimmung nachgab und sich hängen ließ. Das mußte ja nicht sein.

Dieser Föhntag Anfang September, kurz nach ihrem Geburtstag! Wieder einmal machte sie Bilanz, wog Vergangenheit und mögliche Zukunft gegeneinander auf, fand, daß es sich gelohnt habe, alles in allem. Manches war schief gelaufen, größtenteils durch eigene Schuld. Aber man war beschützt worden, das galt es auch zu sehen. Warum sollte nicht noch etwas kommen, Schönes, Unverhofftes? Wenn man ein bißchen nachhalf, versteht sich. Mitte vierzig, das ist schließlich noch kein Alter!
Das blaue Dirndl mit der rosa Schürze stand ihr gut, und ihre Bewegungen waren jung, elastisch. Sie hatte keinen Sport getrieben wie die Generation nach ihr, ihre Haut vertrug nicht viel Sonne, sie brauchte das auch nicht. Ihre Beweglichkeit kam aus einem lebhaften Geist, der dem Körper die Impulse gab, sie fühlte, daß noch viel Kraft in ihr steckte, die sie nutzen könnte. Ein neues Leben beginnen, gerade jetzt, nachdem dieser verdammte Krieg zu Ende war und die Nazis keine Macht mehr hatten.
Heute früh, vor dem Postamt, als sie Almut aus dem Kinderwagen gehoben hatte, stand einer neben ihr und sagte: »Gott, ist die niedlich! Kein Wunder bei der hübschen Mutti.«
Das tat wohl. Das hielt den ganzen Tag vor, danach kommt man leicht ins Trällern und Träumen. Ich sollte den Hajo heiraten, dachte sie. Ich bin ja meschugge, daß ich es nicht längst getan habe. Er ist doch ein passables Mannsbild, klug und anständig und treu, kein Luftikus wie sein Bruder.
Sehnsucht kam auf, sprudelte reichlich aus fast versiegten Quellen. In den Armen eines Mannes liegen, Nähe und Wärme und Zuverlässigkeit spüren, kein wildes Begehren wie bei Ewald, Strohfeuer, das aufflammt und zusammenfällt, das wollte sie nicht mehr. Aber eine zärtliche und wohltemperierte Ehe führen wie mit Bruno Andernach und sie genießen, wozu sie damals zu jung und nicht reif genug gewesen war – das müßte ihr heute schon gelingen.
Den Garten hinter dem Berliner Haus werden wir wiederherstellen, die Treppe erneuern, Bäume und Hecken pflanzen, damit Etti, wenn sie aus Zürich heimkommt, um ihr Medizinstudium in Berlin zu vollenden, ihn so findet wie früher. Mit weißen Korbmöbeln, die wird man schon irgendwo auftreiben. Junge Birken spenden zu wenig Schatten, dort wird sie nicht sitzen können, aber man könnte den Tisch an die Hauswand rücken, wo die schräge Treppe ihren Schatten hinwirft, dort lernt es sich gut selbst bei großer Hitze. Eines Tages wird Esther Andernach promovieren, ein Fräulein

Doktor, meine begabte Tochter, daraus machen wir ein Fest und hängen Lampions auf wie damals.

Ein Föhntag in Bad Tölz, September fünfundvierzig. Altweibersommer. Der Himmel ist unglaublich hoch, ein Himmel für hochfliegende Pläne. Irgend jemand hat Ilka Amroth heute früh für die Mutter eines Babys gehalten.

Im Spätherbst kam der Postverkehr wieder in Gang, nachdem die wichtigsten Bahnstrecken repariert waren. Das Leben normalisierte sich langsam, die Zivilisation kehrte zurück, im Schneckentempo, aber stetig. Ein dicker Brief von Hajo aus Berlin traf ein, sie mußte Nachporto zahlen. Er schrieb unter anderem:

»Es sind schreckliche Dinge passiert, wovon Du Dir kaum eine Vorstellung machst. Wir waren nur immer froh, daß wir Euch in Sicherheit wußten. Meine Eltern in Schwedt haben sich vergiftet, kurz bevor die Russen dort einfielen, zusammen mit Doktor Seeger, der ihnen die Kapseln wahrscheinlich verschafft hat. Hier bei uns hat der liebe Wüllenweber dran glauben müssen, wir haben seine Frau dann ein paar Wochen zu uns genommen, obwohl ihre Wohnung erhalten blieb, aber man durfte sie nicht allein lassen. Auch Schwester Jettchen hat nicht überlebt. Von Ewald gibt es keine Nachricht, er war zuletzt in Gotenhafen. Das Haus ist unverändert, aber kommt jetzt bitte nicht, wir wollen lieber abwarten, bis sich die Versorgungslage gebessert hat. Wie geht es unserer alten Lisa mit dem Herzen? Hast Du schon irgendeine Nachricht aus der Schweiz?«

Ganz zum Schluß, mit kleiner Schrift, weil der Bogen nicht reichte, teilte er noch etwas mit, das sich wie ein Anhang oder Postskriptum ausnahm: »Mich hat die Alliierte Militärregierung zum Oberstudiendirektor ernannt und mir die Leitung des hiesigen Gymnasiums übergeben. Im Juni haben Hete und ich geheiratet, aber diese Neuigkeit wird Euch kaum überraschen.«

Kurz vor Weihnachten der Brief von Debbie. »Du wirst verstehen, daß Leo und ich Deutschland nicht mehr wiedersehen wollen. Komm Du lieber her, Du bist uns jederzeit willkommen. Nur mußt Du es hinnehmen, daß Esther nichts von Dir wissen will. Daran hat sich nichts geändert. Wir bangen um Wölfchen – er hat doch überlebt?«

Was sich jetzt noch als Zukunft darstellte, kann in Stichworten vermerkt werden, weil es sich so und nicht anders in Ilka zutrug, stichwortartig.

Sie wurde gelebt. Der Aufschwung eines Föhntags versackte, der Euphorie folgte die entsprechende Depression. Wer sehr hoch steigt, wird tief fallen. Ilka fiel wie in den Schlund eines Luftminentrichters, von dem sie oft träumte, in ein finsteres, unergründliches Loch.

Davon erholte sie sich nicht mehr. Die Jahre danach, fünfundzwanzig Jahre, umspannen eine ganze Generation – kann man so lange gelebt werden? Doch, ja, man kann. Die anderen müssen es nicht einmal merken. Denn der Mensch sieht nur, was vor Augen ist, und vor den Augen anderer war sie tüchtig, von mancherlei Umtrieben noch ans Leben gefesselt, sogar lachen konnte man sie hören, wenn die Situation danach war. Wer wußte schon, was sie dachte, wenn es mal wieder hoch herging um sie herum mit Kindern und Kindeskindern, mit viel Turbulenz und Festlichkeiten, Wirtschaftswunder und Berlin-Rummel? Daß sie dann dachte: Wozu das alles? Warum spiele ich eigentlich mit? Ich zähle doch gar nicht mehr.

Gucki wollte nach dem Krieg nicht weiter zur Schule gehen, denn für den Beruf, den sie anstrebte, genügte die mittlere Reife. Sie bezog die Schauspielschule von Hilde Körber, wurde angenommen, bestand das Examen. Es war ein rabiater Wille am Werk bei geringer Begabung. Für eine nüchterne Mutter wie Ilka ist es schmerzlich, einen so aussichtslosen Kampf des eigenen Kindes mitansehen zu müssen. Über Jahre hinweg nur Nebenrollen, die von der Kritik nicht beachtet wurden. Dieses Aufblättern der Zeitung am Morgen nach einer Premiere, mit flatternden Händen und einem die Zeilen hastig überfliegenden Blick: wieder nichts. Nicht ein einziges Mal war ihr Name erwähnt, Cilly Amroth, mit Ypsilon. Und ich war doch gut, Mama, gerade gestern abend war ich in Hochform. – Das warst du auch. Mit der Zeit wird man schon aufmerksam werden, hab nur Geduld.

An einem Engagement fehlte es nie. Während Begabtere noch lange auf der Warteliste verblieben, wurde Gucki nach jedem Vorsprechen vom Fleck weg engagiert. Für kleine Rollen. Sie fiel nicht durch ihr Können auf, sie bestach durch ihr Aussehen. Gucki war – auch darüber machte sich Ilka keine Illusionen – auf eine oberflächliche Weise hübsch. Ein Dutzendgesicht, gut zu fotografieren. Zweimal stand sie in den Spandauer Ateliers für je eine winzige Filmrolle. Bei der ersten erschien ihr Name nicht einmal im Vorspann, bei der zweiten erschien er, aber aus Versehen, da man ihren

Auftritt herausgeschnitten hatte. Gucki lernte und hoffte. Faul war sie nicht wie früher in der Schule, im Gegenteil, sie war übereifrig vor Ehrgeiz.

Am zwanzigsten Juni neunundvierzig wurde in Zürich Ruth Goldschmied geboren. »Denk dir«, schrieb Debbie, »unsere Esther hat noch wenige Tage vor der Entbindung promoviert. Ein bißchen will sie jetzt mit der Arbeit aussetzen, dem Kind zuliebe, und sich dann ihrer Fachausbildung als Nervenärztin zuwenden. Sie ist mit Moritz sehr glücklich geworden. Daß sie zum jüdischen Glauben überwechselte, geschah nicht nur seinetwegen, sondern aus Überzeugung.«

Hete zog diese Überzeugung in Zweifel. »Ich glaub es nicht, Mama. Für mein Empfinden hat das eher etwas mit Selbstüberredung zu tun. Esther ist ihr eigener Demagoge. Daß sie einen so dicken Schlußstrich unter ihr früheres Leben zieht bis hin zum Religionswechsel, beweist nur ihre Erschütterung. Wer überzeugt ist, handelt ruhig und gelassen, der kann aus dem Hort seiner Überzeugung heraus auch versöhnlich sein. Das schafft sie nicht. Es bringt mich immer in Harnisch, wenn ich unsere Neudemokraten über die Emigranten reden höre, als sei deren Leben im Ausland ein Honigschlecken gewesen im Vergleich zu unserem Leben hier während des Krieges. Es stimmt ja einfach nicht. Sie sind nicht freiwillig gegangen, und für viele war es ein schmerzhafter Schnitt, von dem sie sich nie ganz erholen.«

»Gucki hat ein Engagement an einem Tourneetheater angenommen«, sagte Ilka. »Die brauchen noch eine Garderobiere, ein Faktotum, so eine Mutti fürs Ensemble. Bezahlen können sie nicht viel, aber ich bin ja nicht drauf angewiesen. Ich hab mich gemeldet, und sie nehmen mich, zunächst probeweise. Wenn Helga mit Almut jetzt nach Reinickendorf zieht, wird es mir hier auch zu langweilig. Du und Hajo, ihr habt euren Beruf, euer Tag ist ausgefüllt, und ich hänge immer so herum. Und dann darf ich Gucki auch nicht allein lassen, sie ist noch so unselbständig, ein richtiger Nesthocker. Ich will mir nicht noch einmal den Vorwurf machen müssen, ich hätte eins meiner Kinder im Stich gelassen.«

So zog sie denn ein paar Jahre mit dem Thespiskarren herum, einem geräumigen Omnibus, und machte sich nützlich. Denn da sie »nichts« gelernt hatte, verstand sie sich auf vielerlei, eine Spezialistin hätte man vermutlich gefeuert. Ilka konnte nicht nur mit Nadel und Faden umgehen, mit einem Plätteisen sowieso, sie handhabte als geübte Hausverwalterin ebenso Abrechnungen und Steuererklärungen. Mit dem Klassikergut seit den Zeiten des gottseligen Rehlow innig vertraut, vermochte sie auch Rollen abzuhören oder als Souffleuse einzuspringen. Den Kummerbeladenen war sie Beichtmutter und Ratgeberin, und nicht nur die Jüngeren kamen zu ihr. Kurzum: dieser Beruf, den man eigentlich gar nicht erlernen kann, war ihr auf den Leib geschneidert. Sie erfuhr sich als unentbehrlich, das bewahrte sie vor Depressionen, sie wußte sich in einer Gemeinschaft aufgehoben und geborgen, obwohl sie sich bis zum Schluß einredete, daß sie die »Last des Herumzigeunerns« nur Guckis wegen auf sich nähme.

Einmal fiel der Name Karla Neuberg. Ilka erzählte von der Hausgenossin der zwanziger Jahre, da wurden alle stumm und sahen sie respektvoll an wie jemanden, der die Steinzeit überlebt hat, ein Dinosaurier der Theatergeschichte. Als sie sich arglos erkundigte, wo sie denn abgeblieben sei, die kapriziöse Karla, und weshalb man nichts mehr von ihr höre, mochte man ihr die Wahrheit erst gar nicht sagen. Weißt du es wirklich nicht, Ilka? Sie ist mit ihrem Mann in die Sowjetunion gegangen und in den dreißiger Jahren in einem stalinistischen Gefängnis umgekommen.

In der Nachbarstadt, wo sie den nächsten Tag gastierten, lief ein Film mit ihr, darin konnte man sie noch einmal sehen. Das Ensemble ging geschlossen hin, ohne Ilka. Sie tat sich das nicht an. Nicht so sehr wegen des gewaltsamen Todes, den die schöne und begabte Frau erlitten hatte, der blieb für Ilka unanschaulich und fremd, als vielmehr wegen des breit gestreuten Erinnerungsfeldes, das beim Anblick der Vergangenheitskonserve in ein erbarmungsloses Licht geraten könnte: diese Karla, die dort herumweste, die dort oben zürnte und lachte und sang, sie hatte zu der gleichen Zeit ihrer Etti Märchen erzählt, im Berliner Familienzimmer am weißen Kachelofen, vielleicht am gleichen Tag, als diese Aufnahme in den Kasten ging. Was das für eine verrückte Erfindung war, dieser Tonfilm, kam einem ja erst voll zu Bewußtsein, wenn er einen Toten auferstehen ließ und also die Zeit zurückdrehte. Wenn er einen Leib, der in der Erde vermoderte, noch einmal lebendig machte und vorzeigte in der ganzen Pracht und Verwegenheit seiner Jugend. Der fatale Geschmack vorgetäuschter Unvergänglichkeit, einer Unvergänglichkeit, die aus nichts als einem Streifen Zelluloid bestand. Das tat sie sich nicht an, o nein. Auch sie hatte, ihrerseits, ein paar Erinnerungen, die zu Moder und Staub zerfallen waren

– sie aus dem Grab hervorzuzerren, wäre ihr wie Leichenschändung vorgekommen.

Sie reisten durch die Lande. Spielten in der Provinz, manchmal in größeren Städten, meist vor vollem Haus. Der kulturelle Hunger war beträchtlich in jener Zeit, und die beiden Protagonisten im Ensemble, Schauspieler mit schon etwas verblichenen, aus älteren Filmen immerhin bekannten Namen, waren die Zugpferde, die das Unternehmen trugen. Auf Gucki mit ihrem fotogenen Kammerkätzchengesicht konnte nicht verzichtet werden, sie bekam die untergeordneten Rollen, die den Star erst ins rechte Licht rückten.

Im Sommer vierundfünfzig spielten sie für einige Tage in Konstanz, Basel und Zürich, zur Sauregurkenzeit, als die Städtischen Bühnen ihre Ferien machten. Von einem dieser Aufenthalte wird noch zu berichten sein.

Bald danach konnte Ilka in Pension gehen. Nicht etwa fallengelassen vom Ensemble, beileibe nicht, die Schauspieler, alte und junge, bedauerten ihren Weggang. »Es wird mir zuviel«, log sie. »Ich bin nicht mehr die Jüngste, und in Berlin muß ich mich um meine Häuser kümmern. Ihr findet schon einen Ersatz.«

Es war Gucki, die ihr den Laufpaß gegeben hatte, in einer langen und gründlichen Aussprache.

»Es tut mir ja leid, Mama«, klagte sie, »ich muß dir endlich die Wahrheit sagen. Es war mir von Anfang an nicht recht, daß du mit uns herumziehst und mich täglich unter Kontrolle hast –«

»Du kannst doch nicht sagen, daß ich dich kontrolliere.«

»Nicht absichtlich, das weiß ich wohl. Aber durch deine ständige Gegenwart ist es doch eine Kontrolle, ob du willst oder nicht. Ich fühle mich von dir beobachtet und eingeengt, ich kann einfach so nicht selbständig werden, mich nicht freispielen. Auch mit Männern ist es nichts. Es traut sich ja kein Mann an mich heran, wo du andauernd in meiner Nähe bist. Alle haben sie vor dir Manschetten, daß du das nicht schon gemerkt hast!«

Nein, sie hatte es nicht bemerkt. Und war ganz erschrocken über diese Eröffnung, aber auch reumütig und einsichtsvoll. Sie zog die Konsequenz und kündigte.

Das mit den Häusern in Berlin (die Hajo ganz gut verwaltete) war ein Vorwand gewesen, den sie post festum begründete, indem sie ihn zur Tatsache erhob. Sie verkaufte das Gartengrundstück an den Magistrat, duldete den Bau des Hinterhauses, sah vom kleinen Küchenbalkon aus zu, wie ihr einstiges Idyll vermauert wurde. Ein

Eckgärtchen blieb stehen, dem Wunsch der Kinder entsprechend, nicht der Rede wert. Wo einmal ihr Leben unter flirrendem Birkenlaub sommerlich warm und blutvoll pulsierte, tobten Bulldozer und Planierraupe sich aus und begruben die Erinnerungen unter einem unbeschrifteten Epitaph aus Beton. Sie saß danach viel lieber auf dem Balkon als vorher, viel unbeschwerter, das Frühstück schmeckte besser ohne den schwülstigen Andrang der Vergangenheit. Es war wie in einem fremden Hotel, Ferienstimmung, man verbindet nichts mit der Umgebung, alles ist neutral und bleibt Gegenwart, ein stehendes Gewässer. Über Jahre hinweg.
In London starb Doktor Salomon, und Ewald Amroth blieb vermißt. Gucki hatte ein Engagement in Köln angenommen und rief von dort an, um der Familie ihre Verlobung mitzuteilen. Sie hatte den Bühnenbildner Hans Krause, einen Kölner, kennengelernt, der schon seinen Vertrag fürs Berliner Schillertheater in der Tasche hatte, in der nächsten Spielzeit wollten beide nach Berlin kommen und heiraten. Wird ja auch Zeit, sagte Gucki, letzten Februar bin ich dreißig geworden, eine alte Schachtel. Schließlich möchte ich auch noch Kinder haben.
Hajo schlurfte als letzter an den Apparat, um zu gratulieren. »Du machst Sachen, Meechen«, berlinerte er. »Kannste mir mal verklöhren, weshalb du extra nach Köln jezogen bist? Einen Krause hättste in Berlin ooch jefunden.«
Die Familie vergrößerte sich. In Berlin heilten die Wunden, die Lücken in den Straßen füllten sich, ganze Stadtteile erstanden neu, etwas wie Weltstadt begann sich wieder abzuzeichnen. War aber mehr Frontstadt, genau genommen. Die Änderungen, die Umwälzungen, auch die mit epochalem Charakter, wurden von Ilka nur am Rand registriert. Als sie die Mauer bauten, die da drüben, am dreizehnten August einundsechzig, faßte sie die begreifliche Aufregung aller in die Worte: »Was ich immer sagte. Das Datum hat es in sich. Mitte August, da kann nichts Gutes geschehen. An einem solchen Tag passiert einmal der Weltuntergang. In den Iden des August.«
Im Sommer vierundfünfzig war sie in Zürich gewesen, dieser Nachtrag ist jetzt fällig. Mit Guckis Tourneetheater, damals noch. Debbie hatte in ihre schöne weiträumige Wohnung eingeladen, es war immer noch dieselbe in der Fraumünsterstraße, wo diese auf den Kai zuläuft und auf den Bürkliplatz, und die alten Möbel aus dem Besitz der Andernachs und Goldschmieds standen unverrückt

an derselben Stelle. Hätte Debbie nicht Trauerkleidung getragen, Leos wegen, der Traum wäre perfekt gewesen. Mit der Zeitmaschine zurück in ein abgelebtes Leben, Ferien in Zürich, die Kinder waren noch klein. Die hohe weiße Flügeltür neben dem ausladenden Barockschrank, gleich würde sie sich öffnen, die Klinke schnappte zurück, man wußte dann immer, das konnte nur Etti sein, weil nur sie sich auf die Zehen stellen mußte, um die Klinke zu erreichen. Schon steckte sie den dunklen Kopf durch den Spalt, schon vernahm man ihre Frage: »Mama ist da?« Diese immerwährende Angst, es könnte die Mama ihr abhanden kommen, irgendwie, auf unerklärliche Weise, man war da nie ganz sicher, denn die Welt ist böse. Esthers Grunderfahrung – woher nur, woher stammt so etwas? Aus der eigenen Biographie, aus schweren Träumen, aus dem Erbgut eines gequälten Volkes? Gleich darauf das Strahlen der großen schwarzen Augen, der Jubelruf: »Da isse ja!« Sie flog heran, und – rums, hatte man sie schon in den Armen oder auf dem Schoß.

Sie öffnet sich auch jetzt, die Flügeltür, und läßt ein dunkelhaariges kleines Mädchen ins Zimmer. Keine Klinke schnellt zurück, denn es ist ein Mann, der die Tür geöffnet hat, und das Kind kommt nicht angerannt, weil es eine fremde Person ist, der man es zuführt. Also langsam, also behutsam, aber durchaus nicht schüchtern, eher ein bißchen neugierig, mit schräggehaltenem Kopf. Aus den Augenwinkeln wird die Fremde ins Visier genommen von diesem gut beobachtenden Kind. Esthers gewölbte Stirn, oder Brunos Stirn, das läuft auf dasselbe hinaus, und Esthers etwas zu kurz geratene Oberlippe – in diesen kleinen und doch entscheidenden Bereichen ist die Wiederholung der Natur fast vollkommen. Wenn sie lächelt, sieht man eine noch lückenlose Reihe fester Milchzähne und ein Stück rosiges Zahnfleisch darüber, auch das ist Ilka vertraut. Wenn ich heule, wird sie erschrocken sein und sich von mir abwenden, also bloß keine Tränen, man kann sich auch zusammennehmen.

»Bischt du die Groß-mama?« Diese in unüberhörbar schweizerischem Tonfall vorgebrachte Frage blendet die Vergangenheit aus. Ernüchterung tritt ein und wirkt wohltuend, weil man nun nicht mehr unbedingt weinen muß. Etti hatte zwar nicht berlinert, aber doch immer den märkischen Klang in ihrer Sprache gehabt. Dies ist Ruth Goldschmied, ihr Enkelkind.

Ilka erfährt einiges an diesem Nachmittag, das zunächst aufwühlend, am Ende dann auch tröstlich ist. Moritz sagt sofort Mutter zu ihr und küßt sie auf beide Wangen. Das hat sie nicht erwartet, dieses Angenommensein in aller Selbstverständlichkeit. Ein Familienmensch wie Bruno, wie Leo, und sie darf gar nicht daran denken, auf welche Weise er so früh seine Familie verlor. Er spricht nicht darüber, mit keinem Wort, er erzählt von seiner Frau und wirbt um Verständnis für sie.

»Sie hat es nicht fassen können seinerzeit, daß sie nicht mehr zurück konnte, daß du ihr den Paß hast sperren lassen. Sie sagte immerzu: Das darf nicht sein, das kann sie nicht getan haben, sie hat mich doch lieb. Wir haben uns sehr bemüht, ihr klarzumachen, daß du es ja gerade aus Liebe getan hast, aus Angst und Sorge um sie – alles umsonst, sie begriff es nicht. Um Weihnachten herum, als wir schon meinten, sie findet sich ab, hat sie einen Selbstmordversuch unternommen. Wir wissen bis heute nicht, woher sie die Tabletten hatte, ich halte solche Sachen immer gut unter Verschluß. Tagelang war sie in Lebensgefahr, lag auf der Intensivstation, wir hatten eine aufreibende Zeit. Langsam erholte sie sich dann. Aber weiterleben konnte sie nur, indem sie ihre ganze bisherige Existenz abschüttelte und nicht mehr als zu ihr gehörig erkannte. Sie haßt dich nicht, Mutter, das wäre eine ganz falsche Folgerung. Sie vermeidet das Wiedersehen allein darum, weil sie Angst hat, die vernarbte Wunde könnte wieder aufbrechen. Sie hat zu sehr gelitten, genau wie du.«

»Nein«, widersprach Ilka und hielt die Tränen nicht mehr zurück, denn das Kind war nebenan bei Debbie, »nein, Moritz, sie muß viel mehr gelitten haben als ich. Unvorstellbar, und nicht ganz nachvollziehbar für mich. Ich will mich fügen und versuchen, es ohne Verbitterung hinzunehmen.«

Die Zeit drängte, Ilka wurde im Stadttheater erwartet, und Debbie kam mit dem Fotoapparat ihres verstorbenen Mannes. Das Kind wurde der Großmutter aufs Knie gesetzt, und Moritz Goldschmied schoß die kleine Aufnahme, die den Abschluß des Familienalbums bilden sollte. Sie wurde, wie man weiß, nicht mehr eingeklebt, sie lag lose zwischen leeren Seiten, Sinnbild einer aufgelösten Beziehung, an der es nichts mehr zu befestigen gab.

Berlin ist ganz nett

Zehn gemeinsame Septembertage, mit wechselndem Wetter, doch überwiegend heiter. Die Siebzigjährige rafft sich auf und kratzt wieder einmal ihre Berlin-Kenntnisse zusammen, damit diese forschende Enkelin Grund und Ursprung ihres Seins erfahre, weil die Beschäftigung mit der eigenen Lebensgeschichte Voraussetzung und Ausgangspunkt für das Studium der Geschichte schlechthin bedeute. Schon recht, das hatte man verstanden, und die Andernachs sind eine alteingesessene Berliner Familie gewesen. Die Sehenswürdigkeiten zunächst – hilf mir, Hajo, was zeigt man dem Kind, was hat von dem Stehengebliebenen noch Wert, was von den Neuerungen?

Das Charlottenburger Schloß, das klassizistische Berlin-Museum in der Kreuzberger Lindenstraße, das Humboldtschloß in Tegel, der Juliusturm, das Schloß Bellevue im Tiergarten. Und ganz in der Nähe das Jagdschloß am Grunewaldsee, ein beliebtes Ausflugsziel der Familie. Die Luft ist hell und auch an sonnigen Tagen von schaumiger Frische. Auf dem bleigrauen Wasser der Havelseen kreisen ein paar Dutzend Segelboote und sehen von weitem, vom Teufelsberg etwa, wie Schwäne aus. Fast wie bei uns, sagt Ruth, wie auf dem Zürichsee. Sie vergleicht oft mit Zürich, ohne es zu merken, ein bißchen zu oft für Ilkas Geschmack, denn der Vergleich fällt immer zugunsten der eidgenössischen Heimat aus, vor allem dann, wenn es sich um ein restauriertes Bauwerk handelt. Wirklich ganz neu? Im alten Stil wiederaufgebaut? Eine bloße Nachahmung, wie schade. Bei uns ist alles echt, nur abstützen muß man das eine oder andere und vorsichtig ausbessern, damit es nicht verfällt.

Hajo fährt sie im Wagen herum, meistens benutzen sie jedoch den Bus. Was sind schon zehn Tage für eine so große Stadt! Auch die Mauer wünscht Ruth zu sehen, sie klettert auf das Gerüst und blickt ernst und gesammelt hinüber. So sieht man aus, wenn einen der Atem der Geschichte streift. Für Ilka, die unten stehengeblieben ist, obwohl ihre muskulöse Magerkeit die paar Stufen spielend bewältigt hätte, ist diese Mauer nicht Geschichte, sondern ärgerliche und anstößige Gegenwart. Hier war sie viele Male hindurchspaziert oder gefahren, die Linden hinunter, mit Lisa, mit Irmchen, mit ihren Kindern oder allein – was hat dieses sperrige, waffen-

strotzende Monstrum dort zu suchen? Wohl sagt ihr der Verstand, daß dies der Preis ist für eine schuldbeladene Vergangenheit, aber das Gefühl kann der Einsicht nicht folgen. Und darum bleibt sie unten und blickt nicht »hinüber«. Störrisch, ungeduldig und gelangweilt, ein unpolitischer Mensch, nicht besserungsfähig. Komm runter, Kind, jetzt ist es wohl genug.
Auf dem alten Friedhof der Luisengemeinde vor Brunos Grab wiederum verweilt sie gern und läßt sich von Ruth zum Erzählen verleiten, was einem da noch alles einfällt! Und die älteren Andernachs, die Urgroßeltern, die finden wir hier leider nicht, die liegen auf dem jüdischen Friedhof in Weissensee, im Ostteil der Stadt. Aber du hast ja einen Ausländerpaß, Ruthchen, du könntest hinfahren, ja, tu das und guck nach, ob die Gräber noch existieren und ob sie gepflegt werden. Unsereinen lassen sie ja nicht hin. (Das änderte sich dann bald.)
Ruth Goldschmied fährt nach Weissensee zur letzten Ruhestätte ihrer Vorfahren, zu diesem sehr großen Friedhof, den das wohlhabende jüdische Bürgertum sich in der Epoche der Aufklärung errichtete, zukunftsfroh, wenn das Wort in Bezug auf einen solchen Ort erlaubt ist. Die prunkvollen Grabmäler zeugen von Selbstbewußtsein und Sicherheit, vom Glauben an eine gelungene Assimilation. Die Zeit der Pogrome schien endgültig vorbei. Und nun: alle diese leeren Plätze, die ungenutzten und nicht mehr zu benutzenden Flächen. Die paar Überlebenden des vernichteten Volkes brauchten nur noch wenig Platz.
»Was mich am meisten erschüttert hat«, erzählt Ruth, »war das Ehrenmal für die Gefallenen des Ersten Weltkriegs. Wie patriotisch, wie treu ergeben diesem Land, das es ihnen so übel gelohnt hat. Es zerbröckelt schon langsam, zwischen den Steinen wächst Gras, man läßt es dort wachsen, was ich angemessen finde. Eine zerstörte Liebe unter geborstenen Steinen.«
»Und das Grab des Urgroßvaters?« fragt Ilka rasch.
»Halbwegs gepflegt, auch die Gruft meiner Ur-urgroßeltern Andernach. Die jüdischen Familien in Ostberlin halten alles in Ordnung, es kommen auch jährlich Emigranten aus aller Welt die Gräber besuchen, wurde mir gesagt. Auf einem Stein fand ich den Namen Goldschmidt, aber mit einfachem i und dt.«
Den nächsten Tag begleitet Ilka ihre Enkelin zum Besuch eines Gottesdienstes ins jüdische Gemeindehaus an der Fasanenstraße. Sie kennt den Neubau vom Vorübergehen, die glatte Fassade mit

dem vorgestellten, fast frei schwebenden Eingangstor, zu dem eine breite Treppe hinaufführt. Nun lernt sie auch das Innere kennen und die Gottesdienstordnung und findet sie nicht so fremd, wie sie befürchtet hat. Der Talar des Geistlichen mit dem weißen Beffchen ist ihr vertraut, auch die Schriftlesung, ein Abschnitt aus dem Buch Esra: Der Perserkönig Cyrus gibt den Juden die Heimkehr frei, damit sie ihren Tempel wiederaufbauen können. Die Predigt klug und schlicht, von bestem protestantischem Zuschnitt. Daß sie Ruth mit diesem gemeinsamen Besuch näherkäme, stand im Kern ihrer Absicht, die sich hier still und unauffällig erfüllt.

Ruth gliedert sich in die Familie ein, sagt Onkel und Tante und duzt jeden, mit dem sie nur halbwegs verwandt ist. Die Berliner Verwandtschaft kommt ihr gerührt und beflissen entgegen und vermeidet alle Themen, mit denen man ihr weh zu tun fürchtet. Ihr gefällt das nicht ganz. »Euren Philosemitismus treibe ich euch noch aus«, versichert sie. »Ich bin kein Blümchen Rühr-mich-nicht-an. Wenn ich nach eurer Ansicht etwas Falsches sage, dann müßt ihr euch wehren. Sonst kann ich ja nichts lernen.«

»Das hat sie von dir«, sagt Hajo zu Ilka. »Dieses Lernenwollen. Das hat man von dir auch oft gehört, schon früh, als du noch ein Kind warst: Ich will ja was lernen.«

Ilka nickt, es ist eine Reminiszenz nach ihrem Sinn.

Die Cousine Almut ist über jeden Verdacht des Philosemitismus erhaben, das ist eine Sache der vorigen Generation. Mit ihr steigt Ruth in heiße Debatten ein, mit ihr versteht sie sich – nächst der Großmama – am besten, obwohl beide nur selten in ihren Meinungen übereinstimmen. Ilka hat sich jegliches Politisieren verbitten wollen, dringt aber damit nicht durch.

Hier stoßen zwei Welten aufeinander, die sich etwas zu sagen haben, die sich im Glücksfall sogar ergänzen können. Die Schweizerin in ihrer bedächtigen Art hat die besseren Argumente, die zungenfertige Berlinerin wird durch Naivität überflügelt. Und durch Langsamkeit. Das ist nur scheinbar paradox. Man befindet sich ja nicht im Olympiastadion, wo der Sieg mit der Stoppuhr gemessen wird.

»Gewalt gegen Menschen lehne ich ab, selbstverständlich«, sagt Almut. »Gewalt gegen Sachen aber möchte ich in bestimmten Fällen nicht ausschließen. Man setzt ein Fanal, man rüttelt die Masse auf.«

»An Masse glaube ich nicht«, hält Ruth Goldschmied dagegen.

»Und um Menschen aufzurütteln, gibt es bessere Methoden. Alle Sachen, die ihr beschädigt, müssen repariert werden, das geht zu Lasten des Steuerzahlers, des kleinen Mannes, dem ihr doch helfen wollt. Bei uns in der Schweiz erzieht man schon die Kinder in der Grundschule dazu, keine Einrichtungen zu zerstören oder zu beschmutzen, weil man damit nur sich selbst schadet. Die meisten begreifen es auch.«
»Und was hältst du für die bessere Methode?«
»Überzeugen durch Vernunft. Klingt nicht originell, ich weiß, aber muß es deshalb falsch sein? Ein langer Weg, ein schwieriger Weg. Wenn dieser Verleger, von dem ihr immer redet, eine so schlechte Zeitung macht –«
»Ein Hetzblatt!«
»Ja, ein Hetzblatt, ich habe verstanden, dann müßt ihr eben versuchen, ein besseres zu machen, und darin alles zurechtrücken, was er verdreht hat. Ihr seid doch viele, und viele von euch haben begüterte Eltern, ich denke an alle Studenten, die schon teure Wagen fahren. Nur einig müßt ihr euch halt sein.«
»Sie will mit einer Studentenzeitung gegen ein Verlagsimperium angehen!« ruft Almut und wendet sich zu Hajo um.
»Warum nicht? Auch ich halte Tomaten und faule Eier für schlechte Argumente, oder muß ich dir das erst beweisen?«
»Weil ihr damit«, beharrt Ruth, »die Öffentlichkeit nur verschreckt. Jede Form von Vandalismus wirkt abstoßend. Wenn ihr aber nichts weiter bewirken wollt als épater le bourgeois, wenn es euch nur darum zu tun ist, die Leute vor den Kopf zu stoßen, dann seid ihr keine mündigen Staatsbürger, sondern ungezogene Kinder.«
»Und du bist ein sehr angepaßtes Kind.«
»Wirklich, Almut? Wäre ich das, so würde ich zu allem nicken, was du vorbringst, und wir hätten kein Streitgespräch, sondern eine friedsame Konversation.«
»Ihre Naivität hat etwas Großartiges«, bemerkt Almut, als sie mit dem Onkel allein ist.
Hajo kann da nur zustimmen. »Wie schade«, kontert er ein bißchen süffisant, »daß du nicht auch naiv bist, sondern bloß infantil. Immerhin bringt diese Tochter Johann Peter Hebels es fertig, dir deinen Politologen-Jargon abzugewöhnen. Du hast nicht ein einzigesmal *repressiv* gesagt.«
Almut und Ruth wurden sich bis zum letzten Tag nicht einig, aber

sie mochten sich. Später, als ein kleiner Teil der revolutionären Studentenbewegung auch Gewalt gegen Menschen verübte, sollten sie sich in den Grundfragen allerdings einig werden. Das stand noch aus in diesem Sommer des siebziger Jahres.

Ruth Goldschmied muß abreisen. Sie hat keinen Flug gebucht, sie ist mit dem Zug gekommen und im Besitz einer Rückfahrkarte. »Ich fliege ungern«, bekennt sie. »Ich nehme das Flugzeug nur, wenn es sich nicht umgehen läßt. Wenn ich nach Israel will, zum Beispiel, zu einem Vetter meines Vaters, der mit seiner Familie in Lydda wohnt. Da hätte ich mit Bahn und Schiff eine zu lange Reise. Jetzt fahre ich erst einmal nach München und treffe mich mit Walter Nüssli, der dort ein paar Semester Medizin studiert. Den will ich einmal heiraten, Großmama.«

»Auf eine derartige Eröffnung warte ich schon seit Tagen«, sagt Ilka. »Es wär' ja gegen die Natur, wenn in deinem Leben nicht auch ein Mann eine Rolle spielte. Ein Walter Nüssli also. Bei diesem Namen erübrigt sich die Frage nach der Nationalität. Aber ist er auch mosaisch?«

»Nein, evangelisch. Mutter ist sehr dagegen, ich muß sie noch herumkriegen. Wir werden nur standesamtlich heiraten.«

»Und wenn Kinder kommen?«

»Das ist unser Problem. Damit sind wir noch nicht im reinen.«

Ilka nimmt ihre Enkelin bei der Schulter und drückt sie an sich. »Und ich egozentrische Person habe mir eingebildet, ihr jungen Leute hättet überhaupt keine Schwierigkeiten mehr, bloß selbstgebastelte. Als ob in dieser Welt die Probleme jemals aufhörten. Ich gebe dir keinen Ratschlag, wie käm' ich dazu, du wirst schon das für dich Richtige finden. Aber wenn es mal heftig stürmen sollte, dann komm zu mir, mit oder ohne dein Nüßlein, wie du willst. An meinem Kachelofen kann man sich ausruhen, an dem hat deine Mutter schon als kleines Kind ihre Zuflucht gesucht.«

»Bringst du mich an die Bahn, Großmama?«

»Nein, Ruthchen, nicht böse sein, das kann ich nicht. Diese Bahnhöfe mit ihrem Geruch nach Trennung und Heimweh – ich meine dann jedesmal, es sei ein Abschied für immer. Auch wenn es heute der Bahnhof Zoo ist und nicht mehr der Anhalter, es geht mir zu nahe. Onkel Hajo und Tante Hete wollen dich hinfahren. Und du wirst wirklich wiederkommen?«

»Sooft ich kann.«

»Hat dir Berlin denn ein bißchen gefallen? Du kanntest es ja noch nicht.«

»Berlin? O doch, Berlin ist ganz nett. Aber du wirst verstehen, wenn ich dir sage, daß es an Zürich natürlich nicht heranreicht.«

Ein Mädchen. Eine Familie. Schicksalsjahre in Deutschland 1923–38

Edith Biewend
Letta. Eine Kindheit in Deutschland

Roman.
288 Seiten. Ln. DM 28,–

1923–1938: 12.000 Mark kostet das Pfund Butter, als Letta geboren wird. Sie ist kein Wunschkind. Der Vater, gelernter Friseur, ist Hilfsarbeiter im Hüttenwerk. Man dreht den Pfennig um und hofft auf den grünen Zweig: ein Friseurgeschäft. Als es Wirklichkeit wird, bricht die Weltwirtschaftskrise aus, und der Vater gehört zu dem Millionenheer der Arbeitslosen. Auch die Hitlerzeit ändert nichts daran. Es sind Lettas entscheidende Kindheitsjahre. Nicht daß sie freudlos wären oder liebeleer, das nicht, aber Armut macht nicht zärtlich. Letta soll und will es einmal besser haben, weg aus dem rußigen Ruhrgebiet, aus Enge und Not. Sie lernt früh, daß ein Armer nicht mehr viel verlieren kann, aber immerhin Freiheit, Stolz oder gar das Leben. Sie erfährt, daß Hilfsbereitschaft unter Armen oft eher zur Stelle ist als unter anderen Leuten. Sie registriert die Parolen von links und später von rechts und merkt, daß es ohne Selbsthilfe nicht geht. Sie ist es schließlich, die als Halbwüchsige das Schicksal der Familie in die Hand nimmt.
Die neue Züricher Zeitung bescheinigte der Autorin »sicheres Stilgefühl, Anschaulichkeit und Atmosphäre voll Echtheit«.

»Michel Déon lesen heißt Lebensglück genießen und Leseglück erleben. Einer, der seine Freude daran haben würde, wäre Stendhal.« André Bourin

Michel Déon
Jean oder Die Lust zu leben

Roman. 2. Auflage. 384 Seiten. Ln. DM 29,80

Was das Leben bietet, was die Blicke der Frauen versprechen, was abenteuerliche Begegnungen verheißen: Jean Arnaud versäumt nichts. So rätselvoll sein Leben beginnt, so stürmisch sind seine ersten 20 Jahre. Das ist der mitreißende Roman einer Jugend zwischen den beiden großen Weltkriegen. Der Bestseller in Frankreich und Deutschland.

»Die Frische, die Umbekümmertheit, die Eleganz seiner Sprache bedeuten ein zusätzliches Plus für dieses Sitten- und Geschichtsbild einer vibrierenden Epoche, die nach dem 1. Weltkrieg aufatmet und schon leise den Hauch der zweiten Schlachtkatastrophe zu spüren glaubt.«

Westdeutsche Allgemeine Zeitung

Die List zu überleben

Roman. 384 Seiten. Ln. DM 29,80

Paris im Zweiten Weltkrieg: Sieger und Besiegte, Händler, Schieber, echte und falsche Künstler, Geheimdienstleute und reine Toren und natürlich Liebende. Überleben heißt die Parole für Freund und Feind. Eine ver-rückte Welt, die der erfolgreiche Autor ebenso listig beschreibt wie die Kapriolen seiner Antihelden.

»Der Autor, in den literarischen Zirkeln Frankreichs bekannt und geschätzt und Träger mehrerer Preise, wochenlang in Frankreich Bestseller-Autor Nr. 1, zeichnet mit brillanter Feder ein Zeit- und Sittenbild voll Vitalität, Farbigkeit und Witz.«

Westfalen-Dienst

Preisänderungen vorbehalten

Ehrenwirt Verlag München